역주 행명재시집 4

譯註 涬溟齋詩集

역주 행명재시집 4

譯註 涬溟齋詩集

尹順之 저
독서당고전교육원 역

보고사
BOGOSA

머리말

이 번역본은 초역의 주석 작업에만 일 년여를 들였을 만큼 유불도의 방대한 독서에 바탕한 언어취사의 폭이 넓은 원본을 대상으로 한 것이다. 2014년 초 완료된 초역의 교감 작업 과정에서 초역자와 교감자들 간의 알력이 번역진 이산의 불화를 초래함을 당시에는 비통한 심정으로 받아들였었지만, 지나고 나니 원본의 내용이 본디 지녔던 진폭의 파장에서 말미암았던 당연한 사실로 회상되고 만다. 최종적으로 남게 된 두 사람의 교열자는 원저자의 친족 후손이라는 조건 외에도 성격상의 소음성(少陰性) 침잠, 사색, 겸양 등등의 수동적 자세를 공유하는 처지인 바, 이는 다름 아닌 원작자 행명재께서 지니셨던 생애와 성격의 전승이라는 감격적인 자각에 귀납하는 체험이 두 사람의 교열자에게 남게 되었다. 행명재 어르신 생애의 부침까지 두 사람에게 이어질까는 아직 남겨진 생애 때문에 단언할 수 없지만, 이 역주본의 출간이 미칠 영향은 교감 교열 작업에 참여하는 동안의 체험을 바탕으로 충분히 예감되는 바이며, 또한 그 결과의 포폄 상황에 따른 두 사람에 대한 여망 여부도 그대로 받아들여야 함을 심중하게 예견하는 바이다.

이런 여러 가지 사실에 대한 회상을 기조로 하는 경위 보고를 시작하고자 한다. 2012년 유도회에서 주최한 서포 모친 "윤씨부인 선양회" 세미나에서 던져진 질문– "이렇게 훌륭한 문재를 지닌 여성 출현을 뒷받침한 가학의 전승이 있지 않겠는가"에 답하는 길로 찾아진 2013년 초 사단법인 유도회 부설 한문연수원과 해평윤문 사이에 맺어진 해평

윤씨 문중 주요문집 번역 계약은 해평윤문 주요 문집의 번역을 기약하는 장대한 기획의 일환으로 출발했지만 일차 번역 대상인 『행명재시집』에 소요된 시간에 기획 예정된 거의 전시기가 소요되고 말았다. 이 결과는 초역에 일년 여를 소비하면서부터 예상된 것이지만, 교감 과정이 늘어나면서 부터는 거의 확정적인 사실로 인지되었다. 여기에 초역에 가담한 출자–주석–정리 과정을 부연하고자 한다. 출자는 돌아가신 필자의 선친 남계(南溪) 윤 지(支)자 노(老)자 어르신의 헌신적인 지원금 일 억원이었다. 이 출자는 당시 한문연수원 원장이셨던 고 지산(地山) 장 재(在)자 한(釬)자 어른께 보고되었지만, 실제 운영은 초역 주도자 조기영씨에게 맡겨졌는데 조씨가 한문번역원 설립을 기도하면서 지산 선생님께 저지른 불충을 영전에 참회하는 심경을 지금도 지니고 있다.

이 책을 독서당고전교육원 명의로 출간하지만 모태는 유도회 부설 한문연수원에 있었음을 고백하면서 필자가 유도회 이사장인 한문연수원 제 일기 동료인 앙지(仰之) 정후수씨에게 약속한 특별지원금은 다름 아닌 필자도 가담한 스승님들께 대한 불충 사태에 대한 작은 보상임을 밝히고자 한다. 필자 선친께서 보여주신 신묘한 지감(知感) 덕분에 필자로서는 거액의 수용보상금을 받아서 독서당고전교육원의 운영 경비로 사용하고 있음을 이 기회에 함께 밝힌다. 그 단초가 된 81년의 3,000 여평 전답 매입 시 선친께서 들려주신 “이 땅을 네가 운영할 한문서당에 쓰거라” 하신 성음을 회억할 때 마다 필자는 가없으신 은혜에 체읍을 지난 통곡을 금할 수 없는 불효자임도 만천하에 알리고자 한다.

교감 과정에 적극 참여하셨던 김영봉씨는 자신 때문에 빚어진 번역진 이산에 부담을 가지고 교감자 명단에서 빠지셨지만, 그가 해평 윤문의 『月汀集』 번역에 가담한 것을 흡족해 하던 모습을 회상할 때마다 부끄러움을 금할 수밖에 없고, 김씨가 칭송해 마지 않던 해평윤문 월정공파 후손들께 이 책의 출간을 통보해야 한다는 책무감도 거기서 비롯되었음을 밝힌다.

이 책의 출간 이후 가질 출간기념식에서 최후의 교열자 두 사람이 소개겸 펼칠 발표에서 윤호진 교수는 행명재 시집의 서지 사항을 점검하고 필자는 시조 시인의 명분에 맞추어진 작품론을 마련하고자 한다. 삼가, 행명재 어르신과 돌아가신 유도회의 선생님들, 그리고 필자가 기휘하여 왔던 선친에 대한 사적인 추숭까지도 허락 받는 중요한 자리가 되기를 기원한다.

2020년 9월 말

독서당고전교육원장 윤덕진 삼가 아룀

추기 : 4권으로 분권된 이 책 각권마다 머리말이 들어가야 한다는 편집자의 조언을 따르면서 편차에 대한 설명을 덧붙이고자 한다.

1권 : 화보와 전체 차례의 뒤에 머리말. 뒤따라 『행명재시집』 제 1권 주역과 원문

2권 : 『행명재시집』 제2권과 제3권(「동사록」 머리말 새로 작성해 붙임)

3권 : 『행명재시집』 제4권과 제5권

4권 : 『행명재시집』 제6권(속집 1권)과 부록

이 책의 편차는 대체로 연대별로 배열되어 있어서 제 1권과 제 2권 수록작은 대참화(백사공의 참형사건) 이후 파주 별업에 묻혀있을 때와 병

자호란 호종의 공으로 다시 환로에 오른 초기의 작이며 제 3권은 제 5차 일본 통신사 정사로 봉공했을 때의 작이다. 제4권과 제5권 수록작은 관직 봉행의 여가나 치사 후 주로 파주 전원생활을 배경으로 하였는데 이 시집에서 가장 한일한 정서를 토로한 수작들이 다대히 배열되어 있다. 시인으로서의 자각과 책무까지를 인식하는 행명재의 자세에서 근대시 선도자의 면모를 감지할 수도 있다. 제 6권은 문집 편차 뒤의 여적인 듯한데 이미 5권으로 분찬된 체제에 보태기에는 부족하여 속집 1권으로 묶인 듯하다.

차례

머리말 | 윤덕진 … 5

행명재속집 권1

스님에게 드리다 贈僧 …… 19
창려의 〈과홍구〉시 뒤에 적다 題昌黎過鴻溝詩後 …… 21
감회가 있어 有感 …… 23
한식 寒食 …… 24
낙전 영공이 동쪽 유람을 떠나며 전별의 말을 구하기에 다시 예전 시운을 쓰다 樂全令公將東遊求贐行之言復用前韻 …… 25
꿀벌 蜜蜂 …… 27
소상의 여덟 경치다시 4수를 골라서 월과로 하다 瀟湘八景 復選四首月課 …… 28
덕우가 사또로 나가기에 시를 지어주며 전별하다 贈別德雨出宰 … 32
봄날의 시골생활 春日村居 …… 34
또 又 …… 35
함장의 〈한거〉에 차운하다 次含章閑居 …… 36
김가구에게 지어 주다 贈金可久 …… 37
또 又 …… 38
옥성부원군 장공 만시 남을 대신하여 짓다 輓玉城府院君張公 代人作 …… 39
덕우의 집에서 사치 형제와 함께 이야기하며 되는대로 짓다 사치는 이행원 공이다 德雨家偕士致兄弟同話謾題 士致李公行遠 …… 41

봄날에 되는대로 짓다 春日謾題 …… 43
함장이 안부 편지를 보내며 강물고기를 보내왔는데 이 지방에는 비가 오지 않아 걱정이거늘 그곳은 단비가 쏟아진다 하여 이에 절구 두 수를 지었다 含章致書問饋以江魚此地方悶雨而其處甘霔霈然云仍賦二絕 …… 44
함장에게 화답하다 두 수 和含章 二首 …… 45
산골생활에 되는대로 적다 두 수 林居謾記 二首 …… 47
남파의 정자에 대해 지어 보내다 寄題南坡亭子 …… 49
가구와 자장에게 편지를 보내면서 아울러 근체시 모두 네 수를 부치다 可久子長致訊並寄近體各 四首 …… 50
또 又 …… 52
또 又 …… 54
북로로 귀양 가는 김회여를 송별하다 送金晦汝謫北路 …… 55
부질없는 원한 謾恨 …… 56
옛일에 대한 감회 感舊 …… 58
부질없는 시흥 謾興 …… 60
입으로 불러 짓다 口號 …… 61
자취를 숨기다 竄跡 …… 63
홀로 앉아 되는대로 짓다 獨坐謾題 …… 64
금계군을 애도하다 悼錦溪君 …… 66
삼짇날 三月三日 …… 68
재미삼아 옛 시구를 모으다 戲集古句 …… 69
서효자의 산골생활 題徐孝子林居 …… 70
학사 정뇌경 만사 鄭學士雷卿輓詞 …… 71
또 又 …… 73
또 又 …… 74
삼가 북저 상국의 시에 차운하다 敬次北渚相國韻 …… 75

보슬비 小雨 ·· 76
배가 마암 상류에 이르다 舟次馬巖上流 ·· 77
낭자산을 지나며 過狼子山 ·· 79
거울을 보며 감회를 적다 攬鏡紀懷 ··· 80
술 거르는 소리 듣고 흥취를 적다 聞酒熟紀興 ································· 81
충주객관에서 우연히 읊다 忠州客館偶吟 ······································ 82
4월 초열흘날 배로 가다 四月初十日行舟 ······································ 83
29일 배를 타고 압탄으로 향하다 二十九日行船向鴨灘 ·························· 84
〈마도기사록〉을 두 사백에게 보여주고 화답을 구하다
馬島記事錄呈兩詞伯求和 ··· 85
아미타사에서 되는대로 쓰다 阿彌陀寺謾筆 ····································· 90
오월 이십칠일 밤에 도포에 정박하다 이 땅에서 원숭이가 남
二十七日夜泊韜浦 是地産猿 ·· 91
용주의 〈도중〉에 차운하다 次龍洲道中韻 ······································ 93
오랜 나그네살이 久客 ·· 94
강호에서 되는대로 쓰다 두 수 江戶謾筆 二首 ································· 95
가을 칠월 십육일 용주와 이선을 만나다
秋七月旣望與龍洲 泥仙會晤 ·· 97
거원을 생각하다 懷巨源 ·· 98
정보를 생각하다 懷正甫 ·· 99
스스로 한탄하다 自恨 ·· 100
팔월 오일 돌아갈 짐을 싸고 재미삼아 쓰다 初五日理歸裝戲筆 ··· 101
낮에 적판에서 쉬다 午憩赤坂 ·· 102
팔월 십칠일 아침에 명고옥을 출발하다 十七日朝發鳴古屋 ·········· 103
우연히 읊조리다 偶占 ·· 104
구월 십사일 되는대로 읊조리다 十四日謾占 ·································· 105
반송 蟠松 ·· 106

구월 이십오일 아침에 또 풍랑에 막혀 배가 가지 못하다
二十五日朝又阻風不得行船 …… 107
시월 이십육일 새벽에 압서에서 배로 가다
二十六日曉鴨漵行船 …… 108
보사에서 재미삼아 쓰다 保社戲筆 …… 109
현주의 시운에 차운하여 송상사에게 주다 次玄洲韻贈宋上舍 …… 111
동회정사에서 백주의 시운에 차운하다 두 수 東淮亭舍次白洲韻 二首
…… 112
포천현 객관에서 되는대로 짓다 抱川縣舘謾題 …… 114
가원에게 부치다 寄可遠 …… 115
공산 신군택 사또에게 삼가 보내다 奉贐申公山君澤令 …… 117
요양 가는 길에 遼陽途中 …… 119
초당에서 되는대로 짓다 草堂謾題 …… 120
가을날 서쪽 마을 광경 秋日西村卽事 …… 121
이존오 만사 李存吾輓詞 …… 122
군택 영공에게 보내다 寄君澤令公 …… 124
장릉을 지나며 두 수 過長陵 二首 …… 125
용성의 이사군에게 부치다 寄龍城李使君 …… 128
자고 일어나서 써보다 睡起試筆 …… 130
이숙향이 죽어 슬피 울다 哭李叔向 …… 131
또 又 …… 132
또 又 …… 133
군보에게 편지하며 柬君輔 …… 134
손님을 회피하다 諱客 …… 135
탄식할 노릇 可歎 …… 136
삼월 십육일 밤에 달을 대하며 되는대로 읊다 三月十六夜對月謾吟
…… 138

벼슬을 그만둔 뒤 지낼 곳이 없는데도 도성을 나가지 못하다
罷官後無棲息處不得出城 …… 139
입춘이 되어 擬立春 …… 140
되는대로 적다 謾題 …… 141
가을밤에 되는대로 읊조리다 秋夜謾占 …… 142
민판서의 연행에 받들어 전별하다 성징 奉贐閔判書燕行聖徵 …… 143
개령현 관사에서 되는대로 적다 開寧縣舍謾題 …… 145
봄날 경치를 바라보며 이하는 연안에 귀양 가서 지낼 때임
春望已下延安謫居時 …… 146
기둥에 적다 題柱 …… 147
박중구가 그 부모님께 보내는 편에 내 문안 편지 부친 것을 사례하다
謝朴仲久因其親庭遞附書問 …… 149
하나의 마귀 一魔 …… 151
초정에서 草亭 …… 152
삼짇날에 한번 써보다 三日試筆 …… 153
나그네 정자에서 旅亭 …… 154
시골노인이 와서 봄 경치 구경을 권하다 村老來勸賞春 …… 155
〈봄날 경치를 바라보며〉 앞의 운을 사용하다 春望用前韻 …… 156
봄날 마을에서 몸져눕다 春村臥病 …… 157
원님에게 적어서 바치다 錄奉主倅 …… 158
전셋집 僦屋 …… 160
되는대로 쓰다 謾筆 …… 161
정처 없이 떠돌다 浪遊 …… 162
연경에 가며 파주 집 지나다 赴燕過坡庄 …… 163
의무려산을 바라며 望醫巫閭山 …… 164
저녁에 십삼산 역참에 다다르다 夕抵十三山站 …… 166
산해관 山海關 …… 167

여관의 밤 旅夜 ········· 168
백간점 白澗店 ········· 169
중우소 中右所 ········· 170
연산역 連山驛 ········· 171
십오일 밤에 십삼산에서 묵다 十五夜宿十三山 ········· 172
사령에서 바람에 막혀 하루를 머물다가 沙嶺阻風留一日 ········· 173
봄날에 돌아감을 생각하다 春日憶歸 ········· 174
자고 일어나 되는대로 쓰다 睡起謾筆 ········· 175
번민을 풀다 釋悶 ········· 176
늦여름에 되는대로 쓰다 季夏謾筆 ········· 178
봄날 홀로 앉아 春日獨坐 ········· 179
겨울날 눈앞의 광경 冬日卽事 ········· 180
지신사에서 해임되어 기쁨을 적다 解知申志喜 ········· 181
칠석날 응제시다. 이 해에 윤7월이 있었다. 七夕 應製是歲有閏七月 ········· 182
납일에 되는대로 이루다 臘日謾成 ········· 184
넋두리 謾遣 ········· 186

행명재시집 발

행명집지 涬溟集識 ········· 189

백사행명간독

백사행명간독 白沙涬溟簡牘 ········· 197
원문영인 ········· 213

행명재 관련 자료

海平尹門의 家乘 및 大系 | 윤용진 …… 241
백사공 종손과의 대담 | 윤용진·윤덕진 …… 268
반룡산 묘재도 …… 308
백사공파가계도 …… 309

행명재시집 목록 / 310
색인 / 322

행명재속집 권1

涬溟齋續集 卷一

스님에게 드리다

贈僧

학덕 높은 스님께서 푸른 산[1]에 머무시니	高僧住翠微,
강물 위에 오른 달빛 선사 문에 가득하네.	江月滿禪扉.
강물 건너 저 언덕[2] 이따금 이르시고	彼岸有時到,
여러 세상 하늘[3]에서 오는 손 드무네.	諸天來客稀.
마음 공부하려 원숭이에게 선정 배우고[4]	看心猿學定,
먹이 보시하니[5] 새가 속된 마음 잊누나.[6]	施食鳥忘機.

---

1) 푸른 산: '취미(翠微)'는 푸른빛이 비치는 산허리 깊은 곳이나, 청산을 가리킨다. 또는 산빛과 물빛이 푸르고 아득한 것을 형용한 말이다.

2) 강물 건너 저 언덕: '피안(彼岸)'은 저쪽 언덕이라는 뜻으로 열반(涅槃)의 언덕, 곧 생사의 바다를 건너서 도달하는 정토(淨土)를 말한다. 진리를 깨닫고 도달할 수 있는 이상적 경지를 나타내는 말이다. 범어로 바라밀다(波羅蜜多)라고 하며, 이승의 번뇌를 해탈하여 열반의 세계에 도달하는 것을 이른다.

3) 여러 세상 하늘: '제천(諸天)'은 모든 천상계(天上界)로 많고 많은 여러 천상 세계를 아우른 모든 하늘을 말하니, 세상천지를 말한다.

4) 원숭이에게 선정 배우고: '학정(學定)'은 고요히 앉아서 마음을 거두고 가라앉혀서 살펴보는 수양 방법을 말한다. '원학정(猿學定)'은 당나라 양거원(楊巨源)의 〈송정법사귀촉(送定法師歸蜀)〉에서 "외로운 원숭이 선정을 배우니 앞산이 서물고, 멀리 기러기 떠남을 아파하니 몇 번째 가을인가?[孤猿學定前山夕, 遠雁傷離幾地秋.]"라고 하였는데, 본래 원학정(猿學定)은 불교설화에서 나온 말이다. 혼자 산 속을 헤매던 원숭이가 연각(緣覺)의 집으로 찾아들어가 함께 살았는데, 연각들이 식사가 끝나면 반드시 결가부좌(結伽趺坐)를 하고 선정(禪定)에 들어가는 것을 일과로 삼자, 원숭이도 흉내 내어 식사가 끝나면 결과부좌를 하였다. 얼마 뒤 연각들이 열반(涅槃)에 들어가 육신을 버리고 모두 사라지니 인간의 무리 속에 오랫동안 살았던 원숭이가 사람을 그리워하며 산을 헤매고 다녔는데, 하루는 고행(苦行)을 하는 선인들을 만나 선인들의 고행을 중단시키고 연각처럼 결가부좌를 하도록 보여주니 선인들도 원숭이를 따라서 결가부좌를 배우며 수행하여 37도품(道品)을 얻고 연각의 깨우침을 얻었다. 그 뒤부터 선인들은 원숭이를 높이 받들어 존경하고 나무 열매를 따서 바쳤으며, 원숭이가 죽자 여러 가지 향나무를 구해 와서 장작을 쌓아 화장을 했다고 한다. 이때의 원숭이는 지금의 우바키쿠타의 전신이라고 한다.

진여[7] 이치 명백하게 요해하고 요해하면[8]　　了了眞如理,
어느 누가 옳고 그름 따지는 일 있겠는가?　　何人有是非?

---

5) 먹이 보시하니: '시식(施食)'은 음식을 베푸는 것이다. '시(施)'는 시여(施與)의 뜻으로 보시행(報施行)을 말한다.

6) 속된 마음을 잊어라: '망기(忘機)'는 기회를 엿보는 교묘한 마음을 없애는 것을 말한다. 항상 담백한 마음을 즐겨 지향하여 세상과 다툼이 없는 것이다. 기심(機心)은 교묘한 수단으로 남을 속이는 마음, 기교를 부려서 이익을 챙기는 마음을 말한다. 송나라 사마광(司馬光)의 〈화엄독좌(花庵獨坐)〉에 "속된 마음 잊고 숲속 새가 내려오고, 눈을 뜨니 변방 기러기 지나가네.[忘機林鳥下, 極目塞鴻過.]"라고 하였다.

7) 진여: '진여(眞如)'는 만유 제법의 실상(實相)을 가리키는 말이다. 만유의 본체로서 있는 그대로의 평등한 진리이자 깨달음 그 자체이며, 모든 법을 갖추고 있는 진실한 모습을 뜻한다.

8) 명백하게 요해하고 요해하면: '요료(了了)'는 사리에 밝은 것이니, 분명하게 요해함을 말한다.

창려[1]의 〈과홍구[2]〉시 뒤에 적다

題昌黎過鴻溝詩後

지난날[3] 요행 바라 천하 놓고 승부했나니[4]	異時僥倖賭乾坤,
유방 항우 흥망성쇠 장차 논하지 말지어다.	劉項興亡且莫論.
육장 만든 영웅 모습 큰 도량이 아닐지니[5]	菹醢英雄非大度,
패공[6]의 천명 받음 견식 있는 말[7]이었나?	沛公天授是知言?

---

1) 창려: '창려(昌黎)'는 당나라 한유(韓愈, 768~824)를 말하니, 자가 퇴지(退之)이고, 창려(昌黎) 사람이다. 792년 진사에 합격하고 803년 감찰어사가 되어 행정장관을 탄핵하여 양산현령(陽山縣令)으로 좌천되었다. 이듬해 국자감에 기용되고 817년 오원제(吳元濟)의 반란을 평정한 공으로 형부시랑(刑部侍郎)이 되었다. 819년 헌종(憲宗)이 불골(佛骨)을 모신 것을 간언하다가 조주자사(潮州刺史)로 좌천되었으나, 이듬해 헌종이 죽자 이부시랑에 등용되었다. 대구(對句) 중심의 변려문을 반대하고, 민간에 퍼진 불교사상에 대항하여 침체된 유학의 전통을 다시 찾고 선양하기 위한 고문운동을 일으켰다.

2) 과홍구: '과홍구(過鴻溝)'는 당나라 한유(韓愈)가 하남성(河南省)에 있는 운하 홍구(鴻溝)를 지나면서 옛날 유방(劉邦)과 항우(項羽)의 전쟁에서 건곤일척(乾坤一擲)을 촉구한 장량(張良)과 진평(陳平)을 기리며 읊은 회고시를 말하니, "용이 피로하고 범이 지치도록 시내 들판 갈라서 억만 창생의 성명을 보존하였구나. 누가 군왕에게 말머리를 돌리게 권하였는가? 진실로 주사위를 한번 던져 천지를 걸었구나.[龍疲虎困割川原, 億萬蒼生性命存. 誰勸君王回馬首? 眞成一擲賭乾坤.]"라고 하였다.

3) 지난날: '이시(異時)'는 지나간 시기, 예전을 말한다.

4) 천하 놓고 승부했나니: '건곤일척(乾坤一擲)'은 주사위를 한 번 던져 승패를 건다는 뜻으로, 운명을 걸고 온 힘을 기울여 겨루는 마지막 한판 승부를 이르는 말이다. 건곤은 《주역》의 두 괘 이름으로 천지(天地)를 뜻하며, 세상천지를 걸고 이기느냐 지느냐의 승부하는 주사위를 던진다는 것이다. 실제로 유방은 항우를 맹렬히 추격하여 해하(垓下)에서 항우를 크게 물리치고 한(漢)나라의 왕조를 세웠으며, 패배한 항우는 해하에서 애희(愛姬)인 우미인(虞美人)이 자결하도록 했고, 자신도 양자강 근처의 오강(烏江)에서 자결하였다.

5) 육장 …… 아닐지니: 한나라 고조 유방(劉邦)이 개국공신인 한신(韓信)·팽월(彭越)·영포(英布)를 모두 죽이게 되는데, 여기서는 양왕(梁王)인 팽월을 죽여 육장(肉醬)으로 만들어 각지의 제후들에게 보내면서 남왕(淮南王) 영포에게 보낸 일을 말한다.

6) 패공: '패공(沛公)'은 한나라 고조 유방(劉邦)이 패 땅에서 병사를 일으켜서 진섭(陳涉)에게 대응하자 군중들이 패공으로 세웠다.

7) 견식 있는 말: '지언(知言)'은 견식 있는 이야기나 대화를 말한다.

감회가 있어

有感

세월 형세 시름 젖은 살쩍에 먼저 오니 歲色先愁鬢,
변방의 피리소리[1] 나그네 마음 두렵히네. 邊聲恐客心.
이미 내 모습 잃어버린 줄[2] 알고 있으니 已知吾喪我,
누가 예나 지금이나 똑같다고 말하겠나? 誰說古猶今.
옛날 일은 출렁이는 물결 따라 흘러가고 舊業隨波蕩,
남은 인생 이 땅에 숨어살기[3] 부끄럽네. 餘生愧陸沉.
멍청하게 계속해서 무릎 안고 생각하다[4] 嗒然仍抱膝,
때때로 그 옛날의 〈와룡음〉[5]을 짓는구나. 時作臥龍吟.

---

1) 변방의 피리소리: '변성(邊聲)'은 변경에서 울려오는 강관(羌管)이나 호가(胡笳)나 회각(畫角) 등의 악기 소리를 말한다.

2) 내 모습을 잃어버린 줄: '오상아(吾喪我)'는 《장자》 〈제물론(齊物論)〉에서 "나는 나를 잃었다.[吾喪我.]"라고 하여 남곽자기가 물아(物我), 곧 주객(主客)을 모두 잊고 초월한 것을 나타냈다.

3) 이 땅에 숨어살기: '육침(陸沉)'은 육지에 물이 고이지 않고 밑으로 빠지거나 가라앉는 것이니, 깊숙이 은거하거나 은거한 선비를 비유한다.

4) 무릎 안고 생각하다: '포슬(抱膝)'은 무릎을 안고 앉아있는 것이니, 생각에 잠긴 모양을 말한다. 또한 포슬음(抱膝吟)은 고결한 사람이나 뜻이 높은 선비가 노래하고 회포를 펴는 것을 가리킨다.

5) 〈와룡음〉: '와룡음(臥龍吟)'은 제갈량이 유비를 따라 나설 때 부른 노래를 말한다.

한식

寒食

숲까마귀 울며 가니 새벽바람 이마에 불고	林鴉啼散曉風顚,
비 뿌린 푸른 산이 나그네 길가에 보이네.	雨灑靑山客路邊.
3월 되니 연못가에 가는 풀 돋아나고[1]	三月池塘生細草,
집집마다 한식 맞아 새 연기 오르네.	千家寒食起新煙.
전쟁 겪어 온 세상이 어렵고 위태한 날인데	兵戈天地艱危日,
부모[2] 모신 선산 성묘하고 청소하는 해로다.	霜露丘原拜掃年.
말을 타고 들판으로 나가 저 멀리 보노라니	跨馬出坰仍遠矚,
시내 붉고 계곡 푸러 모두 예뻐할 만 하구나.	澗紅溪碧捴堪憐.

---

1) 연못가에 …… 돋아나고: '지당생세초(池塘生細草)'는 남조(南朝)시대 송(宋)나라 사영운(謝靈運)이 시를 지으면서 시구를 얻지 못하여 고심하다가 꿈속에서 족제(族弟) 사혜련(謝惠連)을 보고는 홀연히 '지당생춘초(池塘生春草)'라는 시구를 얻었다는 고사를 말한다. 사영운의 〈등지상루(登池上樓)〉에 "연못가에 파릇파릇 봄풀이 돋아나고, 버들 동산 우는 새가 달라졌구나.[池塘生春草, 園柳變鳴禽.]"라고 하였다.

2) 부모: '상로(霜露)'는 《예기》 〈제의(祭義)〉에 나오는 말로, 돌아가신 부모님을 가리킨다. 또한 상로지신(霜露之辰)은 부모와 선조의 생일을 가리키며, 상로지사(霜露之思)는 부모와 선조에 대한 사념(思念)을 가리킨다.

낙전[1] 영공[2]이 동쪽 유람을 떠나며 전별의 말을 구하기에 다시 예전 시운을 쓰다

樂全令公將東遊 求贐行之言 復用前韻

비로봉[3]의 참된 모습 나는 능히 말하나니	毗盧眞相我能言,
하늘 밖 신선 경계 오래 마음에 노닐었으니.[4]	天外仙區久默存.
신선나무[5] 밤에 우니 도솔천[6]에 비 내리고	珠樹夜鳴兜率雨,
옥봉이 가을하늘 받드니 법왕[7] 뵈는 문이라.	玉峯秋拱法王門.
인간 세상 다섯 산[8] 중에 어느 게 으뜸 될까?	人間五嶽誰爭長?
바다 위 삼신산[9]이 제일 높은 자리 양보하리.	海上三山讓獨尊.
바람 타고 수레 몰며 먼 곳까지 구경하리니	待得飆輪收遠矚,
마음에 애오라지 세상 얘기[10] 멀리하리로다.	將心要與遠公論.

1) 낙전: '낙전(樂全)'은 신익성(申翊聖, 1588~1644)은 자가 군석(君奭), 호가 낙전당(樂全堂), 본관이 평산이다. 병자호란 때 척화오신 가운데 한 사람이다.

2) 영공: '영공(令公)'은 정삼품(正三品)과 종이품(從二品)의 관리를 높여 이르던 말로, 영감(令監) 또는 대감(大監)이라고도 한다.

3) 비로봉: '비로(毘盧)'는 강원도 금강산의 주봉인 비로봉(毘盧峰)으로, 높이가 1,639m이다.

4) 마음에 노닐었으니: '묵존(默存)'은 형체는 움직이지 않고 정신적으로 노니는 것[神游]을 말한다.

5) 신선 나무: '주수(珠樹)'는 전설 속에 나오는 신선나무[仙樹]로, 나무의 미칭이다.

6) 도솔천: '도솔(兜率)'은 도솔천(兜率天)을 말한다. 욕계육천(欲界六天)의 넷째 하늘로 수미산의 꼭대기에서 12만 유순(由旬) 되는 곳에 있으며, 미륵보살이 산다고 한다.

7) 법왕: '법왕(法王)'은 석가모니를 말한다. 또는 고승(高僧)을 가리킨다.

8) 다섯 산: '오악(五嶽)'은 우리나라의 이름난 다섯 산으로 금강산, 묘향산, 지리산, 백두산, 삼각산을 이른다. 또는 중국의 태산(泰山)·화산(華山)·형산(衡山)·항산(恒山)·숭산(嵩山)을 이른다.

9) 삼신산: '삼산(三山)'은 전설에 신선들이 산다는 바다 속의 삼신산(三神山)을 말한다. 방장(方丈)·봉래(蓬萊)·영주(瀛洲)가 그것이다.

10) 세상 얘기: '공론(公論)'은 많은 사람들의 이야기로 시시비비를 가리는 세상의 이야기를 말한다.

꿀벌

蜜蜂

늙어가는 문수보살[1] 국화향기[2] 그리다 老去文殊戀蜜香,
마른 나무 베어내니 노란 벌이 붙어있네. 剡來枯木着蜂黃.
진여[3]가 깊은 꽃송이[4] 속에 있는 줄 알고 眞如知在深窠裏,
날마다 하늘 꽃[5] 취해 도량[6]을 짓는구나. 日取天花作道場.

---

1) 문수보살: '문수(文殊)'는 여러 부처의 지혜(智慧)를 맡은 보살로 석가여래 좌측에 있으며, 오른쪽의 보현보살과 더불어 삼존불(三尊佛)을 이룬다. 오른손에 지검(智劍), 왼손에는 연꽃을 든 모습으로 묘사되는 것이 일반적이다.

2) 국화 향기: '밀향(蜜香)'은 목향으로 침향(沉香) 또는 몰향(沒香)이라고도 한다. 목향은 초롱꽃목(目) 국화과(菊花科)에 속한 여러해살이풀이다.

3) 진여: '진여(眞如)'는 우주 만유의 진실한 본래의 모습으로서, 실질적이며 평등한 진리이자 참된 깨달음의 경지이다.

4) 꽃송이: '과(窠)'는 보금자리나 방, 또는 누추한 처소 등을 가리키나 여기서는 꽃송이를 가리킨다.

5) 천화: '천화(天花)'는 천화(天華)라고도 하며, 하늘나라의 선화(仙花), 영묘한 꽃을 말한다.

6) 도량: '도량(道場)'은 불도를 닦는 곳이니 절을 말한다.

소상의 여덟 경치 다시 4수를 골라서 월과[1]로 하다[2]

瀟湘八景 復選四首月課

출렁이는 봄 강물 저녁 햇빛 띠었는데	搖漾春江帶夕暉,
경쾌한 거룻배 말처럼 휙휙 지나가네.	輕舠如馬過依依.
돛대에 바람 불어도 풍향기[3] 평온하고	風添帆腹檣烏穩,
물결 속에 노 저으니 물새들 날아가네.	棹拂波心渚鳥飛.
마름 포구 다가가니 서늘하게 비 내리고	蘋浦轉來凉雨在,
버들 다리 들어가니 저녁 구름 돌아가네.	柳橋穿入暮雲歸.
평소에 손님 와도 배와 노 없는지라	端居有客無舟楫,
어부에게 낚시터를 물으려 했노라.[4]	欲向漁人問釣磯.

들판 안개 가을기운 모래섬에 떨어지고	野煙秋氣落汀洲,
토끼[5] 두꺼비[6] 푸른 물에 새겨지네.	顧兎凉蟾嵌碧流.

---

1) 월과: '월과(月課)'는 명나라와 청나라 때 매월 학자들을 상대로 치른 과시(課試)로, 조선시대에는 성균관(成均館)·독서당(讀書堂) 등에서 매월 시험을 시행하였다.

2) 다시 …… 하다: 《행명재시집》 권1에서 〈소상팔경(瀟湘八景)〉 가운데 이미 4수를 골라서 월과로 한 적이 있다. 소상팔경(瀟湘八景)은 중국 호남성 동정호 남쪽의 소수(瀟水)와 상수(湘水) 부근에 있는 여덟 곳의 아름다운 경치로서 그 가운데 이미 〈모래톱에 내려앉는 기러기[平沙落雁]〉, 〈소상강에 내리는 밤비[瀟湘夜雨]〉, 〈산골 저자의 맑은 아지랑이[山市晴嵐]〉, 〈강가 마을의 저녁노을[漁村落照]〉를 월과로 하였고, 여기서는 다시 〈원포귀범(遠浦歸帆)〉·〈강천모설(江天暮雪)〉·〈동정추월(洞庭秋月)〉·〈연사만종(煙寺晩鍾)〉을 노래하였다.

3) 풍향기: '장오(檣烏)'는 돛대 위에 새 모양의 풍향기이다. 또한 떠돌이 생활을 비유하기도 한다.

4) 소상팔경 가운데 〈원포귀범(遠浦歸帆)〉에 해당한다.

5) 토끼: '고토(顧兎)'는 고대 신화전설에 달 가운데 음의 정기가 쌓여서 이루어진 토끼 모양으

진택[7]에 비 지나니 하늘 모두 트이고	震澤雨過天盡豁,
초땅 산에 서리 내려 장기 전부 거뒀네.	楚山霜拂瘴全收.
푸른 물결 한번 보니 은빛 물가 이어지고	滄波一望連銀渚,
구름길[8] 깊은 밤에 옥빛 누각 일어섰네.	雲路三更起玉樓.
이날 밤 파투 아이[9] 〈수조가〉[10] 노래하니	是夜巴童歌水調,
광한궁[11] 높은 곳에 시름 겨워하리라.[12]	廣寒高處不勝愁.

옥경[13] 옥밭[14] 얘기 어찌 그냥 전했으리?	玉京瑤圃豈虛傳?
눈 내린 강가 마을 되레 절로 그럴싸하네.	一雪江村却自然.

로, 달의 다른 이름이 되었다.

6) 두꺼비: '섬(蟾)'은 달을 가리키고, '양섬(凉蟾)'은 가을 달을 가리킨다.

7) 진택: '진택(震澤)'은 중국 강소성에 있는 태호(太湖)를 말한다.

8) 구름길: '운로(雲路)'는 구름 사이나 하늘, 하늘로 오른 길, 신선이 올라가는 길, 높은 산위의 길 등을 가리킨다.

9) 파투 아이: '파동(巴童)'은 촉땅 파투(巴渝)의 아이라는 뜻으로, 노래와 춤을 잘했다고 한다. 또한 파투는 옛 곡조의 이름으로 송나라 왕작(王灼)의 《벽계만지(碧雞漫志)》에 "당나라 무후 측천 시기에 옛 곡조들이 남아 있었으니, 〈백설(白雪)〉·〈공막(公莫)〉·〈파투(巴渝)〉·〈백저(白苧)〉·〈자야(子夜)〉·〈단선(團扇)〉 등이다."라고 하였다.

10) 〈수조가〉: '수조(水調)'는 곡조 이름이다. 당나라 두목(杜牧)의 〈양주(揚州)〉에 "어느 누가 수조를 불렀던가? 밝은 달이 양주에 가득하구나.[誰家唱水調? 明月滿揚州.]"라 하고, 주에 "양제가 변 땅을 뚫어 도랑을 이루고 스스로 수조를 지었다.[煬帝鑿汴渠成, 自造水調.]"라 하여 수나라 양제(煬帝)가 변거를 이룬 뒤에 스스로 지어 불렀다고 하였다. 송나라 진량(陳亮)의 〈수조가(水調歌)〉에 "요 임금의 도읍지요, 순 임금의 영토요, 우 임금이 봉해진 곳이니, 개중에 응당 외로운 충절 지닌 사람 조금은 있으리라.[堯之都, 舜之壤, 禹之封, 於中應有一箇半箇恥孤忠.]"이라고 하였으며, 송나라 소식(蘇軾)이 귀양 가서 지은 〈수조사(水調詞)〉에 "다만 임금이 계신 궁궐 높은 곳이 추위를 이기지 못할까 염려되네.[只恐瓊樓玉宇, 高處不勝寒.]"라고 하였는데, 이 노래가 신종에게 전해지자 "소식이 끝까지 임금을 사랑하는구나."라 하고 죄를 줄여서 귀양지를 옮겨 주었다고 한다.

11) 광한궁: '광한(廣寒)'은 항아가 사는 달나라 궁전인 장한궁으로, 여기서는 임금이 있는 궁궐을 말한다.

12) 소상팔경 가운데 〈동정추월(洞庭秋月)〉에 해당한다.

13) 옥경: '옥경(玉京)'은 도가에서 상제가 사는 곳, 또는 선도(仙都)를 말한다.

14) 옥밭: '요포(瑤圃)'는 옥이 생산되는 밭이라는 뜻으로, 선경(仙境)을 가리킨다.

명주실 더미 이미 계수혼백[15] 업신여기고	積縞已能欺桂魄,
은근한 한기 다시 시인어깨[16]에 스며드네.	輕寒還欲透詩肩.
도롱이 걸쳤더니 깃옷 입은 왕공[17] 같고	披簑彷彿王恭氅,
여울물 거슬러서 섬계 배[18] 희미하구나.	上瀨依俙剡水船.
오늘 토원[19]에서 누가 편지 보낼 건가?[20]	今日兎園誰授簡?
애닯다 시인들은 남전[21]을 향하누나.[22]	可憐騷客向藍田.

봉우리 사찰 가을안개 속 숙연한데	一峯香刹肅秋煙,

15) 계수 혼백: '계백(桂魄)'은 계수나무 혼백이라는 뜻으로, 달을 가리킨다. 또는 비단 잦는다는 월궁항아(月宮姮娥)를 말함.

16) 시인어깨: '시견(詩肩)'은 시견수(詩肩瘦)의 준말로, 가난한 시인이 시를 읊조리면서 두 어깨를 추어올린다는 뜻으로, 시인이 시가를 짓느라고 고심함을 비유한 말이다.

17) 깃옷 입은 왕공: '왕공창(王恭氅)'은 진(晉)나라 왕공(王恭)이 학의 깃털로 만든 옷을 걸치고 눈길을 걸었는데, 맹창(孟昶)이 그 모습을 보고 참으로 신선 같은 사람이라고 감탄하였다고 한다.

18) 섬계 배: '섬수선(剡水船)'은 섬계선(剡溪船)과 같은 말로, 남조시대 송나라 유의경(劉義慶)의 《세설신어》에 의하면, 왕자유(王子猷)가 산음에 살았는데 밤에 눈이 많이 옴에 문득 깨어 문을 열고 술을 마시며 사방이 밝아오니 일어서서 거닐면서 좌사(左思)의 〈초은시(招隱詩)〉를 읊조리다가 갑자기 친구 대안도(戴安道)가 생각나서 그 길로 섬계까지 밤새도록 배를 타고 가서 대안도의 집문 앞에 이르러 들어가지 않고 곧바로 돌아오니 사람들이 그 까닭을 묻자 "내가 흥에 겨워 왔는데 이제 흥이 다해서 돌아가거늘 대안도를 만날 필요가 있겠는가?" 하였다. 그 뒤로 섬계선(剡溪船)은 은거하면서 편안히 노닐며 친구를 찾아가는 것을 가리키게 되었다. 섬계는 절강성 조아강(曹娥江) 상류에 있다.

19) 토원: '토원(兎園)'은 한나라 양효왕(梁孝王)이 세운 동산 이름으로 양원(梁園)이라고도 하며, 경치를 구경하거나 손님을 맞이하는 곳으로 이용하였다고 한다.

20) 누가 편지 보낼 건가: '수간(授簡)'은 서신을 보내 글을 짓도록 부탁하는 것을 말한다. 남조 송나라 사혜련(謝惠連)의 〈설부(雪賦)〉에 의하면, "양왕(梁王)이 기분이 기쁘지 않아 토원(兎園)을 거닐었다. …… 사마대부(司馬大夫)에게 편지를 보내어 …… 하였다."고 한다.

21) 남전: '남전(藍田)'은 섬서성(陝西省) 위하(渭河) 평원 남쪽, 진령(秦嶺) 북쪽, 위하(渭河)의 지류인 파하(灞河) 상류에 있는 고을이다. 진(秦)나라 때부터 좋은 옥이 나기로 유명하며, 당나라 시인 왕유(王維)의 별장이 있는 곳으로 별장이 있는 남전의 망구(輞口)는 경치가 뛰어나다.

22) 소상팔경 가운데 〈강천모설(江天暮雪)〉에 해당한다.

저 언덕 저녁 종소리 물가에 이르네.	彼岸昏鍾到水邊.
절 나무[23] 비에 젖어 종소리 묵직하고	祇樹雨沉聲欲重,
스님[24] 공양 마치니 염불소리 전해오네.	闍梨飯輟響隨傳.
오랜 쾌락[25] 가시자 비로소 법구 들리고	心消長樂初聞句,
풍교[26]에서 시름 일어 밤에 배를 대었도다.	愁起楓橋夜泊船.
번뇌 중생 깨달음 인가[27] 받지 못해	煩惱衆生無印可,
스님[28] 찾아 참한 선정[29] 배우려네.[30]	欲尋雲衲學安禪.

23) 절 나무: '기수(祇樹)'는 기원(祇園)의 나무라는 뜻으로, 승림(勝林)·승자수(勝子樹)·기원림(祇園林)·기타림(祇陀林)·기타원(祇陀園)·서타림(逝陀林)·기수(祇樹)·기환(祇桓) 등이라고도 한다. 기원(祇園)을 제타의 숲이라고도 하며, 수달(須達) 장자가 석가모니에게 설법과 수도의 장소로 헌납한 기수급고독원(祇樹給孤獨園)을 지어 바쳤다. 흔히 기원정사라고 부르며, 왕사성의 죽림정사와 함께 석가모니 당대의 2대 정사로 꼽힌다.

24) 스님: '도리(闍梨)'는 도려(闍黎)라고도 하며, 범어(梵語) 아도리(阿闍梨)의 준말로 고승이나 보통 스님을 가리킨다.

25) 오랜 쾌락: '장락(長樂)'은 오랜 쾌락을 가리키는 말로, 세속적인 욕심을 말다.

26) 풍교: '풍교(楓橋)'는 강소성 소주(蘇州) 창문(閶門) 밖의 한산사(寒山寺) 부근에 있는 다리 이름으로, 본래 봉교(封橋)라고 불렀는데 당나라 장계(張繼)의 〈풍교야박(楓橋夜泊)〉에 "고소성 밖에 한산사가 있나니, 한밤에 종소리 나그네 배에 들려오네.[姑蘇城外寒山寺, 夜半鐘聲到客船.]"라는 내용이 널리 회자되면서 이름이 알려지게 되었다.

27) 까달음 인가: '인가(印可)'는 불교에서 인증(印證)을 통해 깨달음을 인정하는 것을 말하며, 특히 선종(禪宗)에서 많이 쓰는 용어로서 보통 동의(同意)를 뜻한다.

28) 스님: '운납(雲衲)'은 운수납자(雲水衲子)의 준말로, 여러 곳을 걸어 다니면서 참선 수행하는 행각승(行脚僧)을 말하니 곧 스님을 가리키는 말이다.

29) 참한 선정: '안선(安禪)'은 정좌입정(靜坐入定)을 가리킨다.

30) 소상팔경 가운데 〈연사만종(煙寺晩鍾)〉에 해당한다.

덕우[1]가 사또로 나가기에 시를 지어주며 전별하다

贈別德雨出宰

동상[2]으로 나아간 게 몇 해인지 물었더니	一就東床問幾霜,
치감공[3] 문하에서 중랑[4] 되어 만났다네.	郗公門下見中郎.
구름사이[5] 차례대로 큰 깃 줄을 짓고	雲間次第儀鴻羽,
연못 위에 들쭉날쭉 기러기 떼 나는구나.	池上參差接雁行.
늙은인 먼 뜻[6] 이룸 문득 가련하나니	老子却憐成遠志,
사또는 빈랑[7] 찾음 괴이타 하지 마소.	使君休恠覓梹榔.

1) 덕우: '덕우(德雨)'는 박황(朴潢, 1597~1648)의 자로, 호가 나옹(懦翁)·나헌(懦軒), 본관이 반남(潘南)이다. 1621년 정시문과에 병과로 급제하여 1624년 예문관검열(藝文館檢閱)을 시작으로 세자시강원설서(世子侍講院說書)·홍문관정자(弘文館正字)를 거쳐 대사간·이조참의를 지냈다. 병자호란이 일어나자 왕을 호종하여 남한산성으로 들어갔으며, 소현세자와 함께 심양(瀋陽)에 갔다가 돌아와서 병조판서·대사헌에 올랐다.

2) 동상: '동상(東床)'은 동상지선(東床之選)의 준말로, 훌륭한 사위를 사람이 가리는 일을 말한다. 동진(東晋) 때 치감(郗鑒)이 사위를 고르려고 문하생을 시켜 왕씨의 집에 가보게 하였는데, 동쪽 방에 있는 자제들을 보니 모두 스스로 점잖게 앉아있었으나 왕희지(王羲之)만 배를 드러내고 누워 있으면서 전혀 개의치 않았다는 말을 치람이 전해 듣고 그를 사위로 삼았다고 한다. 왕희지는 자가 일소(逸少)로 왕도(王導)의 조카이고, 왕광(王曠)의 아들인데 16세 무렵 치감의 간청으로 그의 딸과 결혼하였다.

3) 치감공: '치공(郗公)'은 동진(東晉) 때 장수 치감(郗鑒, 269~339)을 말하니, 자는 도휘(道徽)이고, 혜제(惠帝) 때 중서시랑(中書侍郎)에 올랐다.

4) 중랑: '중랑(中郎)'은 벼슬 이름으로 궁중을 호위하고 시종(侍從)하는 임무를 맡은 벼슬로 낭중령(郎中令)에 속하며, 각각의 중랑서(中郎署)의 우두머리를 중랑장(中郎將)이라 하는데 줄여서 중랑(中郎)이라고 한다. 한나라 소무(蘇武)와 채옹(蔡邕)이 일찍이 중랑장을 맡아 후세에 똑같이 중랑으로 칭하였다.

5) 구름 사이: '운간(雲間)'은 구름 사이 아득한 곳으로 매우 먼 지방을 말한다.

6) 먼 뜻: '원지(遠志)'는 원대한 뜻으로, 멀리 지방으로 나가서 벼슬하는 것을 말한다.

7) 빈랑: '빈랑(梹榔)'은 빈랑(檳榔)으로도 표기하며 종려과(棕櫚科)에 속하는 상록 교목(喬木)으로, 열대지방에서 나고 날개 모양의 겹잎이며 야자수와 같은 열매가 달린다. 진(晉)나라

전부터 범숙[8] 가난 이 같음을 아나니 從知范叔寒如此,
창고곡식 꺼내주라함 또한 괜찮으리라. 指與囷倉也不妨.

혜함(嵇含)의 《남방초목상(南方草木狀)》에서 "빈랑나무는 높이가 십여 장이고 껍질이 푸른 오동나무 같고 마디가 계죽(桂竹) 같으며 …… 열매 크기가 복숭아나 자주만 하다.[檳榔樹, 高十餘丈, 皮似青桐, 節如桂竹, …… 實大如桃李.]"고 하였다.

8) 범숙: '범숙(范叔)'은 전국시대 위(魏)나라 사람 범저(范雎)로 자가 숙(叔)이며, 일찍이 위(魏)나라 중대부(中大夫) 수가(須賈)의 가신으로 제(齊)나라에 사신 갔는데, 범숙이 웅변가라는 소문을 들은 제나라 양왕(襄王)이 많은 상금을 주자 수가가 범숙이 제나라와 내통했다고 위나라 재상에게 일러바쳐 범숙이 갈비뼈가 부러지도록 매를 맞고 겨우 살아나서 이름을 장록(張祿)으로 바꾸고 살았다. 그 뒤에 범숙이 진나라 소왕(昭王)의 눈에 들어 재상에 오른 뒤 위나라를 공격하자고 왕에게 건의하였는데, 공격한다는 말을 전해들은 위나라에서 놀라고 걱정하여 수가를 진나라로 사신 보내자 범숙이 일부러 거지 차림으로 수가를 만나니 수가가 깜짝 놀라며 "범숙은 그동안 무사했는가? 진나라에 와서 유세를 했는가? 아니면 무엇을 했는가?"라 하여 "남의 집 머슴살이를 하고 있습니다."고 하니 수가가 진나라에서 가난하게 사는 범숙을 불쌍하게 여겨 "범숙이 가난하기가 이 지경에 이르렀구나![范叔一寒如此哉!]"라고 하며 술과 밥을 대접하고 명주 솜옷을 주었는데, 결국 수가는 이 솜옷 때문에 죽음을 면했다고 한다.

봄날의 시골생활

春日村居

바다 곁 외딴 마을 속	並海孤村裏,
내 날려 봄 저물어가네.	烟霏欲暮春.
숲 바람 낮잠 깨우고	林風妨午夢,
산비 발길 끊어뜨렸네.	山雨定行人.
비 맞아 연밥 씨눈[1] 터지고	冒水么荷析,
방죽에 눈 튼 버들 벋어 있네.	緣堤嫩柳伸.
인간세상 어찌 이런 곳 있는가?	紅塵夘有此?
그윽한 경치[2] 에 몸[3] 맡기리.	幽事屬閑身.

1) 연밥 씨눈: '요하(么荷)'는 연실(蓮實) 속에 박힌 연 싹[蓮芽], 곧 연심(蓮心)을 말한다. 황정견(黃庭堅)의 〈공상식련유감(贛上食蓮有感)〉에 "연꽃 열매 크기가 손가락만한데, 좋은 맛 나누니 어머니 사랑 생각나네. …… 연밥 속에는 작은 새싹이 있으니, 주먹만 한 것이 어린아이 손 같구나.[蓮實大如指, 分甘念母慈. …… 實中有么荷, 拳如小兒手.]"라도 하였다.

2) 그윽한 경치: 유사(幽事)는 그윽한 경치나 빼어난 경치를 말한다.

3) 몸: '한신(閑身)'은 벼슬살이를 하지 않는 한가한 몸을 가리킨다.

또

又

늙은이 이런[1] 데 오니 　老子如馨地,
시 재료 곧 이리[2] 좋아. 　詩材乃爾奇.
여울 흔들려 달 바숴지고 　灘搖憐月碎,
구름 달리니 별 옮는 듯. 　雲走訝星移.
찻물[3] 찻종에 넘치고 　雪乳飜茶脚,
꽃향 벌집[4]에 깔렸네. 　花香藉蜜脾.
한가한[5] 데에 경치 아우르니 　齋居兼濟勝,
송아지 끌고[6] 스님 찾아가네. 　抱犢赴僧期.

---

1) 이런: '여형(如馨)'은 진송(晉宋) 시기의 속어로, 여차(如此)와 같다.

2) 이리: '내이(乃爾)'는 이와 같음[如此]을 말한다.

3) 찻물: '설유(雪乳)'는 짙은 흰색의 액체이니 술이나 샘물이나 찻물을 가리킨다.

4) 벌집: '밀비(蜜脾)'는 벌집을 말하니, 벌집 모양이 비장[脾] 닮아서 붙여진 말이다.

5) 한가롭게 지내며: '제거(齋居)'는 집에서 기거하는 것이나, 또는 한가롭게 지내는 것을 말한다.

6) 송아지 끌고: '포독(抱犢)'은 은둔하여 사는 것을 비유한 말이다. 당나라 왕유(王維)의 〈송우인귀산가(送友人歸山歌)〉에 "구름 속으로 들어가 닭을 기르고, 산꼭대기 올라가 송아지를 끌도다.[入雲中兮養鷄, 上山頭兮抱犢.]"라고 하였다. 본래 '포독(抱犢)'은 산 이름으로 기주(沂州) 승현(承縣) 북쪽에 있으며 천 길의 절벽인데 옛날에 은둔한 사람이 송아지 한 마리를 끌고서 꼭대기에서 밭을 갈고 씨를 뿌린 것에 연유하였다고 한다.

함장[1]의 〈한거〉에 차운하다

次<u>含章</u>閑居

시골노인 오두막 한 언덕[2]에 있나니	野老柴荊此一丘,
해오라기 비오리 저물녘에 훨훨 나네.	鵁鶄鸂鶒晩悠悠.
시내 물빛 뚜렷하고 바람 살랑거리며	溪光歷落風猶裊,
산기운 가늘게 날려 비 금방 거둬가네.	山氣霏微雨乍收.
세상살이 십년에 높은 벼슬[3] 막혀서	世路十年妨躍馬,
바다끝 닿은 오늘 홀로 누대 오르네.[4]	海天今日獨登樓.
누가 떠돌이 삶 구속 없다 하는가?	誰論浪跡無拘束?
다만 봄꽃 핀 곳이면 문득 머무네.	剛被春花到處留.

---

1) 함장: '함장(含章)'은 윤순지의 둘째 아우 윤원지(尹元之)를 말한다.

2) 한 언덕: '일구(一丘)'는 일구일학(一丘一壑)의 준말이다. 벼슬 하지 않고 세상을 피하여 시골에 살면서 풍류를 즐긴다는 뜻으로, 반고(班固)의 《한서(漢書)》 〈서전(敍傳)〉에 "한 골짜기에서 낚싯대 드리우니 만물이 그 뜻을 좋아하지 아니하나, 한 언덕에서 조용히 숨어사니 천하가 그 즐거움을 바꾸지 못하네.[漁釣于一壑, 則萬物不好其志, 棲遲于一丘, 則天下不移其樂.]"라고 하였다.

3) 높은 벼슬: '약마(躍馬)'는 말을 채찍질하여 달려가거나 뛰어오르는 것을 말하니, 높은 벼슬이나 부귀공명 얻는 것을 가리킨다.

4) 누대 오르네: '등루(登樓)'는 〈등루부(登樓賦)〉를 말하니, 한나라 말기에 왕찬(王粲)은 자가 중선(仲宣)으로 동탁(董卓)의 난리를 피하여 형주(荊州)에서 형주자사 유표의 식객으로 있으면서 누대에 올라가 고향 생각을 하며 지은 것으로, "비록 진실로 아름답지만 내 땅이 아니니, 일찍이 어찌 잠시라도 머물 수 있으리오?[雖信美而非吾土兮, 曾何足以少留?]"라고 하여 그 뒤로 고향을 생각하거나 재주를 지니고도 때를 만나지 못함을 나타내는 전고가 되었다.

김가구[1]에게 지어 주다

贈金可久

잠 자잖고 밤 새우며[2]	不寐仍通昔,
만나서 기쁜 뜻 나누네.[3]	相逢喜賞音.
마음 잘 맞는[4] 나와 너	神交吾與爾,
벼슬길[5] 예나 지금이나.	賢路古猶今.
큰 뜻 품고 구차히 삶 부끄러워	壯志羞溪刻,
높은 재주로 숨어 삶[6] 한하네.	高才恨陸沉.
한잔 술 모르미 가벼이 말자	一盃須勿薄,
도리어 오랜 우정 깊어 가리.	還是舊情深.

1) 김가구: 김덕승(金德承, 1595~1658)은 자가 가구(可久), 호가 소전(少痊)·소첩(巢睫), 본관이 김해이다. 1617년 생원시에 합격, 1619년 정시문과에 갑과로 급제하여 승문원부정자(副正字)로 등용되었다. 예조좌랑(佐郎)으로 한학교수(漢學教授)를 겸하고, 1625년 동지사서장관(冬至使書狀官)으로 명나라에 다녀왔다. 1630년 지평, 1635년 장령·상례(相禮)·사예(司藝) 등을 두루 역임한 뒤 사복시정(司僕寺正)·목사에 이르렀다. 경사(經史)·운서(韻書)를 연구하여 중국어에 능통하였으며, 글씨와 그림에도 능하였다.

2) 밤 새우며: '통석(通昔)'은 밤을 새는 것을 말한다.

3) 뜻 나누네: '상음(賞音)'은 지음(知音)과 같은 말로, 풍류와 운치 있는 일을 이해하거나, 음률을 잘 알거나, 자기를 알아주는 뜻이 같은 친구를 말한다.

4) 마음 잘 맞는: '신교(神交)'는 마음이 잘 통하고 뜻이 잘 맞는 것을 말한다.

5) 벼슬길: '현로(賢路)'는 현명한 선비가 벼슬에 나아가는 기회를 가리킨다.

6) 숨어삶: '육침(陸沉)'은 육지에 물이 고이지 않고 밑으로 빠지는 것처럼 은거함이나, 은거한 선비를 가리킨다.

또
又

그대의 크단 기량 비웃고 笑爾涵牛器,
마량[1])을 보는 이 없구나. 無人相馬良.
주상께 말씀 올려 깨치시게[2]) 一言難悟主,
삼년이나 좌랑 노릇 하였네. 三歲久爲郎.
나랏일[3]) 어찌 정해지나? 國是惡乎定?
우정도 이미 잃고 말았구나. 朋情已矣亡.
아등바등 바깥일에 시달리느라 棲棲勞物役,
우리 사이 날로 쉷고 서늘하네. 吾道日悲涼.

---

1) 마량: '마량(馬良)'은 마량미(馬良眉)를 가리키니, 곧 백미(白眉)를 말한다. 마량은 자가 계상(季常)이고 양양(襄陽) 의성(宜城) 사람으로, 다섯 형제인데 모두 재주로 이름이 나서 마을 속담에 마씨 형제 다섯 가운데 흰 눈썹이 가장 뛰어나니 마량의 눈썹에 흰 털이 있었기 때문에 말한 것이다.

2) 주상께 말씀 올려 깨치시게: '오주(悟主)'는 주상으로 하여금 깨닫게 하는 것이다.

3) 나랏일: '국시(國是)'는 국가의 정책이나, 국가의 큰 일을 말한다.

옥성[1]부원군[2] 장공[3] 만시 남을 대신하여 짓다

輓玉城府院君張公 代人作

앞 조정에 새 인재 양성하셨으니	感慨先朝養育新,
백년 만에 바야흐로 명신 얻었네.	百年方始得名臣.
평생 내 나머지 사람 경시한 게 아니라[4]	平生非我輕餘子,
세상에 공 같은 이 다시 몇 명 되겠소?	今世如公復幾人?
재주 커서 일찍이 황석공 신[5] 전하였고	才大早傳黃石履,

1) 옥성: '옥성(玉城)'은 경상북도 구미시(龜尾市) 옥성면(玉城面)을 말한다.

2) 부원군: '부원군(府院君)'은 조선시대 왕비(王妃)의 친아버지, 곧 왕의 장인에게 주던 정일품(正一品)의 봉작(封爵)이다.

3) 장공: '장공(張公)'은 장만(張晩, 1566~1629)이니 자가 호고(好古), 호가 낙서(洛西), 본관이 인동(仁同)이다. 1589년 생원·진사에 모두 합격하고, 1591년 별시 문과에 병과로 급제하였으며, 성균관·승문원의 벼슬을 거쳐 예문관검열이 되었다. 전생서주부(典牲署主簿)·형조좌랑·예조좌랑·전적·직강·사서·정언·지평을 역임하고, 1599년 봉산군수로 나갔다. 1624년 이괄(李适)이 반란을 진압한 공으로 보국숭록대부(輔國崇祿大夫)에 올라 옥성부원군(玉城府院君)에 봉해졌다 1627년 정묘호란에 오랑캐 군사를 막지 못한 죄로 관작을 삭탈당하고 부여에 유배되었으나 앞서 세운 공으로 용서받고 복관되었다.

4) 나머지 사람 경시한 게 아니라: '경여자(輕餘子)'는 송나라 소식의 〈차운화왕공(次韻和王鞏)〉에 "평소에 내가 또한 나머지 사람을 경시했으니, 늘그막에 어느 누가 이 늙은이 생각하겠는가?[平生我亦輕餘子, 晩歲人誰念此翁.]"라고 하였으며, 육유(陸游)의 〈취부(醉賦)〉에 "내가 또한 나머지 사람을 경시했으나, 그대는 응당 취한 사람 용서했도다.[我亦輕餘子, 君當恕醉人.]"라고 하였다. '여자(餘子)'는 경대부의 적장자 이외의 아들을 가리키거나, 나이 어린 남자 또는 서자(庶子)나, 이후 세대 또는 나머지 사람 등을 가리키는 말이다.

5) 황석공 신: '황석(黃石)'은 진(秦)나라 때 은둔 선비로, 이상노인(圯上老人)이라고도 하니 이상(圯上)은 흙다리 위란 뜻이다. 한나라 고조(高祖) 유방(劉邦)을 보필하여 한나라를 건국한 장량(張良)이 하비(下邳)의 흙다리 위에서 황석공(黃石公)이라는 노인을 만났는데 신발을 일부러 강물에 떨어뜨려 장량이 다리 아래 내려가서 주워오는지를 떠본 뒤에 태공망(太公望)의 《태공병법(太公兵法)》을 건네주면서 "13년 뒤에 제(濟)나라 북쪽의 곡성산(穀城山) 아래에서 하나의 누런 돌을 보게 되면 나인 줄 알라."고 한 다음 사라졌는데, 장량이 《태공병법(太公兵法)》을 읽고 유방(劉邦)이 대업을 이루도록 도운 13년 뒤에 장량이 유방을 좇아 제나라

공 이루고도 되레 계응 순채[6] 생각했네.	功成還憶季鷹蓴.
서북지방 유달리 아껴 군대주둔 논하던	偏憐西北論兵地,
그 시절 허리띠 느슨한 것 보지 못했네.	不見當時緩帶身.

북쪽을 지나다가 곡성산 아래에 누런 돌이 있는 것을 보고 장량이 장차 죽음에 누런 돌을 함께 묻어주었다고 한다.

6) 계응 순채: '계응순(季鷹蓴)'는 계응(季鷹)의 순채라는 뜻으로, 후한(後漢) 때 오군(吳郡) 사람 장한(張翰)은 자가 계응(季鷹)인데 낙양(洛陽)에서 벼슬하다가 어지러운 세상을 직면하자 고향의 순채국과 농어회가 그립다고 하면서 벼슬을 그만두고 고향으로 돌아갔다고 한다.

덕우[1]의 집에서 사치 형제[2]와 함께 이야기하며 되는대로 짓다 사치는 이행원 공이다

德雨家偕士致兄弟同話 謾題 士致李公行遠

세상 다스림 공정 평등하거늘 濟世宜公等,
오늘 우린 술꾼하고 어울리네. 今吾混酒徒.
영고성쇠[3] 뉘 얻고 잃었나? 榮枯誰得喪?
천지자연 또한 짧은 시간일 뿐. 天地亦須臾.
벼슬길 볼수록 오히려 비좁고 世路看猶窄,
어린 마음[4] 늙을수록 아둔하네. 狂心老轉迂.

---

1) 덕우: '덕우(德雨)'는 박황(朴潢, 1597~1648)의 자이니, 호가 나옹(懦翁)·나헌(懦軒), 본관이 반남(潘南)이다. 1621년 정시문과에 병과로 급제하여 1624년 예문관검열(藝文館檢閱), 세자시강원설서(世子侍講院說書)·홍문관정자(弘文館正字)를 거쳐 대사간·이조참의를 지냈으며, 병자호란 때 왕을 호종(扈從)하여 남한산성으로 갔다. 볼모로 가는 소현세자를 호종하여 심양(瀋陽)에 갔다가 돌아와서 병조판서가 되었으며 이어 대사헌에 올랐다. 1644년 심기원(沈器遠)의 역모에 연루되어 김해에 유배되었다가 풀려나서 전주부윤을 지냈다.

2) 사치 형제: '사치형제(士致兄弟)'는 이행원(李行遠)과 이행진(李行進) 형제를 말한다. 이행원(李行遠, 1592~1648)은 자가 사치(士致), 호가 서화(西華), 시호가 효정(孝貞), 본관이 전의(全義)이다. 할아버지는 기준(耆俊), 아버지는 후기(厚基)이다. 1610년 진사시에 합격하고 1617년 알성문과에 을과로 급제하여 정자가 되었다. 1636년 병자호란이 일어나자 왕을 호종(扈從)하여 남한산성으로 갔다. 최명길 등의 화의론에 반대하여 척화를 주장하다 화의가 성립되자 부빈객(副賓客)이 되어 소현세자(昭顯世子)를 호종하여 심양에 갔다. 1647년 우의정에 오르고, 이듬해 청나라 사신으로 가던 중에 병을 얻어 평안도에서 죽었다. 이행진(李行進, 1597~1665)은 자가 사겸(士謙), 호가 지암(止菴)이다. 효종이 세자로 있을 때 필선·보덕을 겸임하면서 세자를 보필하였고, 그 뒤 홍문관 수찬·교리·응교를 거쳐 사인·집의·사간·승지를 두루 역임하였다. 1651년에 동지 겸 사은부사(謝恩副使)로 청나라에 다녀와서 여러 참판 및 도승지·대사헌을 역임한 뒤, 1659년 현종이 즉위하자 개성유수·경기도관찰사를 거쳐 동지중추부사에 이르렀다.

3) 영고성쇠: '영고(榮枯)'는 세월이 흐름에 따라 변전(變轉)하는 인간세상의 번영과 쇠락을 말한다.

글로 "어이구!"[5] 쓰지 않아도	未應書咄咄,
못난 신세 이미 아무 것도 없네.[6]	粗已了無無.

4) 어린 마음: '광심(狂心)'은 광간(狂簡)의 마음이니, 광간은 뜻이 크되 일을 함이 소략한 것을 말한다. 《논어》 〈선진(先進)〉에 공자가 진(陳)나라에 있으면서 말하기를, "돌아가리라, 돌아가리라. 우리 고향마을의 어린애들이 뜻이 크되 일을 함이 소략하여 찬란하게 문장을 이루었으나 그것을 재단할 줄 모르는구나.[歸與歸與. 吾黨之小子狂簡, 斐然成章, 不知所以裁之.]"라고 하였는데, 주희는 주석에서 광간은 뜻이 크되 일을 함이 소략한 것이다.[狂簡, 志大而畧於事也.]라고 하였다.

5) "어이구!": '돌돌(咄咄)'은 돌돌서공(咄咄書空)의 준말로, 뜻을 잃어 괴로워하고 한탄하는 모양을 형용하거나, 탄식하고 분개하는 모양을 의미한다. 《진서(晉書)》 〈은호전(殷浩傳)〉에 의하면, 은호가 비록 조정에서 축축 당하였으나 입으로 원망하는 말이 없고 다만 하루 종일 공중에 "어이고! 괴이한 일이로다.[咄咄怪事.]"라고 하였다는 고사에 근거한다.

6) 아무 것도 없네: '무무(無無)'는 연속해서 허무하고 없는 것이니, 중국 고대 도가에서 천지만물이 형성되기 이전의 공적(空寂)한 상태로 인식한 말로, 뒤에 또한 허무하거나 아무 것도 없게 됨을 가리키게 되었다.

봄날에 되는대로 짓다

春日謾題

넝쿨풀 난 오솔길에 봄경치가 담백하고	蘿逕春容淡,
사립문에 해 그림자 뉘엿뉘엿 넘어가네.	荊扉日影遲.
맑은 창가 편안하게 잠자기에 마땅하고	晴窓宜穩睡,
자연 만물[1] 억지로 새로운 시 짓게 하네.	造物强新詩.
제비들이 시끌벅적 들보에다 집을 짓고	燕鬧巢梁語,
활짝 핀 꽃 문 앞까지 가지 들어오네.	花明入戶枝.
이웃 사람들과 막걸리[2]를 나누어 마시니	鄰人分白酒,
그윽한 경치[3]에다 또 신기함이 더해지네.	幽事又添奇.

1) 자연 만물: '조물(造物)'은 조물주가 만든 만물을 말한다.

2) 막걸리: '백주(白酒)'는 《예기》에 보면, 옛날에 술을 청주(淸酒)와 백주(白酒)로 나누었다고 한다. 삼국시대 위(魏)나라 어환(魚豢)의 《위략(魏略)》에 의하면, 태조 때 금주령을 내려 사람들이 몰래 술을 마시되 술이라 하지 않고 백주를 현인이라 하고, 청주를 성인이라고 하였다고 한다. 또한 백주는 일반적으로 맛있는 술을 칭하기도 한다.

3) 그윽한 경치: '유사(幽事)'는 그윽한 경치나 뛰어난 경치를 말한다.

함장[1]이 안부 편지를 보내며 강물고기를 보내왔는데 이 지방에는 비가 오지 않아 걱정이거늘 그곳은 단비가 쏟아진다 하여 이에 절구 두 수를 지었다

含章致書問 饋以江魚 此地方悶雨 而其處甘霔霈然云 仍賦二絶

아우가 멀리서 한 자 물고기 보내오며	愛弟遥分一尺魚,
편지 동봉하여 숨어사는 형편[2] 묻네.	更封書踈問離居.
아이 불러 은실 같은 회 잘라내게 하니	呼兒斫出銀絲鱠,
바다[3]로 돌아가고픈 마음 자꾸 일으키네.	滄海歸心重起予.

세상각지[4] 떠돌다 전원계획 어긋나고	放浪江湖計又違,
타향에서 오늘 그대 돌아감을 송별하네.	異鄉今日送君歸.
봄바람에 한량없이 이별 아픔 쓰라려서	春風無限傷離恨,
산자락 외딴 마을에서 홀로 문을 닫네.	山下孤村獨掩扉.

1) 함장: '함장(含章)'은 윤순지의 동생 윤원지(尹元之)를 말한다.

2) 숨어사는 형편: '이거(離居)'는 세상을 떠나서 은거하는 것을 말한다.

3) 바다: '창해(滄海)'는 넓고 큰 바다를 말한다. 또는 고대 신화 속에 나오는 북해(北海)에 있는 섬으로 사방이 푸른 바다로 둘러있어 신선들이 창해라고 하였다.

4) 세상 각지: '강호(江湖)'는 강하호해(江河湖海)의 준말로 사방각지를 가리키거나, 민간(民間)을 가리키거나, 은둔 선비의 거처를 가리키기도 하였다.

함장에게 화답하다 두 수

和含章 二首

다섯 냥[1] 바람이 살랑대는 양자 나루[2] 五兩風輕楊子渡,
세 길 높이[3] 해 솟은 행주산성이라네. 三竿日上幸州城.
뱃사공[4] 그물[5] 던져 봄날 술[6] 팔아오니 長年擧網沽春酒,
금릉[7]으로 돌아가서 마을사람 만나리라. 歸向金陵村裏行.

강가 버들 어둑어둑 강물은 흘러가고 江柳陰陰江水流,

---

1) 다섯 냥: '오냥(五兩)'은 오량(五緉)이라고도 하며, 옛날에 바람을 측정하던 기구이다. 닭털이 다섯 냥이나 여덟 냥이 되는데 높은 장대 꼭대기에 매달아서 풍향과 풍력을 관측한 것에 유래하였다.

2) 양자 나루: '양자도(楊子渡)'는 중국 금릉의 양자강에 빗대어 우리나라 특정 지역의 나루터를 가리키는데 자세하지 않다. 혹시 양화진을 가리키는 지 모르겠다.

3) 세 길 높이: '삼간(三竿)'은 일상삼간(日上三竿)의 준말로, 해가 떠올라서 세 개의 장대만큼 높이 솟은 것을 말하니, 날이 밝아 시간이 이르지 않음을 가리키는 말이다. 일고삼장(日高三丈) 또는 일고삼척(日高三尺)이라고도 한다. 소식(蘇軾)의 〈과해득자유서(過海得子由書)〉에 "문 밖에는 해가 높이 떴고, 강관에는 하나의 잎이 가을이라.[門外三竿日, 江關一葉秋.]"고 하였다.

4) 뱃사공: '장년(長年)'은 노년이나 노인, 또는 뱃사공을 가리킨다.

5) 그물: '거망(擧網)'은 물고기가 다니는 길목을 막아서 물고기 떼를 한곳에 몰아넣어 잡을 수 있도록 치는 그물의 하나로 덤장그물이라고 한다. 통그물의 사방 귀에 말뚝을 박고 도르래를 달아서 줄로 그물을 들어 올리게 하는 것이다.

6) 봄날 술: '춘주(春酒)'는 겨울에 빚어 봄에 익은 술, 또는 봄에 빚어 가을과 겨울에 익은 술을 말한다.

7) 금릉: '금릉(金陵)'은 중국 남경(南京)의 옛 이름이며 금릉 옆으로 양자강이 흐른다. 금릉은 진(晉)·송(宋)·제(齊)·양(梁)·진(陳)이 차례로 도읍하였다. 남조(南朝) 제(齊)나라 때 시인 사조(謝朓)는 〈입조곡(入朝曲)〉에서 "강남은 아름다운 지역이고, 금릉은 제왕들의 도읍이라네.[江南佳麗地, 金陵帝王州.]"라고 읊었다. 여기서는 우리나라의 남경에 해당하는 한양을 가리키던가 경기도 김포 지역을 가리킨다.

사립문 바로 앞에 갈대꽃 핀 물가로다. 蓬扉正對荻花洲.
욕심 없이 뱀의 발[8]로 편안히 살며 知君無意安蛇足,
작은 배 노 저으며 자유롭게 지내겠네. 一棹扁舟可自由.

8) 뱀의 발: '사족(蛇足)'은 화사첨족(畫蛇添足)의 준말로, 뱀의 발을 그린다는 뜻으로 쓸데없는 일을 하다가 도리어 실패함을 이르거나, 쓸데없는 일을 한다는 뜻이다.

산골생활에 되는대로 적다 두 수

林居謾記 二首

여윈 모습 선학 같고 정숙함은 스님 같아	瘦如仙鶴靜如僧,
말끔한 방 낮잠 자려[1] 팔 베고 누웠네.[2]	攤飯淸齋臥曲肱.
하늘에 구름 보며 마음 메인 데 없고	天上靑雲空氣色,
흰 눈 내리니 절로 신이 나는구나.[3]	人間白雪自憑陵.

먼지 갓끈[4] 씻어내고 푸른 시내[5] 물어보니	濯了塵纓問碧溪,
이 세상에 오직 네가 못 찾도록 하는구나.	世間唯爾似吾迷.
모든 냇물 바다로 가서 분별됨이 없거늘	衆流歸海無分別,
깨끗함[6]을 일삼아서 진흙탕에 못 드는가?[7]	何事空明不貯泥?

---

1) 낮잠 자려: '탄반(攤飯)'은 오수(午睡)를 말한다. 송나라 육유(陸游)의 〈춘만촌거잡부(春晩村居雜賦)〉의 자주(自注)에 "동파선생이 아침에 마시는 것을 요서(澆書)라 하고, 이황문이 낮잠 자는 것을 탄반(攤飯)이라고 하였다.[東坡先生謂晨飮爲澆書, 李黃門謂午睡爲攤飯.]"고 하였다.

2) 팔 베고 누웠네: '곡굉(曲肱)'은 가난한 생활 속에서 도를 즐기며 사는 것을 말한다. 《논어》 〈술이(述而)〉에서 "싱긴 밥을 먹고 물을 마시며 팔을 베고 눕더라도 즐거움이 또한 그 가운데에 있다.[飯疏食飮水, 曲肱而枕之, 樂亦在其中矣.]"고 하였다.

3) 신이 나는구나: '빙릉(憑陵)'은 빙릉(憑凌)이라고도 하는데 침범 또는 기모(欺侮)함을 말하거나, 맘대로 날뛰거나, 높은 곳에 오르거나, 능가 또는 초월하거나, 고앙(高昂)하거나, 빙자(憑藉)함을 말한다.

4) 먼지 갓끈: '진영(塵纓)'은 티끌 진 세상의 관(冠)의 끈이라는 뜻으로, 속세의 일을 말한다.

5) 푸른 시내: '벽계(碧溪)'는 당나라 탕수(湯洙)의 〈등운제(登雲梯)〉에 "사영운이 항상 노닐던 곳이요, 산봉우리 켜켜이 푸른 시내 베도다.[謝客常游處, 層巒枕碧溪.]"라고 하여 청고한 선비가 은둔하는 산림의 경계를 말한다.

6) 깨끗함: '공명(空明)'은 달빛 아래 맑은 물결이나, 텅 비고 맑은 하늘을 가리키며, 여기서는 깨끗하고 맑은 자신 및 마음을 말한다.

7) 진흙탕에 못 드는가: '저니(貯泥)'는 거북이 꼬리를 진흙 속에 묻고 끈다는 예미도중(曳尾塗中)의 뜻으로, 총명함으로 벼슬을 하며 세상에 속박되어 살기보다는 차라리 가난하더라도 물러나서 편안하게 사는 것이 낫다는 《장자》에 나오는 말이다.

남파[1]의 정자에 대해 지어 보내다

寄題<u>南坡</u>亭子

바다 위에 세 산[2]과 열 섬[3] 있다지만	海上三山與十洲,
세상에서 지금까지 몇 사람이나 놀았던가?	世間今古幾人遊?
황금으로 바야흐로 집 지음 못 믿겠는데	黃金未信方爲屋,
백옥으로 곧바로 어떻게 누정 지었는가?	白玉何曾便作樓?
눈앞의 이 경계에 머무르려 다툴 듯하더니	爭似眼前留此境?
산림[4]으로 돌아와서 참된 휴식 얻었구나.	却來林下得眞休.
안개 파도[5] 아침저녁 무궁 변태 갖추고	煙波朝暮無窮態,
늙은 시인 맘에 들어 한결같이 눈길 끄네.	輸入詩翁一放眸.

1) 남파: '남파(南坡)'는 홍우원(洪宇遠, 1605~1687)의 호로서, 본관이 남양(南陽)이고 자가 군징(君徵), 시호가 문간(文簡)이다. 1645년 별시문과에 병과로 급제하고, 1680년 경신대출척으로 남인이 몰락하자 허적(許積)의 역모사건에 연루되어 명천으로 유배되었다가 문천으로 이배된 뒤 1687년에 죽었다. 1689년 기사환국 때 복작(復爵)되고 이듬해 영의정에 추증되었다.

2) 세 산: '삼산(三山)'은 바다 속에 있다는 봉래(蓬萊)·영주(瀛洲)·방장(方丈)을 말한다.

3) 열 섬: '십주(十洲)'는 신선이 산다는 큰 바다의 열 개의 섬이니, 조주(祖洲)·영주(瀛洲)·현주(玄洲)·염주(炎洲)·장주(長洲)·원주(元洲)·유주(流洲)·생주(生洲)·봉린주(鳳麟洲)·취굴주(聚窟洲)를 말한다.

4) 산림: '임하(林下)'는 산림 및 전원 등 초야로서, 벼슬길에서 물러나 은거하는 곳을 말한다.

5) 안개 파도: '연파(煙波)'는 안개가 아득한 수면이나, 세상을 피하여 은거한 강호를 가리킨다.

가구와 자장[1]에게 편지를 보내면서 아울러 근체시 모두 네 수를 부치다

可久 子長致訊 並寄近體各四首

이 늙은이 외론 한에 매였어도	此老羈孤恨,
오직 그대들과 말 나눌 수 있네.	唯君可與言.
구유에 엎드림[2] 달게 여기면 준마 아니며	驥非甘伏櫪,
문 앞에 남 꺼리지 않으면 난초라 할 수 없네.[3]	蘭偶忌當門.
세상일 진정 어렵기만 하니	世事眞難了,
우정을 정녕 누가 간직하랴?	朋情定孰存?
돌아가고픈 마음 두우[4] 같아서	歸心如杜宇,

1) 가구와 자장: '가구(可久)'는 김덕승(金德承)을 가리키고, '자장(子長)'은 조계원(趙啓遠, 1592~1670)을 가리키니 자가 자장(子長), 호가 약천(藥泉), 시호가 충정(忠靖), 본관이 양주(楊州)로 신흠(申欽)의 사위이며, 이항복(李恒福)의 문인이다. 1616년 진사시에 합격하고, 1628년 별시문과에 을과로 급제하여 정언을 거쳐 형조좌랑이 되었다. 1641년 심양(瀋陽)으로 간 소현세자(昭顯世子)가 명나라의 금우(錦州) 공격에 참가하게 되자 모래주머니를 이용하여 성을 쌓는 기계(奇計)를 써서 소현세자가 무사히 돌아오는 데 공을 세웠다. 1662년 형조판서가 되었으나 사직하고 보령으로 은퇴하여 한가하게 여생을 보냈다.

2) 구유에 엎드림: '복력(伏櫪)'은 말이 구유에 엎드려 있는 것으로, 사람에게 길들여서 길러지는 것을 말한다. 삼국시대 위(魏)나라 조조(曹操)의 〈보출하문행(步出夏門行)〉에 "늙은 천리마가 구유에 엎드려도 뜻은 천리에 있고, 열사가 늙었어도 장한 마음 그침이 없도다.[老驥伏櫪, 志在千里, 烈士暮年, 壯心不已.]"라고 하였다.

3) 문 앞에 남 …… 할 수 없네: 《삼국지》 〈촉지(蜀志)·주군전(周群傳)〉에서는 '방란생문(芳蘭生門) 부득불서(不得不鉏)'라고 하였다. 향긋한 난초가 문 앞에 나서 호미질 하지 않을 수 없다는 말로, 현능(賢能)한 재능을 지닌 선비가 때를 만나지 못함을 비유하는 것으로 그 정직함이 거슬려서 용인 받지 못하고 버림받을 수밖에 없음을 의미한다.

4) 두우: '두우(杜宇)'는 촉나라 왕 망제(望帝)의 호이니, 형(荊)나라 사람 별령(鱉令)에게 선위(禪位)하고 떠난 뒤에 혼령이 변하여 두견새가 되었다고 하여 촉혼(蜀魂)·촉조(蜀鳥)·귀촉도(歸蜀道)·두백(杜魄)·두우(杜宇)·망제혼(望帝魂)·불여귀(不如歸)라고도 한다. 또는 두

울음소리 달빛 아래 넋을 끊누나. 啼斷月中魂.

우(杜宇)는 두주(杜主)라고도 하고, 하늘에서 내려와서 망제(望帝)라고 하며, 망제가 죽으면서 혼령이 변하여 두견(杜鵑)이 되었다고 한다.

또
又

쇠 같고 난초 같은 사귐[1]에 감격하여	感激金蘭契,
편지글에 두 번이나 인사말을 적었네.[2]	封書再拜言.
나야말로 양중 위한 오솔길[3]을 열었거늘	我開羊仲徑,
그대들은 적공의 문[4]이라 지나쳐 갔구나.	君過翟公門.
흰 명주실 허리띠[5]에 깊은 우정 담겼고	縞帶深情是,
두꺼운 솜옷[6]에는 오랜 마음 들어있네.	綈袍舊意存.

---

1) 쇠 같고 난초 같은 사귐: '금란계(金蘭契)'는 친구 사이의 매우 두터운 우정으로 깊은 사귐을 말하며, 금란지교(金蘭之交)와 같은 말이다. '금란(金蘭)'은 《주역》 〈계사전〉에 "두 사람이 마음이 같으면 그 날카로움이 쇠를 자르고, 마음이 같은 말은 그 향내가 난초와 같다.[二人同心, 其利斷金, 同心之言, 其臭如蘭.]"라고 한 데서 나온 말로, '금란(金蘭)은 교우의 도를 비유하니 그 굳기가 쇠와 같고 그 향기가 난초와 같다는 말이다.

2) 편지글에 …… 적었네: '재배언(再拜言)'은 편지글의 머리나 말미에 쓰는 인사말이다. "모(某)는 이마를 조아리고 재배하고 말씀드리나이다.[稽顙再拜言.]" 따위로 낮은 등급의 사람에게는 '머리를 두드린다.[叩首]'고 하며, '언(言)'자를 쓰지 않는다.

3) 양중 위한 오솔길: '양중경(羊仲徑)'은 한나라 장후(蔣詡)는 자가 원경(元卿)으로 왕망(王莽)이 집권하자 벼슬에서 물러나 향리인 두릉(杜陵)에 은거하며 집의 대나무밭 아래 세 개의 오솔길을 내고 친구 구중(求仲)과 양중(羊仲) 두 사람만 불러 교유하였다고 한다.

4) 적공의 문: '적공문(翟公門)'은 한나라 문제(文帝) 때 적공(翟公)이 정위(廷尉) 벼슬에 오르자 사람들이 그의 집에 모여들더니 벼슬을 그만두자 한 사람도 찾아오지 않았다. 그 뒤에 다시 정위가 되자 사람들이 다시 찾아오니 "한번 죽고 한번 살게 됨에 친구의 정을 알게 되고, 한번 부유하고 한번 가난하게 됨에 친구의 모습을 알게 되고, 한번 귀하고 한번 천하게 됨에 친구의 정을 알게 된다."고 하였다.

5) 명주실 허리띠: '호대(縞帶)'는 춘추시대 오(吳)나라 계찰(季札)이 정(鄭)나라에 사신 가서 자산(子産)을 만나 마치 옛 친구를 만난 것처럼 생각하며 흰 명주실로 만든 띠[縞帶]를 선물하자 자산이 답례로 모시옷[紵衣]을 주었다는 고사를 말한다.

6) 두꺼운 솜옷: '제포(綈袍)'는 전국시대 위(魏)나라 수가(須賈)가 옛 친구인 범수(范雎)에게 따뜻한 솜옷을 전해주었던 고사를 말한다.

이 마음 도리어 잠 못 들고 깜바깜바	此心還耿耿,
기나긴 밤 돌아가는 혼백[7]에 의탁해.	遙夜托歸魂.

7) 돌아가는 혼백: '귀혼(歸婚)'은 촉나라 왕 망제(望帝)의 죽은 혼백인 두우(杜宇), 곧 두견(杜鵑)을 말한다. 두견새는 촉혼(蜀魂)·촉조(蜀鳥)·귀촉도(歸蜀道)·두백(杜魄)·두우(杜宇)·망제혼(望帝魂)·불여귀(不如歸)라고도 한다.

또

又

영광 쇠락 자질구레한 일	榮落區區事,
만나서 속닥속닥 얘기하네.	相逢昵昵言.
세상인심 칼 잡고 치는 일[1] 잘 하고	世情工按劒,
우리 우정 문에 빗장 걸은 것 같구나.	吾道合關門.
흰머리 되도록 곤궁함만 만났으나[2]	白髮窮偏得,
붉은 마음 늙어서도 아직 지녔네.	丹心老尚存.
창밖에 우는 새 너무나 미웁다	赤憎窓外鳥,
꿈속 혼백 놀래켜 일으키나니.	驚起夢中魂.

1) 칼 잡고 치는 일: '안검(按劒)'은 칼을 잡고 치려는 형세를 가리키는 말로, 사람들이 이욕에 눈이 멀어 까닭 없이 서로 미워하는 것을 뜻한다. 《사기》 〈추양열전(鄒陽列傳)〉에 "명월주(明月珠)와 야광벽(夜光璧) 같은 좋은 보배를 컴컴한 길에 행인들에게 던져 주면 칼자루를 잡고 노려보지 않을 사람이 없으니, 그 이유는 좋은 보배가 까닭 없이 자기 앞에 떨어졌기 때문이다."라고 하였다.

2) 곤궁함만 만났으나: '편득(偏得)'은 독득(獨得)과 같은 말로, 가장 많이 얻는다는 뜻이다.

북로[1]로 귀양 가는 김회여[2]를 송별하다

送金晦汝謫北路

천년 세월 좋은 명성 일생 처신에 달렸으니	千載芳名一世身,
잠시뿐인 영예 치욕에 심신 상하지 말지어다.	蹔時榮辱莫傷神.
우리가 아는 한나라 조정 대신[3] 가운데에	漢廷卿相知多少,
난간 나무 부러뜨린 이[4]만 역사에 전하네.	青史唯傳折檻人.

1) 북로: '북로(北路)'는 북쪽으로 가는 큰 길로, 옛날에 서울에서 함경도로 통하는 길을 말한다.

2) 김회여: 김회여(金晦汝)'는 김광현(金光炫, 1584~1647)으로 본관이 안동(安東)이며, 자가 회여(晦汝), 호가 수북(水北), 아버지는 우의정 상용(尙容)이다. 1612년 생원·진사 양과에 모두 합격했으나, 광해군 때에 관직에 나아가지 않았다. 1623년 인조반정이 일어나자 연원도 찰방(連源道察訪)을 제수 받고, 1636년 병자호란 때 아버지가 강화로 피난했다가 그곳에서 자살한 뒤로 홍주의 오촌동(鰲村洞)에 은거하였다. 1646년 소현세자빈 강씨가 사사되자 강빈의 오빠 문명(文明)이 사위였던 까닭에 순천부사로 좌천되어 이듬해 그곳에서 죽었다.

3) 조정 대신: '경상(卿相)'은 정사를 집행하는 대신이니, 삼정승(三政丞)과 육판서(六判書)를 말한다.

4) 난간 나무 부러뜨린 이: '절함(折檻)'은 한나라 때 주운(朱雲)이 효성제(孝成帝)에게 간언하다가 노여움을 사서 대전 아래로 끌려 내려갈 때 어전(御殿)의 난간 나무를 붙잡고 버티며 간언하다가 난간 나무가 부러졌다는 고사를 말한다.

부질없는 원한

謾恨

한말 술 뉘 함께 마시려나?	斗酒共誰飮?
거문고 또한 치는 이 없네.	朱絃且莫彈.
세상인심 나날이 변한다지만	世情日以變,
세상살이 어찌 이리 어려운가?	行路何其難?
승냥이 호랑이[1] 나라에 퍼지니	豺虎遍中國,
교룡[2]마저 다른 물로 옮겨가네.	蛟龍移別灘.
산 떠난 초목 늘 가련한데	常憐出山草,
문 앞에 난 난초[3] 되었네.	偶作當門蘭.
비록 좋은 향 지니고 있어도	縱有芬芳在,
어찌 찬 서리 눈 견디겠는가?	那堪霜雪寒?
친구들 늙어가며 벼슬 떠나니	朋知漸衰謝,
뒤집히는 인생사 파란이 이네.	飜覆如波瀾.
수많은 저 값나가는 보배[4]를	藹彼連城寶,

1) 승냥이 호랑이: '시호(豺虎)'는 사납고 무자비한 도적이나 오랑캐들로 침략한 자를 가리킨다.

2) 교룡: '교룡(蛟龍)'은 몸을 숨기고 사는 지조 있는 영웅이나 선비를 가리키는 말이다. 교룡실수(蛟龍失水)는 영웅이 의지할 데를 잃고 떠나감을 비유한다.

3) 문 앞에 난 난초: '당문난(當門蘭)'은 문 앞에 자란 난초는 현능하고 강직한 현사를 비유하는 말이니, 어지러운 시대에 거슬러서 세상 사람의 용인 받지 못하여 제거될 수밖에 없음을 말한다. 《삼국지》〈촉지(蜀志)·주군전(周群傳)〉에서는 '방란생문(芳蘭生門)'이라고 하였다.

4) 값 나가는 보배: '연성보(連城寶)'는 가연성(價連城)의 뜻으로 진(秦)나라의 소양왕(昭襄王)이 15개 성(城)을 조(趙)나라의 화씨벽(和氏璧)과 바꾸자고 한 고사를 말한 것으로, 월등하게 뛰어남을 비유하는 말이다.

다만 칼 잡고 [5] 쳐다보누나. 徒然按劒看.

차라리 저 산골짜기[6] 돌아가 無寧歸一壑,

대인[7]의 즐거운 삶[8] 꾀하리. 永考碩人槃.

---

5) 칼 잡고: '안검(按劒)'은 칼을 잡고 치려는 형세를 예시하는 것이니 사람들이 까닭 없이 미워함을 뜻한다.

6) 저 산골짜기: '일학(一壑)'은 일구일학(一丘一壑)의 준말로, 벼슬을 하지 않고 세상을 피하여 산골에 살면서 풍류를 즐긴다는 뜻이다.

7) 대인: '석인(碩人)'은 미인(美人)이나 대인군자를 말하니, 《시경》 〈위풍(衛風)·석인(碩人)〉에 "훤칠한 석인이여! 비단옷에 홑옷을 걸쳤구나.[碩人其頎, 衣錦褧衣.]"라고 하였는데, 정현의 전(箋)에 석(碩)은 큼[大]이라고 하였다.

8) 즐거운 삶 : '고반(考槃)'은 덕을 이루고 도를 즐김을 뜻하거나, 은둔할 집을 짓고 스스로 즐겁게 산다는 뜻이다. 《시경(詩經)》 〈위풍(衛風)·고반(考槃)〉에서 현명한 사람의 은거를 찬미하며 "고반이 시냇가에 있으니, 현자의 마음이 넉넉하도다.[考槃在澗, 碩人之寬.]"라고 하였다.

옛일에 대한 감회

感舊

염파 이목[1] 같은 해에 대궐[2] 안에 있어서	頗牧當年在禁闈,
궁궐[3]의 명철한 군주는 무위정치[4] 펼쳤네.	九重明主定垂衣.
젊어서는 칼을 차고 높은 하늘[5] 의지했고	青春劍佩依霄漢,
늙어서는 낚싯줄 엮어 낚시터에만 나가있네.	晩節絲綸但釣磯.
급암[6]은 간언하여[7] 몸이 절로 멀어졌고	汲直拾遺身自遠,
가의[8]는 세상 근심에 흔한 귀양 바랐네.	賈生憂世願多違.

1) 염파 이목: '파목(頗牧)'은 전국시대 유명한 장수인 염파(廉頗)와 이목(李牧)을 말한다. 염파는 인상여(藺相如)와 함께 조(趙)나라를 지킨 장수이며, 이목은 조(趙)나라 북쪽 변방을 지키던 장수로 흉노족의 침입을 막았으며 진(秦)나라를 대파한 공으로 무안군(武安君)에 봉해졌다.

2) 대궐: '금위(禁闈)'는 궁정(宮廷)의 문을 말하니, 대궐 안이나 조정(朝廷)을 가리킨다.

3) 궁궐: '구중(九重)'은 궁궐 혹은 조정을 가리킨다.

4) 무위정치: '수의상(垂衣裳)'은 의복의 제도를 정하여 세상에 예를 보이는 것으로, 제왕의 무위(無爲)의 정치를 칭송하는 말로 쓰였다. 《주역》〈계사전(繫辭傳)〉에 "황제와 요순께서 의상을 드리우고 천하를 다스리시니 대개 건곤에서 취하신 것이었다.[黃帝堯舜垂衣裳而天下治, 蓋取諸乾坤.]"라고 하였는데, 한강백(韓康伯)의 주에 "의상을 드리워서 귀천을 분별하였으니 건은 높고 곤은 낮다는 뜻이다.[垂衣裳以辨貴賤, 乾尊坤卑之義也.]"라고 하였다.

5) 높은 하늘: '소한(霄漢)'은 하늘의 은하로 고원한 하늘 허공을 말하니, 조정의 높은 벼슬을 비유한다.

6) 급암: '급직(汲直)'은 한나라의 급암(汲黯)을 말한다. 무제(武帝) 때 벼슬이 주작도위(主爵都尉)에 이르렀는데 성품이 강직하여 조정에서 논쟁을 잘하자 쟁신(諍臣) 급직(汲直)이라 불렀다고 한다. 승상 장탕(張湯)과 어사대부(御史大夫) 공손홍(公孫弘) 등을 천자에게 아첨하는 무리라고 비난하였고, 황로지도(黃老之道)와 무위(無爲)의 정치를 주장하며 왕에게 간하여 받아들여지지 않자 회양태수(淮陽太守)를 지내다가 관직에서 물러났다.

7) 간언하여: '습유(拾遺)'는 임금의 과실(過失)을 간언하거나, 임금을 보좌하여 그 결정을 바로잡는 직무를 말한다.

8) 가의: '가생(賈生)'은 한나라 무제(文帝) 때 가의(賈誼)를 말한다. 낙양(洛陽) 사람으로 시문에 뛰어나고 제자백가에 정통하여 18살 때 벌써 문명(文名)을 떨쳤다. 문제(文帝)의 총애를

흰머리가 시름 속에 변한 것을 알 따름이요	從知白髮愁中變,
늙은 얼굴 이긴 뒤에 살찜[9]은 믿지 못했네.	未信蒼顏勝後肥.

받아 약관의 나이로 최연소 박사가 되고 1년 만에 태중대부(太中大夫)가 되어 진(秦)나라 때부터 내려온 율령(律令)과 관제(官制), 예악 등의 제도를 개정하고 관제를 정비하는 의견을 자주 올렸으나 주발(周勃)과 관영(灌嬰) 등 고관들의 시기를 받아 장사왕(長沙王)의 태부(太傅)로 좌천되었다. 재주를 지니고도 불우한 자신의 운명을 굴원(屈原)에 견줘 〈복조부(鵩鳥賦)〉와 〈조굴원부(弔屈原賦)〉를 지었으며, 4년 뒤에 복귀하여 문제의 막내아들 양회왕(梁懷王)의 태부가 되었지만 왕이 낙마하여 급서하자 애도한 나머지 1년 뒤인 33세에 죽었다.

9) 이긴 뒤에 살찜: '승후비(勝後肥)'는 득도비(得道肥)의 뜻이다. 마음속에서 도의와 부귀에 대한 갈등을 일으킨 뒤에 스스로 도를 택하여 즐겁게 사는 안빈낙도(安貧樂道)의 삶을 살게 되면서 마음이 편안하여 늙은 얼굴이 뒤늦게 살이 찌게 되었다는 뜻이다. 《한비자(韓非子)》〈유로(喩老)〉에 보면, "자하가 증자를 만나자 증자가 물었다. '어찌하여 살이 쪘소?' '싸움에 이겨서 살이 쪘소이다.' 증자가 '무슨 말이오?' 하니, 자하가 '내가 들어가서 선왕의 도의를 보면 영예로웠고, 나와서 부귀의 영화를 보아도 또 영예로웠소. 두 가지가 가슴속에서 싸워 승부를 가르지 못해 두려웠는데 지금 선왕의 도의가 이겼기 때문에 살이 쪘소.'[子夏見曾子, 曾子曰, '何肥也?' 對曰, '戰勝故肥也.' 曾子曰, '何謂也?' 子夏曰, '吾入見先王之義, 則榮之, 出見富貴之樂, 又榮之. 兩者戰於胸中, 未知勝負, 故臞. 今先王之義勝, 故肥.'"]라고 하였다.

부질없는 시흥

漫興

인간세상 영예 치욕 끝내 누가 알리오? 世間榮辱竟誰知?
이 세상 애송이들 제멋대로 하는구나. 天下兒曹任爾爲.
한가로이 사람과 그림자와 달[1]에 머물러 閑味秪留人影月,
평생토록 쓸모없이 살았다고[2] 한탄 말라. 生年休歎斗牛箕.
기러기 제비 돌아가니 오늘 어찌하겠으며 歸鴻去燕那今日,
숨어 살건 벼슬하건[3] 또 한때 일이로다. 霧豹雲龍且一時.
막걸리에 듬뿍 취해 이내 절로 웃으며 沉醉濁醪仍自笑,
이렇게 일 없으니 시 한 수 없을쏘냐? 此中無事可無詩?

---

1) 사람과 그림자와 달: '인영월(人影月)'은 이백의 〈월하독작(月下獨酌)〉에 "술잔 들어 밝은 달을 맞이하여, 그림자를 대하니 세 사람이 되었네.[擧盃邀明月, 對影成三人.]"라고 하였듯이 자연과 합일하는 경지를 말한다.

2) 쓸모없이 살았다고: '두우기(斗牛箕)'는 북두와 견우와 남기를 말한다. 남기북두(南箕北斗)는《시경》〈소아(小雅)·대동(大東)〉에 "오직 남쪽에 기성이 있으나 키질할 수 없으며, 오직 북쪽에 북두성이 있으나 술과 마실 것을 뜰 수가 없구나.[維南有箕, 不可以簸揚, 維北有斗, 不可以挹酒漿.]"라고 하였듯이 이름만 있을 뿐 실제로 쓸모가 없다는 뜻이고, 견우 또한 같은 뜻으로 자신의 처지에 비유한 것이다.

3) 숨어살건 벼슬하건: '무표(霧豹)'는 남산에 검은 표범이 있었는데 안개비가 이레 동안 내리자 산 밑으로 내려와서 먹지 않고 그 털을 윤택하게 하여 문채를 이루고자 하여 일부로 숨어서 방해되는 것을 모두 멀리하였다고 한다. 이에 숨어 살거나 물러나서 몸을 숨겨 방해를 피하는 사람을 가리키게 되었다. '운룡(雲龍)'은 운룡풍호(雲龍風虎)의 준말로,《주역》〈건괘〉에 "구름은 용을 좇고 바람은 호랑이를 좇는다.[雲從龍, 風從虎.]"라고 하였듯이 임금과 신하나, 영웅호걸을 가리킨다.

입으로 불러 짓다

口號

남방 금[1]도 제 모르고 티끌세상 섞였으니	南金無意混流塵,
애송이들 함부로 성내지 말라 알려주었네.	爲報兒曹莫浪嗔.
이 세상과 뚝 떨어져 그저 세월 보냈나니	縱落世間猶歲宿,
시골구석[2] 멀리 와도 또한 진인[3] 이라네.	遠來關外亦眞人.
농사양잠 작은 일과에 틈 내어 시 짓고	農桑小課閑居賦,
산수 속 맑은 얘기 홀로 아는 몸이로다.	山水淸談獨往身.
부귀해도 음탕하지 않고 빈천해도 즐기니[4]	富貴不淫貧賤樂,

1) 남방 금: '남금(南金)'은 남금동전(南金東箭)의 준말로, 옛날에 남방의 금석(金石)과 동방의 대나무 화살을 아름답고 귀중한 물건으로 여겼는데, 이에 우수하고 걸출한 인재를 비유하였다. 《이아(爾雅)》〈석지(釋地)〉에 의하면, "동남방의 아름다운 것은 회계산의 대나무 화살이 있다. …… 서남방의 아름다운 것은 화산의 금석이 있다.[東南之美者, 有會稽之竹箭焉. …… 西南之美者, 有華山之金石焉.]"라고 하였다. 회이(淮夷)가 노나라 희공(僖公)에게 남방의 금을 조공(朝貢)으로 바쳤는데, 《시경》〈노송(魯頌)·반수(泮水)〉에 "은혜를 깨달은 오랑캐들이 남방의 좋은 황금을 조공으로 많이 바쳤다." 하였다. 특히 남방에서 나는 금이 매우 좋아 값이 곱절로 비싸기 때문에 쌍남금(雙南金)이라고 하였는데 남방의 금값이 일반 금의 두 배가 된다는 말이다.

2) 시골구석: '관외(關外)'는 함곡관(函谷關)이나 동관(潼關)의 동쪽 지역을 가리키는 말이나 보통 서울 이외의 지역을 말한다.

3) 진인: '진인(眞人)'은 참된 도(道)를 깨달은 사람, 특히 도교의 깊은 진리를 깨달은 사람을 말하며, 불교에서는 진리를 깨달은 사람이라는 뜻으로 아라한(阿羅漢) 또는 부처를 이르는 말이다.

4) 부귀해도 …… 즐기니: 《맹자》〈등문공하(滕文公下)〉에 "천하의 너른 집에 살고, 천하의 바른 자리에 서며, 천하의 큰 도를 행한다. 뜻을 얻으면 백성과 그것을 하고, 뜻을 얻지 못하면 홀로 그 도를 행하여 부귀해도 음탕하지 아니하고, 빈천해도 마음을 바꾸지 아니하며, 위세나 무력에도 굽히지 아니하니, 이를 일러 대장부라고 한다.[居天下之廣居, 立天下之正位, 行天下之大道. 得志, 與民由之, 不得志, 獨行其道, 富貴不能淫, 貧賤不能移, 威武不能屈, 此之謂大丈夫.]"라고 하였다. 《논어》〈옹야〉에서는 안회가 누추한 시골에 있으면서[在陋巷]

이 삶이 가는 곳마다 온통 마음 흐뭇하네.　　　　此生隨處揔怡神.

그 즐거움을 바꾸지 않았다는[不改其樂] 안빈낙도(安貧樂道)를 말하였다.

자취를 숨기다

竄跡

시골에 숨어사니 병 점점 느는데	竄跡柴荊病轉增,
장한 뜻 어이해 오히려 등등한가?	壯心何事尙騰凌?
공문[1]의 무생 얘기[2] 싫지 않아	逃空不厭無生話,
사는 게 딱히 머리 기른 중이로구나.	處世眞同有髮僧.
가을 지나 축축한 안개 한수에 자욱하고	秋後瘴烟迷漢水,
밤 깊어 가랑비 금릉[3] 땅을 지나누나.	夜深踈雨過金陵.
등잔 앞에 문득 장생 나비[4] 되어서	燈前偶化莊生蝶,
만 리 밖 삼신산[5]을 꿈결에 오르네.	萬里三山夢裏登.

1) 공문: '공(空)'은 불법이나 불사(佛寺)를 가리키는 말이다.

2) 무생얘기: '무생화(無生話)'는 삶도 죽음도 없다는 무생무멸(無生無滅)의 불법 진제(眞諦)를 가리킨다.

3) 금릉: '금릉(金陵)'은 경기도 김포(金浦)의 옛 이름이다.

4) 장생 나비: '호접몽(胡蝶夢)'은 장자가 꿈에 나비가 되어 즐겁게 놀다가 깬 뒤에 자기가 나비의 꿈을 꾼 것인지 나비가 자기의 꿈을 꾼 것인지 알기 어렵다고 한 것을 말하는데, 자아와 외물은 본래 하나라는 것이다.

5) 삼신산: '삼산(三山)'은 전설에 나오는 바다 위의 삼신산(三神山)으로, 방장산·봉래산·영주산을 말한다.

홀로 앉아 되는대로 짓다

獨坐謾題

주량은 바다에다 기상은 무지개	酒腸如海氣如虹,
지절지절 애송이들 안중에 없네.	喋喋兒曹眼底空.
나라 선비 남긴 풍습 조나라 북[1]에 남고	國士遺風傾趙北,
시골 사람 새 얘기 모두 제나라 동쪽[2] 것.	野人新語附齊東.
속세에서 멋대로 용잡이 기술[3] 내던지고	塵間謾擲屠龍技,
변방에서 겨우 말 잃은 늙은이[4] 되었네.	塞下從成失馬翁.
풍성 땅에 보검기 서림[5] 얘기야 하겠지만	解道豐城盤寶劒,

1) 조나라 북쪽: '조북(趙北)'은 연남조북(燕南趙北)의 준말로, 지금의 황하 이북 지역을 가리킨다. 예로부터 이 지역에서 우국지사들이 많이 나와서 감개비가(感慨悲歌)하는 선비가 많다고 하였다.

2) 제나라 동쪽: '제동(齊東)'은 제동야어(齊東野語)의 준말로, 제동(齊東)은 제나라 동쪽의 궁벽한 마을을 가리키고, 야어는 믿을 수 없는 황당무계한 말을 이르니 제나라 동쪽 궁벽한 마을 사람들의 말은 믿을 수 없다는 말이다.

3) 용 잡이 기술: '도룡(屠龍)'은 배워도 실제로는 쓸모없는 기술을 말하며, 여기서는 온갖 공을 들여 벼슬살이했던 일을 가리키는 듯하다.

4) 말을 잃은 늙은이: '실마옹(失馬翁)'은 새옹지마(塞翁之馬) 또는 새옹실마(塞翁失馬)의 뜻으로, 인간사에는 나쁜 일과 좋은 일이 항상 서로 바뀌어 예측하기 어렵다는 말이다.

5) 풍성 땅에 보검기 서림: '풍성검(豊城劒)'은 걸출한 인재를 찬미하는 말로 인재가 곧 나타날 것임을 이르는 말이다. 《진서(晉書)》〈장화전(張華傳)〉에 보면, 오나라가 멸망하고 진나라가 흥성할 무렵에 하늘의 북두성과 견우성 사이에 자줏빛 기운이 있어 장화(張華)가 뇌환(雷煥)에게 오묘한 하늘 현상을 듣고 하늘을 함께 관찰하였다. 뇌환이 '북두성과 견우성 사이에 자못 이상한 기운이 있는데, 이것은 보검의 정기로 위로 하늘까지 통한 것이다.' 하고 서로 칼이 예장(豫章)과 풍성(豊城)에 있다고 말한 뒤, 장화가 뇌환을 풍성 현령으로 삼아 풍성에 이르러 감옥의 터를 파서 넉자쯤 들어가자 하나의 석함이 나왔다. 광채가 이상하고 그 안에 두 자루 칼이 있고 이름이 새겨져 있었는데 하나는 용천(龍泉)이고 하나는 태아(太阿)였으며, 그날 저녁 북두성과 견우성 사이에 기운이 다시는 보이지 않았다.

다시 누가 검 쓰다듬고 자웅을 분별하랴?[6]　　　更誰磨拭辨雌雄?

6) 자웅을 분별하랴?: '변자웅(辨雌雄)'은 《시경》 〈소아(小雅)·정월(正月)〉에 "모두 내가 성인이라 하지만, 누가 까마귀의 암수를 알 수 있겠는가?[具曰予聖, 誰知烏之雌雄?]"라고 하여 까마귀는 서로 비슷해서 암수를 구분하기 어렵다고 하였는데, 곧 시비를 벌이고 있는 자들의 진위와 선악이 분명하지 못해서 누가 더 나은지 분간할 수 없다는 말이다.

금계군[1]을 애도하다

悼錦溪君

선대 조정 잘 맞아서 판탁지[2] 지냈는데	契合先朝判度支,
붕새 날다[3] 중도 그쳐 사림이 슬퍼했네.	鵬摶中輟士林悲.
강가의 배들이야 오늘 달리 뵈겠지만	江邊舟楫郍今日,
그림 속 산과 강도 옛날과는 다르구나.	畫裏山河異昔時.
현도[4]에 꽃이 피니 봄 경치 무르익고	花發玄都春爛熳,
꿈속에 궁궐[5] 찾으니 길이 멀고 더디네.	夢尋青瑣路逶遲.
고난 위험 다시 끊어 백성들이 우러렀고	艱危又斷蒼生望,
별장 걸고 내기 바둑[6] 아직 한 적 없다네.	賭墅圍碁未有期.

1) 금계군: '금계(錦溪)'는 노인(魯認, 1566~1622)의 호이니, 자는 공식(公識), 본관은 함풍(咸豐)이다. 나항(羅恒)·김광운(金光運)·이이(李珥)의 문인이며, 이정구(李廷龜)·이덕형(李德馨)·강항(姜沆) 등과 교유하였다. 1582년 진사시에 합격하고 1602년 무과에 급제하였으며, 1592년 임진왜란 때 많은 전공을 세웠고, 정유재란 때 남원성(南原城)이 함락되자 적진을 살피다 적탄에 맞아 포로로 일본에 잡혀가 3년간 억류되었다가 명나라로 탈출하였다. 무이서원(武夷書院)에서 정주학(程朱學)을 강론하다가 신종(神宗)에게 말 1필을 하사받고 1599년에 귀국하였다. 1604년 진용교위(進勇校尉)로 있을 때 통사(統使) 이경준(李慶濬)과 함께 당포(唐浦)의 왜적을 격파하여 선조로부터 〈당포승전도(唐浦勝戰圖)〉를 하사받았다. 금산의 금곡사(金谷祠)와 나주의 거평사(居平祠)에 배향되었다.

2) 판탁지: '판탁지(判度支)'는 조선시대 호구(戶口)·공부(貢賦)·전량(田糧)·식화(食貨) 등 국가 재정에 관한 사무를 관장하던 호조(戶曹)의 최고위 관직인 정2품 판서(判書)의 별칭이다. 일명 호판(戶判)·대사농(大司農)·탁지장(度支長)·판탁(判度)이라고도 하였다.

3) 붕새 날다: '붕단(鵬摶)'은 붕새가 날개를 펼치고 빙빙 돌면서 날아오르는 것을 말하는데, 사람이 분발하여 일을 하는 것을 비유한다.

4) 현도: '현도(玄都)'는 전설 속에 신선이 사는 곳을 말한다.

5) 궁궐: '청쇄(青瑣)'는 궁궐의 문과 창문을 장식한 푸른빛으로 두른 꽃무늬를 말하거나, 궁궐 안의 조정을 말한다.

6) 별장 걸고 내기 바둑: '도서(賭墅)'는 위급한 상황에 임해서도 두려워하지 않는 대장군의

풍도를 말한다. 《진서(晉書)》 〈사안전(謝安傳)〉에 의하면, 진(秦)나라 부견(苻堅)이 백만 병사를 이끌고 동진(東晉)의 비수(淝水)가에 이르자 효무제(孝武帝)가 깜짝 놀라며 사안(謝安)에게 정토대도독(征討大都督)에 임명하여 나가서 싸우도록 하였는데, 사안은 조카 사현(謝玄) 등이 있는 자리에서 사현과 별장을 걸고 내기 바둑을 둔 뒤에 한밤이 되어서야 제자리로 돌아가서 장졸들을 지휘하여 출정하게 하자 사현이 정병(精兵) 8천여 명을 이끌고 비수를 건너가 부견의 군대를 공격하여 패퇴시켰다고 한다.

삼짇날

三月三日

3월 되고 오늘 아침 초사흘 날에	三月今朝三日是,
복사꽃 피려는데 살구꽃잎 날리네.	桃花將發杏花飛.
세월은 슬금슬금 멈추기가 어렵고	年華黯黯從難住,
고향길 아득하여 오래 못 돌아갔네.	鄉路悠悠久不歸.
쉴 곳 찾는 꾀꼬리 냇가 버들에 울고	選樹流鶯啼磵葉,
둥지 짓는 새론 제비 사립문에 드네.	定巢新燕入山扉.
딱하기만 한 신세 스름스름 저물어	偏憐身世垂垂暮,
따르고 마시는 술 흥겹지가 않다네.	應節壺觴興已違.

재미삼아 옛 시구를 모으다

戲集古句

온 마을[1]에 고운 경치[2] 비온 뒤 봄날인데 萬井煙花雨後春,
깊은 강물 어느 곳이 나루터로 통하는가?[3] 江潭何處是通津.
근래 몇 년 모든 일이 모두 갈피 없으니[4] 年來百事皆無緖,
동쪽 수풀[5] 찾아가서 이 한 몸 맡기리. 擬向東林寄一身.

---

1) 온 마을: ‘만정(萬井)’은 일만평방리(一萬平方里)이니 옛날에 지방 1리를 1정(一井)이라 하였는데, 곧 천가만호(千家萬戶)의 뜻으로 집들이 많이 있는 마을을 말한다.

2) 고운 경치: ‘연화(煙花)’는 연화(烟花) 또는 연화(煙華)와 같은 말로 남기와 안개가 자욱한 것과 같은 번화한 꽃을 가리키거나, 안개 속에 핀 봄꽃을 가리키니 아름다운 봄날 경치를 말한다. 남조 양(梁)나라 심약(沈約)의 〈상춘(傷春)〉에 “아름다운 봄빛이 금원에 들었고, 안개 봄꽃 켜켜 굽이를 둘렀도다.[年芳被禁籞, 煙花繞層曲.]”라고 하였다. 이백의 〈황학루송맹호연지광릉(黃鶴樓送孟浩然之廣陵)〉에 “옛 친구가 서쪽으로 황학루를 떠나가니, 아름다운 봄날 삼월에 양주로 내려가도다.[故人西辭黃鶴樓, 煙花三月下揚州.]”라고 하였다. 또는 아름답고 고운 기녀(妓女)를 가리키기도 한다.

3) 깊은 강물 …… 통하는가?: 당나라 경위(耿湋)의 〈송우인유강남(送友人遊江南)〉에서 “아득히 멀리 떠나니 흰머리 새로 나거늘, 깊은 강물 어느 곳이 나루터로 통하는가?[遠別悠悠白髮新, 江潭何處是通津.]”라고 하였다.

4) 근래 몇 년 …… 갈피 없으니: 당나라 노륜(盧綸)의 〈낙양조춘억길중부교서사공서주부인기청강상인(洛陽早春憶吉中孚校書司空曙主簿因寄淸江上人)〉에 “근래 몇 년 모든 일이 모두 갈피 없으니, 오직 탕사와 더불어 깨끗한 인연을 맺었구나.[年來百事皆無緖, 唯與湯師結淨因.]”라고 하였다.

5) 동쪽 수풀: ‘동림(東林)’은 동쪽에 있는 나무숲이나 대나무 숲을 말한다. 당나라 사공서(司空曙)의 〈한원즉사기간공(閒園卽事寄暕公)〉에서 “동쪽 수풀 나아가서 한 몸을 맡기는데, 아직도 어린 딸이 어른 되지 않았구나.[欲就東林寄一身, 尙憐兒女未成人.]”라고 하였다. 또는 ‘동림(東林)’은 진(晉)나라 혜원(慧遠)이 거주하던 여산(廬山)의 동림사(東林寺)를 가리키기도 한다.

서효자[1]의 산골생활

題徐孝子林居

푸른 버들 어둑어둑 해 점점 기우는데	綠柳陰陰白日斜,
시골 마을 드는 길이 강가에 닿아있네.	一村門巷接江沙.
동쪽 정원 봄놀이 이제 얼마 남아있나?	東園春事今餘幾?
성긴 문발 걷고서 지는 꽃잎 세고 있네.	閑捲疎簾數落花.

1) 서효자: '서효자(徐孝子)'는 서시립(徐時立, ?-1665)으로 자가 입지(立支), 호가 전귀당(全歸堂), 본관이 달성(達城)이다. 어려서부터 조부모 및 부모 섬기기에 지극한 정성을 다하였으니, 어떠한 음식이라도 반드시 맛을 보고 드렸다. 임진왜란이 일어나자 성을 지키기 위해 할아버지와 아버지가 모두 집을 떠나자 15살에 홀로 집에 남아서 사당을 지켰고, 할머니와 어머니를 모시고 공산(公山)의 삼성암(三省菴)으로 피난하였다. 정유재란 때에는 산속에 피신시키고 동래까지 왕래하면서 쌀을 구하여 부모를 공양하였다. 당시 이호민(李好閔)이 그의 지극한 효행에 감동하여 진상할 밀과(蜜果)·어육(魚肉) 등을 내려 할머니를 봉양하게 하고, '전귀(全歸)'로써 당호(堂號)로 삼게 하였다. 전란으로 학문을 다하지 못한 것을 탄식하면서 서사원(徐思遠)·정구(鄭逑)·장현광(張顯光)의 문하에서 수학하였다. 벼슬이 참봉에 이르렀으나 좌랑에 증직되고, 대구 백원서원(百源書院)에 제향되었다.

학사 정뇌경[1] 만사

鄭學士雷卿輓詞

나라 위한[2] 붉은 뜻 간절하건만	國耳丹心切,
하늘이 나라 큰일 그르치게 하셨나.	天乎大事非.
얼굴 늙어간단 말 얼마 전 들었는데	纔聞顏老去,
자경[3]처럼 돌아옴 볼 수 없겠구나.	不見子卿歸.
누구나 한번 죽게 마련이지만	一死人皆有,
외로운 충정 예로부터 드무네.	孤忠古亦稀.
다만 슬퍼하는 아니 계신 아픔은	秖憐身後痛,
노래자 색동옷[4] 자락 끊어져 버림.	裾絶舊萊衣.

---

1) 정뇌경: '정학사뇌경(鄭學士雷卿)'은 학사 정뇌경(鄭雷卿, 1608~1639)이니 자가 진백(震伯), 호가 운계(雲溪), 본관이 온양(溫陽)이다. 1630년 별시 문과에 장원 급제하여 성균관 전적이 되었고, 공조·예조·병조의 좌랑을 거쳐 부수찬·수찬 및 지평·정언 등의 언관을 역임하였다. 1636년 병자호란으로 왕이 남한산성으로 갈 때 호종(扈從)하였다. 소현세자(昭顯世子)가 볼모로 청나라 심양(瀋陽)에 잡혀가자 자청하여 수행했으며, 1639년 필선으로 승진해 심양에서 세자를 보위하였다. 당시 청나라에는 1618년 건주위(建州衛) 정벌 때 포로가 된 정명수(鄭命壽)·김이(金伊) 등이 조선의 사정을 청나라에 알려주면서 청나라 황제의 신임을 얻고 있었다. 이들이 조선에서 청나라로 보내는 세폐(歲幣)를 도둑질하는 것을 알고 청나라 사람에게 죄상을 고발했으나 도리어 청나라 관원에게 잡혀 처형당하였다. 그 때 나이 32세였다.

2) 나라 위한: '국이(國耳)'는 국이망가(國而忘家)의 뜻으로, 나랏일을 하느라고 그 집의 일을 잊는 것을 말한다. 한나라 때 가의(賈誼)의 〈진정사소(陳政事疏)〉에 "나랏일로 집안을 잊고, 공무로 개인 일을 잊는다.[國耳忘家, 公耳忘私.]"라고 하였다.

3) 자경: '자경(子卿)'은 한나라 때 소무(蘇武)의 자이니, 천한(天漢) 원년에 흉노 땅으로 사신 가서 선우(單于)에게 붙잡혀 항복할 것을 강요당했지만 굴복하지 않아 북해(北海) 부근에서 19년 동안 유폐되어 눈(雪)을 먹고 가죽을 씹으면서 지조를 지켰다. 흉노에게 항복한 동료 이릉(李陵)이 찾아와서 설득했지만 굴복하지 않고 절개를 지켰으며, 소제(昭帝) 시원(始元) 6년에 흉노와 화친을 맺자 석방되어 돌아와 전속국(典屬國)에 오르고 선제(宣帝)의 옹립에 가담하여 그 공으로 관내후(關內侯)가 되었다.

4) 노래자 색동옷: '내의(萊衣)'는 노래자(老萊子)의 색동옷을 말한다. 춘추시대 초(楚)나라 은사인 노래자(老萊子)가 효성이 지극하여 70세가 되어서도 어버이를 섬겨 항상 색동저고리를 입고 춤을 추며 어린아이의 놀이를 하여 부모를 기쁘게 하였다고 한다.

또
又

살고 죽음에 경중[1])을 논하지만	生死論輕重,
몸뚱이는 모두다 끝이 있도다.	形骸捻有涯.
강물만은 오직 그치지 않나니[2])	江河唯不廢,
산구덩이[3]) 마침내 누가 알리오?	溝壑竟誰知?
존망을 꾀함[4])에 같이 숨쉬고	呼吸存亡計,
고달피 슬퍼하며 공사 함께 했네.	公私殄瘁悲.
오래도록 남을 강백약[5])이요	千秋姜伯約,
오늘날 알려진 정당시[6])이로다.	今日鄭當時.

1) 경중: '경중(輕重)'은 사람의 존비귀천(尊卑貴賤)을 말한다.

2) 강물만은 …… 않나니: '강하유불폐(江河唯不廢)'는 두보(杜甫)는 〈희위육절(戲爲六節)〉에서 초당사걸(初唐四傑)인 양형(楊炯)·왕발(王勃)·노조린(盧照鄰)·낙빈왕(駱賓王)의 시문을 당시의 문사(文士)들이 비웃는 것을 두고 "너희들의 몸과 이름 모두 사라지겠지만, 없어지지 않는 강하는 만고 세월 흐르리라.[爾曹身與名俱滅, 不廢江河萬古流.]"라고 하였다.

3) 산구덩이: '구학(溝壑)'은 《맹자》 〈등문공하(滕文公下)〉에서 맹자가 "뜻있는 선비는 자기의 시신(屍身)이 산구덩이에 버려질 것을 잊지 않는다.[志士不忘在溝壑.]"라는 공자의 말을 인용한 내목에 나온다.

4) 존망을 꾀함: '존망계(存亡計)'는 도존(圖存)의 뜻이니, 나라의 존망에 관계되는 대책을 꾀하는 것이다.

5) 강백약: '강백약(姜伯約)'은 중국 삼국시대 위(魏)나라 강유(姜維, 202~264)는 자가 백약(伯約)으로 지략이 매우 뛰어나 촉(蜀)나라 제갈량(諸葛亮)의 부하가 되었으나, 혁혁한 공을 세우지 못하다가 뒤에 다른 장수들의 모반으로 죽임을 당하였다.

6) 정당시: '정당시(鄭當時)'는 자가 장(莊)으로 한나라 경제(景帝) 때 태자사인(太子舍人)이 되어 천하의 명사들을 사귀었고, 무제(武帝)가 즉위하자 제남태수(濟南太守)와 강도상(江都相)을 맡았다가 대사농(大司農)이 되었는데, 사람됨이 청렴하고 행동이 깨끗했으며 인재를 추천하기를 좋아했다. 뒤에 죄를 지어 서인(庶人)이 되었다가 다시 승상장사(丞相長史)에 임명되었으며, 여남태수(汝南太守)를 역임하였다.

또

又

일찍이 북쪽 지방 순행할 제 鶴駕曾巡北,
외딴 성 포위망 겨우 풀었네. 孤城僅解圍.
위험에 임하여 줄곧 명을 받고 臨危仍受命,
죽음 보기를 집에 가듯 했구나.[1] 視死竟如歸.
그 명성 없어지지 않아야 하니 不廢聲名是,
베푸심 그르다고 말하지 말라. 休論報施非.
나라를 붙잡는 일[2] 이제 끝나니 扶顚今已矣,
가는 길에 모두 옷깃을 적시네. 行路盡沾衣.

1) 죽음 보기를 …… 했구나: '시사여귀(視死如歸)'는 《사기》 〈채택열전(蔡澤列傳)〉에서 "군자는 의리로써 난리에 죽나니, 죽음 보기를 집으로 돌아가는 것과 같이 여긴다.[君子以義死難, 視死如歸.]"라고 하였다.

2) 나라를 붙잡는 일: '부전(扶顚)'은 부전지위(扶顚持危)의 준말로, 나라가 위태로우면 붙잡고 엎어지면 도와야 한다는 말로, 《논어》 〈계씨(季氏)〉에서 "공자가 말하기를, '구야! 주임이 말하는데, 자기 능력을 펼쳐서 반열에 나아가되 능하지 못하면 그만 두어야 한다. 나라가 위태로워도 붙잡지 못하고 엎어지는데도 돕지 못한다면 그런 신하를 장차 어디에 쓰겠는가?' 하였다.[孔子曰, 求! 周任有言曰, 陳力就列, 不能者止. 危而不持, 顚而不扶, 則將焉用彼相矣?]"라는 내용이 보인다.

삼가 북저[1] 상국의 시에 차운하다

敬次北渚相國韻

봄날 볼 때마다 다사로와	春事看看屬艶陽,
홰나무 그늘 시원해졌구나.	綠槐當檻自生凉.
숲에서 우는 꾀꼬리 성가시랴?	鸎啼密葉寧嫌鬧?
꽃잎 쫓는 나비 바쁘기만 하네.	蝶趂飛花有底忙.
문발 걷은 푸른 산 백하[2]인가 하고	捲箔靑山疑白下,
누각 에워싼 긴 대 황강[3] 겐가 하네.	擁樓脩竹較黃岡.
집안이 답답하면 나무숲[4] 바라보며	家居蹔欝蒼生望,
신선 나무 심는 법[5]이나 짚어보네.	閒檢仙人種樹方.

1) 북저: '북저(北渚)'는 김류(金瑬, 1571~1648)의 호로, 자는 관옥(冠玉), 본관은 순천(順天)이다. 1623년 인조반정 때 공을 세워 좌의정·영의정 등 관직에 올랐다. 병자호란 때 아들 경징이 방어하던 강화도가 함락된 뒤 경징이 처형되고, 자신도 관직을 사임하였다. 정국이 불안해지자 다시 기용되었고, 1644년 다시 영의정이 되었다.

2) 백하: '백하(白下)'는 지금 강소성 남경시 서북 지역이다. 당나라 때 금릉현(金陵縣)을 이곳으로 옮기고 백하현이라고 하여 후세에 남경의 별칭으로 사용하였다. 이백의 〈금릉백하정유별(金陵白下亭留別)〉이 있다.

3) 황강: '황강(黃岡)'은 북송(北宋) 때 왕우칭(王禹偁)이 쓴 〈황강죽루기(黃岡竹樓記)〉는 황주(黃州)에 유배 가서 지은 것으로, 황강 지역에는 대나무가 무성하게 자라는데 굵은 것은 서까래만 하다고 하였다.

4) 나무숲: '창생(蒼生)'은 초목이 떨기로 난 곳을 말한다.

5) 나무 심는 법: '종수방(種樹方)'은 은거생활을 의미한다. 한유(韓愈)의 〈송석처사부하양막(送石處士赴河陽幕)〉에 "오래도록 나무 심는 책을 잡고 있으니, 사람들이 세상 피한 선비라고 이르는구나.[長把種樹書, 人云避世士.]"라고 하였다.

보슬비

小雨

저녁 성곽 먹구름 모여 들더니	暮郭雲初合,
빈 행랑채 빗소리 울려오누나.	空廊雨乍鳴.
시원한 바람 낮잠 깨우며	輕凉醒捲枕,
축축한 기운 대청에 드네.	餘潤入虛楹.
채마밭에 푸른빛 살짝 더하고	蔬圃微增翠,
바위 샘에 가는 소리 들려오네.	巖泉細有聲.
꾀꼬리는 비에 젖음 탓하지 마라.	黃鸝休歎濕,
남쪽 이랑 농사 짓기 딱 좋단다.	南畝正宜耕.

배가 마암[1] 상류에 이르다

舟次馬巖上流

저물녘 황려부[2] 지나서	晩過黃驪府,
백로주[3]에 배[4] 멈췄네.	停橈白鷺洲.
바윗가 산사[5]에서 쇠북 울리고	鍾鳴巖際寺,
물가 누각[6]에서 말소리 들리네.	人語水邊樓.
구름 일어나니 산이 달리는 듯	雲起山疑走,
여울물[7] 출렁이니 달이 흐르는 듯.	灘搖月似流.

---

1) 마암: '마암(馬巖)'은 여주 상리에 위치한 영월루(迎月樓) 아래 벼랑 중간에 있는 괴암을 말한다. 영월루 바로 아래에 커다란 괴암이 절벽을 이루고 있는데, 그 위에 '마암(馬巖)'이라는 글씨가 새겨져 있다. 마암은 고려시대 이규보의 시에서 "두 마리 말이 크고 기이한데 물 끝에서 나왔고, 마을 이름 이로부터 황려라고 얻었다네.[雙馬雄奇出水涯, 縣名從此得黃驪.]"라고 하여 황려현이라는 지명이 생겼으며, 많은 시인묵객들이 여주팔영(驪州八詠)을 읊으면서 유명해졌다. 황려현(黃驪縣)은 고려 태조 23년(940)부터 불러진 이름이고, 여주(驪州)는 조선 예종 1년(1469)에 세종의 영릉이 옮겨가고 천령현(川寧縣)과 여흥(驪興)이 합치면서 이루어진 것이나.

2) 황려부: '황려부(黃驪府)'는 강원도 원주 지역으로 현종 9년(1018)에 내속시켰으며 뒤에 감무를 두었다. 고종 44년(1257)에 영의(永義)라고 칭하였다. 충렬왕 31년(1305)에 항비 순경왕후(順敬王后) 김씨의 내향이라 하여 여흥군(驪興郡)으로 승격시키고, 명나라 홍무(洪武) 21년(1388)에 이르러 우왕을 이곳으로 옮기고 황려부(黃驪府)로 승격시켰다가 공양왕 원년(1389)에 다시 여흥군으로 하였다.

3) 백로주: '백로주(白鷺洲)'는 남한강에 있는 양도(洋島)를 말한다. 여주팔경 가운데 〈양도낙안(洋島落雁)〉에 해당한다.

4) 배: '요(橈)'는 상앗대로서 배를 가리킨다.

5) 바윗가 산사: '암제사(巖際寺)'는 신륵사(神勒寺)를 말한다. 여주팔경 가운데 〈신륵모종(神勒暮鐘)〉에 해당한다.

6) 물가 누각: '수변루(水邊樓)'는 영월루(迎月樓)를 말한다. 여주팔경 가운데 〈마암어등(馬巖漁燈)〉에 해당한다.

7) 여울물: '탄(灘)'은 여주팔경 가운데 '연탄귀범(燕灘歸帆)'에 해당한다.

뱃사공아, 노 두드리지 말거라	篙工休鼓枻,
벼랑 근처 잠자는 갈매기 있네.	近岸有眠鷗.

낭자산[1]을 지나며

過狼子山

말 타고 유주[2] 길 가노라니	匹馬幽州路,
하늘가에 밤안개 걷히는구나.	天邊宿霧收.
평원이 눈 가득 들어오며	平原當極目,
돌아가는 기러기 바라보네.	歸鴈費回頭.
늙고 병들어 천리 길 돌아가며	衰疾還千里,
말 타고 가는 부끄럼 참아내네.	驅馳忍一羞.
창해 물결만 부러웁나니	偏憐滄海水,
밤낮 동으로 흘러가기에.	日夜向東流.

1) 낭자산: '낭자산(狼子山)'은 중국 요동(遼東) 지방에 있는 산이다.

2) 유주: '유주(幽州)'는 옛날 구주(九州) 가운데 하나로, 《주례(周禮)》 〈하관(夏官)·직방씨(職方氏)〉에 "東北曰, 幽州."라 하고, 《이아(爾雅)》 〈석지(釋地)〉에 "燕曰, 幽州."라 하였는데 지금의 하북성 북쪽과 요령성 지역을 말한다.

거울을 보며 감회를 적다

攬鏡紀懷

세월이 물처럼 아득히 흘러가서	年華如水去悠悠,
젊은 날 돌이켜 예 놀음 생각네.	回向青春憶舊遊.
눈 밝고 몸 아직 튼튼타면	但使眼明身尚健,
머리 온통 세어도 괜찮네.	不妨今白九分頭.

술 거르는 소리 듣고 흥취를 적다

聞酒熟紀興

작은 집 적막하여 한밤중 되려는데	小堂岑寂欲深更,
쳇다리[1]에 술 거르는 소리 들리네.	臥聽糟床壓酒聲.
문득 나무바가지에 한 모금 떠서	便與木瓢成一約,
깊은 밤 고민거리[2] 베어냈으면.	要從良夜斫愁城.

1) 쳇다리: '조상(糟床)'은 술을 거르는 기구 이름으로, 곧 무엇을 체로 거를 때 그릇 위에 체를 받쳐 놓는 데 쓰는 기구인 쳇다리 또는 술주자라고 한다.

2) 고민거리: '수성(愁城)'은 걱정되고 고민스러운 처지나 상황을 말한다.

충주객관에서 우연히 읊다

忠州客館偶吟

늘그막에 분주하여 편안히 못 지내고	暮年奔走未安居,
병석에서 일어나자 사행 수레 타누나.	病起仍乘使者車.
나라에 몸 바치며[1] 이름 핑계 대곤	許國敢論名是累,
집 떠나 꿈조차 드문 것 한하는구나.	去家惟恨夢還踈.
앞길이 멀리 삼산[2] 밖에 있으니	前途遠出三山外,
이곳이 이제 만 리길 시작이로구나.	此地今爲萬里初.
잠시 가는 장한 유람[3] 별로 싫지 않으나	蹔且壯遊殊不惡,
돌아와선 나무나 하고 고기나 잡았으면.	好從歸日伴樵漁.

---

1) 나라에 몸 바치며: '허국(許國)'은 나라를 위해 몸을 돌보지 않고 힘을 다하는 것을 말한다.

2) 삼산: '삼산(三山)'은 신선이 산다는 봉래(蓬萊)·영주(瀛洲)·방장(方丈)의 삼신산을 말한다. 청천(靑泉) 신유한(申維翰)의 《해유록(海遊錄)》에는 일본의 부사산(富士山)·상근령(箱根嶺)·반대암(盤臺巖)을 삼신산(三神山)이라고 하였다.

3) 장한 유람: '장유(壯遊)'는 큰 뜻을 품고 멀리 떠도는 것을 말하니, 다른 나라로 사신 가는 일을 가리키는 말이다.

4월 초열흘날 배로 가다

四月初十日行舟

지난밤 천종술[1]에 취하고	夜醉千鍾酒,
침엔 만 리 가는 배 타네.	朝乘萬里船.
봉래 영주 이 몸이 가는 곳이요	蓬瀛身去處,
구름바다 눈길 다한 곳에 있네.	雲海眼窮邊.
사방엔 온통 땅은 뵈잖고	四顧都無地,
가느니 오직 하늘만 있네.	中流只有天.
큰 파도 어찌 모양 바뀌던	洪濤郍變色,
가고 머뭄 사공에 맡겼네.	行止倚長年.

1) 천종술: '천종주(千鍾酒)'는 전한(前漢) 때 공자의 9세손인 공부(孔鮒)가 편찬한《공총자(孔叢子)》〈유복(儒服)〉에 "요임금과 순임금은 천 종(鍾)의 술을 마셨고, 공자는 일백 고(觚)의 술을 마셨다.[堯舜千鍾, 孔子百觚.]"라고 하였다.

29일 배를 타고 압탄[1]으로 향하다

二十九日 行船向鴨灘

언뜻언뜻 파도를 재빨리 헤치고	瞥瞥開濤捷,
간들간들 흥이 난 한 척이 가네.	飄飄發興孤.
사공이 조금 쉬어야 하는데	篙工宜少憩,
어부[2]들이 앞장서는구나.	龍伯爲前驅.
충성신의로 맡은 일 다 하며	忠信惟安分,
바람 물결 또한 평탄하구나.	風波亦坦途.
신선자취 조금치나 밟는다면	仙蹤差可躡,
내일이면 봉래산[3]에 이르리.	明日到蓬壺.

1) 압탄: '압탄(鴨灘)'은 대마도에 있는 지명으로 압뢰(鴨瀨)라고도 하며, 주길탄(住吉灘)이라고도 한다. 물가에는 고기잡이 마을들이 바둑판 놓이듯 해서 한 폭의 그림 같으며 뾰족뾰족하게 기이한 봉우리들이 좌우에 총총하게 솟아 있어 대마도에서 산과 물이 밝고 아름답기로 여기를 제일로 친다고 한다.

2) 어부: '용백(龍伯)'은 거인 또는 거인이 사는 나라를 말한다. 《열자(列子)》 〈탕문(湯問)〉에 용백의 나라에 대인이 있다 하였고, 진(晉)나라 곽박(郭璞)은 용백 나라의 사람은 키가 30장(丈)이고 1만 8천년을 살다가 죽는다고 하였다. 여기서는 어부를 가리킨다.

3) 봉래산: '봉호(蓬壺)'는 동해 바다 가운데 있는 삼신산(三神山)의 하나인 봉래산을 말한다.

〈마도기사록〉을 두 사백[1]에게 보여주고 화답을 구하다[2]

馬島記事錄呈兩詞伯求和

염주[3] 가까운 곳	世界炎洲近,
구름노을[4] 짙은 땅.	煙霞特地濃.
해 달 별 중 해 얻어	三光偏得日,
겨울이 없는 듯하네.	四氣若無冬.
진주 갯벌로 돌아오고[5]	別嶼珠還浦,
봉우리 옥으로 만들었네.	遙天玉作峯.
날이 개면 이내 비단무늬요	晴嵐疑錦纈,
파도에 비친 달 금절구라네.	波月訝金舂.
거센 파도 허공 타는 천마요	浪湧騰空馬,

1) 사백: '사백(詞伯)'은 시문(詩文)에 뛰어난 대가를 칭송하는 말로, 사종(詞宗)과 같은 말이다. 1643년 윤순지(尹順之)와 함께 일본통신사로 다녀왔던 조경(趙絅)과 신유(申濡)를 말한다.

2) 화답을 구하다: 〈마도기사록〉은 이마도 이 시작품을 가리키는 듯하니, 조경(趙絅)은 《동사록(東槎錄)》에 의하면 〈수중수차행명배율술마주지방풍속(舟中走次涬溟排律述馬州地方風俗)〉이라는 시로 화답하였고, 신유(申濡)는 《해사록(海槎錄)》에 의하면 〈차행명대마도배율이십팔운(次涬溟對馬島排律二十八韻)〉이라는 시로 화답하였다.

3) 염주: 바다 가운데 신선이 산다는 십주 가운데 하나이다.

4) 구름노을: '연하(煙霞)'는 구름노을이나, 물안개나, 산수 또는 산림이나, 속세의 경계를 가리키는 말이다.

5) 진주 갯벌로 돌아오고: '주환포(珠還浦)'는 거주환포(去珠還浦)의 준말이다. 한나라 맹상군이 합포(合浦)태수가 되어 가보니, 고을에는 곡식이 나지 않아 바닷가에서 진주를 캐내어 그것을 팔아서 백성들이 살아가는데, 먼저 온 관리들이 진주 캐는 백성들에게 모두 빼앗아 가서 진주가 다른 바다로 다 옮겨가고 말았다. 맹상군이 예전의 악법을 다 고치고 어진 정치를 베풀었더니 1년이 못되어 진주가 다시 돌아오게 되었다고 한다.

똬리 튼 산 바다 마시는 용.	山蟠飮海龍.
해자 아스라이 잇고	城池連縹緲,
누정 깎은 듯 솟았네.	樓觀斲巃嵷.
복층 집들 천 길 넘고	複閣凌千仞,
높은 용마루 만 겹이네.	危甍接萬重.
꽃들 붉게 타오르고	琪花紅灼灼,
풀들 파랗게 돋았네.	瑤草碧茸茸.
귤과 대나무 잇닿고	湘橘聯蒼竹,
종려 솔숲 새 보이네.	巴椶間翠松.
집집마다 창칼 빽빽하고	家家森劒戟,
곳곳마다 싸움배[6] 모여.	處處簇艨艟.
진주조개 돈으로 쓰며	珠貝通奇貨,
살림살이 본래 넉넉하네[7].	生涯擅素封.
나무꾼 아이도 칼을 차고	樵童猶帶劒,
마을우물에서도 종 울리네.	鄕井捻鳴鍾.
무늬 옷 입는 풍속 오래고	俗襲斑衣舊,
사람들 맨발로도 공손하네.	人知跣足恭.
밤에 어부들 조개 거두고	夜漁收蚌蛤,
봄철 밥상엔 자가사리 회.	春案膾鰅鱅.
물산이 식량을 감당하니	物產堪資食,

6) 싸움배: '몽충(艨艟)'은 좁고 긴 병선(兵船)으로 소가죽으로 배를 감싸서 화살과 돌의 공격을 막으며 나아가 적군의 배와 충돌하여 파괴하도록 만든 배이다. 몽충(艨衝)으로 표기하며, 몽동(艨艟)이라고도 한다.

7) 본래 부유하다네: '소봉(素封)'은 벼슬이나 봉토(封土)가 없어도 본래부터 부유함이 봉후(封侯)와 맞먹는 사람을 일컫는 말이다.

장삿속[8] 농사에 되레 해 되네.	邪贏反害農.
부처를 숭배하는 유풍에	遺風崇釋事,
오나라 말[9] 변한 사투리.	方語變吳儂.

세상에 전하기를, 오태백[10]이 도망하여 오랑캐 섬에 들어왔다고 하는데, 이곳이 그의 후손이라고 한다. 그러므로 말에 오농을 썼다.

世傳, 吳太伯逃入蠻島, 此其苗裔云. 故語用吳儂.

단청 불당이 멀리서도 보이고	梵宇丹青逈,
우거진 숲에 자주 파랑 열렸네.	蘩林紫翠穠.
불전[11]에 벽려 덩굴[12] 올라오고	香臺穿薜荔,
불당에는 연꽃 줄기 벋어 와 있네.	經院倚芙蓉.
불법 게송은 서축[13]에서 나온 것이요	法偈分西竺,
고승 대덕[14]은 북종선[15]을 풀이하네.	闍梨解北宗.
마음에 남과 나 분별없어서	將心無物我,

---

8) 장삿속: '사영(邪贏)'은 속이는 것을 수단으로 재물 이익을 취하는 것을 말한다.

9) 오나라 말: '오농(吳儂)'은 오나라 사람을 가리키니, 《광운(廣韻)》에 "오(吳) 땅 사람들은 자신을 아농(我儂)이라 하고, 남을 거농(渠儂)·개농(個儂)·타농(他儂)이라 부른다."고 하였다. 여기서는 대마도가 남방이고 오나라 후손이 와서 살았다고 전하기 때문에 대마도 사람을 오농이라 부른 것이다.

10) 오태백: '오태백(吳太伯)'은 주(周)나라 태왕(太王)의 장자로서 막내 계력(季歷)에게 왕위를 주기 위해 동생 중옹(仲雍)과 함께 형만(荊蠻) 땅으로 도망가서 오(吳)나라에 살았는데, 무왕(武王)이 천하를 통일한 뒤에 그의 자손을 오나라에 봉해 주었다.

11) 불전: '향대(香臺)'는 향로를 놓는 받침대로, 불전을 달리 이르는 말이다.

12) 벽려 덩굴: '벽려(薜荔)'는 향기가 있는 나무 덩굴 이름으로, 은자(隱者)가 입는 옷을 말하기도 한다.

13) 서축: '서축(西竺)'은 천축(天竺)을 말하니 인도를 가리킨다.

14) 덕행 높은 스님: '사리(闍梨)'는 범어 아사리(阿闍梨)의 준말로, 덕행이 모범이어서 제자들의 행위를 바로잡고 가르치는 고승을 이르는 말이다. 보통 스님을 가리키는 말이기도 하다.

15) 북종선: '북종(北宗)'은 중국에서 신수를 종조로 한 선종(禪宗)의 일파로, 점차로 수행(修行)을 쌓으면 모두 성불(成佛)에 이른다는 종지를 내세웠다. 중국 선종의 제6조인 육조 혜능(慧能)의 남종선(南宗禪)과 대비된다.

손에게 차분히 대할 수 있네. 見客許雍容.
내 마침 뗏목 타고 이르니 余適乘槎至,
스님들 비 들고[16] 좇았네. 僧多擁篲從.
산에 오르니 우뚝우뚝 치솟고 陟巒窮屹屹,
냇가 따르니 졸졸졸졸 들리네. 緣澗聽淙淙.
떠돈 자취 귀밑머리 쑥대 되고 浪迹蓬雙鬢,
행장은 대나무 지팡이 하나네. 行裝竹一笻.
세상천지 좁쌀 알맹이 같은데 八荒如粟粒,
천리에 서로 대립함[17] 보누나. 千里見鍼鋒.
부상 바다[18] 이제 넘어서 지나며 桑海今超過,
남쪽 오랑캐와 교섭하고 담판하네.[19] 荊蠻坐折衝.
꿋꿋히 아득히 먼 곳[20] 나가니 依然出寥廓,
다시금 신선 자취 밟는 것 같네. 更似躡仙蹤.
날아오르는 길[21] 흔쾌히 향하며 快向扶搖路,

16) 비 들고 좇았네: '옹수(擁篲)'는 존귀한 사람을 맞이할 때 비를 들고 앞길을 쓸며 길을 인도하여 경의(敬意)를 표하고 예의를 다한다는 말이다.

17) 서로 대립함: '침봉(針鋒)'은 침봉상대(針鋒相對)의 준말로, 날카로운 바늘과 바늘이 대립하는 것이니, 쌍방이 대등한 것을 비유하는 말이다. 또는 쌍방의 책략이나 언론이나 행동 등이 첨예하게 대립하는 것을 비유하는 말이다.

18) 부상 바다: '상해(桑海)'에서 상(桑)은 부상(扶桑)을 가리키니, 전설에 해가 부상(扶桑) 아래에서 나온다고 하여 해 뜨는 곳, 또는 태양을 가리키기도 하였다. 또는 동방의 옛날 나라 이름으로 뒤에 또한 일본을 대칭하였다.

19) 교섭하고 담판하네: '절충(折衝)'은 적의 창끝을 꺾어 막는다는 뜻으로, 외교나 기타의 교섭에서 담판하거나 흥정하는 일을 말한다.

20) 아득히 먼 곳: '요곽(寥廓)'은 아득히 머나먼 곳이나, 드넓고 아득한 하늘을 뜻한다.

21) 날아오르는 길: '부요(扶搖)'는 빙빙 돌며 날아오르는 것을 말하니, 힘차게 움직여서 일어남을 가리킨다. 《장자》 〈소요유(逍遙遊)〉에 "붕새가 남쪽 바다로 날아갈 때는 물을 3천 리나 박차고, 회오리바람을 타고 9만 리나 날아오른 뒤에야 6월의 대풍을 타고 남쪽으로 날아간다. [鵬之徙於南冥也, 水擊三千里, 摶扶搖而上者九萬里, 去以六月息者也.]"라고 하였다.

가슴속 맺힌 답답함[22] 씻어내네.	仍澆芥蔕胸.
봉후[23]는 본래 원하지 않았거늘	封侯非素願,
혹시 서로 만나는 걸 어찌 탐내랴?	安羡倘相逢.

22) 가슴속 맺힌 답답함: '개체(芥蔕)'는 개체(芥蒂)라고도 쓰며, 겨자씨와 같이 작고 딱딱한 물건으로, 답답하게 가슴속에 맺힌 원한이나 불만 등을 말한다.

23) 봉후: '봉후(封侯)'는 높은 벼슬인 후작(侯爵)에 봉해지거나, 현혁(顯赫)한 공적을 세우는 일을 말한다.

아미타사[1]에서 되는대로 쓰다

阿彌陀寺謾筆

한 뙈기 솔과 대 스님 방 덮어주고	一區松竹覆僧寮,
공중 하늘꽃 자리에 들어 나부끼네.	空裏天花入座飄.
붉은 골짝 한밤에 바다 달빛 머금고	丹壑夜銜滄海月,
고운 노을 아침에 적성표지[2] 숨기네.	彩霞朝沒赤城標.
윈 섬에 수풀 향초 풍기자 비 개이더	林薰島嶼纔晴雨,
모래톱에 바람 불자 밀물[3] 밀려오네.	風送沙洲欲上潮.
고향생각 날로 커지고 돌아갈 길 머니	鄉思日增前路遠,
닿는 데 배[4] 댈 때면 감당치 못하네.	不堪隨處駐征橈.

---

1) 아미타사: '아미타사(阿彌陀寺)'는 시모노세키[下關]에 있는 절이다. 시모노세키는 옛날에 적간관(赤間關)이라 불렸으며, 야마구치[山口]현 구마게[熊毛]군 상관정(上關町)의 상관(上關), 중관(中關)인 방부시(防府市)와 상대되는 지역으로 야마구치[山口]현 서남쪽의 도시이다. 아미타사는 안덕천황신당(安德天皇神堂)이라 불렸는데, "옛날 안덕천황이 원뢰조(源賴朝)의 침공을 받고 패배하여 이곳에 이르러 세력이 다하자 그 할머니가 등에 업고 바다에 들어가니, 시종신(侍從臣) 7인과 궁녀 몇 사람이 함께 바다에 빠져 죽었다. 나라 사람들이 슬퍼하여 어린아이의 소상(塑像)을 만들고 사당을 세워 제사를 올리고, 절의 중이 수호하여 지금에 이르렀다."고 한다.

2) 적성표지: '적성표(赤城標)'에서 적성(赤城)은 시모노세키[下關]가 옛날에는 적간관(赤間關)이라 불렸기 때문에 쓴 것 같다. 또한 '적성(赤城)'은 중국 천태산(天台山) 북쪽 6리 지점에서 천태산의 남문(南門) 역할을 하는 산 이름으로, 손작(孫綽)의 〈유천태산부(遊天台山賦)〉에 "적성의 노을을 일으켜서 표지를 세운다.[赤城霞擧而建標.]"고 하였고, 이백(李白)이 〈천태효망(天台曉望)〉에서 "산문에 적성의 노을이 표지로 내걸리고, 누대에 창주(滄洲)의 달빛이 깃들었네.[門標赤城霞, 樓棲滄島月.]"라고 하였다.

3) 밀물: '상조(上潮)'는 밀물을 말한다.

4) 배: '정요(征橈)'는 멀리 가는 배를 가리킨다. 요(橈)는 상앗대를 가리키는 장(槳)이니, 곧 배를 말한다.

오월 이십칠일[1] 밤에 도포[2]에 정박하다

이 땅에서 원숭이가 남

二十七日 夜泊韜浦 是地產猿

바닷가 역참 객사 푸른 구름[3] 만지고	海濱郵舘切雲開,
만 리 건넌 배[4] 밤이 되어 드는구나.	萬里靈槎入夜來.
나무에 메 단 비단 등 밝기가 대낮 같고	懸樹綵燈明似晝,
길거리 싸도는 오랑캐 말 우레로 들끓네.	夾街蠻語沸成雷.
큰 파도에 오문[5] 밖 백마 세지 못하고	鯨濤不數吳門壯,
원숭이 소리 초협[6]에서 듣던 대로구나.	猿嘯飜同楚峽哀.

1) 5월 27일: 《계미동사일기》에 의하면, 5월 27일에 "날이 밝기 전에 겸예를 떠나서 고도(高島)에 이르렀다. 바람이 없으므로 배를 쉬었다가 오후에 조수가 들어오기를 기다려서 다시 배를 띄웠다. 초저녁에 산 하나를 지나는데 석벽(石壁)이 튀어나와 바다 속으로 뻗어 들어갔다. 그 속에 조그만 절이 있어 이름을 애도관음사(愛渡觀音寺)라고 했다. …… 그러나 날이 어두워 절이 어디 있는지 알 수가 없고, 다만 종소리가 들릴 뿐이었다. 도포(韜浦)에 배를 대었을 때는 밤이 이미 깊었다. 복선사(福禪寺)에 관사를 정했다."고 하였다.

2) 도포: '도포(韜浦)'는 히로시마[廣島]현 후쿠야마[福山]시 도모노우라[鞆浦]이다. 시모노세키와 히로시마, 도모노우라는 절경을 자랑하는 세토 나이카이 지역에 있으며, 이 가운데 도모노우라는 조선통신사가 꼭 들렀던 곳이다.

3) 푸른 구름: '절운(切雲)'은 푸른 구름을 만지는 것이니, 매우 높음을 말한다.

4) 배: '영사(靈槎)'는 한나라 장건(張騫)이 서역(西域)으로 사신 가면서 뗏목을 타고 갔다가 물을 따라 올라가서 은하수에 이르러 직녀성을 만나고 왔다고 하여 신령스러운 뗏목이라 하였다. 여기서는 사신들이 탄 배를 말한다.

5) 오문: '오문(吳門)'은 오문백마(吳門白馬)의 뜻으로 먼 곳까지 바라보는 것을 말한다. 오문(吳門)은 오나라 도성 서쪽 성문인 창문(閶門)으로 《논형(論衡)》〈서허(書虛)〉에서, 공자가 안연과 함께 태산에 올라가서 공자가 오나라 창문 밖에 매여 있는 백마를 보고 안연에게 보이냐고 묻자 안연이 한 필의 흰 비단이 보인다고 하자 공자가 "그것은 말이다."라고 한데서 유래한 고사이다.

6) 초협: '초협(楚峽)'은 초나라 땅의 협곡으로 무협(巫峽)을 가리킨다. 위(魏)나라 역도원(酈道元)의 《수경주(水經注)》〈강수(江水)〉에 "파동 삼협 가운데 무협이 가장 긴데, 원숭이 울음소

구슬발 잠깐 걷고 내 낀 안개 속에서 珠箔乍褰煙霧裏,
북두성 바라보며 부질없이 배회하네. 只看星斗謾低佪.

리 세 번 들려 눈물이 옷을 적시네.[巴東三峽巫峽長, 猿鳴三聲淚沾裳.]"라고 하였고, 당나라 맹호연(孟浩然)의 〈행출동산망한천(行出東山望漢川)〉에 "원숭이소리 초협에 어지럽고, 사람소리 파향에 깔렸구나.[猿聲亂楚峽, 人語帶巴鄉.]"라고 하였다.

용주[1]의 〈도중〉에 차운하다

次龍洲道中韻

탁배기로 어찌 능히 깊은 시름 막겠는가?	薄醪那得抵愁强?
나그네길 멀리 푸른 바닷가로 이어지네.	客路遥連碧海傍.
강가 노인 고기 잡아 버들가지 가득 꿰고	江叟得魚多貫柳,
시골 여인 나물 뜯어 광주리 채 들고가네.	村姬挑菜共携筐.
어리버리 전원으로 돌아갈 마음 아직 두어서	蚩蚩尙有歸田樂,
허둥지둥 마부에게 급히 명함[2] 부끄러웁네.	役役還慙叱馭忙.
고개 돌려 고향 산 쪽 옛집 생각하니	回向故山思舊隱,
밤송인 곧 터질 테고 벼꽃 향긋할 텐데.	栗房將罅稻花香.

1) 용주: '용주(龍洲)'는 조경(趙絅)의 호이다.

2) 마부에게 급히 명함: '질어(叱馭)'는 나라를 위해 보답하기 위하여 어려움을 두려워하지 않는 것을 말한다. 한나라 낭사(琅邪)의 왕양(王陽)이 익주(益州) 자사(刺史)가 되어 부임하여 가다가 사천성(四川省) 공래산(邛郲山)의 구절판(九折阪)에 이르러 "부모님이 남겨준 몸을 아껴야 하니 어찌 이렇게 험한 길을 갈 수 있는가?"라 하고는 돌아갔다. 왕존(王尊)이 자사가 되어 그 구절판에 이르자 왕존이 마부를 명하여 말하기를, "어서 말을 몰아라! 왕양은 효자가 되었지만 왕존은 충신이 될 것이다.[驅之! 王陽爲孝子, 王尊爲忠臣.]"라고 하였다.

오랜 나그네살이

久客

오래 떠돌다 가을 이내 이르러	久客秋仍到,
타향에 달 다시 둥글어 졌네.	殊方月又團.
깊은 밤 잠깐 든 잠 깨어나서는	深更齇少睡,
아픈 몸 이끌어 홀로 난간 기대네.	扶病獨憑欄.
흰 머리 시름 좇아 늘어나고	白髮愁從得,
청운[1]의 꿈 또한 식어가네.	青雲夢亦寒.
나그네 수심에 늙고 병들어 가며	羈心將老病,
시 짓기 어려워 짐 깊이 깨닫네.	偏覺覓詩難.

1) 청운의 꿈: '청운몽(青雲夢)'에서 청운은 고관현작(高官顯爵)이나 높은 지위를 비유한다.

강호[1]에서 되는대로 쓰다 두 수

江戶謾筆 二首

가물가물 운취산[2] 나무 베 낸 빈 터에	縹緲雲山析木墟,
사방 두른 봉래 바다 신선 거처 지키누나.	四環蓬海護仙居.
금은 장식 가람이 도성으로 이어지고	金銀佛寺連城市,
부잣집[3] 굴뚝 연기 민가까지 닿았네.	鍾鼎人煙接里閭.
짧은 머리 검은 이는 월나라 풍속[4] 이고	斷髮漆牙通越俗,
전쟁 즐기고 목숨 버림 진나라 자취인 줄을.	好兵輕死認秦餘.
임치[5] 강호 가운데 어느 곳이 낫겠는가?	臨淄江戶誰多少?
길가에서 노는 애들 한 꿰미 고기 같구나.	路上遊兒似貫魚.

1) 강호: ‘강호(江戶)’는 에도, 곧 도쿄[東京]의 옛 이름이다.

2) 운취산: ‘운산(雲山)’은 운취산(雲取山)을 가리키니, 쿠모토리야마[雲取山]는 도쿄·사이타마[埼玉]현·야마나시[山梨]현에 인접한 산으로 해발이 2017미터이다. 운취산(雲取山)은 동경도(東京都)의 서쪽에 있으며 동경도(東京都)에서 가장 높은 산인 동시에 일본의 명산 가운데 하나이다.

3) 부잣집: ‘종정(鍾鼎)’은 부귀영화를 비유한 말이다. ‘종(鍾)’은 옛날에 식량을 재는 단위로 6곡(斛)4두(斗)나 8곡이나 10곡을 1종(鍾)이라 하여 식록(食祿)을 많음을 비유하며, ‘정(鼎)’은 정립(鼎立)이니 삼정승(三政丞)이나 고관대작(高官大爵)의 지위를 비유한다.

4) 월나라 풍속: ‘월속(越俗)’은 《한서(漢書)》 〈지리지(地理志)〉에 “월나라 풍속은 머리카락이 짧고 문신을 한다.[越俗斷髮文身.]”라고 하였다. 고려에 사신 왔던 송나라 서긍이 쓴 《고려도경(高麗圖經)》에도 고려의 풍속에 ‘단발문신(斷髮文身)’이 있었는데 일찍이 기자(箕子)의 교화로 그런 풍속이 사라졌다 하였다.

5) 임치: ‘임치(臨淄)’는 제(齊)나라의 옛 성의 이름이다. 지금의 산동성 임박시(淄博市)를 말한다. 공자가 제나라에서 〈소(韶)〉 음악을 듣고 3개월 동안 고기 맛을 몰랐다고 하던 곳이기도 하다.

특별한 땅 구름 노을[6] 물굽이에 쌓여있고 特地煙霞積水灣,
하늘 밖 인간 세상[7] 있는 줄 처음 알았네. 始知天外有人寰.
뗏목 탄 한나라 사신[8] 끝내 뉘 이르렀던고? 乘槎漢使終誰到,
약초 캐는 진나라 동자[9] 돌아가지 못 했네 採藥秦童遂不還.
철마[10] 타고 어찌 바다 건너 뛸 걱정하며 鐵馬詎愁飛渡海,
금우[11] 온다한 들 어찌 산을 열겠는가? 金牛郍得枉開山.
군대 강하고 나라 부자에 다른 일 없으니 兵强國富無餘事,
형세 진실로 오랑캐 중 으뜸이라 하겠네. 形勢眞堪冠百蠻.

6) 구름 노을: '연하(煙霞)'는 구름 노을이나, 물안개나, 산수 또는 산림이나, 속세의 경계를 가리키는 말이다.

7) 인간 세상: '인환(人寰)'은 인간 세상을 말한다.

8) 한나라 사신: '한사(漢使)'는 한나라 무제(武帝)가 장건(張騫)으로 하여금 대하(大夏)에 사신 가서 황하(黃河)의 근원을 찾게 하였는데, 장건이 뗏목을 타고 가다가 견우(牽牛)와 직녀(織女)를 만났다는 고사를 말한다.

9) 진나라 동자: '진동(秦童)'은 진시황(秦始皇) 때 서불(徐市)이 불사약(不死藥)을 구해 온다 하고 동남동녀(童男童女) 수천 명을 거느리고 배를 타고 바다로 나간 뒤 돌아오지 않은 고사를 말한다.

10) 철마: '철마(鐵馬)'는 철갑(鐵甲)을 두른 전투 말이나 씩씩한 군대를 가리킨다. 또는 철마금과(鐵馬金戈)의 준말로, 용감하고 웅장한 병사와 싸움 말을 말한다.

11) 금우: '금우(金牛)'는 옛날 시내계곡 사이가 좁고 험한 길을 말한다. 촉도(蜀道)의 남잔(南棧)을 옛날에 금우협(金牛峽)이라 이름 했는데 이 잔도를 소 한 마리가 겨우 지나갈 정도로 좁고 험했기 때문에 붙여진 이름이다. 섬서성(陝西省) 면현(勉縣) 서쪽으로부터 남쪽으로 사천성(四川省) 검각현(劍閣縣)의 관문에 이르기까지를 금우도(金牛道)라고 불렀다.

가을 칠월 십육일 용주[1]와 이선[2]을 만나다

秋七月旣望與龍洲 泥仙會晤

동파 노인 멋진 문장 멀리 속세 끊고[3]	蘇老文章逈絶塵,
청아한 만남이란 좋은 날[4] 잡는 법.	向來淸覯屬良辰.
하늘에 달이 있어 오늘 저녁 돌아와서	靑天有月還今夕,
바다에 배를 타니 이 내 몸을 짝하네.	碧海乘舟偶此身.
긴 세월 두 손 없음 시름하지 않았나니	千載不愁無二客,
술동이 마주하자 다시 세 사람 되었네.[5]	一樽相對復三人.
훨훨 크게 구름 능가하는[6] 기상 있어	飄飄大有凌雲氣,
문득 시단에서 귀신같은 필력을 알리라.	陡覺騷壇筆似神.

1) 용주: '용주(龍洲)'는 조경(趙絅)의 호이다.

2) 이선: '이선(泥仙)'은 신유(申濡)의 호가 이옹(泥翁)이라 이선이라고 부른 것이다.

3) 동파 노인 …… 끊고: '소로(蘇老)'는 송나라 문장가 소식(蘇軾)으로, 그가 황주(黃州)로 유배 갔던 원풍(元豊) 5년(1082)에 양세창(楊世昌)·장회민(張懷民) 등 친구들과 함께 적벽에서 두 번 뱃놀이를 하고 감회를 글로 썼는데 7월 16일 〈전적벽부(前赤壁賦)〉, 10월 15일 〈후적벽부(後赤壁賦)〉가 그것이다. 여기서 윤순지가 조경과 신유를 만난 일을 비유한 것이다.

4) 좋은 날: '양신(良辰)'은 사미(四美) 가운데 한 가지로 남조(南朝) 사영운(謝靈運)의 〈의위태자업중집시서(擬魏太子鄴中集詩序)〉에 "양신(良辰), 미경(美景), 상심(賞心), 낙사(樂事)의 네 가지를 모두 갖추기 어렵다."고 하였다. 보통 사미이난(四美二難)을 말하는데, 이난(二難)은 어진 주인[賢主]과 아름다운 손님[嘉賓]을 말한다.

5) 술동이 …… 되었도다: 당나라 이백(李白)의 〈월하독작(月下獨酌)〉에 "꽃밭 사이에 한 병의 술을 두고, 홀로 마심에 친한 이가 없어라. 잔을 들어 밝은 달을 맞이하여, 그림자를 대하니 세 사람이 되었구나.[花間一壺酒, 獨酌無相親. 擧盃邀明月, 對影成三人.]"이라 하였다.

6) 구름 능가하는: '능운기(凌雲氣)'는 구름 하늘을 솟아오른다는 뜻으로 뜻이 높고 기상이 드높음을 말한다.

거원[1]을 생각하다

懷巨源

내 동생 지금 잘 지내고 있는지	阿弟今安否,
여러 해 동안 혼자서 지냈구나.	連年久索居.
긴 몸뚱이 응당 자유롭게 두겠지만	長身應自在,
살림살이 형편은 다시금 어떠한가?	生理更何如?
남쪽 땅 갯벌이라 편지하기 어렵고	蠻浦書難得,
이불 같이 덮고 자던 꿈 [2]도 드무네.	姜衾夢亦疎.
팽성의 예전 약속[3] 그대로 남겨두고	彭城留舊約,
흰머리 나도록 허사 됨[4]이 슬프도다.	垂白悵歸虛.

1) 거원: '거원(巨源)'은 윤순지의 동생 윤징지(尹澄之, 1601~1663)를 말한다.

2) 이불 같이 덮고 자던 꿈 : '강금(姜衾)'은 후한(後漢) 때 강굉(姜肱)의 이불이라는 뜻으로, 강굉이 형제간에 우애가 매우 돈독하여 큰 이불과 긴 베개를 만들어서 같이 덮고 베고 잤다는 고사를 말한다.

3) 팽성의 예전 약속: 소식과 소철이 팽성(彭城)에서 〈소요당회숙(逍遙堂會宿)〉의 시를 지은 고사를 말한다. 소요당(逍遙堂)은 강소성 팽성에 있는데 소철(蘇轍)이 어릴 때부터 소식을 좇아서 글을 읽으며 하루라도 서로 헤어진 적이 없는 곳이건만, 나이 들어 관직에 나아가면서 서로 헤어지게 되었다. 이에 소철은 위응물(韋應物)의 시 가운데 "어찌 바람 불고 비오는 밤을 알리오? 다시금 여기서 침상 대하며 자도다.[安知風雨夜, 復此對床眠.]"라는 시구를 읊으면서 감회에 젖어 일찍 물러나 한가하게 살리라는 약속을 소식과 하였다. 그리고 7년 뒤에 소식이 서주(徐州)로 부임되자 소철이 소식을 찾아가서 백일 넘게 함께 지내다가 남경(南京)으로 돌아갔다. 〈소요당회숙(逍遙堂會宿)〉은 당시에 쓴 것으로 시 내용은 다음과 같다. "逍遙堂後千章木, 長送中宵風雨聲." "誤喜對牀尋舊約, 不知飄泊在彭城."

4) 허사 됨: '귀허(歸虛)'는 귀허(歸墟) 또는 귀당(歸塘)이라고도 하며, 전설 속에 바다 가운데 밑이 없는 계곡으로 많은 물이 모이는 곳을 말한다. 여기서 귀허(歸虛)는 약속을 지키지 못하고 허사로 돌아감을 말한다.

정보[1]를 생각하다

懷正甫

조용하고 얌전해라 아, 우리 막둥이	安穩嗟吾季,
만난 것[2] 벌써 지난 가을이로구나.	團圓已隔秋.
집안 이을 다섯 아들 가운데	傳家五男子,
네 소식에 모든 시름 없어져.	知爾百無憂.
푸른 바다에 두 물고기 헤어지고	碧海雙魚斷,
먼 하늘에 기러기 한 마리 슬프네.	遙天一鴈愁.
꿈속에도 글귀 얻기 어려운지라	夢中難得句,
구름 끝 하늘만 자꾸 돌아보네.	雲末費回頭.

1) 정보: '정보(正甫)'는 윤순지의 막내아우 윤의지를 말한다.
2) 만난 것: '단원(團圓)'은 가족이 흩어졌다가 다시 모이거나, 온 가족이 단란하게 지내는 것을 뜻하니, 서로 만난 것을 말한다.

스스로 한탄하다

自恨

따분한 글쟁이 나그네	簡懶文園客,
성긴 귀밑머리 세었네.	差池兩鬢踈.
자식 없어 뒤 맡길 걱정 않고	無兒堪托後,
동생마저 뿔뿔이 헤어져 사네.	有弟各離居.
세상사리 일찍이 길 잃었고	天地曾迷轍,
난리통[1]에 옷소매도 끊겼네.[2]	風塵復絶裾.
늙은 아내 홀로 방에서 지내며	老妻空在室,
쇠약하고 아픈 몸 요즘 어떤지?	衰疾近何如.

1) 난리통: '풍진(風塵)'은 전쟁터에서 일어나는 티끌이라는 뜻으로, 난리통에 어수선하고 어지러운 일이나 분위기를 이르는 말이다.

2) 옷소매도 끊겼네: '절거(絶裾)'는 옷자락을 끊어버림이니, 떠나가려는 뜻이 아주 굳게 결정되었음을 말한다. 《진서(晉書)》 〈온교전(溫嶠傳)〉에 의하면, 진(晉)나라 원제(元帝)가 강좌(江左)를 지키고 있을 때 유곤(劉琨)이 명을 받들어 병주(幷州)·기주(冀州)·유주(幽州) 등의 군사를 거느리고 하삭(河朔)에 있었는데, 좌장사(左長史) 온교(溫嶠)로 하여금 표(表)를 받들고 강남(江南)에 이르러 사마예(司馬睿)에 나가도록 권하자, 그의 어머니 최씨가 굳이 못 가게 막으므로 온교가 옷소매를 끊어내고 갔다는 고사이다.

팔월 오일[1] 돌아갈 짐을 싸고 재미삼아 쓰다

初五日理歸裝戲筆

돌아갈 날 세어보곤 미칠 듯 신이 나고	坐筭歸期興欲狂,
하인들도 기뻐하며 짐 보따리 싸는구나.	喜聞僮僕俶行裝.
침상 곁 나막신은 대지팡이 함께 두고	床邊蠟屐隨斑杖,
상자 속 담비 갖옷에 시주머니[2] 둘렀네.	篋裏貂裘帶錦囊.
길 떠나면 얼마 동안 바다를 건너가서	登道幾時當渡海,
노정을 따져보니 다음 달[3]에 닿으리라.	計程開月合還鄉.
사신 행차[4] 뒤좇아서 내일 아침 출발하면	軺車擬趁明朝發,
가을날 역참 정자 십리 장정[5] 같아 뵈겠지.	秋日郵亭亦似長.

1) 8월 5일: 《계미동사일기》 8월 6일에 "동조대권현(東照大權現)에서 제사를 지내고 인조의 신필(宸筆)을 보배로 삼겠다."는 덕천가광(德川家光)의 회신을 갖고 강호를 출발하여 귀로에 올랐다. 이에 8월 5일인 듯하다.

2) 시주머니: '금낭(錦囊)'은 명승지를 찾아다니며 읊은 시나 문장 따위의 초고를 넣는 주머니를 말한다.

3) 다음 달: '개월(開月)'은 다음 달이 시작되는 시기를 말한다.

4) 사신 행차: '초거(軺車)'는 명을 받든 사신이 타는 수레로, 사신 행차를 가리킨다.

5) 장정: '장(長)'은 장정(長亭)을 말하니, 옛날 중국 길가에 나그네들이 쉬어서 가도록 만들어 놓은 정자로, 5리마다 단정(短亭), 10리마다 장정을 두었다고 한다.

낮에 적판[1]에서 쉬다

午憩赤坂

나그네길 멀리 바다에 이어지고	客路遙連海,
역참은 반쯤 수풀에 가려있구나.	郵亭半隱林.
강물소리 비와 섞여 묵직하고	江聲和雨重,
산색은 안개 둘러 그윽하구나.	山色帶煙深.
대숲 바람 가을소리 울리고	竹送鳴秋韻,
등덩쿨 자리 덮어 그늘지네.	藤垂覆座陰.
나루터 누각 높이 몇 자인지?	津樓高幾尺?
늙고 병들어 올라가기 두렵네.	衰疾惕登臨.

1) 적판: '적판(赤坂)'은 곧 아카사카죠[赤坂町]이니 아이치[愛知]현의 호이[宝飯]군에 있는 번화가이다. 호이군은 옛 삼하국(三河國)에 있던 고을로, 2010년에 소판정정(小坂井町)이 풍천시(豊川市)와 합병하면서 없어졌다. 《계미동사일기(癸未東槎日記)》에 의하면, 8월 15일 아침에 길전(吉田)을 떠나서 적판(赤坂)에서 점심을 먹고, 저녁에 강기(岡碕)에 도착했으며, 오늘은 추석(秋夕)이라고 하였다. 아이치[愛知]현의 오카자키[岡崎]시, 곧 강기(崗崎)에 가기 전에 거친 지역이다.

팔월 십칠일[1] 아침에 명고옥[2]을 출발하다

十七日朝發鳴古屋

맴도는 굴뚝 연기 몇 만 집이던가
繚繞人煙幾萬家,

길을 낀 보석팔이[3] 번화[4] 다투네.
夾街珠翠鬪繁華.

수레 말[5] 오고감[6] 바닷물 같아 뵈고
輪蹄織路看如海,

누각이 강에 연해 바라보면 노을 비스름.
樓閣緣江望似霞.

줄지은 오랑캐 상인 월나라 화물 나르고
列隊蠻商輸越貨,

차려입은 마을 여인 오나라 깁 빠는구나.
袨粧村女浣吳紗.

큰 고을[7] 물품들 무척이나 많고 많은데[8]
雄州物色多多許,

노란 감귤도 있으니 영가[9]에서 왔겠구나.
更有黃柑劈永嘉.

---

1) 8월 17일: 《계미동사일기》에 의하면, 8월 17일에 명고옥을 떠나서 주고(洲股)에서 점심을 먹고 저녁에 대원(大垣)에 도착했다고 하였다.

2) 명고옥: '명고옥(名古屋)'은 지금 일본 중부 아이치현[愛知縣] 서쪽에 있는 나고야[名古屋]시를 말하니, 이는 오와리 도쿠가와가[尾張德川] 가문의 성으로 명호옥(鳴護屋)이라고도 한다.

3) 보석팔이: '주취(珠翠)'는 진주와 비취로 보석을 가리킨다. 또는 부녀자의 화려한 장식물로, 성대하게 치장한 여인을 가리키기도 한다.

4) 번화: '번화(繁華)'는 사치스럽고 호화스러움을 말하며, 화려한 젊은 시절을 비유하기도 한다.

5) 수레 말: '윤제(輪蹄)'는 거마(車馬)를 가리키니 수레바퀴와 말굽을 말한다.

6) 바삐 오고감이: '직로(織路)'는 직락(織絡)이라고도 하며, 분주하게 오고감이 베틀의 북과 같음을 말한 것이다.

7) 큰 고을: '웅주(雄州)'는 땅이 크고 물자가 풍부하며 사람이 많은 지리적으로 요지에 있는 고을을 말한다.

8) 무척이나 많고 많은데: '다다허(多多許)'는 물품들이 많고 많음을 말한 것이다.

9) 영가: '영가(永嘉)'는 중국 절강성(浙江省)에 있는 지역으로, 감귤이 많이 난다. 중국 절강성(浙江省) 온주시(溫州市) 영가현(永嘉縣)으로 감귤의 원산지가 중국 절강성 온주라고 할 만큼 감귤이 많이 생산되어 남송 때 온주태수 한언직(韓彦直)이 〈귤보(橘譜)〉를 지을 정도이다.

우연히 읊조리다[1)]

偶占

오랜 나그네 시주머니 푸짐하랴?	久客奚囊富?
새론 시름에 센 머리만 길어졌네.	新愁白髮長.
마음먹고 뛰어난 경치 글로 옮기며	有心摸勝景,
계책 없이 세월 따라[2)] 살았구나.	無策駐流光.
빗 기운에 마을 어귀 어두워지고	雨氣村邊黑,
가을빛에 가지 끝 노랗게 물드네.	秋容樹杪黃.
돌아가는 길에 너른 바다 드넓으니	歸程滄海濶,
머리 돌려 볼수록 마음속 망망하네.	回首意茫茫.

1) 읊조리다: '점(占)'은 구점(口占)을 가리키니 즉흥적으로 입으로 읊조려서 시를 짓는 것을 말한다. 구호(口號)'라고도 한다.

2) 세월 따라: '유광(流光)'은 흐르는 물처럼 빨리 흘러가는 세월을 말한다.

구월 십사일 되는대로 읊조리다

十四日謾占

묵묵히 짐 싸다가 어제 그릇됨[1] 깨닫나니	默筭行裝悟昨非,
늘그막에 벼슬한들 어찌 크게 날아오르랴?	暮年遊宦豈雄飛?
동해바다[2]로 글 묶은 화살 보낸 적[3] 없지만	假令青海無傳箭,
일찍 옷 훌훌 벗고[4] 숨어 삶만 하겠는가?	爭似紅塵早拂衣?
덧없는 세상 지금까지 떠돈 자취 슬프나니	浮世卽今悲浪跡,
이 몸 진정 절로 갇힌 데 또 갇혀 지냈구나.	此身眞自墮重圍.
추운 밤 여관에 홀로 묵어 마음 아프니	寒燈旅館傷心處,
꿈속에서도 전원으로 돌아갈 수 없구나.	夢裏田園不當歸.

1) 어제 그릇됨: '작비(昨非)'는 어제까지 살아온 삶이 그릇되었다는 뜻으로, 지난날의 삶이 잘못되었음을 말한다. 진(晉)나라 도잠(陶潛)의 〈귀거래사(歸去來辭)〉에 "실로 길을 헤맸으나 그 길이 멀지 않았으며, 오늘이 옳고 어제까지 그릇됨을 깨달았도다.[實迷途其未遠, 覺今是而昨非.]"라고 하였다.

2) 동해바다: '청해(青海)'는 먼 변방의 황막한 땅이나, 동해바다를 가리킨다.

3) 글 묶은 화살 보낸 적: '비전(飛箭)'은 제(齊)나라 장수 노중련(魯仲連)이 장수 전단(田單)이 연(燕)나라 요성(聊城)을 오래도록 공격하고도 함락시키지 못하는 것을 보고, 곧바로 글을 써서 화살에 묶어 요성 안으로 쏘아 보냈더니 연나라 장수들이 그 글을 읽고 이러지도 저러지도 못하다가 스스로 죽음에 이르게 되자 성안의 군사들이 어수선해지고 내분이 일어나 전단이 성을 함락시킬 수 있었다는 고사이다.

4) 옷 훌훌 벗고: '불의(拂衣)'는 관복을 벗어던지고 전원으로 돌아가서 은거하는 것을 말한다.

반송[1]

蟠松

곧은 나무 쉬 베어짐[2] 너무 잘 알아서 深知直木易摧殘,
못 생기게 비스듬히 절로 굽어 서렸구나. 偃得奇形自屈蟠.
사는 동안 도끼 피해 몸 홀로 보존하고 一世斧斤身獨保,
네 철을 폈다 지며 절개 되레 완전하네. 四時榮落節猶完.
고기비늘[3] 오래 되니 용무늬가 되고 霜鱗歲久龍文錯,
벋은 줄기 바람 잦아 학 꿈[4]이 차네. 露幹風多鶴夢寒.
땅 덮은 맑은 그늘 너른 집과 똑같나니 覆地清陰同廣廈,
길가는 사람들아 그저 보고만 가지 마오. 路人休作等閒看.

1) 반송: '반송(蟠松)'은 일본에서 나는 소나무 품종의 하나로, 높이는 3~5미터이고, 원줄기가 없이 뿌리 언저리로부터 많은 가지가 엇비슷하게 위로 향하여 자라 양산을 편 모양을 하고 있는 정원수이다.

2) 곧은 나무 쉬 베어짐: '직목역최잔(直木易摧殘)'은 곧은 나무가 사람들 손에 쉬 훼손됨을 말한다. 《장자》 〈산목(山木)〉에서 "곧은 나무 먼저 베어지고, 단 샘물 먼저 마르네.[直木先伐, 甘泉先竭.]"라고 하였다.

3) 고기비늘: '상린(霜鱗)'은 물고기를 가리키니 물고기 비늘이 희기 때문이다.

4) 학 꿈: '학몽(鶴夢)'은 범속함을 초월하고 속세를 벗어나서 이상을 지향하는 것을 말한다.

구월 이십오일[1] 아침에 또 풍랑에 막혀 배가 가지 못하다

二十五日朝又阻風不得行船

매일매일 가는 배도 언제 뜰지 모르네	日日歸帆苦未期,
오랑캐가 지지부진[2] 다시 비웃겠네.	蠻人應復笑遲遲.
딴 나라 역참 누정 천 리길 지나왔고	郵亭海外經千里,
배 안에서 보낸 세월 네 철을 맞았네.	歲序舟中閱四時.
반평생 그치고 만족할 줄[3] 몰랐으니	半世不曾知止足,
이번 사행 지리함이 되레 스스로 창피하네.	此行黐自愧支離.
여생 동안 장주의 꿈[4] 깨닫게나 된다면	餘生始悟莊周夢,
도잠 현령[5] 줄곧 내내 나의 스승 되리라.	陶令追來是我師.

1) 9월 25일: 《계미동사일기》에 의하면, 9월 25일에 비가 내려 일기도에 머물렀다 하고, 9월 26일에도 아침에 흐렸다가 늦게 개었다고 하였다.

2) 지지부진: '지지(遲遲)'는 지지부진(遲遲不進)의 준말로, 일이 매우 더디어 잘 진척되지 않음을 말한다.

3) 그치고 만족할 줄: 《노자》에 "만족할 줄 알면 욕되지 아니하고, 그칠 줄 알면 위태하지 아니하여 오래할 수 있다.[知足不辱, 知止不殆, 可以長久.]"고 하였다.

4) 장주의 꿈: 《장자》 〈제물론(齊物論)〉에 나오는 장주가 나비 되는 호접몽(胡蝶夢)을 말한다. 자기가 나비의 꿈을 꾸었는지 나비가 자기의 꿈을 꾸는 것인지 알기 어렵다고 한 고사로, 자아와 외물은 본래 하나라는 이치를 말한다.

5) 도잠 현령: '도령(陶令)'은 진(晉)나라 도잠(陶潛)이 팽택(彭澤) 현령을 지냈기 때문에 붙여진 것이다.

시월 이십육일 새벽에 압서[1]에서 배로 가다

二十六日曉 鴨潊行船

나팔[2] 소리 날 밝기 재촉하니	畫角催淸曉,
사행 배 북쪽바람 거스르네.	征帆遡北風.
몸이 세상 밖[3] 넘어 가고	身疑超汗漫,
마음이 새장 벗어난 듯하네.	心似脫樊籠.
여러 섬들 가물대는 밖	島嶼微茫外,
고향 산천 거기 있겠지.	鄕山指點中.
시정이 숨은 흥 일으키니	詩情將逸興,
오늘 허공에 오를 듯하네.	今日欲凌空.

1) 압서: '압서(鴨潊)'는 대마도에 있는 지역으로 압뢰(鴨瀨)라고도 한다. 《계미동사일기》에 의하면, '9월 27일 밤 2경에 대마도에 도착했는데 여기서 거의 한 달을 머물렀다. 10월 26일에 악포(鰐浦)까지 가려고 새벽에 배를 출발시켰는데, 바람이 없어 돛을 달지 못하고 노를 재촉해 저어 나갔다. 오후가 되니 바람이 거꾸로 불고 물결이 일어 노 젓는 사람을 더 늘렸는데도 배는 몹시 더디게 갔다. 간신히 서박(西泊)에 도착하니 사람이 이미 지치고 밤도 또 깊었다'고 하였다. 압뢰(鴨瀨)는 악포(鰐浦) 서박(西泊) 다음의 노정에 서박포에서 압뢰까지는 1백 80여 리라고 하는데 어디인지 자세하지 않다.

2) 나팔: '화각(畫角)'은 옛날 군중에서 쓰던 대나무나 가죽 따위로 만든 나팔의 일종이다.

3) 세상 밖: '한만(汗漫)'은 한만유(汗漫遊)의 준말로, 세상 밖을 돌아다닌다는 뜻이니 멀리 이곳저곳으로 두루 돌아다니며 노니는 것을 말한다.

보사[1]에서 재미삼아 쓰다

保社戲筆

양수 서쪽[2] 솔과 국화 옛적 우거[3]라	瀼西松菊舊菟裘,
늘그막에 이 언덕에 돌아와서 쉬리라.	暮景歸休此一丘.
벼슬살이[4] 한 이래로 마음 묶인 듯하더니	豊組向來心似縛,
험난한 길 이제 떠나 혀처럼 부드러워 졌네.[5]	畏途今去舌爲柔.
조정의 싸움소란에 나라 셋으로 나뉘었는데	朝端戰鬧三分國,
누워서 한가하게 백 척 누각[6]에 있구나.	臥裏身閑百尺樓.

---

1) 보사: '보사(保社)'는 옛날 시골 마을에 있던 일종의 민간 조직으로, 서로 의지하고 보호한다는 목적 아래 설립된 것이다.

2) 양수 서쪽: '양서(瀼西)'는 양수(瀼水)의 서쪽으로, 중국 사천성 봉절현(奉節縣)의 산골에 흐르는 양수의 강은 당나라 두보(杜甫)가 일찍이 산 적이 있으며, 여기서는 윤순지가 살던 곳에 흐르는 시내를 말한 듯하다. 두보의 〈기주가십절구(夔州歌十絶句)〉에 "양동 양서 산골에는 일만 개의 집이 있고, 강북 강남 지방에는 봄과 겨울에도 꽃이 피네.[瀼東瀼西一萬家, 江北江南春冬花.]"라 하였고, 소식(蘇軾)은 〈방장산인득산중자(訪張山人得山中字)〉에서 "길은 산의 앞과 뒤가 헛갈리고, 사람은 양수 동쪽 서쪽에 있도다.[路迷山向背 人在瀼西東]"라고 하였다.

3) 우거: '토구(菟裘)'는 산동성 사수현(泗水縣)의 지명으로, 늙어서 은퇴한 뒤에 사는 곳을 가리키는 말이다.

4) 벼슬살이: '풍조(豊組)'는 오래도록 벼슬하는 것을 말한다. 반대로 '거관(去官)'을 해조(解組)라고 한다.

5) 혀처럼 부드러워 졌네: '설위유(舌爲柔)'는 혀가 부드러움으로써 입 안에서 오래도록 보전될 수 있음을 말한다. 《공총자(孔叢子)》〈항지(抗志)〉에 의하면 노래자(老萊子)가 말하기를, "그대는 치아를 보지 못했는가? 치아는 굳고 강함으로써 마침내 다 닳게 되고, 혀는 유순함으로써 끝내 해지지 않는다.[子不見夫齒乎? 齒堅剛, 卒盡相磨, 舌柔順, 終以不弊.]"라고 하였다. 한나라 유향(劉向)의 《설원(說苑)》〈경신(敬愼)〉에 "무릇 혀가 보존되는 것은 어찌 그 부드러움 때문이 아니겠는가? 이가 없어짐은 어찌 그 강함 때문이 아니겠는가?[夫舌之存也, 豈非以其柔耶? 齒之亡也, 豈非以其剛耶?]"라고 하였다. 곧 설존치망(舌存齒亡)은 굳세고 단단하면 쉽게 꺾이고 끊어지며, 부드러운 것은 늘 오래도록 보존됨을 말한다.

애송이들 짓는 구업[7] 너무나 싫어서 剛厭兒曹謀口業,
되는대로 고기 통발 시냇물에 치는구나. 謾將魚笱椗溪流.

6) 백 척 누각: '백척루(百尺樓)'는 원룡백척루(元龍百尺樓)의 고사에서 나온 말로, 깊은 회포를 푸는 높은 누각을 가리킨다. 《세설신어(世說新語)》에 "허사(許汜)와 유비(劉備)가 유표(劉表)의 집에서 함께 인물을 평가하였는데, 이때 허사가 진등(陳登)은 회해지사(淮海之士)로 호기(豪氣)가 여전하다 하면서 말하기를 '지난번에 난리를 만나 하비(下邳)를 지나다가 진등을 찾아갔는데 주인으로서 손님을 대하는 뜻이 전혀 없었다. 자기는 큰 침상 위로 올라가서 눕고, 나는 아래 침상에 눕게 했다.'고 하였다. 그러자 유비가 말하기를 '그대는 국사(國士)로서 온 천하가 모두 난리 통인데 제왕이 있을 곳을 찾지도 못하고, 세상을 구제할 뜻은 전혀 없이 자기만 챙겼으니, 만약 나라면 백척루(百尺樓) 위에 눕고, 그대는 땅 밑에 눕게 하겠다."고 하였다.

7) 짓는 구업: '구업(口業)'은 불교용어로 몸·말·생각의 세 가지 업 가운데 하나로써, 말로 짓는 죄업을 말한다. 곧 이치에 맞지 않고 허황되게 말하는 망언(妄言)과, 남에게 욕이나 험담을 하여 성내게 하는 악구(惡口)와, 양쪽을 이간질하여 싸움을 붙이는 양설(兩舌)과, 교묘하게 꾸며 도리에 어긋나게 말하는 기어(綺語)가 그것이다.

현주[1]의 시운에 차운하여 송상사[2]에게 주다

次玄洲韻贈宋上舍

이별한 지 이미 스무 해	別已廿年久,
그대는 어디서 오는지?	君從何處來?
만나 옛날 일 말하려 해도	相逢論舊事,
깊은 술잔 잡을 겨를 없네.	未暇把深杯.
험난한 길에 갖가지로 겪느라	畏路千盤窄,
늙은 얼굴에 귀밑머리 세었네.	衰容兩鬢催.
이 몸 병든 말 신세로	此身如病馬,
오늘 다시 피로 덮치네.[3]	今日更虺隤.

1) 현주: 윤신지(1582~1657) 조선 제14대 선조(宣祖)의 부마(駙馬). 본관은 해평(海平). 윤방(尹昉)의 아들로, 선조의 두 번째 서녀인 정혜옹주(貞惠翁主)와 혼인함. 시(詩)·서(書)·화(畵)에 능했음

2) 상사: '상사(上舍)'는 조선시대 성균관의 유생으로 생원(生員)·진사(進士) 시험에 합격한 사람을 말한다.

3) 피로 덮치네: '훼퇴(虺隤)'는 무척 피로하여 병이 든 모양을 말한다.

동회정사[1]에서 백주[2]의 시운에 차운하다[3] 두 수

東淮亭舍 次白洲韻 二首

돛단배로 일찌감치 한강[4]을 거슬러 도니	片帆曾溯漢皐回,
첩첩한 바위 층진 봉우리 좌우에 펼쳐졌네.	疊嶂層巒左右開.
성을 나가 곧장 한적한 세계 만났나니	出郭便逢閒世界,
살 곳 점쳐 누가 이런 누정 얻었던가?	卜居誰得此亭臺.
용문[5] 지는 해에 구름이 천 조각이요	龍門落日雲千片,

1) 동회정사: '동회정사東淮亭舍)'는 신익성(申翊聖, 1588~1644)의 누정을 말한다. 신익성은 병자호란 때 척화오신(斥和五臣)의 한 사람으로 자는 군석(君奭), 호는 낙전당(樂全堂)·동회(東淮)거사, 시호는 문충(文忠), 본관은 평산(平山)이다.

2) 백주: '백주(白洲)'는 이명한(李明漢, 1595~1645)의 아호로 자는 천장(天章)이고 본관은 연안(延安)이다. 1610년 사마시에 합격하고, 1616년 증광문과에 을과로 급제한 뒤 승문원권지정자(承文院權知正字)·전적·공조좌랑에 이르렀다. 이괄(李适)의 난 때에는 왕을 공주로 모시고 가서 이식(李植)과 함께 팔도에 보내는 교서를 지었다. 1643년 이경여(李敬輿)·신익성(申翊聖) 등과 함께 척화파로 지목되어 심양(瀋陽)에 잡혀가 억류되었다. 이듬해 세자이사(世子貳師)가 되어 심양으로 가서 소현세자와 함께 돌아왔다. 1645년에 명나라와 밀통한 글을 썼다고 하여 다시 청나라에 잡혀갔다가 풀려나와 예조판서가 되었다. 시호는 문정(文靖)이다.

3) 시운에 차운하다: 이명한의 《백주집(白洲集)》 〈제동회백운루(題東淮白雲樓)〉에 차운한 것이다. 그 내용은 다음과 같다. "光陵秋夕進香回, 轉向清平水路開. 君與白雲留別墅, 我携明月上層臺. 百年勝會仍佳節, 四海何人又此杯. 灘急夜深寧變色, 滿江風浪放船來." "東淮水落雁初回, 十里煙波霽色開. 天下豈無閑世界, 山中還有此樓臺. 相逢莞爾只孤笑, 臨別依然更一杯. 我老尙堪舟上臥, 明年寒食可重來."; 신익성의 《낙전당집(樂全堂集)》 〈차천장운사왕방(次天章韻謝枉訪)〉은 다음과 같다. "山樓半夜送君回, 樓外疏簾手自開. 遙望命舟下急瀨, 空教明月滿高臺. 詩情錯莫難成語, 離思繽紛獨擧杯. 徙倚危欄淸不寐, 龍門爽氣渡江來." 또한 〈전관교상지제공 아보리판좌정 제공역개유공사운 마상구점(箭串橋上遲諸公 俄報吏判坐政 諸公亦皆有公事云 馬上口占)〉은 다음과 같다. "立馬郊原首幾回, 江間斜日片帆開. 平橋影落溶溶水, 遙渚沙分曲曲臺. 自笑殘生同泛梗, 每將行色寄浮杯. 芭蕉啓事應無暇, 不是故人期不來."

4) 한강: '한고(漢皐)'는 한강을 말한다.

우저[6] 가을바람에 술 한 잔 마시네.	牛渚秋風酒一杯.
취해 누워 돌아갈 길 먼 줄 모르고	醉卧不知歸路遠,
꿈꾸며 하늘에서나 왔겠지 하누나.	夢中還似自天來.
강가 나무 그늘지게 강 언덕 둘러있고	江樹陰陰江岸回,
주인집 덩그라니 강 언덕에 서있구나.	主家華搆壓江開.
소나무 덩굴 길을 펄럭이며 덮어주고	松當蘿徑幡成盖,
산길 낚시터에서 끊겨 돈대 이루었네.	山到漁磯斷作臺.
향긋한 풀 맑은 시내[7]는 최호의 시구요	芳草晴川崔顥句,
지는 꽃잎 밝은 달[8]은 이백의 술잔이라.	落花明月謫仙杯.
근년 이래 게을러서 일 없음만 좋아하니	年來嬾慢耽無事,
문 밖에 그 누가 문자 물으러 오겠는가?[9]	門外何人問字來?

5) 용문: '용문(龍門)'은 경기도 양평군 용문이나, 본래 용문(龍門)은 우문구(禹門口)로 산서성 하진현(河津縣) 서북과 섬서성 한성시(韓城市) 동북에 있으며, 황하가 이곳에 이르면 양쪽 언덕이 가파른 절벽으로 대치하여 마치 대궐문과 같으므로 이름 붙인 것이다. 《예문유취(藝文類聚)》 〈삼진기(三秦記)〉에 "하진(河津)을 일명 용문(龍門)이라 하니 큰 물고기 수천 마리가 용문 아래 모여 올라가지 못하는데 올라가는 놈은 용이 된다."고 하였다.

6) 우저: 여기서 '우저(牛渚)'는 경기도 김포에 있는 한강 하류 물가를 가리킨다.

7) 향긋한 풀 맑은 시내: '방초청천(芳草晴川)'은 당나라 최호(崔顥)의 〈황학루(黃鶴樓)〉에 "맑은 시내 한양의 나무가 어른어른하고, 향긋한 풀 앵무주에 듬뿍듬뿍 났도다.[晴川歷歷漢陽樹, 芳草萋萋鸚鵡洲.]"라고 한 것을 말한다.

8) 지는 꽃잎 밝은 달: '낙화명월(落花明月)'은 당나라 이백의 〈춘일독작(春日獨酌)〉에 "봄바람에 맑은 기운 살랑이고, 물가 나무 봄 햇빛에 빛나네. 밝은 해 푸른 풀을 비추고, 지는 꽃잎 흩어져서 날리네.[東風扇淑氣, 水木榮春暉. 白日照綠草, 落花散且飛.]"라고 하였고, 〈월하독작(月下獨酌)〉에 "잔 들어 밝은 달 맞이하여 그림자를 대하니 세 사람이 되었구나.[擧杯邀明月, 對影成三人.]"라고 한 내용을 말한다. 적선(謫仙)은 하늘에서 벌(罰)을 받아 인간세상으로 쫓겨 내려온 선인(仙人)이란 뜻으로 이백(李白)을 가리킨다.

9) 문 밖에 …… 오겠는가: '문자(問字)'는 사람을 좇아 배움을 받거나 사람에게 가르침을 청하는 것을 말한다. 한나라 문장가 양웅(揚雄)이 고문(古文)과 기이한 문자 등을 많이 알아서 유분(劉棻)이 일찍이 양웅을 찾아가서 기이한 문자를 물은 고사에 의거한다. 또한 양웅이 가난하여 좋아하는 술을 자주 못 마시자 종종 호사자(好事者)들이 술과 안주를 가지고 와서 가르침을 청하곤 했다고 한다.

포천현 객관에서 되는대로 짓다

抱川縣館謾題

문발 걷고 보니 가을이 와있고	捲箔看秋令,
지팡이 짚고 나서니 해 질 녘.	楮筇到日斜.
거센 여울물 멀리 비처럼 뵈고	風灘遙似雨,
서리 물든 단풍잎 꽃인가 하네.	霜葉謾疑花.
나그네살이에 시 빚만 많아서	客裏多詩債,
시름 속에도 경물 변화 다루네.	愁邊領物華.
늘그막에 잦은 사신행차[1]	暮年頻擁傳,
깃 치는 까마귀가 부럽네.	林末羨歸鴉.

1) 사신행차 : '옹전(擁傳)'은 사신행차 나가는 것을 말하니, 역참(驛站)의 수레와 말을 사용하기 때문에 붙여진 말이다.

가원[1]에게 부치다

寄可遠

처량한[2] 강호생활[3] 벌써 몇 해이던가? 落托江湖已幾秋?
평온하게 생계 짜서 자유로이 노는구나.[4] 穩將身計寄天遊.
집안 대대 청백리라 입에 풀칠 어려워도 家傳淸白難糊口,
공명이란 말 들으면 곧장 머리 흔드누나. 語到功名便掉頭.
세상에 말 아는 이 없음[5] 깊이 한탄해도 深恨世人無相馬,
늙은 어부 갈매기 튀지 않게 하지는 마라. 謾教漁老不驚鷗.
오늘밤 오줏달[6] 멀리 대하니 今宵遠對吳洲月,

---

1) 가원: '가원(可遠)'은 백세흥(白世興, 1630~1699)의 자이며 호는 율은(栗隱), 본관은 수원(水原)이다. 1652년에 진사과에 합격하고 성균관에 들어가 복상(服喪) 문제로 상소를 올리려다가 왕의 노여움을 사서 귀향하여 학문에 힘썼다. 1675년 문과에 급제하여 봉상시겸성균관학유(奉常寺兼成均館學諭)에 제수되고, 그 뒤에 양현고봉사(養賢庫奉事)·성균관전적 등을 지냈다. 1678년 이후에는 해남현감·강진현감·평해현감 등을 재임하면서 검약한 생활과 애민정신(愛民精神)으로 백성들의 존경을 받았다.

2) 처량한: '낙탁(落托)'은 낙탁(落拓)으로도 쓰며, 빈곤하거나 곤궁하여 실의하는 것이니 신세 경황이 처량함을 말한다.

3) 강호생활: '강호(江湖)'는 강하호해(江河湖海)의 준말로, 세상의 사방각지를 가리키거나, 민간(民間)을 가리키거나, 은둔 선비의 거처 또는 물러나서 은거하는 것을 말한다.

4) 자유로이 노는구나: '천유(天遊)'는 사물에 구애되지 아니하고 마음에 막힌 데 없이 자연 그대로 자유롭게 노님을 말한다.

5) 말 아는 이 없음: '무상마(無相馬)'는 훌륭한 말을 볼 줄 아는 이가 없다는 말로, 옛날에 말의 관상을 잘 보았다는 백락(伯樂)이 있어 준마나 천리마를 곧장 알아보았는데, 지금 세상에는 백락처럼 훌륭한 인재를 알아보는 사람이 없음을 말한 것이다. 춘추시대 진(秦)나라 목공(穆公) 때 구방고(九方皐)도 말의 상을 아주 잘 보아 말의 좋고 나쁨을 잘 감정했다고 한다.

6) 오줏달: '오주월(吳洲月)'은 달을 보면서 보고 싶은 사람을 그리워하는 것을 말한다. 이백(李白)의 〈송장사인지강동(送張舍人之江東)〉에 "오주에서 만약에 달을 보게 되거든, 천리 밖에

허리띠 갈고리 한 마디나 느슨해. 緩却帶圍一寸鉤.

있는 나를 생각해 주게나.[吳洲如見月, 千里幸相憶.]"라고 하였다.

공산[1] 신군택[2] 사또에게 삼가 보내다

奉贐申公山君澤令

큰 인물 남쪽 가서 한번 웃는 봄 있고[3]	大家南征一笑春,
금강 강가에는 새론 색동옷 있으리라.[4]	錦江江上彩衣新.
사또[5] 되어 지극 봉양 어찌 효성 아니랴?	專城榮養寧非孝?
온 집안이 흉년에도 빈곤 두려워 않으리라.	渾舍荒年不怕貧.
나라일 예로부터 내외 구별 없으니	王事古來無內外,
사군 지금 가면 임금 부모께 보답하리.	使君今去報君親.
조정조서[6] 어찌 높은 자리 바라고만 쓰리오?	徵黃詎待高收寂?
한림원[7] 기린 명예 임명장[8]에 다 있다네.	聲價詞垣要演綸.

---

1) 공산: '공산(公山)'은 충청남도 공주시 산성동에 있는 산으로, 공주의 진산이며 금강 남쪽에 있다. 여기서는 공주를 말한다.

2) 신군택: '신군택(申君澤)'은 1643년 윤순지 및 조경의 종사관으로 일본 사행을 함께 다녀온 신유(申濡)를 말하니, 자가 군택(君澤)이고, 호는 죽당(竹堂) 또는 이옹(泥翁)이며, 본관은 고령이다.

3) 한번 웃는 봄 있고: '일소춘(一笑春)'은 기뻐하여 웃는 어머니의 모습을 가리킨 것으로, 한나라 소제(昭帝) 때 준불의(雋不疑)가 경조윤(京兆尹)이 되어 매양 고을을 순행하면서 죄수들을 소사하고 돌아올 적마다 늙은 어머니가 "이번에는 평번(平反)을 해서 몇 사람이나 살렸느냐?[有所平反, 活幾何人?]"라고 물었는데, 만일 평번을 해서 죄를 줄여준 것이 많으면 기뻐하여 웃으면서 밥을 잘 먹었고, 평번한 것이 없으면 화를 내고 밥을 먹지 않았다는 고사를 말한다. 평번(平反)은 잘못 심판하여 억울하게 옥살이 하는 죄수를 다시 심리(審理)하여 죄를 줄여주는 것을 말한다.

4) 새론 색동옷 있으리라: '채의신(彩衣新)'은 춘추시대 초(楚)나라 노래자(老萊子)가 효성이 지극하여 일흔 살의 나이에도 연로하신 어버이를 기쁘게 해드리려고 색동옷을 입고 춤을 추고 어린아이처럼 귀여운 짓을 하였다는 고사를 말한다.

5) 사또: '전성(專城)'은 고을 수령이나 지방 장관을 일컫는 말이다.

6) 조정조서: '징황(徵黃)'은 임금의 조서(詔書)를 말하니, 옛날 임금의 조서는 누런 종이를 사용했기 때문이다.

7) 한림원: '사원(詞垣)'은 임금의 명을 받아 문서를 짓는 일을 맡아보던 한림원(翰林院)을 말한다.

8) 임명장: '연륜(演綸)'은 임금님의 임명장을 기초(起草)하는 것을 말한다.

요양[1] 가는 길에

遼陽途中

조정의 신묘 계책 아직도 성과 없어	廟堂神筭尙無爲,
사신 행차 해마다 서둘러 달려가네.	使盖連年費疾馳.
세상일로 늘그막에 두 다리 지치고	世故晩途疲兩脚,
나그네 한 먼 길에 눈썹으로 모였네.	旅愁長路集雙眉.
변방 구름 아득히 옛 성채 뒤덮고	關雲漠漠埋殘堞,
농 땅 해[2] 흐릿하게 먼 언덕에 지네.	隴日荒荒下遠陂.
석자 칼[3]로 몸 지킴 정말 우스우니	剛笑防身三尺劒,
사행 피로 덜어가며 서로 좇아가기만.	只消行役鎭相隨.

1) 요양: '요양(遼陽)'은 요동(遼東)을 말한다.
2) 농 땅: '농(隴)'은 감숙성(甘肅省) 일대의 지방을 말한다.
3) 석자의 칼: '삼척검(三尺劒)'은 옛날에 보통 칼을 석자로 만들었기 때문에 붙여진 것이다.

초당에서 되는대로 짓다

草堂謾題

자취 숨겨 붉은 골[1] 돌아와	竄跡歸丹壑,
지팡이 잡고서 흰 모래 밟네.	携筇步白沙.
도끼는 곧은 나무 치고	斧斤侵直木,
비녀 홀[2]은 허공의 꽃[3].	簪笏是空花.
세상살이 뉘 나그네 아니랴?	處世誰非客?
몸 꾸밈 이 또한 집이로구나.	莊身此亦家.
어려서도 요량이 많다보니	兒童饒意緖,
밤 깊도록 뽕과 삼 다듬었네.	深夜理桒麻.

1) 붉은 골: '단학(丹壑)'은 붉은 기운이 감도는 산골짜기로, 선경(仙境)을 말한다.
2) 비녀 홀: '잠홀(簪笏)'은 관에 꽂는 비녀와 손에 쥐는 홀로 예복을 입은 높은 벼슬을 의미한다.
3) 허공의 꽃: '공화(空花)'는 실재하지 않는 착각과 망상에서 보이는 현상을 말한다.

가을날 서쪽 마을 광경

秋日西村卽事

전원 돌온 흥 차츰 느끼며 漸覺歸田興,
나라 떠난[1] 슬픔 다 잊네. 渾忘去國悲.
마음 한가하고 몸도 좀 튼튼해져 心閒身少健,
궁벽한 시골에 하루 자못 더디네. 境僻日偏遲.
아침 밥상에 가을 게[2] 올라오고 曉案登霜蟹,
향긋한 국에 이슬 맞은 아욱[3]이. 香羹折露葵.
흐뭇히 웃으며[4] 배불리 먹고 嬉嬉仍飽腹,
베개 높혀[5] 태평시절[6] 즐기네. 高枕樂淸時.

---

1) 나라 떠난: '거국(去國)'은 한양이나 조정을 떠남을 말한다.

2) 가을 게: '상해(霜蟹)'는 서리가 내리는 가을철의 게를 말하니, 서리가 내린 뒤의 조개와 게는 살이 찌고 맛이 좋기 때문이다.

3) 아욱: '규(葵)'는 노규(露葵), 규채(葵菜)라고도 부르는 한해살이 풀인 아욱으로, 국을 끓이는 데 넣어서 먹는다. 왕유의 시에 "소나무 아래에서 마음을 재계하며 이슬 머금은 아욱을 딴다. [松下淸齋折露葵.]"고 하였다.

4) 흐뭇히 웃으며: '희희(嬉嬉)'는 '희희연(嬉嬉然)'의 준말로, 기쁘게 자득한 모양을 말한다.

5) 베개 높혀: '고침(高枕)'은 고와(高臥)와 같은 말로, 벼슬살이 그만두고 물러나서 고상하게 은거하는 것을 말한다.

6) 태평 시절: '청시(淸時)'는 태평한 때, 곧 태평성세(太平盛世)를 말한다. 한유(韓愈)의 〈화배복야상공가산십일운(和裴僕射相公假山十一韻)〉에 "수풀동산에 좋은 일 다 하며, 악기 연주하고 태평시절 즐기네.[林園窮勝事, 鍾鼓樂淸時.]"라고 하였다.

이존오[1] 만사

李存吾輓詞

문사 맡았다가[2] 어려워져 외직 가며[3] 曾見詞臣困一麾,
문 두드리고 찾아와 전별시[4] 찾았었지. 扣門來索贐行詩.
별 나뉘고 비 뿌림[5] 억지로는 할 수 없고 星分雨散猶難强,
옥 난초 부러짐[6] 본디 기약 못 하기 마련. 玉折蘭摧本不期.
진양[7] 잘 다스린 지 이제 몇 달인가? 完繕晉陽今幾月?
궁궐[8]에 불려갈 날 또 어느 때이런가? 召還宣室更何時?

---

1) 이존오: '존오(存吾)'는 이이존(李以存, 1609-?)의 자이니 본관은 여흥(驪興)이며, 승지(承旨)를 지냈다.

2) 문사 맡았다가: '사신(詞臣)'은 문사(文詞)를 담당한 신하로 한림원에 속한 벼슬을 하는 것을 말한다.

3) 외직 가며: '일휘(一麾)'는 일휘출수(一麾出守)의 준말로, 외직(外職)을 가리키는 말이다. 또는 일면정휘(一面旌麾)의 준말로, 조정을 나가서 외임(外任)을 하는 것을 말한다.

4) 신행시: '신행시(贐行詩)'는 먼 길을 떠나는 사람에게 지어주는 전별시를 말한다.

5) 별 나뉘고 비 뿌림: '성분우산(星分雨散)'은 벗과 이별함을 뜻한다. 백거이(白居易)의 〈독숙향산사(獨宿香山寺)〉에, "술친구와 노래친구 지금 어디 있는가? 비 흩고 구름 날리 듯 모두 돌아오지 않네.[飮徒歌伴今何在? 雨散雲飛盡不廻.]"라 하였고, 두보의 〈유주후엄육시어불도선하협(渝州候嚴六侍御不到先下峽)〉에 "구름 비 흩어짐 알 수 없는데, 짧고 긴 시만 읊고 있구나.[不知雲雨散, 虛費短長吟.]"이라 하였다.

6) 옥 난초 부러짐: '옥절난최(玉折蘭摧)'는 어진 사람의 죽음을 이르는 말이다. 계곡(谿谷) 장유(張維)의 〈제정유숙문(祭鄭裕叔文)〉에서, "차라리 우리 유숙의 경우처럼 불행히도 요절은 하였을망정 군자라면 모두들 애석해하며 난초 꺾이고 옥돌 깨어졌다는 탄식 들으며 온전하게 이 세상을 떠남으로써 부끄럼 없이 혼백이 되는 게 낫지 않겠나?[寧爲裕叔, 不幸夭閼, 善類嗟惜, 蘭摧玉折, 全而歸之, 魂魄無怍.]"라고 하였다.

7) 진양: '진양(晉陽)'은 경상남도 진주의 옛 이름이다.

8) 궁궐: '선실(宣室)'은 옛날 궁궐 이름으로 은나라 때 궁궐 이름이거나, 한나라 미앙궁(未央宮) 안에 있던 선실전(宣室殿)을 말한다.

풍류 넘친 글재주에도 끝내 봉록 없으니 風流文雅終無祿,
하늘 이치 사람 마음 둘 다 의아하구나. 天理人情兩合疑.

군택[1] 영공[2]에게 보내다

寄君澤令公

한 눈에 푸른 동쪽바다 삼켰고	一眼曾呑碧海東,
십주 삼도[3] 가슴 속에 두었네.	十洲三島在胸中.
그때 같이 수레 탄 이 누구인지 알겠지만	當時並駕知誰是,
나와 함께 배 탄 이는 다만 그대뿐이었네.	與我乘桴只有公.
이르는 곳 시 많아도 백설[4]을 읊었고	到處詩多吟白雪,
지금도 몸은 산들바람[5] 타는 것 같네.	秖今身似御泠風.
구름과 용[6] 반평생을 익숙히 좇아 놀아	雲龍半世𠀋遊慣,
영묘한 무소뿔[7] 마음이 점점이 통했네.	心作靈犀點點通.

---

1) 군택: '군택(君澤)'은 신유(申濡)의 자이다.

2) 영공: '영공(令公)'은 정삼품(正三品)과 종이품(從二品)의 관리를 높여 이르던 말로, 영감(令監) 또는 대감(大監)이라고도 한다.

3) 십주 삼도: '십주'는 큰 바다 가운데 신선이 사는 열 곳의 명산 승경으로 선경(仙境)을 말하며, '삼도'는 삼신산(三神山)을 말한다.

4) 백설: '백설(白雪)'은 양춘(陽春)과 더불어 전국시대 초(楚)나라의 고아(高雅)한 가곡 이름이다. 춘추시대 초나라의 가요인 하리(下里)와 파인(巴人)은 수천 명이 따라 불렀으나, 고상한 백설과 양춘의 노래는 너무 어려워서 겨우 수십 명밖에 따라 부르지 못했다는 고사가 있다.

5) 산들바람: '영풍(泠風)'은 솔솔바람[小風]이나 산들바람 또는 봄바람[和風]을 가리킨다. 《장자》 〈제물론(齊物論)〉에 "솔솔바람은 작게 온화하고, 거센 바람은 크게 온화하다.[泠風則小和, 飄風則大和.]"라고 하였는데, 성현영(成玄英)은 '영(泠)'은 소풍(小風)이라 하고, 고유(高誘)는 '영풍(泠風)'은 화풍(和風)이니 곡식을 성장하게 하는 것이라고 하였다.

6) 구름과 용: '운룡(雲龍)'은 《주역》 〈건괘(乾卦)〉에 "구름이 용을 따른다.[雲從龍]"는 데서 나온 말로, 동류(同類)끼리 서로 감응하는 것을 비유한다. 또는 운룡풍호(雲龍風虎)의 준말로 임금과 신하를 비유하여 벼슬살이를 가리키기도 한다.

7) 영묘한 무소뿔: '영서(靈犀)'는 영묘(靈妙)한 무소뿔을 말한다. 무소뿔은 가운데 구멍이 뚫려 있어 양방이 서로 통하는데, 두 사람의 뜻이 영묘하게 서로 통하는 것을 비유한다.

장릉[1]을 지나며 두 수

過長陵二首

어찌 나라 중흥 중국에 견주랴? 寧把中興較漢唐?
전란 뒤 뉘 다시 강상[2] 세우려나? 一戎誰復植綱常?
구름 우레[3] 해와 달[4] 말끔히 씻어내고 雲雷日月歸昭洗,
조정[5] 안 벼슬아치 빼어나고 충량했네. 冠佩巖廊捻俊良.
자손만대 도모코자[6] 국본[7] 물려주시더니 燕翼終看貽國本,
용의 수염[8] 어찌 문득 신선세계 갔는가? 龍髯胡遽入仙鄉?

---

1) 장릉: '장릉(長陵)'은 조선 인조(仁祖)와 인열왕후(仁烈王后) 한씨(韓氏)의 능을 말한다. 경기도 파주시 북운천리(北雲川里)에 있다가 영조 7년(1731)에 탄현면(炭縣面) 갈현리(葛峴里)로 옮겼다.

2) 강상: '강상(綱常)'은 삼강오상(三綱五常)의 준말로, 군위신강(君爲臣綱)·부위자강(父爲子綱)·부위부강(夫爲妻綱)의 삼강(三綱)과 인의예지신(仁義禮智信)의 오상(五常) 또는 오륜(五倫)을 말한다.

3) 구름 우레: '운뢰(雲雷)'는 《주역》 수택둔괘(水澤屯卦)의 감(坎)은 구름이 되고 진(震)은 우레가 되니, 〈단사(彖辭)〉에 "둔은 음양이 비로소 교합하여 어려움이 생기어 험한 가운데 움직이나, 크게 형통하고 곧게 되리라.[屯, 剛柔始交而難生, 動乎險中, 大亨貞.]"라 하고, 상사(象辭)에 "구름과 우레가 둔이니, 군자는 이로써 경륜하느니라.[雲雷屯, 君子以經綸.]"라고 하여 '운뢰(雲雷)'는 험난한 환경에 처한 것을 비유한다. 아울러 험난한 세상일수록 영웅호걸에게는 자기의 뜻을 펼치며 큰일을 할 수 있는 절호의 기회가 된다는 의미가 담겨 있다.

4) 해와 달: '일월(日月)'은 때에 맞게 시행되는 농사의 월령이나 임금을 비유하는 말이다. 여기서는 임금이 국난을 극복하고 백성들의 억울하고 원통함을 씻어주었다는 뜻이다.

5) 조정: '암랑(巖廊)'은 높은 행랑을 말하는데, 여기서는 조정을 가리킨다.

6) 자손만대 도모코자: '연익(燕翼)'은 자손과 후대를 위해 도모하고 계획함을 말한다. 《시경》 〈대아(大雅)·문왕유성(文王有聲)〉 "무왕이 어찌 일하지 않으리오? 그 자손을 도모함에 미쳐 자손을 편안히 공경하도다.[武王豈不仕, 詒厥孫謀, 以燕翼子.]"라 하였는데, 모전에는 연(燕)은 편안함이고, 익(翼)은 공경함이라고 하였다. 또한 '연익(燕翼)'은 보좌(輔佐)함을 뜻하기도 한다.

7) 국본: '국본(國本)'은 왕위를 계승하는 사람을 가리키니, 태자를 세우는 것을 말한다.

장강 한수 바다에 듦[9]만 알고 있구나 偏知江漢朝宗水,
오랜 세월 남겨진 한 정녕 잊지 못하리. 遺恨千秋定不忘.

좋은 만남[10] 먼저 챙기시던[11] 계해년[12] 봄 際遇先從癸亥春,
삼년 간 경연[13]에서 외람되이 자주 뵈었네. 卅年經幄忝叨頻.
분주해도 매양 우러르며 공경함[14] 간절했고 奔趨每仰寅恭切,
잘되건 못되건 오래도록 은택[15]을 고르셨네. 榮落長涵雨露均.
오랜 궁궐 물시계[16] 소리 엊저녁 같고 仙漏舊宮猶徃夕,
지금껏 남다른 은총[17] 전생인 듯 하네. 異恩今世若前身.

---

8) 용의 수염: '용염(龍髥)'은 중국 고대의 황제가 신선이 되어 하늘로 올라갈 적에 신하와 후궁들이 용의 등을 타고 올라갔으나, 나머지 소신(小臣)들은 등에 탈 수 없어서 용의 수염을 잡고 매달려 올라가다가 수염이 뽑히는 바람에 그만 땅으로 떨어졌다는 고사에서 나온 말로, 임금이 죽는 것을 뜻한다.

9) 바다에 듦: '조종(朝宗)'은 고대에 제후들이 봄과 여름에 천자를 뵙는 것으로, 보통 신하가 임금을 조회하는 것을 말한다. 바닷물이 크고 장강과 한수는 작기에 작은 물이 큰물로 흘러가는 것으로써 신하가 임금에게 돌아가는 것을 비유하였다.

10) 좋은 만남: '제우(際遇)'는 제회풍운(際會風雲)의 준말로, 만나서 좋은 만남에 이르는 것을 말한다. 《주역》〈건괘(乾卦) 문언(文言)〉에 "구름은 용을 좇고, 바람은 범을 좇는다.[雲從龍, 風從虎.]"고 한 데서 온 말이다.

11) 먼저 챙기시던: '선종(先從)'은 선종외시(先從隗始)의 준말로, 임금이 현자를 먼저 좇아서 예우함을 말한다. 연(燕)나라 소왕(昭王)이 널리 천하의 인재를 구할 때 유세하던 곽외(郭隗)가 왕에게 말하기를 "옛날에 임금으로부터 명마(名馬)를 구하라고 천금(千金)을 받은 마부가 5백금을 주고 죽은 말 뼈다귀를 사오자 임금은 화가 머리끝까지 났습니다. 그러자 마부는 임금께 아뢰기를 '죽은 말의 뼈다귀를 5백금에 사들이는 임금이라면 명마는 틀림없이 비싼 값을 줄 것이라고 여겨 천하의 명마를 끌고 올 겁니다.'라고 하였습니다. 과연 그의 말대로 명마를 살 수 있었습니다. 먼저 저를 채용해 보십시오. 그러면 저보다 현명한 인재는 더 말할 것도 없이 불원천리하고 찾아올 것입니다." 하고 한 데서 온 말이다.

12) 계해년: '계해(癸亥)'는 인조(仁祖)가 왕위에 오른 1623년으로, 인조반정(仁祖反正) 이후 윤순지는 옥당(玉堂)과 사간원에 있었다.

13) 경연: '경악(經幄)'은 경연(經筵)과 같은 말이다.

14) 공경함: '인공(寅恭)'은 공경(恭敬)과 같은 말이다.

15) 은택: '우로(雨露)'는 은택을 말한다.

16) 물시계: '선루(仙漏)'는 궁궐의 물시계를 가리킨다.

궁색한 처지 권려하신 간절한 가르침이여! 窮途勸起丁寧敎!

죽지 못한 외로운 신하 조서[18] 듣고 우네. 未死孤臣泣鳳綸.

17) 은총 남다르니: '이은(異恩)'은 임금이 특별하게 알아주고 대우해주는 것을 말한다.

18) 조서: '봉륜(鳳綸)'은 임금이 내리는 조서를 말한다. '연륜(演綸)'은 임금님의 임명장을 기초(起草)하는 것을 말한다.

용성[1]의 이사군에게 부치다

寄龍城李使君

명승지 풍토라 곧바로 신선 언덕[2]이니	名區風壤卽丹丘,
동어부[3] 차고 한번 고을 구경 했겠구나.	擬佩銅魚一放眸.
회계산[4] 손에 넣기 어렵다 깊이 원망하며	深恨會稽難入手,
방장산[5] 좇으며 얼마나 돌아보려 했던가.	幾從方丈費回頭.
속세에서 놀림 받는 웃음꺼리 될지언정	塵間坐受揶揄笑,
하늘 끝[6]에서 한껏 노님[7] 헛되이 그리네.	天末空思汗漫游.
오늘 적선[8] 되어 멋진 흥취 만끽하려	今日謫仙饒勝趣,

1) 용성: '용성(龍城)'은 교룡성(蛟龍城)의 준말로 남원산성이 있는 남원부(南原府)를 말하니, 남원시의 옛 이름이다. 《행명재시집》 권2 〈증별남원사군(贈別南原使君)〉에 "蛟龍城裏廣寒樓."라는 시구가 있다.

2) 신선 언덕: '단구(丹丘)'는 단구(丹邱)라고도 하며, 전설 속에 신선이 사는 곳을 말한다.

3) 동어부: '동어(銅魚)'는 동어부(銅魚符)를 말하니, 청동으로 만든 물고기 모양의 부신(符信)으로 옛날 관리들이 신분을 증명하거나 군사를 부를 수 있는 신표로 사용하였다. 또한 동어(銅魚)는 동어사(銅魚使)를 말하니, 곧 자사(刺史)를 가리킨다.

4) 회계산: '회계(會稽)'는 중국 절강성 소흥현(紹興縣) 동남쪽에 있는 산이다. 하나라 우임금이 제후들을 이곳에 모두 모이게 하고 나라의 일을 계획하였기에 이름한 것이라고 하며, 방산(防山) 또는 모산(茅山)이라고도 한다. 우임금이 모산을 회계라고 고쳐 불렀다고도 전한다. 월나라 구천이 오나라 부차(夫差)에게 패하여 성하지맹(城下之盟)을 맺은 곳이기도 하다.

5) 방장산: '방장(方丈)'은 전설 속에 바다 가운데 있는 신령한 산이니, 봉래(蓬萊)·방장(方丈)·영주(瀛洲)의 삼신산(三神山) 가운데 하나이다.

6) 하늘 끝: '천말(天末)'은 하늘 끝이니, 아주 먼 곳을 말한다.

7) 한껏 노님: '한만유(汗漫游)'는 세상 밖에서 노니는 것이니, 자유롭게 유람하고 기분 나는 대로 노니는 것을 말한다. 《회남자(淮南子)》 〈도응훈(道應訓)〉에 보면, 옛날 진(秦)나라 노오(盧敖)가 북해(北海)에서 노닐다가 선인(仙人) 약사(若士)를 만나 함께 벗으로 사귀며 노니기를 청하였는데 약사가 "나는 구해(九垓) 밖에서 한만(汗漫)과 함께 노닐 것이다."라고 하고는 곧바로 구름 속으로 들어가 사라졌다는 고사에서 연유한다.

달빛 속 광한루에서 풍악 연주 시키네.[9] 月中張樂廣寒樓.

8) 적선: '적선(謫仙)'은 인간 세상에 귀양 온 신선이란 뜻으로 당나라 시인 이백(李白)을 가리켜서 칭송한 말이다.

9) 풍악 연주 시키네: '장악(張樂)'은 풍악을 연주하는 것이다.

자고 일어나서 써보다

睡起試筆

고달픈 세상살이[1] 내 일 아니니	窘步非吾事,
오랜 평생 장차 홀로 살려네.[2]	長身且索居.
변방 늙은이 말 잃은 채 지내고[3]	塞翁從失馬,
장자노인 물고기 락 이미 알았네.[4]	莊叟已知魚.
도 배우기에 나이 이제 늙었고	學道年今老,
벼슬 구하기에 성정 또한 버성겨.	求官性亦踈.
남은 인생 고즈넉한 재미로	餘生枯寂味,
베게 돋워[5] 요서[6] 사랑하리.	高枕愛澆書.

---

1) 고달픈 세상살이: '군보(窘步)'는 고달프고 어려움을 겪는 것을 말한다.

2) 홀로 살려네: '삭거(索居)'는《예기》〈단궁(檀弓)〉에 나오는 말로 '이군삭거(離群索居)'의 준말이니, 친구나 친지와 헤어져서 쓸쓸하게 혼자 사는 것을 말한다.

3) 변방 늙은이 말 잃은 채 지내고: '새옹종실마(塞翁從失馬)'는 새옹지마(塞翁之馬)를 말하니 인생의 길흉화복(吉凶禍福)은 항상 변화하여 미리 헤아릴 수 없으니 천지자연의 이치에 순응하며 살아가야 함을 말한다.

4) 물고기 락 이미 알았네: '지어(知魚)'는 대자연 속에서 초연하게 물아일체의 경지를 이루며 살아가는 삶을 말한다. 《장자》〈추수(秋水)〉에 보면, 장자(莊子)가 친구 혜시(惠施)와 함께 호량(濠梁)을 거닐다가 피라미가 한가롭게 노는 것을 보고 "이것이 물고기의 즐거움이다.[是魚之樂也.]"라고 하자, 혜시가 "그대는 물고기가 아닌데 어찌 물고기의 즐거움을 안단 말인가?[子非魚, 安知魚之樂?]"라고 하니, 장자가 "자네는 내가 아닌데 내가 고기의 즐거움을 아는지 모르는지를 어찌 아는가?"[子非我, 安知我不知魚之樂?] 라고 하였다.

5) 베게 돋워 : '고침(高枕)'은 고와(高臥)와 같은 말로, 벼슬살이 그만두고 물러나서 은거하는 것을 말한다.

6) 요서: '요서(澆書)'는 책에 물을 댄다는 뜻으로, 이른 아침에 마시는 술을 말한다. 소동파(蘇東坡)는 일찍이 새벽에 술 마시는 것을 요서(澆書)라 하였고, 이황문(李黃門)은 낮잠을 탄반(攤飯)이라 하였다.

이숙향[1]이 죽어 슬피 울다

哭李叔向

이 늙은이마저 또 죽었다니	此老又云歿,
친구들 남은 게 얼마인가?	親朋餘幾何?
세상에 지금 자네 같은 이 적으니	世今如子少,
나는 이미 많은 사람 겪어 보았네.	吾已閱人多.
타고난 게 모두 본받을 만하고	天賦皆模楷,
깨끗한 마음 다듬은 게 아니네.	冰襟不琢磨.
어찌하면 반갑게 만날 수 있나?	那堪歡會地?
이미 죽어[2] 이 산하 떠난걸.	回首隔山河.

1) 이숙향: '이숙향(李叔向)은 이경생(李更生, 1585~1646)이니, 자가 숙향(叔向), 본관이 전주(全州)로, 김장생(金長生)의 문인이다. 1623년(인조 1)에 김화현감이 되고, 이듬해 상의원(尙衣院) 판관(判官)이 되었으며, 이괄(李适)의 난 때는 공주까지 어가를 호종하였다. 1627년 정묘호란 때는 이서(李曙)의 종사관으로 군병을 모집하였고, 1632년 풍덕군수에 이어 한성서윤·양양부사, 1636년 공조정랑을 거쳐 청도군수·인천부사·나주목사를 지냈다.

2) 이미 죽어: '회수(回首)'는 머리를 돌리는 것으로, 이미 죽어 이 세상을 떠나 저 세상으로 갔음을 말한다.

또

又

청도[1]에서 그대 고을 사또였고	清道君爲宰,
영남[2]에서 나는 타향살이 했네.[3]	嶠南我僑居.
천리 길 나란히 떠나와서는	聯翩千里駕,
몇 줄 편지 잇달아 오갔었네.	陸續數行書.
여러 번 감하[4] 곡식 빌려 주고	屢貸監河粟,
자주 맛좋은 물고기[5] 나눠주었네.	頻分丙穴魚.
내내 백성 돕는 마음[6]	始終匍匐意,
다시 뉘 이와 같을까?	今古更誰如?

1) 청도: '청도(淸道)'는 경상북도의 한 고을이다.

2) 영남 : '교남(嶠南)'은 경상북도 문경 조령(鳥嶺)의 남쪽이라는 뜻으로 경상도 지방을 이른다.

3) 타향살이 했도다: '교거(僑居)'는 타향에 기거함을 말한다.

4) 감하: '감하(監河)'는 감하후(監河侯)라고도 하며, 금전이나 물건을 빌려주는 사람을 말한다. 《장자》〈외물(外物)〉에 보면, 장주(莊周)가 집안이 가난하여 감하후(監河侯)에게 가서 곡식을 빌렸다고 하는 데서 나온 말이다.

5) 맛좋은 물고기: '병혈(丙穴)'은 대병산(大丙山)의 구멍이라는 뜻으로, 지금의 섬서성 약양현(略陽縣) 동남쪽과 면현(勉縣) 접경에 있고, 사천성 성구현(城口縣) 북쪽과 광원현(廣元縣) 북쪽과 아안현(雅安縣) 남쪽에도 있는데, 맛좋은 물고기가 나는 곳으로 유명하다. 또한 병혈(丙穴)은 물고기 이름으로 보통 맛있는 물고기를 가리킨다.

6) 백성 돕는 마음: '포복(匍匐)'은 포복지구(匍匐之救)의 준말로, 온 힘을 다하여 백성들을 도와주는 것을 말한다. 《시경》〈패풍(邶風)·곡풍(谷風)〉에서 "무릇 백성에게 잃음이 있으면 힘껏 도와주었네.[凡民有喪, 匍匐救之.]"라고 하였다.

또
又

환하기는 구름 새 나는 선학이요	皎皎雲間鶴,
우뚝하기는 눈 속의 소나무로다.	昂昂雪裏松.
풍채는 한나라 황숙도[1] 요	風標黃叔度,
됨됨이는 한나라 곽임종[2]이라.	人物郭林宗.
청렴결백하며 끝내 자잘하지[3] 않고	廉潔終非介,
강직하고 바르면서 또한 관용이 있었네.	剛方亦有容.
슬프도다! 세상 제일가는 선비[4]를	可憐天下士,
어디 가야 다시금 만날 수 있겠는가?	何地更相逢?

---

1) 황숙도: 후한 때 학덕이 높았던 학자 황헌(黃憲)을 말한다. 하남성 신양(愼陽) 사람으로 집안이 가난하였으나 어릴 때부터 학행(學行)으로 유명했는데, 14세에 영천(潁川)의 순숙(荀叔)이 그의 학식과 덕행을 본받을 만하다 하여 안자(顔子)라고 칭송하였으며, 재능이 뛰어나고 오만한 대량(戴良)은 그를 만나고서 그에게 미치지 못함을 부끄러워하며 어찌할 줄 몰랐다고 한다. 주자거(周子居)는 "내가 때때로 다달이 황숙도를 만나지 않으면 저속하고 인색인 마음이 벌써 다시 생긴다."고 하였다.

2) 곽임종: 동한 말기의 학자 곽태(郭泰)로 자가 임종(林宗)이다. 산서성 사람으로 키가 8척이고 몸이 건장하여 비단옷에 넓은 띠를 두르고 여러 나라를 유람하였다. 이응(李膺)과 교유하여 낙양에서 유명하였으며, 태학생들이 그를 으뜸으로 여겼다. 《세설신어(世說新語)》에 의하면, 곽임종이 여남군(汝南郡)에 이르러 원랑(袁閬)을 만났으나 수레를 멈추지 않고 대충 인사하고 지나가버렸다. 그런데 황숙도를 찾아가서 이틀씩 묵자 어떤 사람이 그 이유를 물으니 곽임종이 말하기를, "숙도(叔度)의 학문은 넓고 깊은 바닷물 같아서 맑은데 깊은 속을 다 들여다볼 수 없고 휘저어도 흐려지지 않으며, 덕과 재능은 그 깊이를 알 수 없으니 실로 가늠하기 어려운 사람이다."라고 하였다.

3) 자잘하지: '개(介)'는 개(芥)와 통하니, 여기서는 잘고 꽉 막힌 물건으로 마음속에 원한이나 불쾌함을 쌓아두는 것을 비유한다.

4) 세상 제일가는 선비: '천하사(天下士)'는 재능과 덕을 갖춘 뛰어난 세상에서 제일가는 선비를 말한다.

군보[1]에게 편지하며

柬君輔

오랜 세월[2] 남북으로 나뉘어도　曠歲分南北,
어딜 가든 서로 안부 물어왔네　因入問起居.
멋진 풍류 응당 자유로울 테고　風流應自在,
시와 술은 다시금 어떠하더냐?　詩酒更何如?
붉은 골짝에서 몸은 늙어가고　丹壑身從老,
청운의 꿈도 또한 멀어졌구나.　靑雲夢亦疎.
그리움에 천리 길이 한스러워　相思千里恨,
몇 줄 편지로 다하기 어려워라.　難悉數行書.

---

1) 군보: '군보(君輔)'는 신익량(申翊亮, 1590~1650)의 자이며 호는 상봉(象峯), 본관은 평산(平山)이다. 1634년 증광문과에 병과로 급제하여 1639년부터 여러 관직을 거쳐 1640년 승지에 이르렀으나 1644년 명나라가 멸망한 뒤에는 벼슬을 그만두고 은거하였다.

2) 오랜 세월: '광세(曠歲)'는 오랜 세월을 말한다.

손님을 회피하다

諱客

문발 너머 구름그림자 스렁스렁 지나가다	隔簾雲影過依依,
산 밖에서 바람 불어 흰 옷[1]으로 바뀌네.	山外因風變白衣.
더럽거나 해맑거나[2] 모두 세상 물건일지나	滓穢太淸都是物,
오늘만은 처마 가까이 떠다니지[3] 말지어다.	莫敎今日傍簷飛.

1) 흰 옷: '백의(白衣)'는 하늘의 흰 구름을 비유한 말이다. 백의창구(白衣蒼狗)는 하늘의 흰 구름이 금방 먹구름으로 바뀌듯이 세상일의 변화가 덧없음을 비유하는 말이다.

2) 해맑거나: '태청(太淸)'은 태청궁의 준말로 신선이 사는 곳을 가리키는 말이나, 여기서는 너무나 맑고 깨끗함을 의미한다.

3) 떠다니지: '비(飛)'는 도처를 떠돌아다님을 비유하는 말이다.

탄식할 노릇[1)]

可歎

조정에 쓸모없어도[2)] 재미만은 넉넉하니 聖朝樗散味偏饒,
지난 일에 의연하고 파초로 사슴 덮었네.[3)] 往事依然鹿覆蕉.
거친 식사[4)]를 스스로 사치 영화[5)]로 알며 半菽自知榮五鼎,
수레 타고 나감[6)]에 어찌 사행 사양하겠나? 巾車何必讓華軺?
오래 살며 세상 싫어 달게 술로 도피하고[7)] 長身厭事甘逃酒,

---

1) 탄식할 노릇: '가탄(可歎)'은 감격하여 마음속에 깊이 사무치는 느낌을 말한다. 두보(杜甫)의 〈가탄(可歎)〉에는 "하늘 위의 뜬구름이 흰 옷 같더니, 어느새 바뀌어서 푸른 개 같구나. 예나 지금이나 한 때에 함께하여, 인생 만사에 있지 않음이 없어라.[天上浮雲似白衣, 斯須改變如蒼狗. 古往今來共一時, 人生萬事無不有.]"라고 하였다.

2) 쓸모없어도: '저산(樗散)'은 저산재(樗散材)의 준말이니, 가죽나무처럼 동량이나 기둥이 되지 못하는 쓸모없는 재목을 비유한다.

3) 파초로 사슴 덮었네: '녹부초(鹿覆蕉)'는 부록심초(覆鹿尋蕉)의 준말로, 흐리멍덩하거나, 대충 얼버무리거나, 또는 득실이 무상하다고 여겨 누차 이익을 잃는 것을 말한다. 《열자(列子)》〈주목왕(周穆王)〉에 보면, 정나라 사람이 들에서 땔나무를 하다가 놀란 사슴을 만나 때려죽이고 누가 볼까 하여 골짜기에 숨기고 파초로 덮어두었는데, 조금 뒤 숨겨둔 곳을 잃어버리고는 꿈을 꾼 것이라 여겼다. 돌아오는 길에 그 일을 노래하자 옆에 있던 사람이 그 말을 듣고 가서 사슴을 가져갔다. 집으로 돌아와서 부인에게 "아까 땔나무하던 사람이 꿈에 사슴을 잡았다가 숨겨둔 곳을 알지 못했는데 이제 내가 사슴을 얻었으니 저 사람은 다만 참으로 꿈을 꾼 사람이로다." 하였다.

4) 거친 식사: '반숙(半菽)'은 반은 나물이고 반은 밥인 식사를 말하니, 거칠고 나쁜 식사를 가리킨다.

5) 사치 영화: '영오정(榮五鼎)'은 영화로운 다섯 솥이라는 뜻으로, 옛날에 제사를 지낼 때 대부가 다섯 개의 솥을 사용하여 양고기·돼지고기·절육·물고기·포(腊)를 올린 것을 말한다. 여기서 '오정(五鼎)'은 오정식(五鼎食)을 말하니, 다섯 개의 솥을 늘어놓고 먹는 것으로 고관귀족의 사치한 생활을 말하거나, 고관의 후한 봉록을 비유한다.

6) 수레 타고 나감: '건거(巾車)'는 수레를 정비하여 타고 나가는 것을 말한다.

7) 술로 도피하고: '도주(逃酒)'는 도피하여 술을 마시거나, 자리를 떠나서 먼저 가는 것을 말한다.

세상 풍파 떠돈 자취[8] 바가지를 걸었도다.[9] 浪跡因風便掛瓢.
봄비 내린 동쪽 숲에 꽃밭이 바다 같아서 小雨東林花似海,
한가한 시인 마음 봄의 시비마저 받누나. 等閒詩意被春撩.

8) 떠돈 자취: '낭적(浪跡)'은 낭적부종(浪蹟浮蹤)을 말하니, 세상 밖을 떠돌아다니며 행적이 일정하지 않음을 말하거나, 구애받지 않는 자유로운 형적(形跡)을 말한다.

9) 바가지를 걸었도다: '괘표(掛瓢)'는 숨어 살거나 숨어사는 이가 세상을 거슬리는 것을 말한다. 《태평어람(太平御覽)》에 한나라 채옹(蔡邕)의 〈금조(琴操)〉를 인용한 "허유가 잔도 없이 항상 손으로 물을 뜨자 어떤 사람이 바가지를 주어 허유가 바가지를 잡고 물을 마신 다음 바가지를 나무에 걸어두었는데, 바람이 불어 바가지가 움직이며 소리를 내니 허유가 귀찮아하고 마침내 바가지를 버렸다."는 고사를 말한다.

삼월 십육일 밤에 달을 대하며 되는대로 읊다

三月十六夜 對月謾吟

꽃언덕에 짙은 향기 떨어지고	花塢濃香滴,
대나무 창에 흰 달빛 그늘지네.	�窓素月陰.
평소 생활 이내 홀로 즐거워하나니	端居仍獨樂,
좋은 밤엔 혼자 술 마시기 딱 맞네.	良夜稱孤斟.
한가하게 지내다가 흥취가 일어나면	觸撥閒中趣,
술에 취한 기분에 내 멋대로 읊누나.	憑陵醉裏吟.
술 떨어지면 재차 술내기 하지만	壺乾堪再賭,
도리어 다시 금 허리띠[1] 만지네.	還復撫腰金.

1) 금 허리띠: 옛날 조정 관리의 허리띠는 품급에 따라 금장식이 달랐는데, 품급이 높은 자는 순금으로 만들었다. 여기서 금은 금인(金印)이나 금어대(金魚袋)를 말한다.

벼슬을 그만둔 뒤 지낼 곳이 없는데도 도성을 나가지 못하다

罷官後無棲息處不得出城

벼슬자리[1] 나뭇잎 같아 가을바람에 떨어져서	一官如葉落秋風,
욕먹으며 인사가나[2] 죄다 부질없음 깨닫도다.	笑罵過存覺倂空.
일 갑자기 뜸하니 몸 조금씩 튼튼해지고	公務乍閒身少健,
사람소리 이제 그치니 귀가 자못 밝아져.	衆咻纔寂耳偏聰.
벼슬살이[3] 매이지 않아 구름 속 선학 같고	塵纓不縛雲中鶴,
떠돈 발자취 눈 위 기러기[4]가 부끄럽구나.	浪跡堪羞雪上鴻.
노쇠한 몸 장차 쉬며 세상 밖[5]에 노닐 것이요	衰白且休遊物表,
토구[6]에서 이제 응당 동쪽 이웃 사귀리라.[7]	菟裘今合卜墻東.

---

1) 벼슬자리: '일관(一官)'은 일관반직(一官半職)의 준말로, 보통 관직을 말한다.

2) 인사가나: '과존(過存)'은 높은 사람의 집에 찾아가서 인사함을 말한다. 여기서 '과(過)'는 찾아가서 문안하는 것이다.

3) 벼슬살이: '진영(塵纓)'은 먼지가 묻은 관(冠)의 끈이라는 뜻으로, 속세의 관직, 곧 벼슬살이를 말한다.

4) 눈 위 기러기: '설상홍(雪上鴻)'은 눈 위의 기러기란 눈 위의 기러기 발자국이 눈이 녹으면 사라지듯이 모든 사물이 이처럼 덧없음을 말한다. 소식(蘇軾)의 〈화자유민지회구(和子由澠池懷舊)〉에 "인생이 가는 곳마다 무엇과 같을 건가? 응당 나르는 기러기가 눈 위를 밟는 것과 같으리라. 눈 진흙탕에 우연히 발자국을 남겼지만, 기러기 날아가면 어찌 다시 동쪽 서쪽 헤아리겠나?[人生到處知何似? 應似飛鴻蹈雪泥. 泥上偶然留指爪, 鴻飛那復計東西?]"라고 하였다.

5) 세상 밖: '물외(物外)'는 세상의 바깥, 속세 밖을 말한다.

6) 토구: '토구(菟裘)'는 본래 산동성 사수현(泗水縣)에 있는 땅이름으로, 늙어서 토끼 갖옷을 입는 소박함의 뜻으로서 물러나 은거하는 곳을 가리키는 관용어로 쓰였다.

7) 응당 동쪽 이웃 사귀리라: '장동(墻東)'은 동쪽에 담장을 둔 이웃을 가리키며, '복(卜)'은 복린(卜隣)의 준말로 이웃 되는 사람을 선택하여 사귄다는 말이다.

입춘이 되어

擬立春

대궐문[1] 문득 열려 새벽조회 재촉하고	金門乍闢曉叅催,
등불들이 번쩍번쩍 술 단 휘장 열리네.	燈燭煌煌黼帳開.
눈 아직 머금은 채 매화 꽃술 움츠리고	殘雪尙銜梅蘂澁,
봄바람[2] 슬몃 버들가지 흔들며 불어오네.	条風纔拂柳條來.
깃발은 새벽빛[3] 맞아 성모서리에 펄럭이고	旗迎曙色訛城角,
이끼는 봄빛 받아 물굽이에 젖어있네.	苔向春光液水隈.
입춘이면 궁궐[4] 안에 잔치 베푸나니[5]	是日栢梁將設宴,
환관[6]들 명 받들어 추양 매승[7] 데려오네.	貂璫承命引鄒枚.

1) 대궐문: '금문(金門)'은 금마문(金馬門)으로 한나라의 궁문 이름이니 당시 학사들이 황제의 부름을 기다리던 곳이다. 또는 당나라 때 궁문 이름인 금명문(金明門)이라고도 하며, 그 안에 한림원이 있었다.

2) 봄바람: '조풍(條風)'은 조풍(條風)과 같은 말로, 봄바람을 가리킨다.

3) 새벽빛: '서색(曙色)'은 새벽에 드러나는 하늘빛을 말한다.

4) 궁궐: '백량(柏梁)'은 백량전(柏梁殿)으로 백량대(柏梁台)라고도 하며, 궁궐을 말한다.

5) 잔치 베푸나니: '설연(設宴)'은 백량연(柏梁宴)을 말하니, 임금이 베푸는 연회 자리를 가리킨다.

6) 환관: '초당(貂璫)'은 환관을 가리킨다. 본래 '초당(貂璫)'은 담비꼬리와 금은 귀고리를 말하니, 옛날에 시중(侍中)이 항상 착용하던 관의 장식이다.

7) 추양 매승: '추매(鄒枚)'는 한나라의 추양(鄒陽)과 매승(枚乘)으로 두 사람 모두 언변에 뛰어나서 추매(鄒枚)라고 말하면 언변에 재주가 많은 선비를 가리킨다.

되는대로 적다

謾題

따분한 살림에 세 오솔길 있어 懶計惟三徑,
한가로이 지내는 이 한 몸이네. 閒居只一身.
이른 꾀꼬리 자꾸 꿈결에 울고 早鶯偏喚夢,
가랑비 내려 짐짓 사람 가두네. 微雨故關人.
세상 일 어려움이야 많지만은 世事方多難,
세월 흘러 벌써 봄이 저무네. 年華欲暮春.
벼슬살이[1] 하고픈 맘 없지 않으나 非無軒冕意,
속세에 흘러 섞이고 싶지는 않네. 不欲混流塵.

1) 벼슬살이: '헌면(軒冕)'은 옛날에 대부 이상의 관리가 타던 수레와 면복(冕服)으로 벼슬하는 것을 말한다.

가을밤에 되는대로 읊조리다[1]

秋夜謾占

주렴 휘장 서늘한데 저녁 바람 불어오고	簾幕凄清進晚颸,
맑은 구름 풀솜 같고 달은 눈썹 같구나.	晴雲如絮月如眉.
한가한 가운데 가을 익어 느낌이 많아	閒中秋意偏多事,
오동 지고 귀뚜리 우는 소리 모두 시감.	梧韻蛩聲揔索詩.

1) 읊조리다: '점(占)'은 구점(口占)을 가리키니 즉흥적으로 입으로 읊조려서 시를 짓는 것을 말한다. 구호(口號)'라고도 한다.

민판서[1]의 연행에 받들어 전별하다 성징

奉贐閔判書燕行 聖徵

먼 길 가다보면 옛날 산하 변함없고　長途不改舊山河,
이르는 곳 역참마다 감개함 많으리라.　到處停驂感慨多.
연기 자욱 연경거리[2] 철마 뛰어오르고　煙合御街騰鐵馬,
풀 무성한 그윽한 길 청동낙타[3] 누워있네.　草遮幽徑臥銅駝.
변방 피리[4] 요란할 새 금대[5]에 달 오르고　邊笳亂動金臺月,
북방 눈[6] 차게 내려 역수[7] 물결 더하리라.　朔雪寒添易水波.
의협 선비[8] 개 잡는 데[9] 아직 있을까?　俠士狗屠猶在否?

---

1) 민판서: '민판서(閔判書)'는 민성휘(閔聖徽, 1582~1648)를 가리키니, 초명이 성징(聖徵), 자가 사상(士尙), 호가 졸당(拙堂), 본관이 여흥(驪興)이다. 1609년 증광문과에 급제하고 우승지를 거쳐 1624년 개성유수(開城留守)로 있을 때 이괄(李适)의 난이 일어나자 이괄 일파를 상계(上啓)하지 않고 처형한 죄로 파직되었다가 이듬해 전라도 관찰사로 기용되었다. 병자호란 때 김상헌(金尙憲)과 함께 척화(斥和)를 주장하여 심양에 잡혀갔다가 1642년에 귀환하여 호조·형조 판서를 지냈다. 1647년 청나라 사행에 부사로 떠났다가 병을 얻어 연경에서 세상을 떠났다.

2) 연경거리: '어가(御街)'는 중국 연경의 길거리를 말한다.

3) 청동낙타: '동타(銅駝)'는 하남성 낙양시 낙양성에 있는 동타가(銅駝街)를 말한다. 길가에 일찍이 한나라 때 청동으로 만든 낙타 두 마리가 있어서 붙여진 이름이며, 옛날에 유명한 번화한 구역이었다.

4) 변방 피리: '변가(邊笳)'는 변방 오랑캐의 피리인 호가(胡笳)이니, 우리나라 고대 북방 소수민족의 악기로 피리와 비슷하다.

5) 금대: '금대(金臺)'는 옛날의 연(燕)나라 도읍인 북경(北京)을 가리킨다.

6) 북방 눈: '삭설(朔雪)'은 북방에 내리는 눈을 말한다.

7) 역수: '역수(易水)'는 하북성(河北省) 서쪽에 있는 강물 이름이다.

8) 의협 선비: '협사(俠士)'는 전국시대 제나라 사람 자객 형가(荊軻)를 가리킨다. 제나라 사람으로 위(衛)나라로 옮겨가자 사람들이 경경(慶卿)이라 불렀고, 연(燕)나라에 이르자 사람들이 형경(荊卿)이라 불렀는데 연나라 태자 단(丹)이 받들어 상객(上客)으로 삼고 몰래 명하여

연나라 저자 좇아가면 슬픈 노래 화답하리.[10]　　可從燕市和悲歌.

진(秦)나라로 들어가서 진나라 왕을 죽이라고 했는데 일을 그르쳐서 살해되었다.

9) 개 잡는 데: '구도(狗屠)'는 형가와 고점리가 술을 마시며 놀았던 개고기 저자를 가리킨다.

10) 슬픈 노래 화답하리: '화비가(和悲歌)'는 형가가 연나라에 도착하여 연나라의 개고기 저자에서 축(筑)을 잘 연주하는 고점리(高漸離)를 매일 만나 술을 마셨는데, 술잔이 오가면서 고점리는 축을 연주하고 형가는 노래를 불러 화운하였다고 한다.

개령현[1] 관사에서 되는대로 적다

開寧縣舍謾題

저녁 성곽 연기 끼기 시작하며	暮郭煙初斂,
외딴 마을에 길 찾을 수 없네.	孤村路不分.
바람결에 샘물소리 졸졸 울리고	風泉鳴萩萩,
서리 맞은 나뭇잎 우수수 지네.	霜葉落紛紛.
수풀 사이 초승달 비끼고	林缺斜承月,
높은 산 구름에 반 묻혔네.	山高半沒雲.
떠돈 삶 적잖이 한스러워	旅遊多少恨,
마르고 지쳐 심휴문[2] 꼴.	瘦盡沈休文.

1) 개령현: '개령현(開寧縣)'은 경상북도 김천시 개령면(開寧面) 지역으로 개령현(開令縣)이라고도 한다.

2) 심휴문: '심휴문(沈休文)'은 심약(沈約, 441~513)을 가리키니, 심약은 남조시대 양(梁)나라의 문인으로 박학(博學)하고 시문(詩文)에 능하며 글씨도 잘 썼다. 또한 궁체시(宮體詩)의 선구가 되고 음운(音韻)에 밝아 시의 팔병설(八病說)을 제창하였다. 〈청양기(青陽記)〉에 보면, "심휴문은 체질이 약하여 병이 많았는데, 밥알을 세어 가며 밥을 먹고 국은 한 숟가락 이상 먹지 않았다."고 하였다.

봄날 경치를 바라보며 이하는 연안[1]에 귀양 가서 지낼 때임

春望 已下延安謫居時

수풀 동산 봄기운 뉘 불러 돌아왔나?	春意林園孰喚回?
밤 깊어 비 바람결에 강을 건너왔네.	夜深風雨過江來.
용 겨우 물 얻으니[2] 구름 좇아 일고	龍纔得水雲從起,
표범이 문채 이뤄 안개 비로소 열리네.[3]	豹已成文霧始開.
산속 나무 늘어진 꽃 붉기가 비단 같고	山木嚲花紅似錦,
밤 못에 물결 번득여 푸르기 이끼 같네.	夜潭飜浪碧如苔.
술통 앞 흘끗 뵈니 모래마을 작은 길에	樽前疑睇沙村路,
농사일 한창이라 모두 바삐 씨 뿌리네.	好是農功一種催.

1) 연안: '연안(延安)'은 황해도에 있는 도읍으로 연백군(延白郡)의 군청 소재지이다.

2) 용 겨우 물 얻으니: '용재득수(龍纔得水)'는 교룡득수(蛟龍得水)를 가리키는 말이니, 교룡이 물을 얻자 구름과 안개가 일어나 하늘 높이 올라간다는 뜻으로, 재능 있는 사람이 자기 재능을 펼칠 수 있는 기회를 얻음을 비유한 말이다.

3) 표범 …… 열리네: '무표(霧豹)'는 은거하여 숨어 지내거나, 물러나 숨어서 해악을 피하는 사람을 가리킨다. 한나라 유향(劉向)의 《열녀전》 〈도답자처(陶答子妻)〉에 도답자가 3년 만에 명예도 없이 가산을 세 배로 늘이자 그 아내가 말하기를, "천박한데 벼슬이 크면 이것은 화가 거듭됨이라 하고, 공이 없는데 집안이 창성하면 이것은 재앙을 쌓는 것이라고 한다.[能薄而官大, 是謂嬰害, 無功而家昌, 是謂積殃.]"라고 하였으며, 남산에 검은 표범이 있는데 안개비가 내리는 7일 동안 내려가서 먹지 않으며 그 털을 윤택하게 하여 문채를 이루려고 하였던 까닭은 숨어서 해악을 피하는 것이라 하였다.

기둥에 적다[1]

題柱

지금세상 험한 길 풍파가 거세나니　　畏途今世劇風濤,
백정 칼 잘 씀[2]을 깊이 사랑하네.　　深愛庖丁解善刀.
꽃 아래 평온히 나비 꿈[3] 돌이키고　　花下穩回蝴蝶夢,
상자 안 부끄럽게도 갖옷[4]이 보이네.　　篋中羞見鷫鸘袍.
덧없는 삶 흡족한 것 한가한 날뿐　　浮生得意惟閒日,
늘그막 마음 맞는 것 막걸리뿐이라.　　末路知心只濁醪.

---

1) 기둥에 적다: '제주(題柱)'는 기둥에 자신의 회포나 각오를 적는 것을 말한다. 한나라 사마상여(司馬相如)가 일찍이 장안(長安)으로 가는 길에 성도 북쪽에 있는 승선교(昇仙橋)에 이르러 다리 기둥에 "네 마리 말이 끄는 높은 수레를 타지 않고서는 다시 이 다리를 지나가지 않겠다.[不乘駟馬高車, 不復過此橋.]"라고 써서 기필코 성공하여 공명을 이루겠다는 자신의 포부를 밝혔는데, 뒤에 그의 뛰어난 실력을 한나라 무제(武帝)에게 인정받고 출세하게 되었다. 당나라 두보(杜甫)는 〈투증가서개부한이십운(投贈哥舒開府翰二十韻)〉에서 "장대한 절개 처음에 기둥에 썼건마는, 지금 삶은 홀로 굴러다니는 쑥대로구나.[壯節初題柱, 生涯獨轉蓬.]"라고 하였다.

2) 백정 칼 잘 씀: '포정해선도(庖丁解善刀)'는 포정해우(庖丁解牛)를 말하는 것이니, 곧 백정이 소를 잘 잡듯이 정사를 다스림에 업무를 잘 처리해야 함을 뜻한다. 《장자》 〈양생주(養生主)〉에 보면, 문혜군(文惠君)을 위해 백정이 소를 잡는데 소 잡는 솜씨가 매우 뛰어나 문혜군을 감탄하게 하였다. 백정이 소 잡는 방도를 말하면서 "두께가 없는 칼을 두께가 있는 틈새에 넣으니, 널찍하여 칼날을 움직이는 데 있어 반드시 여유가 있습니다.[以無厚入有間, 恢恢乎其於遊刃, 必有餘地矣.]"라고 하였다.

3) 나비 꿈: '호접몽(蝴蝶夢)'은 《장자》 〈제물론(齊物論)〉에서, 장자가 꿈속에서 나비가 되어 놀다가 잠을 깬 뒤에 자기가 나비의 꿈을 꾸었는지 나비가 자기의 꿈을 꾸었는지 알기 어렵다고 한 데서 유래한 말로, 피아(彼我)의 구별을 잊어버리는 것, 또는 물아일체(物我一體)의 경지를 비유하거나, 또는 인생의 덧없음을 비유하기도 한다.

4) 새 갖옷: '숙상포(鷫鸘袍)'는 숙상구(鷫鸘裘)를 말하는데, 숙상이라는 새의 가죽으로 만든 갖옷으로 흔히 가난한 사람이 입는 옷을 뜻한다. 한나라 사마상여(司馬相如)가 일찍이 탁문군(卓文君)과 함께 성도(成都)로 돌아갔을 때, 집이 가난하여 술을 마시지 못하자 입고 있던 숙상구를 팔아 술을 사서 탁문군과 함께 마시며 즐겼다는 고사가 있다.

서북 높은 누각 백 자 훨씬 넘으니
이 사이 걸출한 이 뉘 알아보리오?

西北高樓餘百尺,
此間誰識有人豪?

박중구[1]가 그 부모님[2]께 보내는 편에 내 문안 편지 부친 것을 사례하다

謝朴仲久因其親庭遞附書問

갈대 옥수[3] 헤어져서 세상물정 바뀌고	葭玉分離歲色移,
같은 임금 뫼신 근심에 그리움이 더하네.	聖朝同病倍相思.
부모님 생각[4]에 두 줄기 눈물 전하고	三春寸草傳雙淚,
천리 밖 그리움에 매화 한 가지 부치네.[5]	千里寒梅寄一枝.

---

1) 박중구: '박중구(朴仲久)'는 박장원(朴長遠, 1612~1671)이니 자가 중구(仲久), 호가 구당(久堂), 시호가 문효(文孝), 본관이 고령(高靈)이다. 1627년 생원, 1636년 별시문과(別試文科)에 을과(乙科)로 급제했다. 병자호란 때 외조부 심현을 따라 강화도로 피난했다. 1639년 검열(檢閱)이 되고, 이어서 정언(正言)으로 춘추관 기사관이 되어 《선조수정실록》의 편찬에 참여하였다. 1653년 승지로 있다가 당파 싸움으로 흥해(興海)에 유배되었다. 1658년 상주목사(尙州牧使)가 되고, 1664년 이조판서가 되었다. 이후 공조판서·대사헌·예조판서·한성부판윤을 역임하고, 자청하여 개성유수(開城留守)로 나갔다가 재직 중에 죽었다.

2) 부모님: '친정(親庭)'은 부모님을 가리키는 말이다.

3) 갈대 옥수: '가옥(葭玉)'은 겸가옥수(蒹葭玉樹)의 준말로, 겸(蒹)과 가(葭)는 하찮은 물풀 이름이고 자신을 낮추는 겸사로 많이 사용하며, 옥수(玉樹)는 훌륭한 자제나 훌륭한 인물을 가리키는 말이다. "중국 삼국시대 위(魏)나라 명제(明帝)가 왕후의 아우인 모증(毛曾)을 황문시랑(黃門侍郎) 하후현(夏侯玄)과 함께 앉게 하사, 낭시 사람들이 '갈대가 옥수에 의지한 것과 같다.'[蒹葭依玉樹]"고 하였다. 하찮은 모증이 옥수 같은 하후현 옆에 앉았다는 뜻인데, 후세 사람들이 상대를 높이고 자신을 낮추어 겸양하는 뜻으로 사용하였다.

4) 부모님 생각: '삼춘촌초(三春寸草)'은 봄날 햇살 같은 부모의 끝없는 은혜에 한 치의 풀 같은 자식의 마음을 비긴다는 뜻으로, 당나라 맹교(孟郊)가 어머니를 생각하며 지은 〈유자음(遊子吟)〉에 "장차 한 치의 풀 같은 마음으로는, 봄날 내내 따뜻한 햇살 같은 은혜를 보답하기 어렵네.[難將寸草心, 報得三春暉.]"라고 하였다.

5) 매화 한 가지 부치네: '기일지(寄一枝)'는 안부의 편지를 보낸다는 뜻이다. 후위(後魏)의 육개(陸凱)가 강동의 매화가지 하나를 친구 범엽(范曄)에게 보내면서 "매화가지 꺾다가 역마탄 사자 만나, 농산(隴山)에 있는 벗에게 부쳐 보내노라. 강남에선 보려 해도 볼 수 없으니, 가지 하나에 달린 봄을 보내주노라.[折梅逢驛使, 寄與隴頭人. 江南無所有, 聊贈一枝春.]"라고 하였다.

하늘가 삼성 심수[6] 공연히 반짝반짝	天末叅辰空落落,
귀밑머리 서리 맞아 제 각기 삐죽삐죽.	鬂邊霜雪各垂垂.
고달픈 삶 심한 굴곡도 명운을 따르고[7]	泥塗榮悴須安命,
술잔 잡고 글 논함도 때맞추어 해야 함.	把酒論文會有時.

6) 삼성 심수: '삼진(叅辰)'은 삼진묘유(叅辰卯酉)의 준말로, 삼성(參星)은 유시(酉時)에 서쪽에서 나오고, 심수(心宿)인 진성(辰星)은 묘시(卯時)에 동쪽에서 나와 삼성과 진성은 유시와 묘시로 서로 대립하니, 이에 서로 상관하지 않거나 양립할 수 없는 형세를 비유하는 말이 되었다. 나아가 서로 오래도록 만나지 못하거나, 서로 화목하지 못한 경우를 비유하기도 한다.

7) 명운을 따르고: '안명(安命)'은 자기 명운에 맞게 편안하게 사는 것이니, 《장자》 〈덕충부(德充符)〉에 "어찌할 수 없음을 알고 명운에 편안한 것은 오직 덕 있는 이라야 능하도다.[知不可奈何而安之若命, 唯有德者能之.]"라고 하였다.

하나의 마귀[1)]

一魔

한 마귀의 문자 조탁 너무나 번잡하여	一魔雕篆太支離,
술자리든 꽃밭이든 곳곳마다 따르도다.	酒席花場到底隨.
갈아 낸 어장검[2)]에 보배 칼날 더해주고	磨去魚腸增寶鍔,
탈바꿈한 매미허물 마른 가지에 붙었구나.[3)]	化來蜩甲寄枯枝.
빛이 밤을 비추니 사람마다 아끼지만	光能照夜人誰惜,
연성[4)]만큼 값됨을 세상에선 모르누나.	價有連城世不知.
어리석기 그지없어 세상 형편 캄캄하여	癡絕未諳時俗態,
또 나그네 되어서는 하늘 끝에 이르렀네.	又隨羈客到天涯.

1) 하나의 마귀: '일마(一魔)'는 시 짓기를 매우 좋아하는 성벽(性癖)을 뜻하는 시마(詩魔)를 가리킨다.

2) 어장검: '어장(魚腸)'은 옛날 보검 가운데 하나인 어장검(魚腸劍)을 말한다. 명검을 잘 만들었던 춘추시대 월(越)나라 구야(歐冶)는 월나라 왕을 위해 거궐(巨闕)·담로(湛盧)·승사(勝邪)·어장(魚腸)·순구(純鉤)의 다섯 검을 만들고, 초나라 왕을 위해 용연(龍淵)·태아(泰阿)·공포(工布)의 세 개의 검을 만들었다고 한다.

3) 탈바꿈한 …… 붙었구나: '조갑기고지(蜩甲寄枯枝)'는 매미가 허물을 벗고 날개를 달고 성충이 되어 날아간 뒤 메마른 나뭇가지에 허물만 남아있다는 말은 사람에게 있어서는 우화등선(羽化登仙)이요, 시작(詩作)에 있어서는 환골탈태(換骨奪胎)를 의미한다.

4) 연성: '연성(連城)'은 연성벽(連城璧)을 말하니, 곧 화씨벽(和氏璧)을 가리킨다. 전국시대 조(趙)나라 혜문왕(惠文王)이 가지고 있었는데, 진(秦)나라 소왕(昭王)이 15개의 성(城)과 바꾸자고 한 데에서 유래한 이름이다. 또 화씨벽은 변화(卞和)라는 사람이 형산(荊山)에서 옥돌을 찾아서 갈고 다듬어 보옥(寶玉)을 얻었는데 사람들이 그 이름을 따서 화씨벽(和氏璧)이라 불렀다고 한다.

초정에서

草亭

늙은 눈 어두워져 띳집 정자 기댔는데	老眼乘昏倚草亭,
수레 말 가난한 문에 하나도 오지 않네.	悄無車馬到寒扃.
소금 타는 시골 주막에 흐릿하게 안개 끼고	塩煙野店沉沉霧,
불 비추는 고깃배 위로 반짝반짝 별 빛나네.	漁火江船點點星.
꽃향기 바람 맞아 돌길에 스며들고	花氣受風侵石徑,
기러기 울음 달 흔들며 물가에 지네.	雁聲搖月落沙汀.
가난해 술 외상 어려운 게 안타까운 게지	深憐貧槖難賖酒,
내 살며 깨어있음[1] 사랑해서는 아니라네.	不是吾生尚愛醒.

1) 깨어있음: '성(醒)'은 혼자 맑게 깨여있는 것을 말하니, 굴원(屈原)의 〈어부사(漁父辭)〉에서 "온 세상이 모두 혼탁한데 나 홀로 깨끗하며, 많은 사람들이 모두 취했는데 나 홀로 깨였으니 이 때문에 쫓겨났도다![擧世皆濁, 我獨清, 衆人皆醉, 我獨醒, 是以見放!]"라고 하였다.

삼짇날에 한번 써보다

三日試筆

새벽부터 꾀꼬리 울고 봄 구경 넉넉한데	曉來鸎語索春饒,
남방 나그네 집 생각에 편안치가 않구나.	南客思家苦不聊.
한번 타향 이르러 몇몇 날이 그냥 가서	一到他鄉經幾日,
고운 계절 맞노라니 또 오늘 아침이로다.	可堪佳節又今朝.
안개 덮인 나무색 짙어졌다 엷어지고	煙籠樹色時濃淡,
비에 젖은 산 모습 움직이듯 흔들리듯.	雨浥山容欲動搖.
고향 동산 그리노라니 아우들과 떨어져있네	回想故園諸弟隔,
어디에서 답청[1]하며 다시 불러 만나려나?	踏青何地更招邀?

1) 답청: '답청(踏靑)'은 음력 삼월 삼짇날이나 청명일에 산이나 계곡으로 나가서 산보하며 봄의 경치를 즐기는 풍속이다.

나그네 정자[1]에서

旅亭

이 몸 무슨 생각으로 이곳에 멈췄는가? 此身何意此居停?
시 짓고 글씨 쓰기 좋은 정자이긴 하네. 可信詩書是旅亭.
반평생 사당에서 의지해온 상수리나무[2] 半世社中依了櫟,
늘그막 강호 밖 떠도는 부평초 되었네. 暮年湖外轉來萍.
시골 노파 농담하며 봄꿈이라 조롱하고[3] 村婆善謔嘲春夢,
어부는 배 저으며 홀로 깸[4]을 비웃네. 漁父揚舲笑獨醒.
세상살이 일찍 잘못 되었음 알겠으니 行止可知曾錯鑄,
돌아가는 그날부터 산림 언덕 누우리. 擬從歸日偃林坰.

---

1) 나그네 정자: '여정(旅亭)'은 길가에 있는 정자로 나그네들이 잠시 쉬었다 가는 곳을 말한다. 중국 당나라 시대에 5리마다 단정(短亭), 10리마다 장정(長亭)을 두었다고 한다.

2) 사당에서 의지해온 상수리나무: '사중의료력(社中依了櫟)'은 《장자》 〈인간세(人間世)〉에 보면, 상수리나무[櫟]는 가죽나무[樗]와 마찬가지로 쓸모없는 재목으로 세상 사람들이 거들떠보지 않기 때문에 사당(社堂) 안에 의거하면서 오래도록 목숨을 보전했다고 하였다.

3) 시골 노파 …… 조롱하고: '춘몽파(春夢婆)'란 송나라 소동파가 관직이 낮아져서 쫓겨났는데 한 할머니가 말하기를, "내한(內翰)이 옛날에 부귀했던 것은 일장춘몽이야!"라고 하여 마을 사람들이 이 할머니를 춘몽파(春夢婆)라고 불렀다고 한다.

4) 홀로 깸: '독성(獨醒)'은 혼자 맑게 깨여있는 것을 말하니, 이욕에 눈먼 속세 사람들과 같지 않음을 비유하는 말이다. 굴원(屈原)의 〈어부사(漁父辭)〉에서 "온 세상이 모두 혼탁한데 나 홀로 깨끗하며, 많은 사람들이 모두 취했는데 나 홀로 깨였으니 이 때문에 쫓겨났도다![擧世皆濁, 我獨淸, 衆人皆醉, 我獨醒, 是以見放!]"라고 하였다.

시골노인이 와서 봄 경치 구경을 권하다

村老來勸賞春

나그네로 늙고 병들어 누대 오르기[1] 그만두고	客中衰疾廢登樓,
마음 먹고 시 찾다가 흥이 식어 금방 쉬는구나.	作意尋詩懶輒休.
때마침 이웃 사람 반가운 말 전하는데	適有隣人傳好語,
봄 경치 한가롭게 유람하기 좋다 하네.	却聞春事合閒遊.
꽃 환한 마을에 여기저기 다닐 만하고	花明村落宜移屧,
물결 따순 물굽이 배 띄우기 알맞구나.	波暖汀洲穩泛舟.
이 늙은이 억지로 일어나라 자꾸 권하니	仍勸此翁須强起,
잠시 그윽이 구경하며 또한 시름 잊누나.	蹔時幽賞亦忘愁.

1) 누대 오르기: '등루(登樓)'는 한나라 말기에 왕찬(王粲)이 동탁(董卓)의 난리를 피하여 형주(荊州)에서 형주자사 유표의 식객의 있으면서 누대에 올라가 고향 생각을 하며 〈등루부〉를 지었는데, "비록 진실로 아름답지만 내 땅이 아니니, 일찍이 어찌 잠시라도 머물 수 있으리오? [雖信美而非吾土兮, 曾何足以少留?]"라고 하였다. 그 뒤로 고향을 생각하거나 재주를 지니고도 때를 만나지 못함을 나타내는 전고가 되었다.

〈봄날 경치를 바라보며〉[1] 앞의 운을 사용하다

春望 用前韻

봄날 경색 번듯번듯 나무들 속에 돌아오고	春色堂堂樹裏回,
꾀꼬리 노래 꾀꼴꾀꼴 버들 가에 들려오네.	鸎歌續續柳邊來.
시름어린 눈썹이 잠깐 향기 맡고 펴지더니	愁眉乍向探芳展,
어리석은 속마음이 되레 술 마시자 열리네.	癡腹還從得酒開.
산골 주막 외로운 연기 엷은 안개 같으며	山店孤煙疑薄霧,
물가 마을 가랑비에 가볍게 천둥번개 치네.	水村微雨送輕雷.
가난한 집 어느 날이고 발자국 끊어지니	蓬門日日跫音斷,
꽃 오솔길 보노라면 푸른 이끼 자라있네.	花徑看看長綠苔.

1) 봄날 경치를 바라보며: 앞에 나온 자작시 〈춘망(春望)〉 "春意林園孰喚回, 夜深風雨過江來. 龍纔得水雲從起, 豹已成文霧始開. 山木韡花紅似錦, 夜潭飜浪碧如苔. 樽前疑睇沙村路, 好是農功一種催."의 시운을 사용한 것이다.

봄날 마을에서 몸져눕다

春村卧病

경물 구경타 다쳐 이런 꼴 되었으니	覧物黐傷作此身,
두릉[1] 꽃과 버들 어느 뉘 차지런가?	杜陵花柳屬誰人?
물 오른 가지 살랑이며 문가에 어른대고	輕絲想裊門邊影,
고운 꽃 피어서 난간 밖 봄 한창이겠다.	豔蕚應開檻外春.
매화 언덕 대숲에 호젓이 달빛 비치면	梅塢竹林虛映月,
술 단지 시모임 속세 티끌 갈앉히누나.	酒罏詩社定埋塵.
덧없는 삶 부질없이 비녀 뽑을 계획[2] 어겨	浮生謾失抽簪計,
날마다 슬픈 꾀꼬리 내쳐친 신하 원망하네.	日日愁鸎怨逐臣.

1) 두릉의 꽃과 버들: '두릉화류(杜陵花柳)'는 당나라 두보(杜甫)의 〈조전부니음미엄중승(遭田父泥飮美嚴中丞)〉의 "나막신 신고 봄바람을 따르니, 마을마다 절로 꽃과 버들이로다.[步屧隨春風, 村村自花柳.]"라는 내용을 가리키는 듯하다.

2) 비녀 뽑을 계획: '추잠계(抽簪計)'는 벼슬살이 물러날 계획을 말하니, 비녀[簪]은 관(冠)을 고정하기 위하여 끈을 꿰어 머리에 꽂는 물건으로, '추잠(抽簪)'은 벼슬을 그만두고 물러나는 것을 말한다.

원님[1]에게 적어서 바치다

錄奉主倅

늙고 병들어도 장수 물가[2] 이르면	得將衰病到漳濱,
진정 나를 반겨맞을 고을 주인 있도다.	眞爲逢迎有主人.
계합함[3]에 나이 많고 적음 따지지 않고	托契不須論早晩,
기뻐함[4]에 어찌 다시 멀고 친함 견주랴?	賞心寧復較疎親.
서로 보살핌[5]에 매양 서강 물길 터놓듯[6]	呴濡每決西江水,
술통 술을 북해손님[7]과 오래 나누리라.	樽酒長分北海賓.

---

1) 원님: '주쉬(主倅)'는 자기가 살고 있는 고을의 수령(守令)을 가리키며, 주수(主守)라고도 한다.

2) 장수 물가: '장수(漳水)'는 물 이름으로 은거하여 요양하는 곳을 가리킨다. 삼국시대 위(魏)나라 유정(劉楨)은 재주가 뛰어나 왕찬(王粲)·공융(孔融) 등과 함께 건안칠자(建安七子)로 일컬었으나 자주 앓았다고 한다. 그의 〈증오관중랑장(贈五官中郎將)〉에 "나는 어려서부터 깊은 병에 걸려, 맑은 장수 물가에 몸을 숨겼노라.[余嬰沈痼疾, 竄身淸漳濱.]"라고 하였다.

3) 계합함: '탁계(托契)'는 신뢰를 가지고 서로 계합함을 말한다.

4) 기뻐함: '상심(賞心)'은 사미(四美) 가운데 하나로 남조 사영운(謝靈運)의 〈의위태자업중집시서(擬魏太子鄴中集詩序)〉에 "양신(良辰), 미경(美景), 상심(賞心), 낙사(樂事)의 네 가지를 모두 갖추기 어렵다."고 하였다. 보통 사미이난(四美二難)을 말하는데, 이난(二難)은 어진 주인[賢主]과 아름다운 손님[嘉賓]의 계합을 말한다.

5) 서로 보살핌: '구유(呴濡)'는 구습유말(呴濕濡沫)의 준말로, 같은 처지에 있는 사람들끼리 서로 도와준다는 말인데 여기서는 백성들의 삶을 도와준다는 뜻이다. 《장자》 〈대종사(大宗師)〉에 "물이 바짝 마르게 되면 물고기들이 서로 입김을 불어 축축하게 해주고 거품으로 적셔주곤 한다.[泉涸, 魚相與處於陸, 相呴以濕, 相濡以沫.]"고 하였다.

6) 서강 물길 터놓듯: '서강(西江)'은 양자강(揚子江)으로 중국에서 가장 긴 강이라서 장강(長江)이라고도 한다. 《장자》 〈외물(外物)〉에 보면, 물이 없어서 구원을 청하는 붕어에게 "내가 지금 오월(吳越)의 왕에게 유세(遊說)해서 서강의 물을 퍼 올리게 하여 너를 맞이하리라.[激西江之水而迎子.]"고 한 고사를 말한다.

7) 북해손님: '북해빈(北海賓)'은 북해상(北海相)을 지낸 후한(後漢) 때 공융(孔融)을 말하는데, 공융은 평소에 손님이 찾아오는 것을 좋아하여 항상 말하기를, "자리에는 손님이 늘 가득

다만 여생을 아교와 옻[8]처럼 함께한다면 　　但使餘年膠漆並,
세상에서 서먹한 사이[9] 아닌 줄 알리라. 　　世間知免白頭新.

하고 술통에 술이 바닥나지 않으면 나에겐 다른 걱정이 없노라."라고 하였다.

8) 아교와 옻: '교칠(膠漆)'은 아교와 옻으로 이 둘을 합치면 매우 견고하게 달라붙는데 여기서는 둘 사이의 친교에 비유하였다.

9) 서먹한 사이: '백두신(白頭新)'은 백두여신(白頭如新)의 준말로, 흰머리가 되도록 오래 사귀었는데도 서로 깊이 알아주지 못하여 처음 만난 사람과 같다는 말이다. 한(漢)나라 추양(鄒陽)의 〈옥중상서자명(獄中上書自明)〉에 의하면, "속담에 흰머리 되도록 사귀었는데 새로 만난 사람 같고, 수레를 멈추고 처음 대했는데 오래 사귄 사람과 같다고 하니, 무엇인가? 제대로 알아주었느냐 알아주지 않았느냐이다.[諺曰, 白頭如新, 傾蓋如故, 何則? 知與不知也.]"라고 하였다.

전셋집
僦屋

전셋집 외로이 도성 밖에	僦屋孤城外,
성긴 울타리 한강 서쪽 끝.	踈籬極水西.
숲 깊숙해 꽃 쑥쑥 피고	林深花肅肅,
외진 곳 풀이 더부룩하네.	境僻草萋萋.
시골주점 굴뚝연기 나잖고	野店人煙少,
절집 바다해보다 높구나.	山門海日低.
사립문에 오는 손 없고	柴扉無客到,
새들 둥지로 돌아올 뿐.	惟見鳥歸棲.

되는대로 쓰다
謾筆

두 손 그냥 소매 속에 兩手甘從袖,
두 눈썹 밑보고 찡그려. 雙眉爲底顰.
세상길[1] 살아온 게 놀랍고 羊腸驚往路,
쓸데없이[2] 오래 삶 한스러워. 蛇足恨長身.
고달픈 맛[3] 꽤나 보고 世味偏嘗蓼,
벼슬길은 쌓아놓은 장작[4]. 名途任積薪.
근래 공연히 그림자 위로하니[5] 比來空弔影,
버리고 떠난 가깝고 먼 이들. 棄去併踈親.

1) 세상길: '양장(羊腸)'은 양의 창자처럼 좁고 꼬불꼬불한 작은 길을 비유하는 말이다. 여기서 양장(羊腸)은 양장판(羊腸坂)을 가리키는데, 곧 굴곡 많은 험난한 세상길을 비유한다.

2) 쓸데없이 : '사족(蛇足)'은 화사첨족(畫蛇添足)의 준말로, 뱀의 발을 그리는 것처럼 쓸데없는 일을 하다가 도리어 실패함을 이르거나, 쓸데없는 일을 한다는 뜻이다.

3) 고달픈 맛: '상료(嘗蓼)'는 여뀌[蓼]를 맛본다는 말로 여뀌는 일년생 또는 다년생 초목으로 맛이 매워서 신채(辛菜)라고 하는데, 여기서는 고달프고 몹시 고생함을 비유한다.

4) 쌓아놓은 장작: '적신(積薪)'은 땔나무를 차곡차곡 쌓아두듯이 인재를 뽑아서 뒤에 나온 자를 윗자리에 두는 것을 비유한다.

5) 그림자 위로하니: '조영(弔影)'은 자기 그림자를 대하고 스스로 불쌍히 여겨 위로하는 것으로, 외롭고 쓸쓸함을 비유한다.

정처 없이 떠돌다

浪遊

머나먼 길[1] 뒤뚱뒤뚱[2] 雲路差池步,
산수자연[3] 발 닫는 대로. 林泉漫浪遊.
부축 받을[4] 살쩍 센 늙은이 扶將雙白鬢,
흔들거리는 빈 배 타고 가네. 漂蕩一虛舟.
술자리에 갈매기 친구 酒席鷗成伴,
낚싯대엔 갈고리 달. 漁竿月作鉤.
시냇가 꽃 보기 좋아서 溪花饒意緒,
곳곳마다 발길 붙드네. 隨處絆人留.

---

1) 머나먼 길: '운로(雲路)'는 신선이 되어 하늘로 오르는 길이나, 높은 산길이나, 머나먼 노정을 가리킨다.
2) 뒤뚱뒤뚱: '치지(差池)'는 참치(參差)와 같은 말로 가지런하지 못한 모습이다.
3) 산수자연: '임천(林泉)'은 산림과 천석(泉石)의 뜻으로 산수자연의 경치나, 은거하는 곳을 가리킨다.
4) 부축 받을: '부장(扶將)'은 부축하거나 붙잡아주는 것을 말한다.

연경에 가며 파주 집 지나다

赴燕過坡庄

사신 가며[1] 임금께 절 드리고	征旆辭辰北,
사행길 양수 서쪽[2] 지나가도다.	行途過瀼西.
늘그막[3]에 일 맡아[4] 수고로우니	殘年勞物役,
언제나 산림으로 돌아 와서 살려는 지?	何日返林棲.
냇물 맑아 갓끈 씻을 수 있고[5]	水白纓堪濯,
복사꽃 붉어도 길 잃지 않네.[6]	桃紅路不迷.
돌아올 기약 저버리지 않으려	一歸期不負,
봄날 논밭 일궈주길 분부하네.	分付理春畦.

---

1) 사신 가며: '정패(征旆)'는 옛날 관리가 먼 길을 가면서 가지고 가는 깃발을 말한다.

2) 양수 서쪽: '양수(瀼水)'는 중국 사천성(四川省) 봉절현(奉節縣)의 산골에 흐르는 강으로, 당나라 두보(杜甫)가 일찍이 산 적이 있는데, 여기서는 파주에 윤순지가 살던 마을에 흐르는 강을 말하는 듯하다. 두보의 〈기주가십절구(夔州歌十絶句)〉에 "양동 양서 산골에는 일만 개의 집이 있고, 강북 강남 지방에는 봄과 겨울에도 꽃핀다네.[瀼東瀼西一萬家, 江北江南春冬花.]"라 하였고, 소식(蘇軾)은 〈방장산인득산중자(訪張山人得山中字)〉에서 "길은 산의 앞과 뒤가 헛갈리고, 사람은 양수 동쪽 서쪽에 있네.[路迷山向背 人在瀼西東]"라고 하였다.

3) 늘그막: '잔년(殘年)'은 일생이 장차 다해가는 세월로 사람의 만년을 가리킨다.

4) 일 맡아: '물역(物役)'은 자기 자신이 사물의 역사(役使)가 되는 것이니, 외계 사물에 부림을 당하는 것을 말한다.

5) 갓끈 씻을 수 있고: '영감탁(纓堪濯)'은 탁영(濯纓)의 뜻이다. 갓끈을 씻는다는 말로, 진속(塵俗)을 초탈하여 고결한 자신의 신념을 지키는 것을 뜻한다. 굴원의 〈어부사〉에 "창랑의 물이 맑으면 나의 갓끈을 씻고, 창랑의 물이 흐리면 나의 발을 씻으리라.[滄浪之水淸兮, 可以濯我纓, 滄浪之水濁兮, 可以濯我足.]"에서 나온 것이다.

6) 복사꽃 …… 않네: '도홍(桃紅)'은 도연명의 〈도화원기(桃花源記)〉에 나오는 무릉도원(武陵桃源)의 세계를 말한다. 소식은 무릉도원이 따로 있는 것이 아니라 복숭아꽃이 피고 물이 흐르는 산수 좋은 곳이면 곧 무릉도원이라고 하였다.

의무려산[1]을 바라며

望醫巫閭山

신령한 도끼로 땅 기울까 찍어내어[2] 神斧曾憂地紀傾,
자라들 나눠 이며[3] 유주 병주[4] 눌렀네. 割分鰲戴鎭幽幷.
남쪽에 갈석산[5] 병풍으로 두르고 南臨碣石圍成障,
북쪽에 돈황굴[6] 성곽처럼 에웠네. 北走燉煌繚似城.

---

1) 의무려산: '의무려산(醫巫閭山)'은 요녕성 금주북진시(錦州北鎭市) 의현(義縣) 동쪽에 있는 산으로 심양에서 산해관으로 가는 중간에 있으며, 대릉하와 요하 사이에 있다. 의무려산은 《주례(周禮)》〈직방(職方)〉에 "東北曰幽州, 其山鎭曰醫無閭."라 하였고, 옛날에는 미려산(微閭山)·무려산(無慮山)이라 부르기도 하였다. 의무려산은 하나의 독립된 산이 아니고 남북으로 길게 연이어져 있는 산줄기이며, 산의 형태가 마치 금강산처럼 흰 바위로 이루어져 있다. 의무려산은 중국 12대 명산에 속하며, 장백산(長白山)·천산(天山)과 함께 동북 지역 3대 명산이다.

2) 신령한 …… 찍어내어: '신부(神斧)'는 신령한 도끼로 우(禹) 임금이 9년의 홍수(洪水)를 다스리면서 용문(龍門)을 개착(開鑿)할 때 이 도끼를 썼다고 한다는 고사가 있다.

3) 자라들 나눠 이며: '할분오대(割分鰲戴)'는 옛날 발해 동쪽에 신선이 사는 다섯 개의 산이 바다 조류에 밀려 표류하자, 천제(天帝)가 큰 자라 15마리로 하여금 머리로 그 산들을 떠받치게 하였는데 용백국(龍伯國)의 거인이 낚시질하여 6마리를 잡아가는 바람에 지금은 9마리가 세 개의 선산(仙山)을 머리에 이고 있다는 전설이 《열자(列子)》〈탕문(湯問)〉에 전한다.

4) 유주 병주: '유주(幽州)'는 유주(幽洲)라고도 하며, 옛날 구주(九州) 가운데 하나로 《주례》에 "東北曰 幽州."라 하였고, 《이아(爾雅)》에 "燕曰 幽州."라고 하였으니 지금 하북성 북부와 요념성 일대를 말한다. '병주(幷州)'는 옛날 구주 가운데 하나로 《주례》에 "正北曰 幷州, 其山鎭曰 恒山."이라고 하였으니, 지금의 하북성 보정保定)과 산서성 태원(太原) 대동(大同) 일대를 말한다.

5) 갈석산: '갈석(碣石)'은 중국 하북성 진황도(秦皇島)에 위치한 산으로, 남북의 길이가 24km이고 동서의 길이가 20km이며, 해발고도가 695.1m이다. 일찍이 진시황(秦始皇)이 순수(巡狩)하다가 갈석에 이르러 바위에 공적을 새긴 고사가 유명하다.

6) 돈황: '돈황(燉煌)'은 중국 감숙성 서부 주천(酒泉) 지구 하서주랑(河西走廊) 서쪽 끝의 당하(黨河)강 유역 사막지대에 있으며, 난주(蘭州)와의 거리는 1,137km, 둔황석굴과는 25km의 거리이다. 타림분지 동쪽 변두리를 북쪽으로 흐르는 당하강 하류 사막지대에 발달한 오아시스 도시로서, 중국과 중앙아시아를 잇는 실크로드의 관문으로 고대의 동서교역 및 문화교류의

바닷물 마시는 용 굽어보는 형국이요	飮海蒼龍形屈曲,
구름 인 독수리[7] 높이 솟은 기상이라.	截雲靈鷲氣崢嶸.
조화옹 온통 힘 못씀 애닯퍼 하나니	深憐造化渾無力,
땅 험해도[8] 끝내 연경 못 지켰구나.	天險終難衛帝京.

거점이 되었던 곳이다.

7) 독수리: '영취(靈鷲)'는 고인도 마갈타국(摩揭陀國) 왕사성(王舍城) 동북쪽에 있는 산 이름이나, 여기서는 독수리의 형상을 의미하는 듯하다.

8) 땅 험해도: '천험(天險)'은 하늘의 형세가 높고 험함을 말하니다. 《주역》 〈감괘(坎卦)〉에 "천험은 오를 수 없는 것이요, 지험은 산과 내와 언덕이다.[天險, 不可升也, 地險, 山川丘陵也.]"라고 하였다. 또 '천험(天險)'은 땅의 형세가 높고 험한 곳으로 천연의 험한 요새지를 말한다.

저녁에 십삼산[1] 역참에 다다르다

夕抵十三山站

십팔년 지난 뒤에[2] 다시 요하[3] 건너가서	十八年來再渡遼,
십삼산 아래에서 사신 수레 멈추었네.	十三山下駐征軺.
해자 형세 부질없이 여기저기 깊으며	城池形勢空紆欝,
저자가게 종 울리자 사방이 적막하네.	市肆歌鍾捴寂寥.
바람이 모래 걷어 흙비에 가린 해와	風捲亂沙霾日軸,
눈 깊은 황야에서 사냥하는 천교[4]로다.	雪深荒野獵天驕.
위험한 길 곳곳에 자주 눈물 뿌리니	危途到處頻揮涕,
칼과 활 부질없이 허리에 둘렀구나.	尺劒雕弓謾在腰.

1) 십삼산: '십삼산(十三山)'은 심양에서 산해관 사이에 있는 지명이다. 성(城)을 십삼산(十三山)이라고 한 것은 성 남쪽 5리 밖에 있는 의무려산 봉우리가 불끈 솟아 옥부용(玉芙蓉) 13개를 이루어 해구(海口)를 막았기 때문이라고 한다.

2) 18년 지난 뒤에: 인조 18년(1640) 8월에 좌부승지로 문안사(問安使)가 되어 심양을 갔으며, 효종 8년(1657) 10월에 동지겸사은사 심지원(沈之源), 부사 윤순지(尹順之), 서장관 이준구(李俊耈)가 연경(燕京)으로 갔었다.

3) 요하: '요(遼)'는 중국 동북 지역에 있는 요하(遼河) 강으로, 길이가 무려 1430km이다.

4) 천교: '천교(天驕)'는 천지교자(天之驕子)의 준말로 한나라 때 흉노족이 스스로 부르던 말인데, 뒤에 강성한 변방 소수민족이나 그 우두머리를 부르게 되었다.

산해관[1]

山海關

긴 무지개[2] 꼬리 흔들어 높은 파도 끊으니	長虹掉尾截層濤,
성 쌓는 노고 천천히 그해까지 당도했었구나.	徐達當年版築勞.
세운 공업 관중 제갈량[3]도 논할 것 없고	功業不須論管葛,
지휘한 일 소하 조참[4]도 실색 하겠구나.	指揮堪見失蕭曹.
날랜 군사[5] 나누어서 관문 앞에 세우고	部分虎豹當關立,
물고기들 꾸짖어서 바다로 나가 달아났네.	叱退魚龍出海逃.
험한 지세 지금껏 전투군대[6] 도왔지만	天險卽今資躍馬,
이 세상 인간사에 원한 넘쳐 넘실넘실.	世間人事恨滔滔.

---

1) 산해관: '산해관(山海關)'은 하북성 진황도시(秦皇島市)에 있는 산해관(山海關)을 말하며, 하북(河北)과 요령(遙寧) 두 성의 경계로서 만리장성이 시작되는 곳이다. 옛날에는 해관(海關)이라 했다가 유관(渝關)·임유관(臨楡關) 등으로 불렸으며, 명나라 때 유관(楡關)으로 성해졌다. 유새(楡塞)라고도 하여 북쪽 변방 요새를 가리키기도 한다.

2) 긴 무지개: '장홍(長虹)'은 기관장홍(氣貫長虹)의 뜻이다. 긴 무지개를 뚫을 뜻한 장엄한 기세를 형용한 말이다. 만리장성을 긴 무지개에 비유하여 장엄한 기세를 형용한 것이다.

3) 관중 제갈량: '관갈(管葛)'은 춘추시대 제나라의 관중과, 삼국시대 촉나라의 제갈량을 가리킨다.

4) 소하 조참: '소조(蕭 曹)'는 소하(蕭何)와 조참(曹參)을 가리키니, 모두 유방(劉邦)을 보좌한 개국 공신으로 연이어 재상을 지냈다. 두보의 〈영회고적오수(詠懷古跡五首)〉에 "첫째와 둘째의 형세를 이윤과 여상에게서 보고, 지휘함은 정해진 듯이 소하와 조참을 무색하게 하네.[伯仲之間見伊呂, 指揮若定失蕭曹.]"라고 하였다.

5) 날랜 군사: '호표(虎豹)'는 용맹한 군사를 가리킨다.

6) 전투군대: '약마(躍馬)'는 종군(從軍)과 같은 말로 전투에 참가한 군대를 말한다.

여관의 밤

旅夜

수압 향로[1] 심지 다해 촛불이 가물가물	睡鴨香銷臘燭殘,
깊은 밤 만족 집에서 남방 갓[2] 쓰고 있네.	夜深蠻舘戴南冠.
먼지 이는 보석상자에 연꽃 장식 닳고	塵生寶匣蓮花蝕,
얼음처럼 맑은 술동이 죽엽주[3] 비웠네.	冰合淸樽竹葉乾.
마구간 말[4] 변방 달빛 괴로워 울고	櫪馬謾嘶邊月苦,
새장 새 북쪽바람 차다고 자꾸 우네.	籠禽頻喉朔風寒.
비단이불 찬물 같고 담비 갓옷 싸늘한데	綾衾如水貂裘冷,
고향 갈 길 걱정에 한 잠 들기도 어렵네.	鄕路偏愁一夢難.

1) 수압 향로: '수압(睡鴨)'은 향로 이름이다.

2) 남방 갓: '남관(南冠)'은 춘추시대 초(楚)나라 사람이 쓰던 관(冠)으로, 남방 사람의 관(冠)이라는 말은 남쪽 나라에서 심양으로 간 나그네인 자기 자신을 가리키는 뜻이다.

3) 죽엽주: '죽엽(竹葉)'은 죽엽청주(竹葉青酒)를 말한다.

4) 마구간 말: '역마(櫪馬)'는 역마농금(櫪馬籠禽)의 준말로, 마구간에 매인 말과 새장에 든 새와 같이 속박(束縛)되어 자유롭지 못한 신세를 비유한 것이다.

백간점[1)]

白澗縮

낑낑대는 말 타고 날마다 재촉하니	咄咄征驂日日催,
마부 모두 병들고 말들도 휘주근하네.	僕夫俱病馬虺隤.
구름 가 해대 땅[2)] 또렷하니 가깝고	雲邊海岱依依近,
바람결에 모래 먼지 세차게도 오누나.	風末塵沙拍拍來.
여관사리 벌써 섣달그믐 되어 놀라고	旅泊已驚逢歲暮,
늘그막에 이제 또 봄소식을 듣는구나.	殘齡今又報春廻.
오랜 세월 오가니 되레 한을 감당하니	千秋踈鑿還堪恨,
만 리 길 깊은 시름에 이 길을 열었네.	萬里深愁此路開.

1) 백간점: '백간점(白澗店)'은 중국 천진시 계현(薊縣) 백간진(白澗鎮)에 있는 지명이다. 이의현(李宜顯)의 《경자연행잡지(庚子燕行雜識)》에 보면, 어양군(漁陽) 다음 노정이며, 백간점 다음에 통주강과 팔리보(八里堡)를 지나 북경으로 들어갔다고 하였는데, 여기서 윤순지 일행은 귀국길이기에 북경에서 백간점 방향으로 가고 있는 것이다. 북경에서 백간점까지는 평원이며 백간점을 지나면서 산맥들이 보인다. 멀리 발해가 있는 방향으로 높은 산들이 보이기 때문에 "구름 가에 해대 땅이 또렷또렷 가깝다[雲邊海岱依依近]"고 한 것이다.

2) 해대 땅: '해대(海岱)'는 지금 산동성의 발해에서 태산(泰山)에 이르는 사이에 있는 지역을 말한다.

중우소[1]

中右所

버려진 성 남은 터에 들쑥 퍼지고	廢堞遺墟遍野蒿,
몇몇 집 연기 모래언덕 기댔구나.	數家煙火寄沙皐.
겹겹 문에 요새 두어 어디로 돌아가는지	重門設險歸何處,
보루에서 싸운 일 몇 번인지 물었노라.	對壘交兵問幾遭.
해 덮는 흐린 기운 옛 언덕에 어둑하고	埋日陰氛迷舊壠,
둥지 잃은 겨울까치 빈 도랑에 내려앉네.	失巢寒鵲下空壕.
군대 위용 많은 백성 모조리 다 사라지고	軍容民庶都消盡,
오직 마을 문만 남아 북쪽 바라 우뚝하네.	惟有伊閭北望高.

1) 중우소: '중우소(中右所)'는 심양에서 산해관 사이에 있는 지명으로 사하소(沙河所)라고도 하며, 조선의 사신이 경유했던 곳이다.

연산역[1)]

連山驛

다북쑥 기와조각 빈 성에 널려있으니	蓬蒿瓦礫遍空城,
작은 보루 어쩌다가 심한 전쟁 겪었는지?	小堡因何酷被兵?
연나라 군대도 즉묵[2)] 수복 어려워한 것 같고	燕甲想艱收卽墨,
진나라 분서갱유[3)] 끝내 장평[4)]에도 미쳤다.	秦坑終亦及長平.
남은 백성 생활 형편 곤궁해서[5)] 생기 없고	遺氓窮蔀無生氣,
맑은 강과 푸른 산에 통곡소리 들리누나.	白水青山有哭聲.
세상 변해 어지러움 어느 누가 알겠는가?	世變紛紛誰得了?
지금 사람 오래도록 범[6)] 횡포에 시달리네.	今人久困虎縱横.

---

1) 연산역: '연산역(連山驛)'은 심양에서 산해관 사이에 있는 지명으로 연산역(連山驛)에서 60리 거리에 중우소(中右所)가 있다.

2) 즉묵: '즉묵(卽墨)'은 산동 반도 서남쪽에 있는 도시 이름이다. 전국시대 연(燕)나라의 침공으로 민왕(緡王)은 산동성 거(莒) 땅으로 피했으나, 초나라의 상군 노치(悼齒)에게 죽음을 당하였다. 거 땅 사람들이 아들 법장(法章)을 세워 왕으로 삼았으나 제나라가 내부 결속이 무너져 성이 잇달아 함락되고 거와 즉묵(卽墨)만이 남게 되었는데, 이때 전단(田單)이 천여 마리 소의 꼬리에 불을 붙여 적진으로 몰아 크게 승리를 거두었다고 한다.

3) 분서갱유: '진갱(秦坑)'은 진시황(秦始皇)이 학자들의 정치적 비판을 막기 위하여 의약·점복·농업 등에 관련한 책을 제외한 모든 서적을 불태우고 유학자들을 생매장한 분서갱유(焚書坑儒) 사건을 말한다.

4) 장평: '장평(長平)'은 중국 산서성(山西省) 고평현(高平縣)에 있는 지명으로, 전국시대 진(秦)나라 장수 백기(白起)가 조(趙)나라 군사 45만을 무찔러 죽인 곳이다.

5) 생활 형편 곤궁해서: '궁부(窮蔀)'는 곤궁한 천막생활을 가리킨다.

6) 범: '호(虎)'는 호표(虎豹)를 말하며, 잔인하고 포악한 오랑캐를 비유한다.

십오일 밤에 십삼산에서 묵다

十五夜宿十三山

한 봄 초승달 다시 둥그러지니	一春新月再回圓,
고요한 밤 집 생각 더욱 아득히.	淸夜思家益渺然.
하늘 밖 타향에서 부질없이 날 보내고	天外殊方空費日,
객지에서 계절 보내 한 해가 지났구나.	客邊流序已經年.
성긴 울 물 가깝고 모래밭 눈만 같은데	踈籬近水沙疑雪,
옛 성에 구름 끼니 나무가 연기 같구나.	古郭連雲樹似煙.
오늘따라 금가[1]소리 적잖이 한스럽고	今日金笳多少恨,
변성[2]에서 지은 시구 가엾기만 하구나.	汴城詩句更堪憐.

1) 금가: '금가(金笳)'는 변가(邊笳) 또는 호가(胡笳)라고 하니, 고대 북방 소수민족의 관악기로 피리와 비슷하다.

2) 변성: '변성(汴城)'은 변경(汴京)의 성으로 중국 하남성 북부의 황하 남쪽 기슭에 있는 도시이다. 오대(五代)의 양(梁)·진(晉)·한(漢)·주(周)와, 북송 때의 개봉부(開封府)이기도 하다. 금(金)나라 점몰갈(粘沒曷)이 변성(汴城)을 한 번 보고는 쉽게 공격할 수 있겠다고 장담하였는데 성이 곧고 반듯하게 생겼기 때문이다. 변성에서 지은 시구는 당나라 무원형(武元衡)의 〈변주문각(汴州聞角)〉에서 "어느 곳의 금가인가 달빛 속에 슬프고, 아득한 변방 나그네 꿈속에 먼저 알도다. 선우의 성 위에 〈관산월〉 들리니, 오늘날 중원에는 모두 부를 줄 아는구나.[何處金笳月裏悲, 悠悠邊客夢先知. 單于城上關山月, 今日中原摠解吹.]"라고 하였듯이 〈관산월(關山月)〉이라는 한나라 악부 곡명이 시사하듯이 변방에서 수자리하는 사병(士兵)이 오래도록 돌아가지 못하여 이별의 아픔과 원한의 정경을 나타낸 노래인 인 듯하다.

사령[1]에서 바람에 막혀 하루를 머물다가

沙嶺阻風留一日

고생길 헤매임 몸에 드러나 있어	苦海支離見在身,
세상사람 네 꼴 보고 응당 웃으리.	世間堪笑爾爲人.
먼 노정에 흐리멍덩 항상 길 잃고	長途憒憒恒迷轍,
평지에서 허둥지둥 나루터 또 묻네.[2]	平地遑遑又問津.
큰 강물 허공에 닿아 흰 물결이 날리고	積水連空揚白浪,
거센 폭풍 들판 떨쳐 누런 먼지 휘덮네.	驚飆振野漲黃塵.
외딴 마을 말 먹이다 자꾸 슬퍼지니	孤村秣馬頻惆悵,
하루 머문 것이 열흘 지난 것 같네.	一日淹留抵一旬.

---

1) 사령: ‘사령(沙嶺)’은 요령성 요양시 요양현(遼陽縣) 사령진(沙嶺鎭)에 있는 옛 역참으로, 의무려산(醫巫閭山)과 천산(千山) 사이에 있다. 의무려산은《주례(周禮)》〈직방(職方)〉에 “東北曰幽州, 其山鎭曰醫無閭.”라 하였고, 천산은 요녕성(遼寧省) 안산시(鞍山市) 동남쪽 17키로 되는 곳에 있는데, 백두산의 지맥(支脈)으로 산봉우리가 수천 개에 이른다 하여 붙여진 이름이다.

2) 나루터 또 묻네: ‘문진(問津)’은 나루터를 묻는다는 것은 올바른 삶의 길이나 정치의 방도를 탐구하는 것을 비유하는 말이다.《논어》〈미자(微子)〉에서 공자가 자로로 하여금 장저(長沮)와 걸익(桀溺)에게 나루터를 묻게 하였다는[使子路問津] 고사로, 세상이 혼탁하여도 숨어살지 아니하고 세상에 나아가 사람들과 함께 하며 올바른 정치가 행해지고 올바른 도가 행해질 수 있도록 노력해야 함을 말한다.

봄날에 돌아감을 생각하다

春日憶歸

지친 다리 힘쓰기 어렵고	倦脚難陳力,
여윈 몸골 물러날[1] 형편.	羸形合乞骸.
살랑바람에 버들 이리저리	輕風纔變柳,
새 불씨[2] 이미 회나무에.[3]	新火已鑽槐.
밭이랑 수수 갈아야 하고	壠秫耕方急,
산나물 맛 또한 좋으리.	山蔬味亦佳.
어찌하면 세상일 내던지고	何當抛世累,
휘파람 불며[4] 먼지 길 떠날까?	舒嘯出塵街?

---

1) 물러날: '걸해(乞骸)'는 걸해골(乞骸骨)의 준말로, 옛날에 관리가 벼슬에서 물러나기를 청할 적에 해골을 얻어 고향에 묻을 수 있기를 구걸한다는 뜻이다.

2) 새 불씨: '신화(新火)'는 옛날 중국에서 청명 전날에는 불을 지펴 밥을 지을 수 없게 금지했다가 청명 날이 되어서야 불씨를 백관(百官)에게 내려 주었는데 이를 신화(新火)라고 하였다. 두보(杜甫)의 〈청명(淸明)〉에 "아침부터 새론 불로 새론 연기 일으키고, 호수색이 봄빛이라 나그네 배 깨끗해라.[朝來新火起新煙, 湖色春光淨客船.]"라고 하였다.

3) 회나무에: '찬괴(鑽槐)'는 나무를 뚫어 불씨를 얻는 일종으로, 《논어》 〈양화(陽貨)〉에 보면, "묵은 곡식이 다 없어지고 새 곡식이 오르며, 나무를 뚫어 불씨를 바꾸니, 1년이면 그칠 만합니다.[舊穀既沒, 新穀既升, 鑽燧改火, 期可已矣.]"라고 하였다. 하안(何晏)은 집해(集解)에서 마융(馬融)의 글을 인용하여 "《주서(周書)》 〈월령(月令)〉에 불씨를 바꾼다는 것은 봄에는 느릅나무와 버드나무에서 불씨를 취하고, 여름에는 대추나무와 살구나무에서 불씨를 취하고, 늦여름에는 뽕나무와 산뽕나무에서 불씨를 취하고, 가을에는 갈참나무와 섭나무에서 불씨를 취하고, 겨울에는 홰나무와 박달나무에서에서 불씨를 취한다. 1년에 뚫는 불이 각기 다르므로 개화라 하였다.[有更火之文, 春取楡柳之火, 夏取棗杏之火, 季夏取桑柘之火, 秋取柞楢之火, 冬取槐檀之火. 一年之中, 鑽火各異, 故曰改火也.]"라고 하였다.

4) 휘파람 불며: '서소(舒嘯)'는 길게 휘파람을 불거나, 시가를 길게 읊조리는 것이다.

자고 일어나 되는대로 쓰다

睡起謾筆

글빚 시 모임에 남고	宿債嬰詩壘,
새 공로 꿈속[1] 영화.	新功榮睡鄉.
섬돌 가 붉은 꽃 자리에 비치고	砌花紅映席,
정원 푸른 대나무 담장을 둘렀네.	庭竹綠環墻.
고요 속 풀벌레 괴롭게 울고	靜裏虫吟苦,
한가 속 나비들 바쁘게 춤추네.	閒中蝶舞忙.
집안 종 오는 손 알리지 말라	家僮休報客,
내 절로 희황상인[2] 꿈꾸려 하니.	吾自夢羲皇.

1) 꿈속 : '수향(睡鄉)'은 잠자는 사이에 마음이 가 있는 곳이니, 곧 꿈나라를 말하며, 세상의 모든 일을 잊고 무위(無爲)의 세계로 돌아감을 비유한다.

2) 희황상인: '희황(羲皇)'은 희황상인(羲皇上人)의 준말로, 복희씨(伏羲氏)를 가리킨다. 옛사람들이 희황상인의 세상에는 그 백성들이 모두 편안하고 한가하다고 생각하였기 때문에 은일(隱逸)하는 선비들이 스스로 희황상인을 칭하였는데, 도연명의 〈여자엄등소(與子儼等疏)〉에서 비롯하였다.

번민을 풀다

釋悶

세상 걱정에 나그네 시름 한번에 닥치고　世故羈愁一倂侵,
흰 머리 의지하여[1] 조정 관모 올렸네.　白頭依隱戴朝簪.
속박되어 먹고 마심 원래 본성 아니거늘　樊籠飮啄元非性,
하루 종일[2] 바삐 좇아 부질없이 고생하네.　卯酉奔趨謾苦心.
가을 되니 저녁구름 자주 산굴 나오고[3]　秋到暮雲頻出峀,
해 기울자 돌오는 새 숲에 들 줄 알도다.　日斜歸鳥解投林.
벼슬 사느라[4] 숨어사는 뜻[5] 그르치고　腰金坐誤丘中趣,

---

1) 의지하여: '의은(依隱)'은 의지하거나 빙자하는 것을 말한다. 또는 정사와 은거 사이에서 갈팡질팡하는 것을 말한다.

2) 하루 종일: '묘유(卯酉)'는 묘유사(卯酉仕)의 준말로, 관리들이 묘시(卯時)에 출근하고 유시(酉時)에 퇴근하는 것을 말한다. 묘사유파(卯仕酉罷)·묘유법(卯酉法)이라고도 한다. 해가 짧은 계절에는 진시(辰時)에 출근하고 신시(申時)에 퇴근하도록 하였다.

3) 산굴 나오고: '출수(出峀)'는 산굴에서 나옴을 말한다. 진(晉)나라 도잠(陶潛)의 〈귀거래사(歸去來辭)〉에 "구름은 무심하게 산굴에서 나오고, 새는 날에 지쳐도 돌아갈 줄 아는구나.[雲無心以出峀, 鳥倦飛而知還.]"라고 하였다.

4) 벼슬 사느라: '요금(腰金)'은 요금의자(腰金衣紫)의 준말로, 요금타자(腰金拖紫)와 같은 말이니 금장 허리띠를 두르고, 자색 인끈을 묶는다는 말로 벼슬살이하는 것을 말한다. 한나라 때 제후는 패옥과 허리띠의 인끈이 자색(紫色)이었고, 공경(公卿)은 청색이었는데, 이에 타청우자(拖靑紆紫)은 관직이 높은 것을 비유한다.

5) 숨어사는 뜻: '구중취(丘中趣)'는 구학(丘壑)에 숨어살려는 뜻으로 산수(山水)에 은일(隱逸)함을 말한다. 사영운(謝靈運)은 〈재중독서(齋中讀書)〉에서 "옛날에 내가 경성에서 노닐 적에, 일찍이 언덕골짝의 뜻을 그친 적이 없었도다.[昔余遊京華, 未嘗廢丘壑.]"라고 하였으며, 《한서(漢書)》 〈서전상(敍傳上)〉에 "한 골짝에서 고기 잡고 낚시하면 만물이 그 뜻을 범하지 않을 것이요, 한 언덕에 머물러 살면 천하가 그 즐거움을 바꾸지 못하리라.[漁釣於一壑, 則萬物不奸其志. 栖遲於一丘, 則天下不易其樂.]"라고 하였는데, 이로부터 일구일학(一丘一壑)은 정치현실에서 물러나 산림이나 초야에 은거하면서 산수자연 속을 마음대로 노닐며 사는 것을 가리키게 되었다.

낚시터 돌 괜히 애써 꿈속에 찾는구나. 釣石空勞夢裏尋.

늦여름에 되는대로 쓰다

季夏謾筆

더운 계절[1] 닥친지라 날씨 갈수록 뜨겁고	節迫流金日轉烘,
야윈 몰골[2]로 쓰러지니 북쪽 창 바람 부네.	羸形頹臥北窓風.
흐릿하게 눈 어두워[3] 책 상자[4] 내던지고	昏花眩眼抛書簏,
낮 졸음 [5]에 갇혀 꾸벅꾸벅 조는구나.	午倦勾人策睡功.
한가한 맛 잠시 기름 불속[6]에 훔쳐보고	閒味乍偸膏火裏,
나그네 넋 멀리 물과 구름 사이 드는구나.	羈魂遙入水雲中.
홀가분히 달랑 누워 높은 풍치[7] 꿈꾸니	蘧蘧一枕瞢騰趣,
영화쇠락 슬픔기쁨 모두 헛됨 깨닫누나.	榮落悲歡覺倂空.

1) 무더위: '유금(流金)'은 높은 온도로 금속을 녹인다는 뜻으로, 기후가 몹시 뜨거움을 말한다. 또는 유금삭석(流金鑠石)의 준말로, 뜨거운 열기가 쇠와 돌을 녹인다는 뜻이니 날씨가 매우 무더움을 말한다.

2) 야윈 몰골: '이형(羸形)'은 삐쩍 마른 몸을 말한다.

3) 흐릿하게 눈 어두워: '혼화(昏花)'는 시력이 분명하지 못함이고, '현안(眩眼)'은 눈빛이 어두운 것을 말한다.

4) 책 상자: '서록(書簏)'은 책을 보관하는 대나무 상자이다.

5) 낮 졸음: '수공(睡功)'은 도가(道家)의 내단가(內丹家), 곧 체내에서 단을 완성시키려는 사람들의 기공(氣功)의 한 종류로, 가만히 누워서 천지자연의 좋은 기운을 받아들이는 공법이니, 여기서는 졸리거나 잠자는 일을 말한다.

6) 기름 불속: '고화(膏火)'는《장자》〈인간세〉에 "산의 나무는 유용하기 때문에 스스로 해를 당하고, 기름은 불이 잘 붙기 때문에 스스로를 태운다.[山木自寇也, 膏火自煎也.]"라고 한 데서 온 말로, 사람은 재능(才能) 때문에 번뇌가 생기고 해를 입게 되는 것을 뜻한다.

7) 높은 풍취: '등취(騰趣)'는 고침(高枕)이나 고와(高臥)와 같은 말로, 벼슬을 버리고 물러나서 집안에서 편안하게 지내는 삶을 말한다.

봄날 홀로 앉아

春日獨坐

말끔하니 매화꽃 이마 디밀고	淡白辭梅額,
불그름히 살구꽃 볼 점점 찍네.	生紅點杏腮.
물총새 자주 훑고 지나며	翠禽頻掠去,
노랑나비 자꾸 날아오네.	黃蝶又飛來.
몸 고요하여 속세 일 없고	身靜無塵事,
집 가난해도 술잔 두었네.	家貧有酒盃.
문 닫고 오는 손님도 피하며	閉門還諱客,
수레 와서 그냥 돌아가게 두네.	軒盖任空廻.

겨울날 눈앞의 광경
冬日卽事

겨울 해 초가 처마로 옮기니	冬日轉茅簷,
선달[1] 매운 추위 잠시 풀리네.	窮陰乍解嚴.
술독에 술 있다 다시 듣거늘	更聞樽有酒,
밥상에 소금 없음[2] 한탄하랴?	寧恨食無塩?
글귀 얻으면 바로 벽에 쓰고	得句仍泥壁,
산 보며 문발 내리지 않네.	看山不下簾.
창 기대어 의젓하게 지내니[3]	倚窓聊寄傲,
한가한 재미 도잠과 같구나.	閒味似陶潛.

1) 선달: '궁음(窮陰)'은 겨울 석 달 가운데 음력 12월을 가리키는 말이다. 궁동(窮冬), 만동(晩冬), 계동(季冬), 모동(暮冬), 심동(深冬)이라고도 한다.

2) 밥상에 소금 없음: '식무염(食無塩)'은 빈궁한 생활을 말하니, 소식(蘇軾)의 〈산촌오절(山邨五絶)〉에 "요즈음 석 달 동안 소금 없이 밥 먹었네.[邇來三月食無鹽.]"라고 하였다.

3) 의젓하게 지내니: '기오(寄傲)'는 자유롭고 고상한 정취를 기탁하는 것을 말한다. 도잠의 〈귀거래사(歸去來辭)〉에 "남창에 기대어 자유롭고 고상하게 지내니, 무릎이 들어갈 작은 집이라도 편안하다는 것을 알겠노라.[倚南窓以寄傲, 審容膝之易安.]"라고 하였다.

지신사[1]에서 해임되어 기쁨을 적다

解知申志喜

이른 봄에 벼슬하다 문득 가을 되었는데	早春羈宦奄徂秋,
오늘에야 조정 관모 비로소 잠깐 벗누나.	今日朝簪始乍抽.
속박에서 벗어나니 날개 단 신선된 듯[2]	身脫樊籠疑羽化,
호수 바다 꿈에 찾아 자유롭게 노니네.[3]	夢尋湖海得天遊.
한가 속에 만나는 벗 오로지 서책[4]뿐	閒中得友惟黃卷,
물가에는 욕심 없는[5] 흰 갈매기만.	沙際忘機穩白鷗.
청운 꿈 이미 좇아 아무 생각 없거늘	已向青雲無一念,
세상사 무슨 일로 빈 배[6] 흔드는고?	世情何事怒虛舟.

---

1) 지신: '지신(知申)'은 지신사(知申事)이니, 조선시대 승정원(承政院) 도승지(都承旨)를 달리 이르는 말이다.

2) 신선된 듯: '우화(羽化)'는 우화등선(羽化登仙)의 준말로, 날아올라 신선이 된다는 뜻이다.

3) 자유롭게 노니네: '천유(天遊)'는 구속되지 아니하고 자유롭고 자연스럽게 사는 것을 말한다.

4) 서책: '황권(黃卷)'은 서책을 달리 이르는 말이다. 옛날에 서책이 좀먹는 것을 막기 위해 황벽나무 잎으로 물들여 누렇게 된 데서 나온 말이다. 또는 신선 도술의 비방을 담은 책을 가리키기도 한다.

5) 욕심 없는: '망기(忘機)'는 기심(機心)을 없애는 것이니, 속이거나 꾸미는 마음을 없애는 것을 말한다. 담박함을 즐기고 세상 사람과 다투지 않는 마음을 가리킨다. 또한 구로망기(鷗鷺忘機)의 준말이니, 《열자(列子)》 〈황제(黃帝)〉에 나오는 말로 담백하게 은거하여 세상일을 마음에 품지 않는 것을 비유한다.

6) 빈 배: '허주(虛舟)'는 마음이 편안하고 담백하며 밝고 활달한 경지를 비유하는 말이다.

칠석날 응제시[1]다. 이 해에 윤7월[2]이 있었다.

七夕 應製是歲有閏七月

잠깐 새 오동잎 진 빈 가지	纔看梧葉隕庭柯,
에워 친 거미줄 아침 집 엮고.	旋報蛛絲綴曉窠.
좋은 모임 모두 다 오늘 저녁이라 하여	佳會共傳今夕是,
단청누각에 두 별[3] 지나길 기다리네.	綵樓爭候二星過.
견우[4]는 물가에서 소 멈춰 여물 먹이고	黃姑洲畔停牛飫,
가다가 오작교로 멀리 은하 건너며	行處靈橋遙跨水,
걸어온 향내 버선 편히 물결 지나네.	步來香襪穩凌波.
선들바람 나풀나풀 옥 패물 흔드는데	凉飆翩翩搖瓊佩,
엷은 안개 하늘하늘 고운 비단 옷 적셔.	薄霧霏霏濕綺羅.
잠깐 만나 단란하다[5] 애틋한 정 끝나가니	乍得團圓情畹晩,
미처 말로 못하고 눈물만 펑펑 흘리네.	未容言語涕滂沱.
비녀다리 합친들[6] 오래 가기 어려운데	金釵合股知難久,

1) 응제시: '응제(應製)'는 임금의 명령에 따라 조정 관리들이 시문(詩文)을 짓는 일로, 응조(應詔)라고도 한다.

2) 윤7월: '윤칠월(閏七月)'은 음력 7월이 두 번 있는 것을 말한다.

3) 두 별: '이성(二星)'은 은하수의 동쪽과 서쪽에 위치하고 있는 견우성과 직녀성을 말한다.

4) 견우: '황고(黃姑)'는 하고(河鼓)라고도 하며, 견우성을 말한다. 황고(黃姑)는 직녀성을 가리키기도 한다.

5) 단란하다: '단원(團圓)'은 원만하거나 단란한 모습을 가리키는 말이다. 또는 단원절(團圓節)의 준말로, 음력 8월 15일인 중추절을 말하는데, 8월 15일이면 제사를 지내고 여자가 귀녕(歸寧)했다가 이날 반드시 시댁으로 돌아와야 했으므로 단원절이라고 하였다.

6) 비녀다리 합친들: '합고(合股)'는 짝이 되는 두 가닥의 비녀가 서로 합치는 것으로, 사랑하는 부부나 남녀가 서로 만나는 것을 말한다.

물시계 시간 재촉하니[7] 어찌 할 것인가? 玉漏催籌可奈何?

기이한 일 마구 생겨 시인들 노래하니 異事謾騰騷客詠,

고운 인연 오히려 월궁항아보다 낫네. 芳緣猶勝月宮娥.

한 밤 내내 기쁜 만남[8] 짧다고 불평마라 一宵良晤休嫌少,

오랜 세월 오늘 이 날 또한 이미 많았노라. 萬古玆辰亦已多.

올해 윤달에다 칠월[9] 초하루에 만났으니 歲閏况逢流火朔,

까막까치더러 은하수 다시 메우라고 하리라. 可令烏鵲重塡河.

7) 시간을 재촉하니: '주(籌)'는 물시계 가운데 꽂은 나무 막대로, 시각을 나타내는 장치를 말한다.

8) 기쁜 만남: '양오(良晤)'는 즐겁고 기쁘게 만나는 것을 말한다.

9) 칠월: '유화(流火)'에서 화(火)는 대화성(大火星), 곧 심수(心宿)를 가리키는데, 5월의 저녁 무렵에 화성(火星)이 하늘 가운데 있고, 7월 저녁 무렵에 별의 위치가 점점 서쪽으로 내려가니, 음력 7월에 더위가 점점 물러나고 가을이 장차 이르는 때를 가리키게 되었다.

납일[1]에 되는대로 이루다

臘日謾成

벼슬살이 세월 다 보내고	宦裏年頻去,
몸에는 병만 남아있구나.	身邊病獨留.
멍청하게[2] 늘그막 늘이고	賣癡延暮景,
술내기 하며 시름 달래네.	賭酒餞窮愁.
가난해도 즐겨야 하거늘[3]	只合貧猶樂,
물러나 근심해야 하는가?[4]	寧煩退亦憂?
이제 모든 일 잊고서[5]	從今成坐忘,
남은 날 덧없이[6] 살으리.	餘日任浮休.

1) 납일: '납일(臘日)'은 동짓날로부터 세 번째 미일(未日)까지로, 그해 농사의 형편과 여러 가지 일에 대해 신에게 고하는 제사를 납향(臘享)이라고 한다.

2) 멍청하게: '매치(賣癡)'는 자신의 어리석음을 판다는 뜻으로, 세상일을 멍청하게 바라보는 것을 말한다.

3) 가난해도 즐겨야 하거늘: '빈유락(貧猶樂)'은 아주 곤궁한 처지에도 편안한 마음으로 자기 분수와 천도(天道)를 지키며 사는 안빈낙도(安貧樂道)를 말한다. 《논어》 〈옹야(雍也)〉에서 공자가 안회(顔回)에 대해 "한 그릇의 밥과 한 바가지의 물로 누추한 마을에 사는 것을 사람들은 그 근심을 견디지 못하는데, 안회는 그 즐거움을 바꾸지 않았구나.[一簞食一瓢飮, 在陋巷, 人不堪其憂, 回也不改其樂.]"라고 하였다.

4) 물러나 근심해야 하는가?: '퇴역우(退亦憂)'는 송나라 범중엄(范仲淹)의 〈악양루기(岳陽樓記)〉에 "조정의 높은 지위에 있으면 그 백성을 근심하고, 멀리 강호에 거처하면 그 임금을 근심하였으니 조정에 나아가서도 근심이요 물러나서도 근심이거늘, 그렇다면 어느 때에나 즐거울 수 있겠는가?[居廟堂之高則憂其民, 處江湖之遠則憂其君, 是進亦憂, 退亦憂, 然則何時而樂耶?]"라고 하였다.

5) 모든 일 잊고서: '좌망(坐忘)'은 자기 수양(修養)의 지극한 경지로, 무아지경(無我之境)을 뜻하는데, 단좌(端坐)하여 일체의 물아(物我)·시비(是非)·차별(差別)을 잊어버리는 초월적 마음의 상태를 말한다.

6) 덧없이: '부휴(浮休)'는 삶과 죽음, 또는 인생의 무상함을 의미한다. 《장자》 〈각의(刻意)〉에

"성인의 삶은 물 위에 떠 있는 것과 같고, 그 죽음은 쉬고 있는 것과 같았다.[其生若浮, 其死若休.]"라고 하였다.

넋두리

謾遣

벼슬살이[1] 일찍 매여 궁궐계단[2] 오르내리며	曾裹軒裳倚玉墀,
여러 해 경연[3]에서 학문 토론[4] 차비했네.	幾年經幄備論思.
은총 깊은 물고기[5] 진정 분수 아니었고	榮深魚水眞非分,
무거운 산 진 모기[6] 끝내 지탱 못 했네.	負重蚊山竟不支.
오직 이 인생 아픔은 공명에 묶인 게라	惟恨此生名是累,
이제 버림받아도 임금 신하라고 말하네.	敢言今世棄如遺.
이에 영예 쇠락 흔한 일인 줄 알건만	仍知榮落尋常事,
임금 은혜 보답함 늦어짐이 한이로다.	報答君恩尙恨遲.

---

1) 벼슬살이: '헌상(軒裳)'은 고관이 타는 수레와 관복으로, 관직과 작록(爵祿)을 의미하니 벼슬살이를 말한다.

2) 궁궐계단: '옥지(玉墀)'는 궁궐의 돌계단을 말한다.

3) 경연: '경악(經幄)'은 조선시대 신하가 임금에게 유학(儒學)의 경서(經書)나 역사서를 강론하던 자리인 경연(經筵)을 말한다.

4) 학문 토론: '논사(論思)'는 경연에서 임금과 학문을 토론하는 일을 말한다.

5) 물고기: '어수(魚水)'는 수어지교(水魚之交)의 준말로, 임금과 신하가 매우 친밀함을 이르는 말이다.

6) 무거운 산 진 모기: '문산(蚊山)'은 《장자》 〈응제왕(應帝王)〉에 "그렇게 천하를 다스리는 것은 마치 바다를 건너고 강물을 뚫으며, 모기로 하여금 산을 짊어지게 하는 것과 같다.[其於治天下也, 猶涉海鑿河, 而使蚊負山也.]"고 한 데서 나온 말로, 능력이 부족하여 중대한 임무를 감당하기 어려움을 비유한다.

행명재시집 발

涬溟齋詩集 跋

행명집지

涬溟集識

오직 우리 행명 선생이 돌아가신 지 이미 60년이 되어 유고집이 비로소 이루어졌는데, 그 편성한 내용이 적고 여러 문체들이 두루 갖추어지지 못한 것이 오히려 한스러웠습니다. 아아! 공의 높은 재주와 넓은 학식으로 문장에 노련하였으니, 후손에게 전할 만한 것이 어찌 다만 이와 같을 뿐이겠습니까? 그러나 공의 평소의 뜻은 이것조차 오히려 반드시 후세에 남기려고 한 것이 아니었기 때문입니다.

저는 뒤에 태어난 사람이니 어찌 그것을 잘 알겠습니까마는, 일찍이 여러 부형들의 말을 들으니 공의 본래 성품이 무척 겸손하여 스스로 지키기를 초야의 선비처럼 하였는데, 한창 젊은 나이에 기력이 왕성해서도 이미 잘하는 것을 자부하기를 좋아하지 않았으며, 여러 공들 사이에서 뛰어난 명성이 오르내렸습니다만,[1] 집안의 재화를 만난 이래로는 초야에 몸을 두고 다시금 당시 세상에 뜻을 둠이 없었다고 하였습니다.

그러나 벼슬길에 진퇴하고 출처하는 즈음에 마침내 감격하고 근심하고 두려워하는 마음을 두어 감히 한갓 사사로운 의리를 좇지 않고, 벼슬자리[2]에 있어도 다만 그 겉에 매일 뿐이었습니다. 그 마음을 되돌아보면 마른 나무와 같아서 세상의 모든 권세와 이익과 명망에 분주하고

1) 오르내렸습니다만: '힐항(頡頏)'은 힘이나 세력(勢力) 따위를 서로 버티고 대항한다는 뜻이나, 여기서는 오르내린다는 뜻으로 쓰였다.

2) 벼슬자리: '헌상규조(軒裳圭組)'에서 헌(軒)은 벼슬아치가 타는 수레, 상(裳)은 그 관복, 규(圭)는 서옥(瑞玉)으로 만든 홀(笏)이며, 조(組)는 홀을 묶는 끈으로 벼슬자리를 의미한다.

부산하게 내달리는 길에 있어서도 재능을 감추고 뒤로 물러나서 겸손하게 잘하는 것이 없는 듯이 하였으며, 항상 집안[3]에 깊숙이 숨어 지내면서 책을 읽고 글을 짓는[4] 사이에 푹 빠져서 기분을 즐겁게 하거나 시름을 해소하였습니다.[5] 요컨대 세상에 바라는 것은 없었지만, 죽을 때까지 억울하고 원통함으로 괴로워하여[6] 평범한 사람으로 스스로 살아가지 못한 것이 이미 이와 같았습니다.

평생 동안 지으신 글에 이르러서도 또한 스스로 사랑하고 아끼지 않으셔서 초야로 물러난 10년 이래로 늘그막에 이르기까지 거의 시를 짓지 않은 날이 없었는데, 문득 모두 내던져 버리고 거두지 않아 글이 또한 하나도 남아있는 원고가 없었으니, 곧 공의 뜻이 또 죽은 뒤의 명성을 바라지 않았음[7]을 알 수 있었습니다.

지금 남아있는 것은 흩어지고 빠뜨린 것을 얻어서 시집 약간 권으로 엮어 만든 것입니다. 중간에 일찍이 이 모든 자질로써 문단에서 뛰어난 인물[8]이 되고, 모두들 공이 비록 지나치게 스스로 겸손해서 후세에 전할[9] 뜻이 없었지만, 문장은 스스로 공공의 물건이 되므로 이것을 전하

---

3) 집안: '염각(簾閣)'은 문발을 드리운 집안을 말한다.

4) 책을 읽고 글을 짓는: '죽소(竹素)'는 서책을 말하니 책을 읽는 것이고, 연참(鉛槧)은 붓과 종이로 문필(文筆)의 업(業)을 말하니 글을 짓는 것을 말한다.

5) 기분을 즐겁게 하거나 시름을 해소하였습니다: '도사(陶寫)'는 성정을 기쁘게 하거나, 시름을 해소하는 것을 말한다.

6) 억울하고 원통함으로 괴로워하여: '원고(寃苦)'는 억울하고 원통하여 스스로 겪는 괴로움을 말한다.

7) 바라지 않았음: '불기(不蘄)'는 《장자(莊子)》 〈양생주(養生主)〉에, "연못에 사는 꿩은 열 걸음을 걷고서 한 번 쪼아 먹고, 백 걸음 걷고서 한 번 물을 마시지만, 새장 속에서 길러지는 것을 원하지 않는다.[澤雉, 十步一啄, 百步一飮, 不蘄畜乎樊中.]"라고 하였다.

8) 뛰어난 인물: '거공(鉅公)'은 일정한 분야에서 특별히 뛰어난 사람을 말한다.

9) 후세에 전할: '수후(垂後)'는 입언수후(立言垂後)의 준말로, 훌륭한 문장을 남겨 후세에 전하는 일을 말한다.

지 않을 수 없다고 여겼습니다. 이에 각각 가려 뽑아 둠에 복잡한 것도 있고 간략한 것도 있었는데, 현석 박세채[10] 선생이 또 그 끝에 글을 써서 공의 드러나지 않은 덕을 드러냈습니다. 또 30여 년 오랜 세월 동안 여러 부형들이 서로 이어서 세상을 떠나 문집 간행[11]의 일이 이에 이르기까지 이뤄지지 못하다가[12] 공의 증손 윤항[13]이 이제 강서[14]의 수령이 되어 비로소 판각[15]할 수 있었으며, 종증손[16]인 제가 그 일을 도와 삼가 여러 사람들이 가려 뽑은 것에 덜어내거나 보탠 것이 없이 정리해서 여섯 편을 만들었습니다. 또 현석 선생의 발문을 옮겨서 책의 첫머리를 올렸고, 문득 감히 주제넘고 외람됨을 잊고서 시집의 뒤에 일의 경과를 적었습니다. 이 시집이 소략하기만 하고 두루 갖추지 못함을 보여서 공이 남기신 뜻을 거듭 훼손할 뿐입니다.

후세에 이 시집을 보는 이는 그 기이하고 오묘한 소리[17]와 빼어난

---

10) 박세채: 박세채(1631~1695)는 자가 화숙(和叔), 호가 현석(玄石)·남계(南溪), 본관이 반남(潘南)이다. 아버지는 홍문관교리 의(漪)이며, 어머니는 신흠(申欽)의 딸이다. 명문세족으로 증조부 응복(應福)은 대사헌, 할아버지 동량(東亮)은 형조판서를 지냈으며, 《사변록(思辨錄)》을 지은 박세당(朴世堂)과 박태유(朴泰維)·박태보(朴泰輔) 등은 당내간의 친족이다. 또한 송시열(宋時烈)의 손자 순석(淳錫)이 그의 사위이다.

11) 문집 간행: '기궐(剞劂)'은 문집 간행이나 판각(板刻)하는 일을 말한다.

12) 이뤄지지 못하다가: 윤순지의 양아들인 윤전(尹塼)이 남은 시고를 수집하여 1692년에 외족인 박세채에게 문집을 다듬고 정리하여 간행할 것을 청하여 박세채가 정선한 나음 발문을 써서 간행하려 하였으나, 윤전의 죽음으로 이루어지지 못한 것을 말하고 있다. 윤순지에게 아들이 없어 계씨 청도공(淸道公)의 중자(仲子) 윤전(尹塼)으로 뒤를 이었다.

13) 윤항: 자는 자초(子初)이다. 윤순지에게 아들이 없어 계씨 청도공(淸道公)의 중자(仲子) 윤전(尹塼)으로 뒤를 이었다. 윤순지의 증손 세 사람은 현령(縣令) 윤항(尹沆), 사평(司評) 윤영(尹泳)과 윤형(尹滢)이다.

14) 강서: 평안남도 강서군(江西郡)으로 대동강 서쪽에 있다고 하여 강서라고 불렀다.

15) 판각: '입재(入梓)'는 서책을 판간하는 일을 말한다. 재(梓)는 판각에 쓰이는 목재를 의미한다.

16) 종증손: '속(屬)'은 친속 또는 종증손을 말한다.

17) 기이하고 오묘한 소리: '희음(希音)'은 기묘(奇妙)한 성음(聲音)이나, 고원하고 초월적인 말을 말한다.

가락을 맛볼 뿐 아니라, 이내 공의 겸손하고 낮추며 슬프고 아픈 뜻을 구하여 얻을 수 있을 것입니다. 이 보잘 것 없이 편성한 책이 더욱더 귀중해져서 부디 제대로 갖추지 못한 것에 한탄함이 없기를 바라옵니다.

1725년[18] 여름에 종증손 윤순[19]이 삼가 적습니다.

惟我涬溟先生, 下世旣六十年, 遺集始成, 而尙恨其編帙之少, 而衆體之不備. 嗚呼! 以公高才博學, 老於文章, 而其爲可傳於世者, 豈但如是而已? 然以公平日之志, 此猶非其必於後者矣.

淳後生也, 何足以知之, 竊嘗聞諸父兄之言, 公雅性謙甚, 自守若處子, 方其年壯氣盛, 已不喜負其所長, 頡頏奇芬於諸公間, 自遘家禍以來, 乘身草莽, 無復有當世意.

然其進退出處之際, 終有所感激憂畏, 不敢徒循私義, 而軒裳圭組, 特縻其外而已. 顧其心則如枯木焉, 於世之一切勢利名論奔趨馳騖之塗, 歛晦逡巡, 退然若無所能, 常簾閣深居, 沉浸陶寫於竹素鉛槧之間. 要以無求於世, 則其終身寃苦, 不以平人自處, 已如此.

至其平生所爲文, 亦不自愛惜, 自退野十年, 以至晩暮之境, 殆無無詩之日, 而輒皆棄擲不收, 文亦一無留藁, 則公之志, 又不蘄於身後之名, 可知矣.

今其存者, 得於散落, 而總爲詩若干卷. 間嘗以是遍質文苑鉅公, 咸以爲公雖過自挹損, 無意於垂後, 而文章自公物, 此不可無傳. 於是各有抄選, 有繁有簡, 而玄石 朴先生又題其尾, 發公幽光. 且三十

18) 1725년: 영조 1년이다.

19) 윤순: 윤순(1680~1741)은 자가 중화(中和), 호가 백하(白下)·학음(鶴陰), 만년에는 나계(蘿溪)·만옹(漫翁)이라 하였다. 1712년 진사시에 장원 급제하였고, 시문은 물론 산수·인물·화조 등의 그림을 잘 그리고 서예도 잘하여 그의 문하에서 이광사(李匡師)가 나왔다.

餘年之久，諸父兄相繼凋謝，剞劂之工，訖玆未就，公之曾孫沆，今爲江西宰，始克入梓，而屬淳相其役，謹就諸家所選，有損無增，釐爲六編．且移玄石跋文，弁諸卷首，輒敢忘其僭猥，識其顚末於後．以示斯集之務約不務博，以重傷公遺志已．

後之覽者，不唯賞其希音逸調，而仍以求公謙挹悲苦之志而有得焉．卽此草草編帙，愈益貴重，而庶無恨於不備也耶！

乙巳夏季，從曾孫淳謹識．

백사행명간독
白沙涬溟簡牘

백사행명간독[1)]

白沙涬溟簡牘

| 李忠求 탈초 및 번역

• 백사(白沙)가 청음(淸陰)에게 이별할 때 준 칠언율시

奉別
淸陰過海.

倚棹高吟圃隱詩, 登
萊物色[2)]路參差. 大賢出
處令人賞, 古道風烟隔
世思. 未墜斯文懷曩
哲, 肯將行役枉明時.
平生學力舟中驗, 碧
海茫茫信所之.

白沙拜.

---

1) 白沙 : 윤훤(尹暄, 1573~1627)의 호.
涬溟 : 윤순지(尹順之, 1591~1666)의 호.

2) 登萊物色 : 포은(圃隱)이 중국 사신 갈 적에 지나간 중국의 등주(登州)와 봉래역(蓬萊驛)의 경색(景色)을 말한다. 《동문선(東文選)》 권89 〈포은봉사고서(圃隱奉使藁序)〉에 "선생은 사명을 받들고 세 번이나 천자의 조정에 나가서 그 문견이 더욱 넓고 조예가 더욱 깊어지자 피어나는 것도 더욱 높고 원대하여, 발해(渤海)를 건너 봉래각(蓬萊閣)에 오르고 요동의 광막한 들판을 바라보고 바다의 우람한 파도를 보자 회포가 일어나고 시어(詩語)가 우러나와 그만두려 해도 그만둘 수 없었다. 이에 〈바다를 건너 등주(登州) 공관에 투숙하다〉 라는 시와 〈봉래역(蓬萊驛)에서 한서장관(韓書狀官)에 보이다〉 의 시가 있었다.[先生三奉使至京師, 盖其所見益廣, 所造益深, 而所發益以高遠. 渡渤海登蓬萊閣, 望遼野之廣邈, 視海濤之洶湧, 興懷敍言, 不能自已. 於是有渡海宿登州公館詩, 蓬萊驛示韓書狀詩.]"라고 하였다.

청음(淸陰) 김상헌(金尙憲)이 바다를 건너갈 때 작별한 시

노를 잡고 큰 소리로 포은 시를 읊으니
등주(登州)와 봉래역(蓬萊驛) 지나는 길에 경색도 가지가지.
대현의 출처는 사람들을 감상케 하고
옛 길의 풍치는 딴 세상이 된 생각에 젖네.
선대의 학덕이 끊어지지 않아 철인(哲人)을 생각하니
어찌 국가 일을 하러 가면서 밝은 임금 시대를 그르치랴!
평생 학문한 힘은 배 안에서 증험이 되니.
푸른 바다 아득한 중에 배가 가는 대로 맡겨두리.

백사(白沙) 배(拜).

• 아버지가 아들에게 보낸 편지

卽者貿藥人回來, 得見汝書,
知好在, 爲慰爲慰. 第汝妻病,
病患漸緊, 念其氣力, 恐
不能與病爲效, 極慮極慮. 我
粗保如昨, 誼之明當發還.
汝兄弟無一人在此, 頗覺
缺然. 南巡邊處事鶻突,
而皆出於無情. 前日狀
啓, 緣係體面, 不得不爾, 汝輩
愼勿輕出口. 玉城謝學皆
右南, 不可不知也. 傑妹家
若得造成, 何幸如之. 中小

鉅, 加羅一, 鑛伊二, 鍤一送之.
眞荏五斗亦送. 第汝妻
病重, 恐不必强作也. 汝弟
處, 忙未各書, 餘不具.

二月初二日, 父.

지금 약장사가 와서 네 편지를 받고 잘 있는 줄을 알게 되어 안심이 된다. 다만 네 아내의 병은 점점 깊어지는데 그 기력을 생각해보니 아마도 체력이 병을 이기지 못 할가 싶어서 매우 염려가 된다.

나는 예전대로 별 탈 없이 지내고 있는데 의지(誼之)는 내일 출발해 돌아갈 것이다. 네 형제들 중에 한 사람도 여기에 없으니 상당히 허전한 생각이 든다.

남순변사(南巡邊使)의 하는 일이 분명치 못한 것은 무정한 탓이다. 전일의 장계(狀啓)를 한 것은 체면에 연계되는 일이니 어쩔 수 없었던 일이다. 너희들은 삼가서 함부로 말하지 말아라.

옥성(玉城)과 사학(謝學)은 모두 남순변사를 돕는 자들이란 것을 명심해야 한다.

걸(傑)의 매가에서는 만약 집을 지었다면 얼마나 다행한 일이겠느냐? 크고 작은 톱, 가래[加羅] 하나, 괭이[鑛伊] 둘, 삽(鍤) 하나를 보내고, 참깨[眞荏] 다섯 말[斗]도 보낸다.

다만 네 아내의 병이 깊으니 아마도 억지로 이일을 시킬 필요는 없을 것이다. 네 아우에게는 바빠서 각각 편지를 쓰지 않고 나머지는 이만 줄인다.

2월 초2일에 부(父).

• 윤훤(尹暄)이 송생원(宋生員) 자심(子深)에게 보낸 편지

子深賢兄上覆狀
宋生員宅 江華　手決 謹封

卽惟秋晴,
起居淸相. 日者李公奉
傳
盛札, 兼拜
瓊章, 吟玩披慰, 無以仰
喩. 生萬里歸來, 百病
纏身, 縱得生還, 長在
杜門中.
下喩李公, 卽告諸汝鳳
兄, 方留意慰薦耳.
早晩
兄駕到京, 幸
見喩, 俾得趨拜. 伏惟
尊照, 謹拜謝狀. 暄頓.
/七月廿一日.
瓊章續當和上, 第恐
隋珠燕石,[3] 自不相稱也.

---

3) 隋珠燕石 : 상대방 시문의 훌륭한 작품에 자신의 작품을 겸손하게 표현한 용어이다.
수주(隋珠)는 수후(隋侯)의 구슬이란 의미로, 매우 귀한 구슬을 가리킨다. 한수(漢水) 동쪽에 있는 수나라 제후가 외출 중에 몸이 끊어진 큰 뱀을 보고 약을 발라 주었더니, 후에 뱀이 강에서 큰 구슬을 물고 나와 보답하였다고 한다.(《淮南鴻烈解》 권6 〈覽冥訓〉)
연석(燕石)은 연산(燕山)에서 나오는 돌인데, 옛날 송(宋)나라의 어리석은 사람이 이 돌을 오대(梧臺)의 동쪽에서 얻고는 큰 보물이라 여겨 비단으로 몇 십 겹을 싸서 잘 보관하며 애지중지하다가 주(周)나라의 어떤 나그네에게 비웃음을 당하였다고 한다.(《後漢書》 권48 〈應劭列傳〉 註)

자심(子深) 현형(賢兄)께 답장을 올림.

송생원댁(宋生員宅) 강화(江華). 수결(手決) 근봉(謹封)

지금 가을 날씨가 개인 하늘에 생활이 좋으시겠지요. 일전에 당신의 아우님께서 귀하의 편지를 전해주시고 겸하여 시(詩)를 받아서 읊조리니 마음에 위로가 된 것은 무슨 말로도 표현할 수 없습니다.

저는 만 리 길을 돌아왔으나 몸이 온갖 병에 싸여서 비록 살아 돌아오기는 하였으나 오래도록 두문불출(杜門不出)하고 있는 중입니다.

아우님께 전해 오신 말씀은 즉시 여봉(汝鳳) 형께 고하여 한창 마음에 두어 추천하고 있습니다.

조만간에 귀하께서 서울에 오시면 다행한 일이니 가서 뵙고 말씀을 드리려고 합니다. 살펴 주시기를 바라며 삼가 답장을 올립니다. 훤(暄) 돈(頓).

/7월 21일.

시(詩)는 당연히 잇달아 화답해 올려야 하지만 훌륭하신 작품에 졸작이 걸맞지 않을까 우려됩니다.

• 윤훤(尹暄)이 송생원(宋生員) 자심(子深)에게 보낸 편지

子深兄侍上謝狀

宋生員宅　　手決 謹封

伏承

委札, 仰荷仰荷.

慈堂體中欠安, 猶夫
前日, 奉慮不已. 淸
蜜則半升覔上, 牛
乳朝日汁得, 而下
人誤爲作粥. 問於金
醫, 則粥不可用, 勢當
明朝覔上. 方在文
簿中, 胡草奉謝.
下送五加皮, 則謹受
多謝, 伏惟
尊照, 謹上謝狀. 暄頓.

부모 모시는 자심(子深) 형(兄)께 답장을 올림.
송생원댁(宋生員宅). 수결(手決) 근봉(謹封)

편지를 받으니 감사하고 감사합니다. 자당(慈堂 귀하 모친)님께서 불편하심이 전과 같다고 하시니 매우 걱정이 됩니다.

꿀[淸]은 반 되[升]를 구해서 보내 드립니다 우유는 아침에 구했는데 하인이 잘못 알고 죽(粥)을 만들었습니다. 김(金)씨 의원(醫員)에게 물으니 죽은 사용할 수 없다고 하여, 형편상 내일 아침에 구해서 올려 보내 드리겠습니다. 지금 문서 정리 중이라서 초서로 답장을 올립니다.

보내주신 오가피(五加皮)는 잘 받았습니다. 감사합니다. 읽어주시기 바라며 삼가 답장을 올립니다. 훤(暄) 돈(頓).

• 윤훤(尹暄)이 송생원(宋生員)에게 보낸 편지

賢兄狀上
宋生員宅　手決 謹封

雨餘, 想惟
起居淸相. 近緣病故, 一未
謀叙, 戀思如何. 明日甲
串江上, 泛舟瀉憂,
兄未可早賜枉臨耶. 謹此
奉邀. 伏惟
盛亮.

卽日, 暄頓.

현형(賢兄)께 편지를 올림.
송생원댁(宋生員宅). 수결(手決) 근봉(謹封)

비 온 뒤에 생활이 편안하실 것으로 생각이 됩니다.

저는 근래 병으로 편지도 한 번 못 드렸으니, 매우 그립습니다. 명일 갑곶(甲串) 강가에서 배 놀이하면서 즐기려 하는데, 귀하께서 일찍 와 주실 수 있겠습니까. 삼가 맞이하려합니다. 이해해 주시기 바랍니다.

즉일(卽日 오늘)에 훤(暄) 돈(頓).

• 윤훤(尹暄)이 친지에게 보낸 편지

東閣霧雨,[4] 忽奉
寄惠瓊篇, 焚香

盥手, 三復吟玩. 第
病守 詩思荒沒, 未
得構拙奉謝, 逋欠
詩債至此 慙恧如何.
近緣官家多事, 一未
候問, 從當趨拜. 伏
惟
尊照, 謹奉謝狀.

卽日. 暄頓.

동각(東閣)에 안개비가 내릴 때에 갑자기 보내주신 시편(詩篇)을 받고는 향을 피우고 손을 씻고 몇 번이나 반복해서 읽으면서 음미하였습니다. 다만 병으로 제가 시상(詩想)이 메말라서 시를 화답하지 못해 시 빚을 지고 있으니 매우 부끄럽습니다.

근래 관청 일이 많아서 한 번도 안부를 드리지 못했는데 멀지 않아 찾아뵙겠습니다. 살펴 주시기 바라며 삼가 답장을 올립니다.

즉일(卽日)에 훤(暄) 돈(頓).

• 아버지가 아들에게 보낸 편지

嶺路險遠, 何以作
行 馳慮萬萬. 門戶厄會, 至此
慘酷. 李進士宅 今閏月三
十日, 竟至不起, 慟哭慟哭, 慘怛

4) 東閣 : 고을 원이 정사를 보는 집.

慘怛. 汝
父遠在嶺外, 聞訃何以遣過
耶. 汝亦遠路馳馳之中, 何以
耐過. 憂慮萬萬. 我獨在京
中, 連曺(遭)慘喪, 悲苦罙遑, 不
如速化, 不見之爲愈也. 惟願
愼攝, 聞訃出舍閭家, 成服前,[5)]
勿入宿於官舍. 若當馳行, 則
亦不可留住一處. 凡居處起居,
不可不畏愼, 千萬無忽. 此處
留家, 幸得無過支遣耳. 不備.
飛報郵傳, 恐不無浮沈
之患也.

己四月初一日, 父手決.

영남(嶺南) 길이 험하고 먼데 어떻게 가겠느냐. 매우 우려가 된다. 집안에 재앙이 이렇게도 참혹하다. 이진사(李進士)는 이번 윤달 30일에 결국 일어나지 못했으니, 통곡이 나오고 통곡이 나온다. 네 아비가 멀리 영남에 있으니 부음을 듣고 어찌 슬픔을 견디겠느냐. 너 역시 먼 길을 달려가는 중에 어떻게 슬픔을 견디겠느냐. 걱정이 크다.

나 홀로 서울에 있을 적에 잇달아 젊은이의 죽음을 보니 슬프고 괴로운 마음이 더욱 안정되지 않아서 빨리 죽어 이런 일을 보지 않는 것이 좋을 것 같다. 오직 바라는 것은 조심해서 집을 나가서 객지에서 부음을 받았으니 성복(成服) 이전에는 관가에 들어가지 말아라. 만약 들어가게 된다면 한 곳에서 오래 머무르지 말고, 거처와 행동을 조심해야

5) 成服 : 초상(初喪)이 난 뒤 상복(喪服)을 처음 입는 일.

하니, 절대로 소홀하게 생각하지 말아라. 이 곳 사람들은 집에서 별 탈 없이 지내고 있다. 이만 줄인다. 우편으로 빨리 보내는데, 혹 유실이 될까 염려가 된다.

기(己) 년 4월 초1일에 부(父) 수결(手決).

• 아버지가 아들에게 보낸 편지

寄陽城

手決

人來不見
書, 甚是沓沓, 而就聞
到任安穩, 慰喜慰喜.
正卽數日前, 路中卽思甚多, 今則
止息已久, 而此証患漸極, 可憂
慮. 我堇(僅)得支遣, 而日漸萎薾,
奈何奈何. 退公困憊, 不備.
廿七日. 父.
咸陵有慈簡, 並此傳致. 海州金
翰明不意化去, 慘矣慘矣.

양성(陽城)에 부침.

수결(手決)

사람이 와도 편지가 없으니 매우 답답하다. 들으니 편안하게 도임을 했다니 위로가 된다.

바로 수일 전에 도중에서 염려됨이 매우 많았는데 지금은 염려를 놓은 지 오래 되었으나 이 병 증세가 점점 더해지니 근심이 된다.

나는 겨우 지내고 있으나 날로 점점 더 쇠약해지니, 어찌 하겠느냐. 퇴근하여 매우 피로해서 이만 줄인다.

27일 부(父).

함릉(咸陵)이 어머님께 올리는 편지가 있어서, 이를 아울러 전한다. 해주(海州)의 김한명(金翰明)이 뜻밖에 죽었으니 매우 참담하다.

• 윤순지(尹順之)가 친지에게 보낸 편지

曾蒙
行軒遠訪, 續荷專价
問遺, 盛意鼎重, 迨感萬萬. 歲色
逼寒除冱特苦,
令戎履如何, 懸遡萬萬. 生苦惱
病患, 憂撓度日, 人間生趣, 剝落
殆盡, 自憐而已. 仰達恐甚, 今去全
有一 乃是僦舍主人之子也. 赴試
新選, 要得一字, 以爲先容, 如蒙
賜色, 則大發流離客光彩, 而不敢
請耳. 抄選之參不參, 只在渠才,
而得此一字, 則若將直赴者然,[6]
深可哂也. 餘萬不宣, 伏惟

---

6) 直赴 : 직부전시(直赴殿試)의 줄임. 과거시험에서 초시(初試)와 회시(會試)를 치르지 않고 바로 전시(殿試)에 응시하는 자격을 얻던 일. 성균관(成均館)・사학(四學), 그리고 지방에서의 과시(課試)에서 성적이 우수한 유생(儒生)이나 무과(武科)를 응시하려는 한량(閑良)・군졸(軍卒)에게 문과(文科)・무과(武科)의 초시와 회시를 면제하고 바로 전시에 응시하게 하는 특전을 주었다. 전시는 임금의 친림(親臨)하에 행하던 과거의 마지막 시험으로서, 여기에서 그 결과에 따라 갑과(甲科)・을과(乙科)・병과(丙科)의 최종 등급을 정하였다.

/令下照. 謹再拜狀上.

丁丑臘月十七日, 順之頓.[7)]

전번에 행차하시어 방문해주시고, 잇달아 사람을 보내어 문안을 해주시니, 귀하의 정중한 뜻에 매우 감동이 됩니다. 삼가 생각하니 연말이 다가오고 매우 추운 날씨에 군무(軍務)를 맡아보시면서 어떻게 지내시는지 우러러 매우 관심이 됩니다.

저[生]는 고뇌와 병환으로 걱정으로 날을 보내고 있어서 인간세상의 즐거움이란 전연 없으니 스스로 가련할 뿐입니다.

우러러 드릴 말씀은 매우 죄송스러우나 이번에 가는 전유일(全有一)은 바로 세 들어 사는 집 주인의 아들입니다. 시험에 응시하여 새로 선발되었는데 귀하께 편지 한 통을 받아(제일 낮은 직책을 얻으려 하는데) 먼저 수용을 하게 하려 하니, 대면해 주신다면 객지 생활을 하는 저에게는 큰 광채가 됩니다. 감히 요청 할 수는 없으나 선발에 참여하며 못하는 것은 그의 재능에 달려있는 것이고 이 편지 한 통을 받는다면 직부전시(直赴殿試)를 하는 것과 같을 것입니다.(말직을 한 자리 얻는다면 바로 부임을 할 것입니다.) 매우 웃기는 일입니다.

나머지는 이만 줄입니다. 살펴주시기 바라며 삼가 재배하고 편지를 올립니다.

정축년(1637) 납월(臘月 12월) 17일 순지(順之) 돈(頓).

---

7) 丁丑臘月十七日 : 이 당시(1637.12.17.) 윤순지는 관원이었는데 직함은 사직(司直)이었다. 《승정원일기(承政院日記)》에 의하면 인조 15년 정축(1637) 12월 2일(병신)에 윤순지를 사직으로 삼고, 인조 15년 정축(1637) 12월 20일(갑인)에 병조참지(兵曹參知)로 삼았다고 하였다. 이 편지가 쓰인지 3일 뒤에 병조참지로 발령이 났던 것이고, 그 5일 이후인 《승정원일기》 인조 15년 정축(1637) 12월 25일(기미)에는 "참지 윤순지는 지방에 있다."라고 하여 서울에 없었던 것이다. 이에 의하면 이 편지는 지방에서 작성되었을 가능성이 높다. 원문에는 앞장(230쪽 상단)에 걸쳐 써있다.

• 윤순지(尹順之)가 친지에게 보낸 편지

懸承
令翰, 如對慰仰.
令貺漢抄, 深謝深謝. 生留
宿滄波, 已經五日, 今方
擧纜, 此後思鴈亦難
憑, 悵惘不可言. 前日云云
事, 只聞梗槪, 別非大段,
亦不及某某事, 旣有所聞,
不敢相隱耳. 餘祝
令對序萬福, 忙艸不備.
伏惟
令鑑, 謹拜上謝狀.

四月十五日. 順之頓.

귀하의 편지를 받으니 마치 우러러 뵙는 것 같아서 위로가 됩니다. 귀하께서 주신 한초(漢抄-뱃군의 인명인 듯함)는 매우 감사합니다. 저[生]는 물가에서 유숙한지 이미 5일이 지났는데 지금에야 비로소 닻줄을 올려 출발을 했습니다. 차후에 편지를 올릴 생각도 하기 어렵게 되었으니 서운한 마음을 말로 할 수가 없게 되었습니다.

이전에 말했던 일은 다만 그 내막을 들었으나 별로 대단한 일은 아니었고, 또 누구누구 일이란 것을 언급하지도 않았으나 이미 소문이 퍼져서 감히 숨기지 못하게 되었습니다.

나머지는 귀하께서 계절에 따라 만복이 있기를 빌며 바쁜 중에 이만 줄입니다. 귀하께서 살펴주시기를 바라며 삼가 답장을 올립니다.

4월 15일. 순지(順之) 돈(頓).

• 윤순지(尹順之)가 친지에게 보낸 편지

數日前, 始見前月十五日
寄書, 路遠便稀, 至此之
甚, 良可歎也. 不審炎熱,
侍況若何, 馳慮萬萬. 我衰
日劇, 病日深, 氣日盡, 勢
將溘然, 奈何奈何. 開月不遠,
忌日亦在初生, 恐未及觸執,
旋歸遠路相離, 事事可悶. 唯
望好在, 不宣.

十二日. 溟翁.

지난달 15일에 부치신 편지를 수일 전에 처음 보고 길이 멀고 인편이 드물어서 이렇게 늦었으니 참으로 탄식이 나와요. 더위에 부모님 모시는 근황이 어떠하신지 몰라 매우 마음이 쓰이오.

나는 쇠약함이 날로 극심해지고 병이 날로 깊어지며 기력이 날로 줄어드니 형세가 장차 세상을 하직할 듯하니 어찌하겠소! 다음 달이 멀지 않고 기일(忌日 제삿날)이 또한 초승에 들었으나 아마도 제수(祭需)도 직접 장만하지 못하고 선뜻 서로 멀리 헤어지게 되었으니 일마다 민망하오. 오직 잘 계시기를 바라고 이만 줄이오.

12일. 溟翁[涬溟 尹順之].

• 윤순지(尹順之)가 아들에게 보낸 편지

近來炎窃, 音問頓絶,
未知

闔衙安否如何. 汝妻分娩
云, 而尙未告知, 深極沓沓.
我患暍患痰, 日漸萎薾,
勢將難支, 亦復奈何. 今
聞暗虎抄選治裝云, 想
不久分送. 官事不可不周
詳愼處, 文簿亦可收聚
劇藏, 勿置下吏處, 千萬
毋忽. 苦待上來, 而恐難未
易來, 尤用缺然. 丁玉奴須
違令還去. 凡衙奴輩上
來時, 愼勿言. 自陽城或
有問者, 則只言忠淸道某
邑村○人, 一一申飭, 敎送
此時○邑南大門外, 亦可
愼密, 知悉申敎, 爲可爲
可. 不備.

十五日. 溟翁.

근래 더운 날씨에 전연 소식이 없으니 온 관아의 안부가 어떠한지 모르겠다. 네 아내가 해산(解産)을 했다고 하는데 아직 알려 온 것이 없어 매우 답답하다. 나는 더위를 먹고 담증(痰症)을 앓아 날로 쇠약해져서 형세가 장차 지탱하기 어려울 지경이니 그런들 어찌하겠느냐.

지금 들으니 암호(暗虎 무사 인명 기록인듯함) 명부를 만들었다고 하니 오래지 않아서 나누어 보낼 것이다. 관청의 일은 주밀하고 조심해야 하니 그 명부를 받아서 갈무리를 철저히 하고 아전(衙前)들이 보는데 두지 말고 절대로 소홀히 하지 말아라. 올라오기를 고대하지만 오기가 쉽지 않을 것 같아서 더욱 마음에 걸린다.

정옥(丁玉) 종놈은 아마도 명령을 어기고 돌아간 듯하니. 무릇 관아 하인들이 올라올 때에는 신중하여 말을 하지 마라.(말을 해라.) 양성(陽城)에서 물어보는 이가 있거든 다만 충청도(忠淸道) 어느 읍(邑) 사람이라고 하고, 일일이 경계하여 타일러서 말을 해라. 지금 어느 읍의 사람은 남대문(南大門) 밖에서 전송하고, 신중하며 치밀하게 거듭 타이르는 것이 옳을 것이다. 이만 줄인다.

15일. 명옹(溟翁).

원문 영인

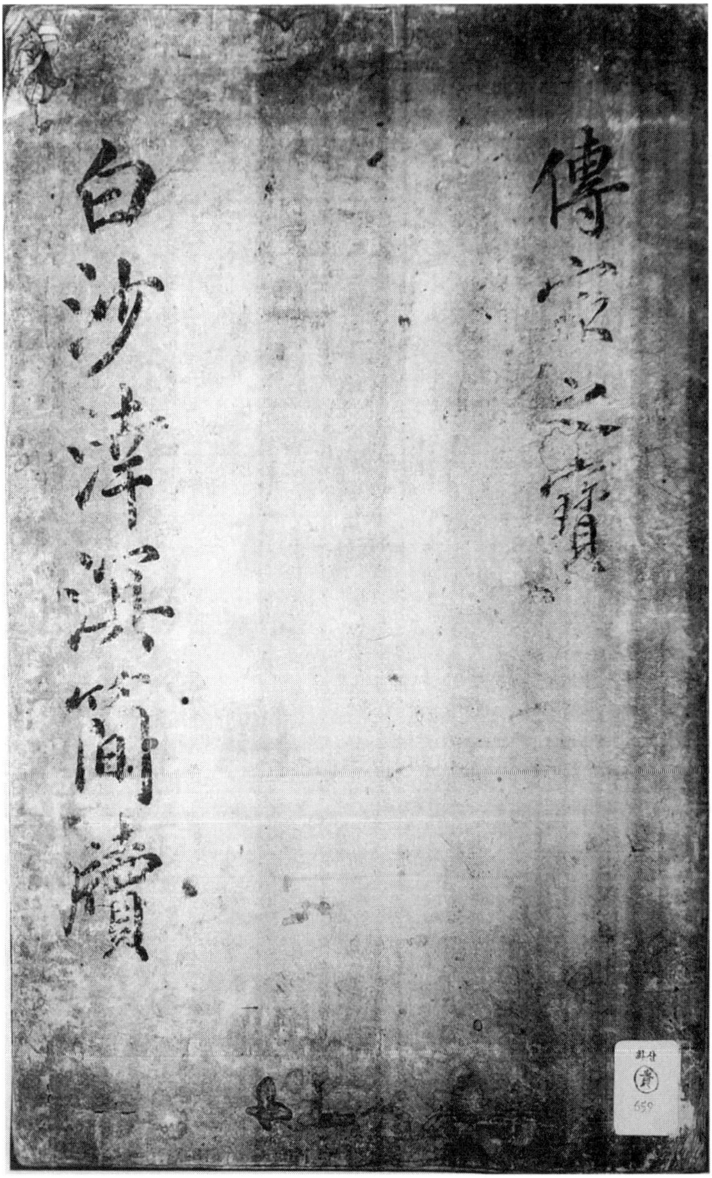

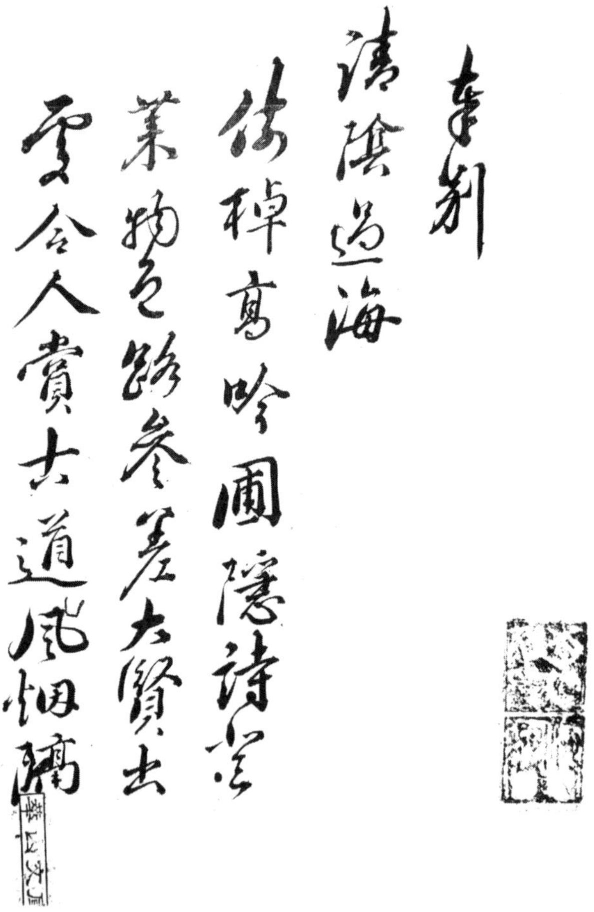

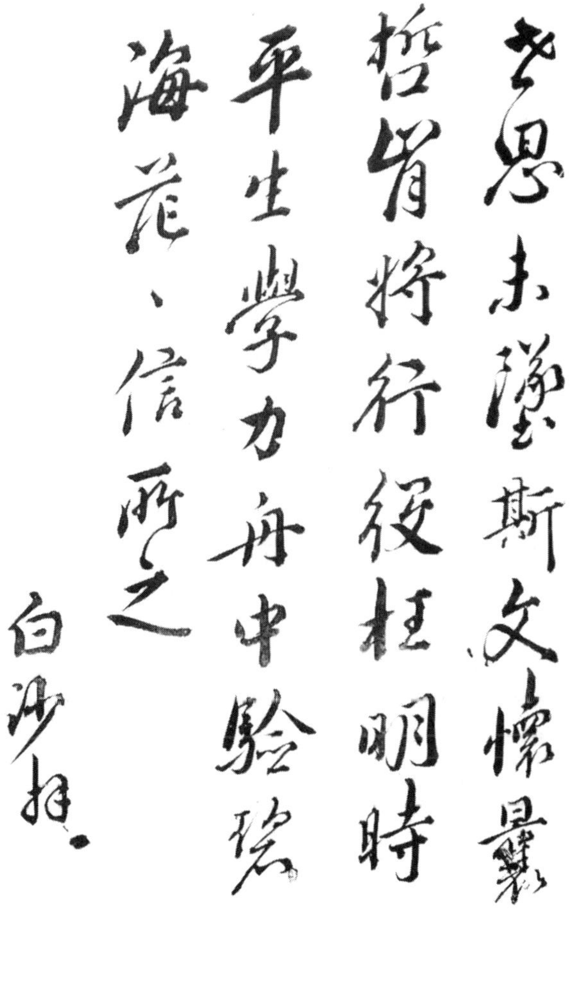
思未墜斯文懷
將行役桂明時
平生學力舟中驗
海花、信所之
白沙拜

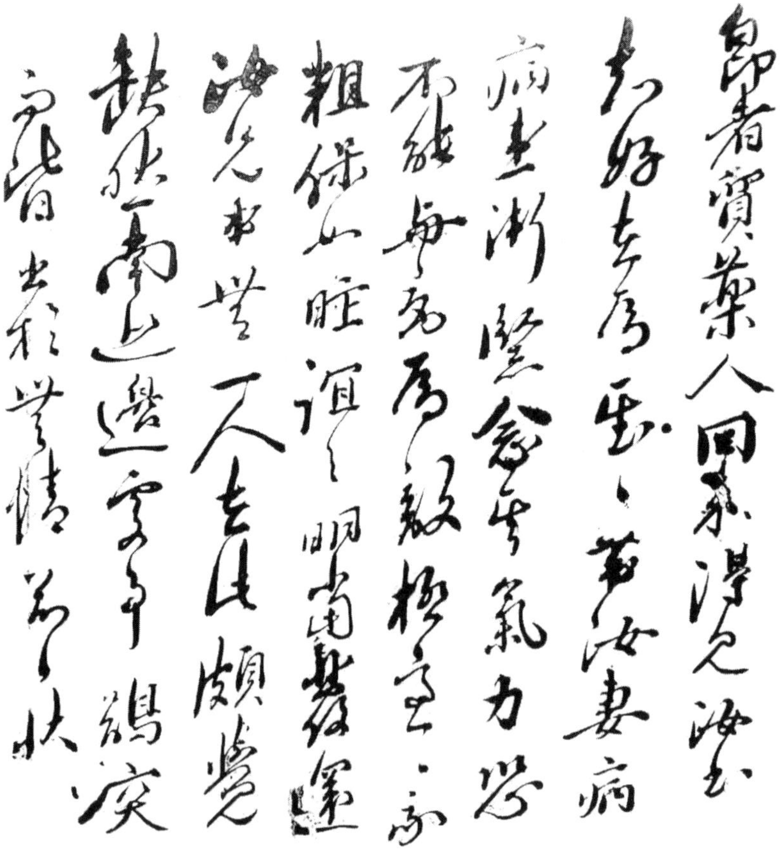

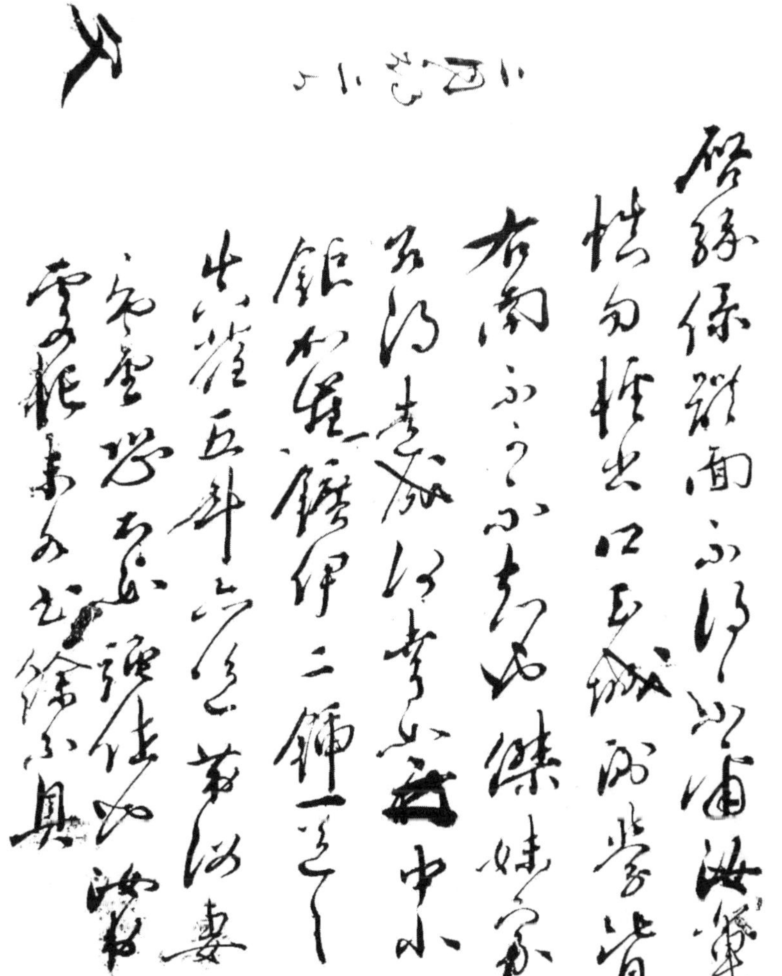

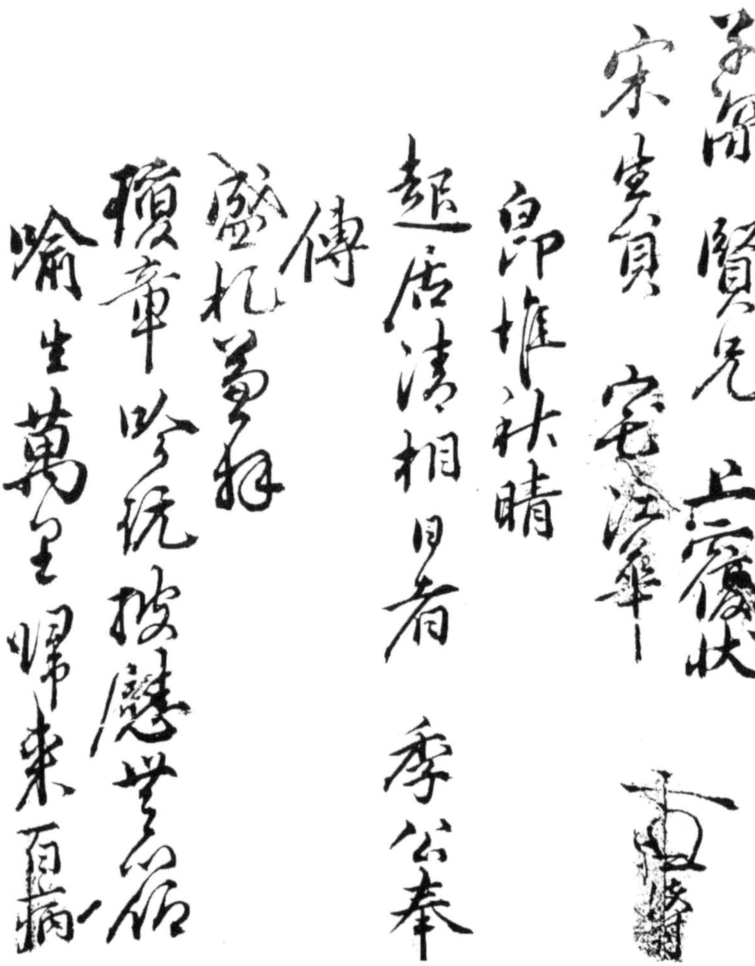
子深 賢兄 上覆狀
宋生員 宅 江華
即維秋晴
起居清相
傳
萬里歸來百病

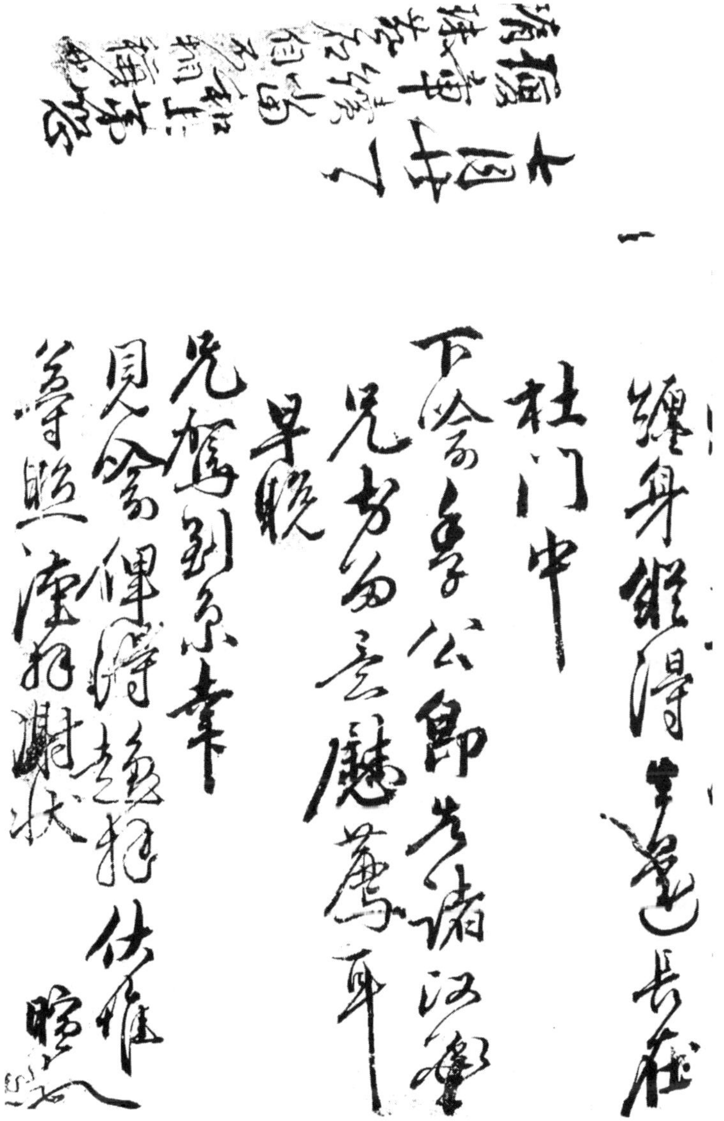

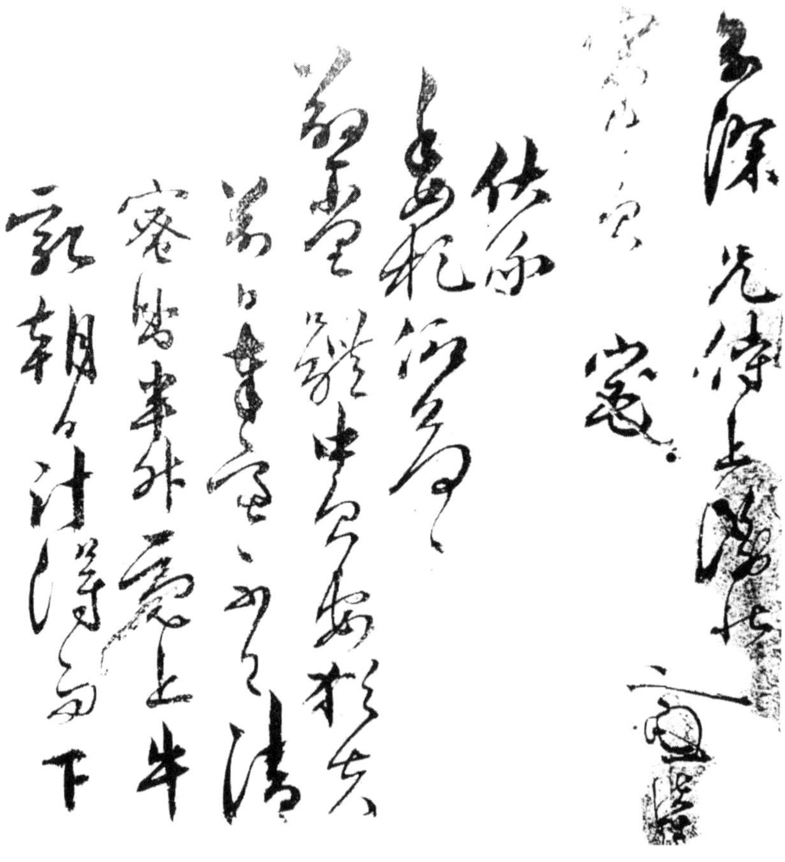

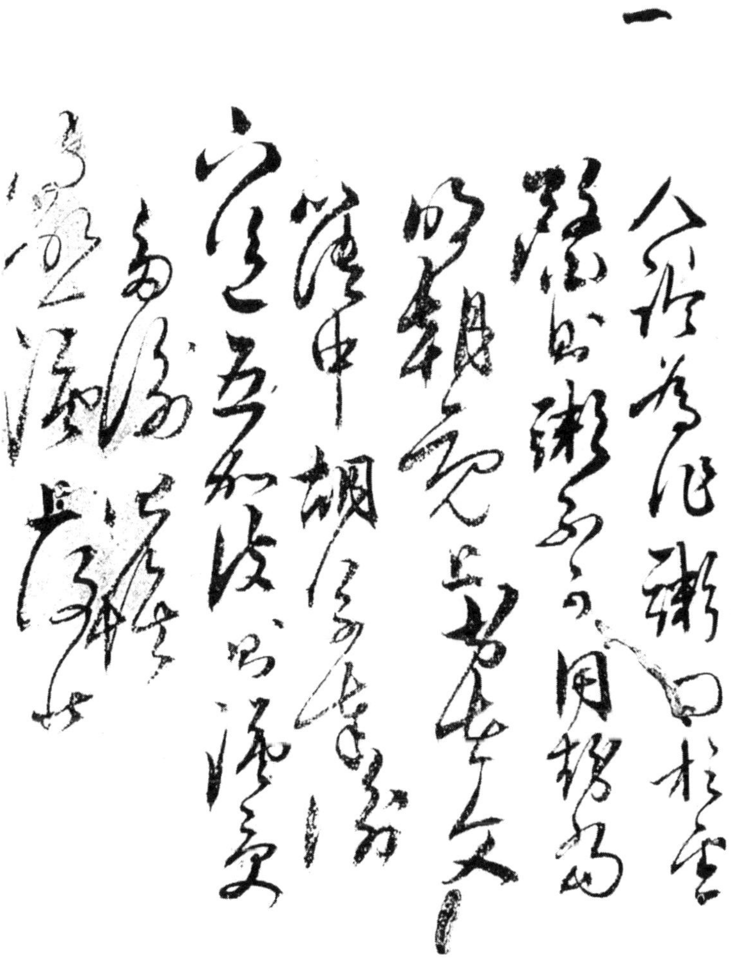

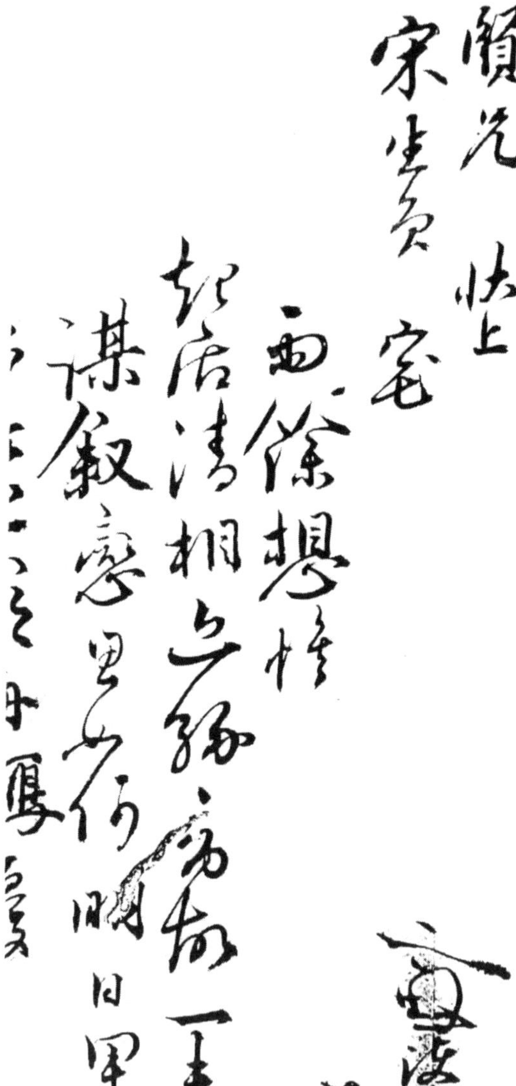

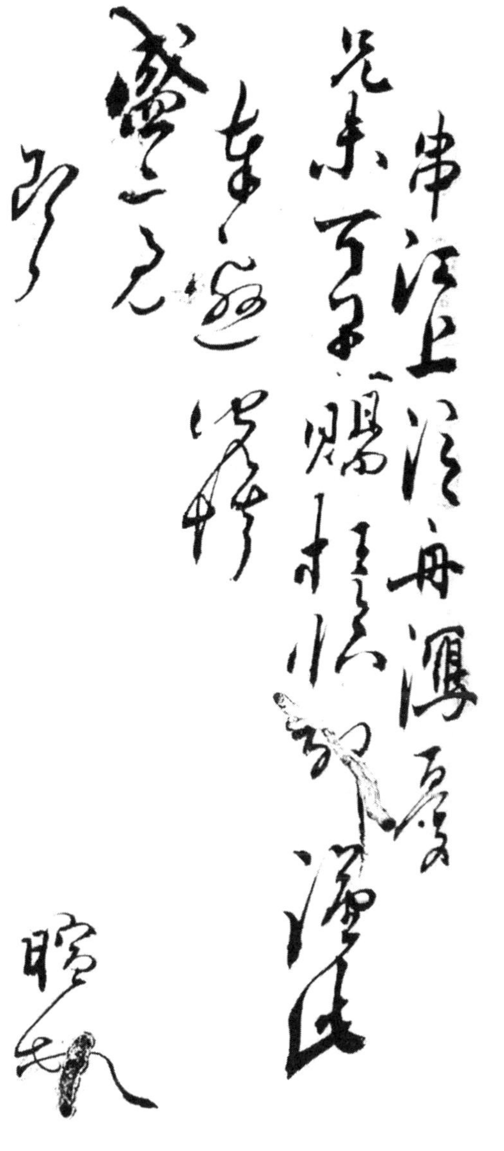

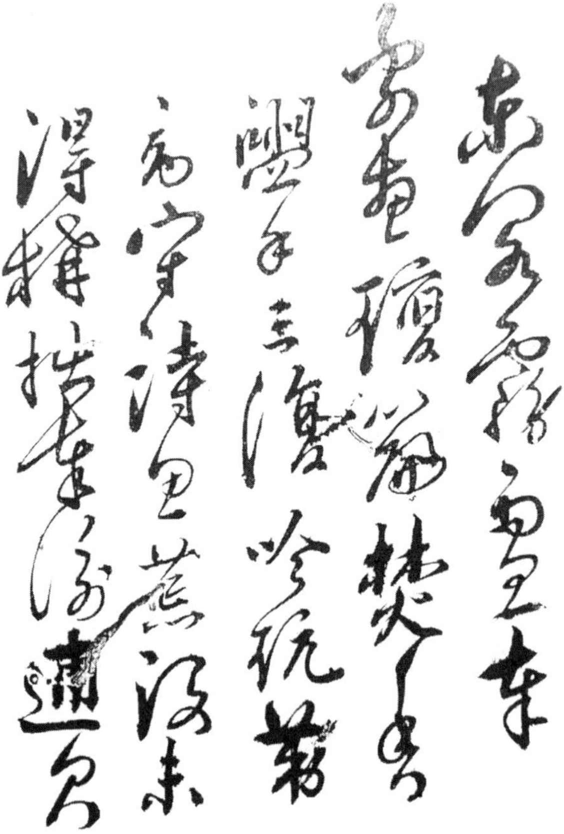

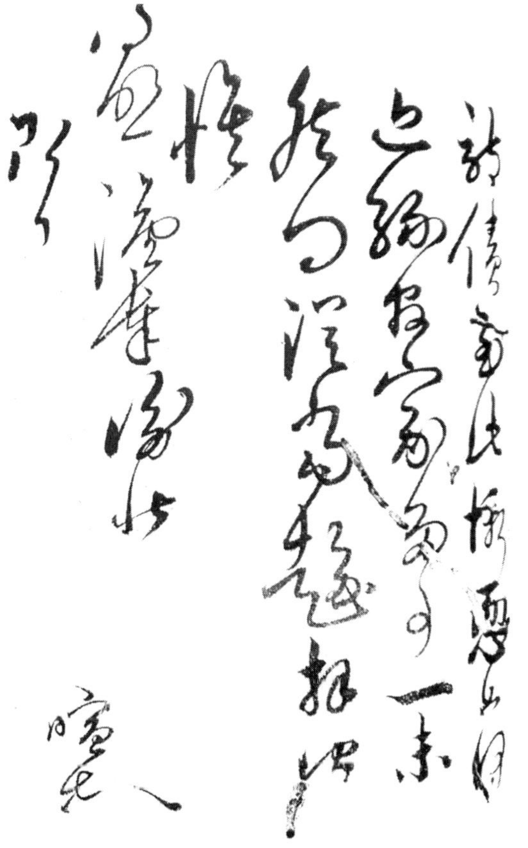

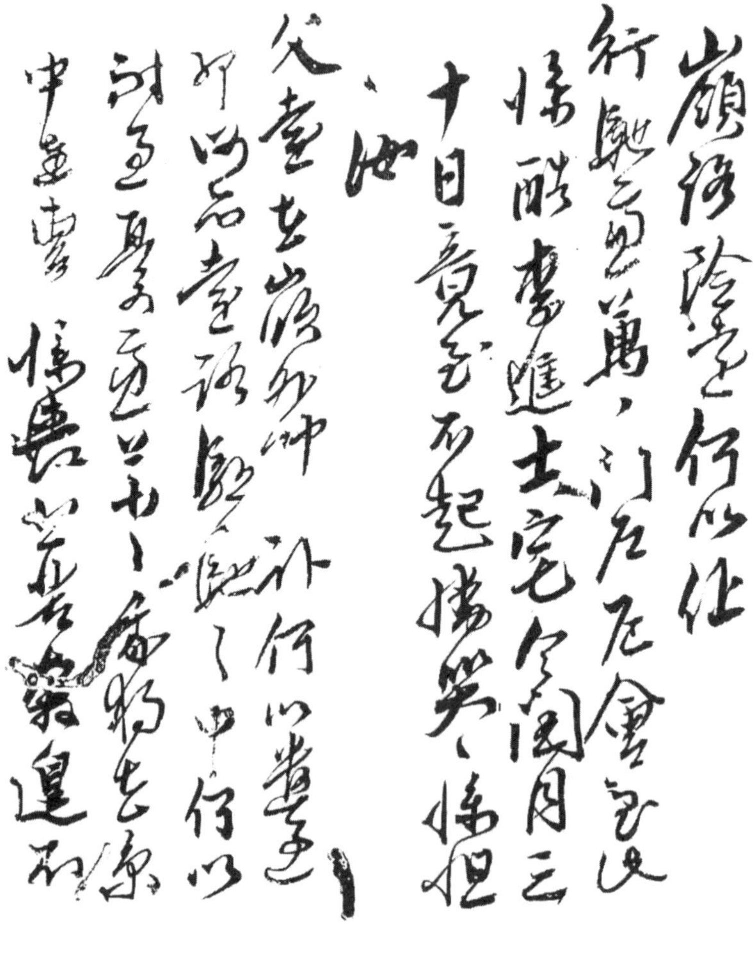

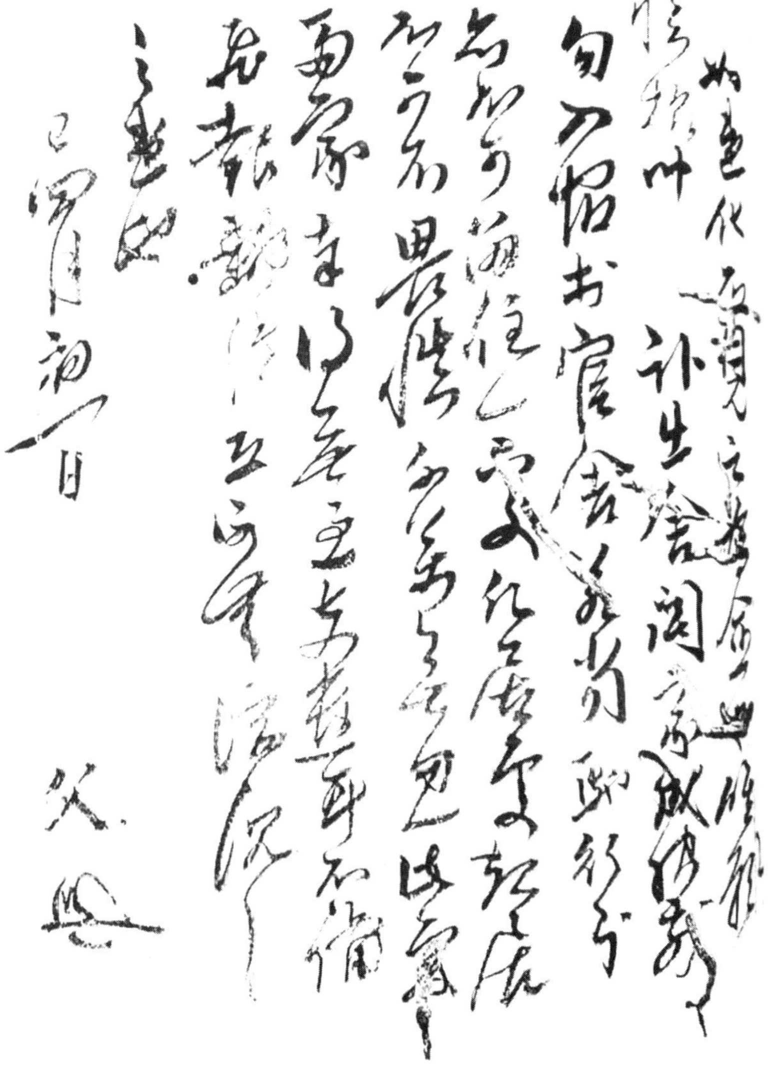

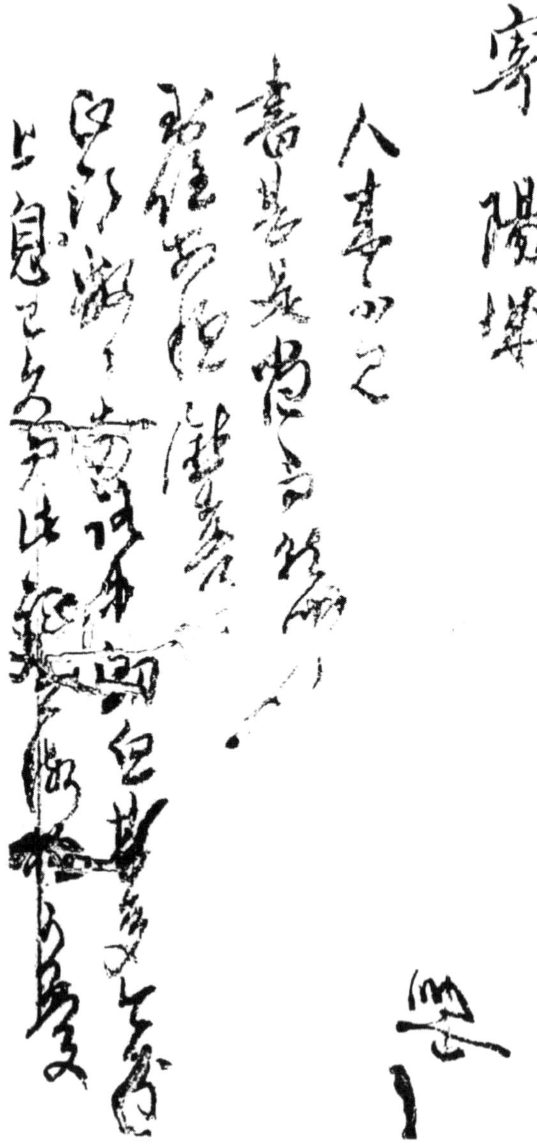

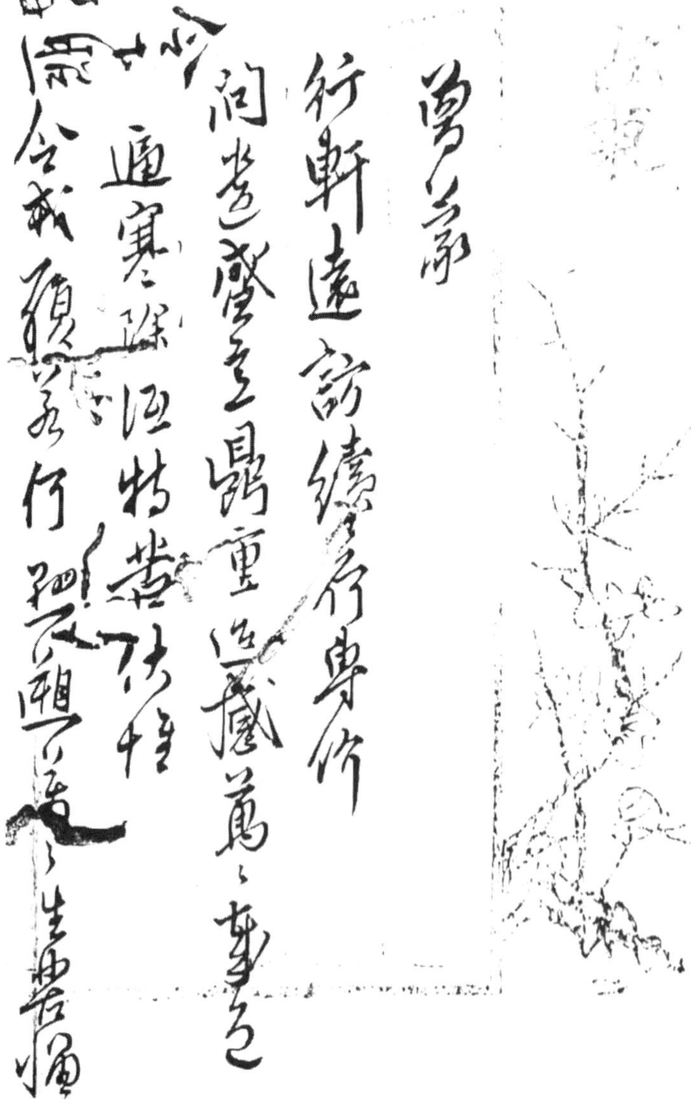

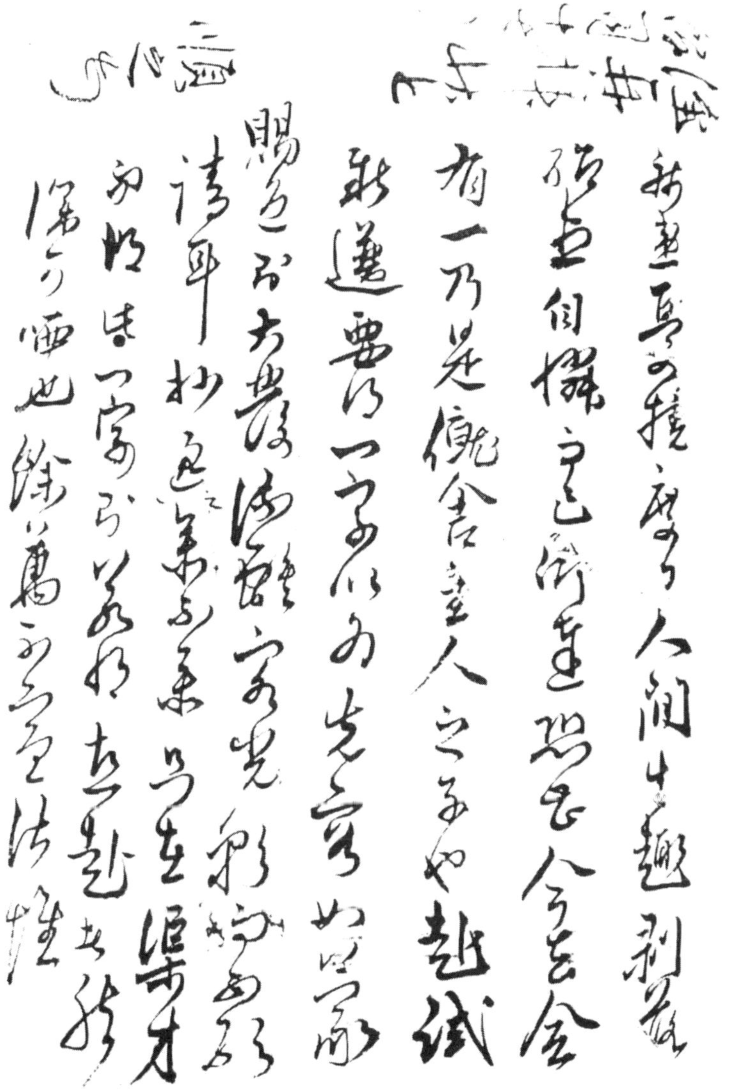

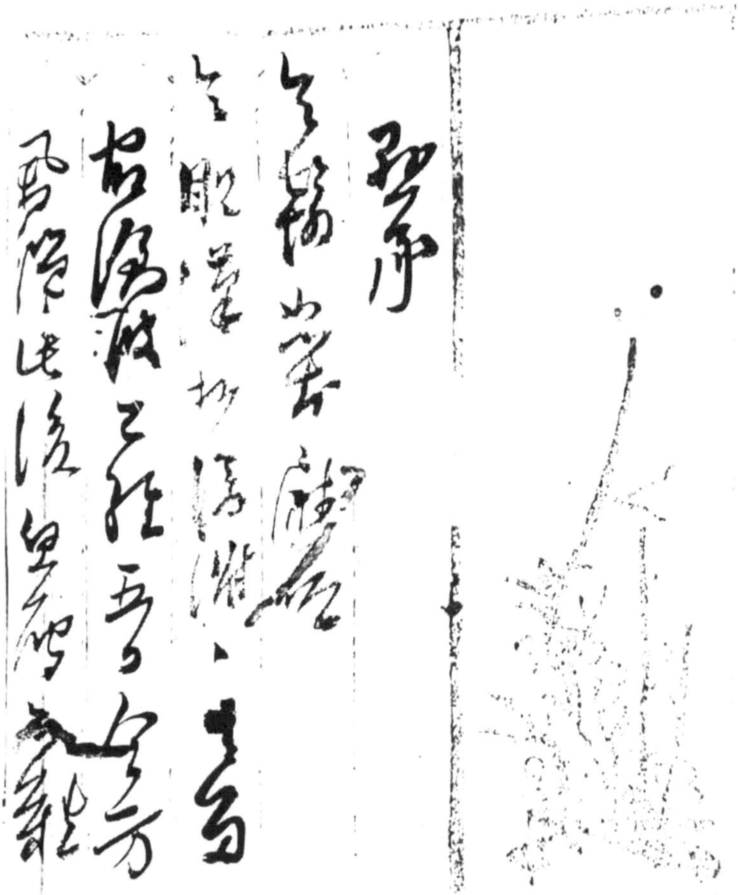

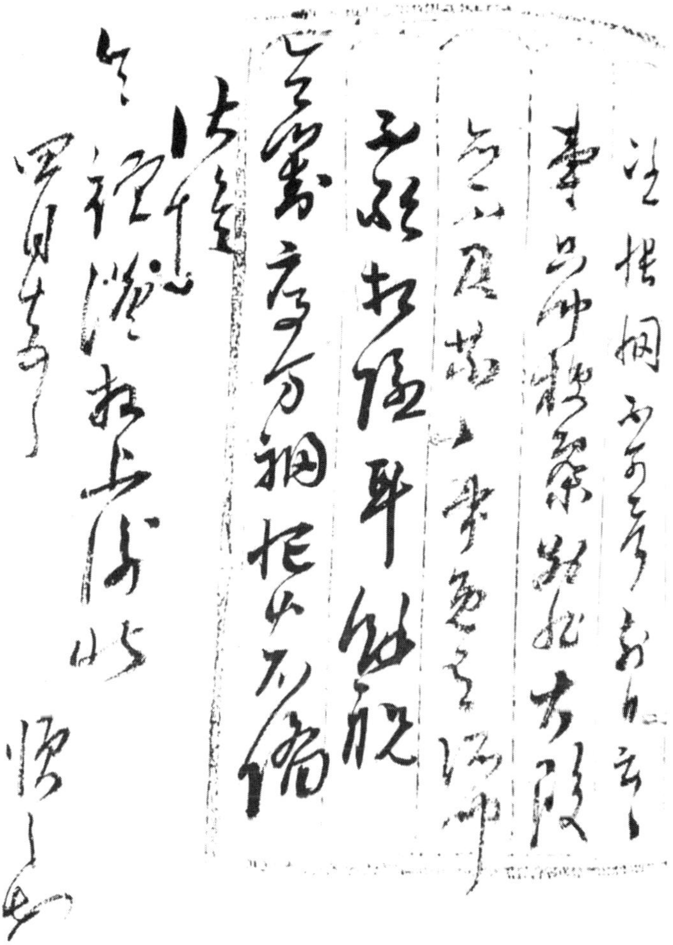

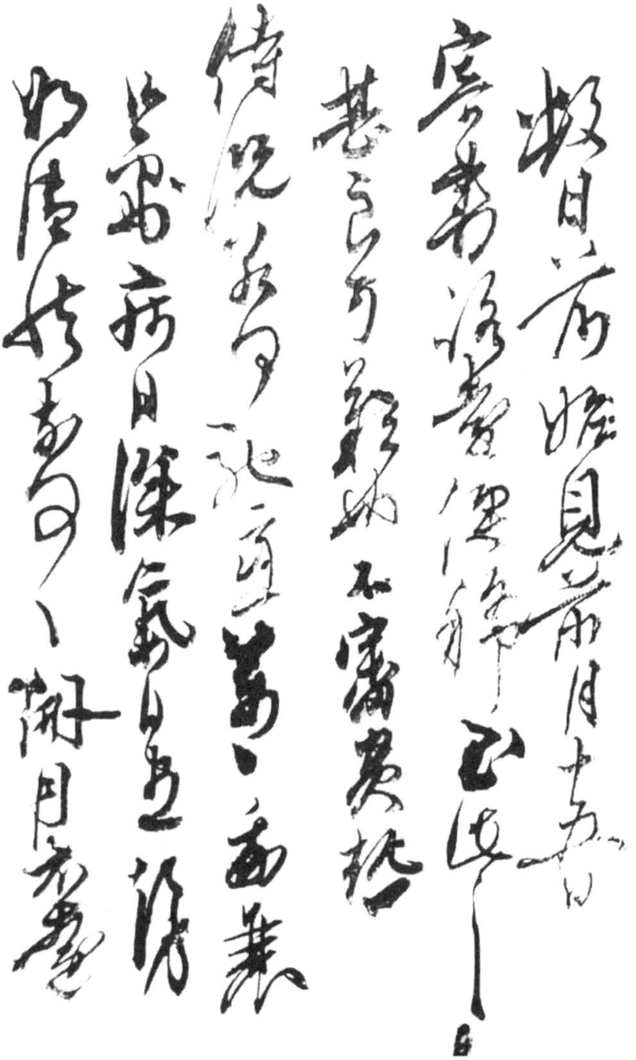

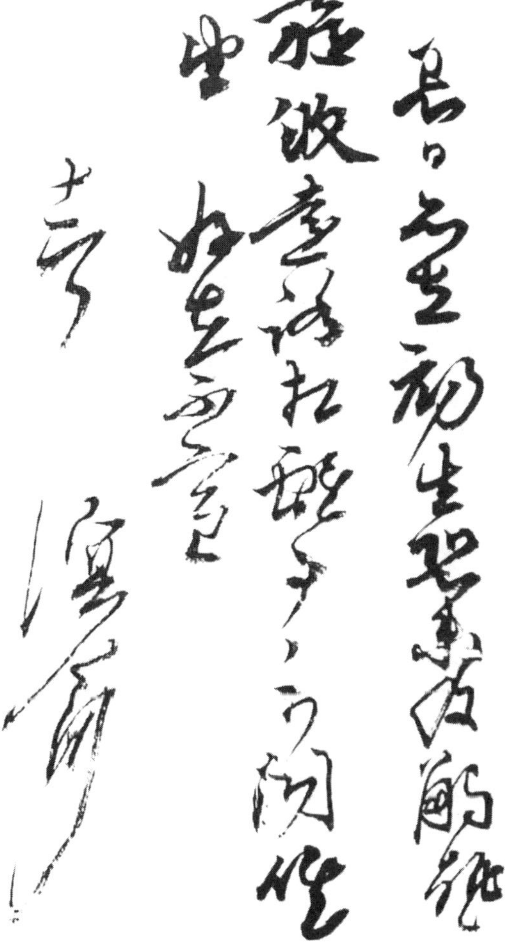

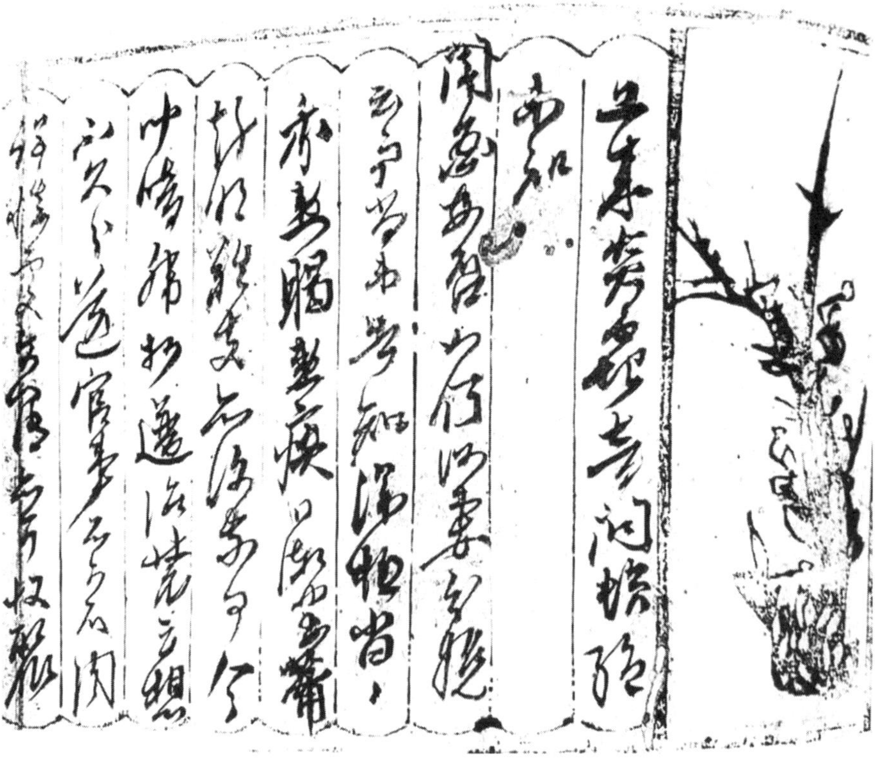

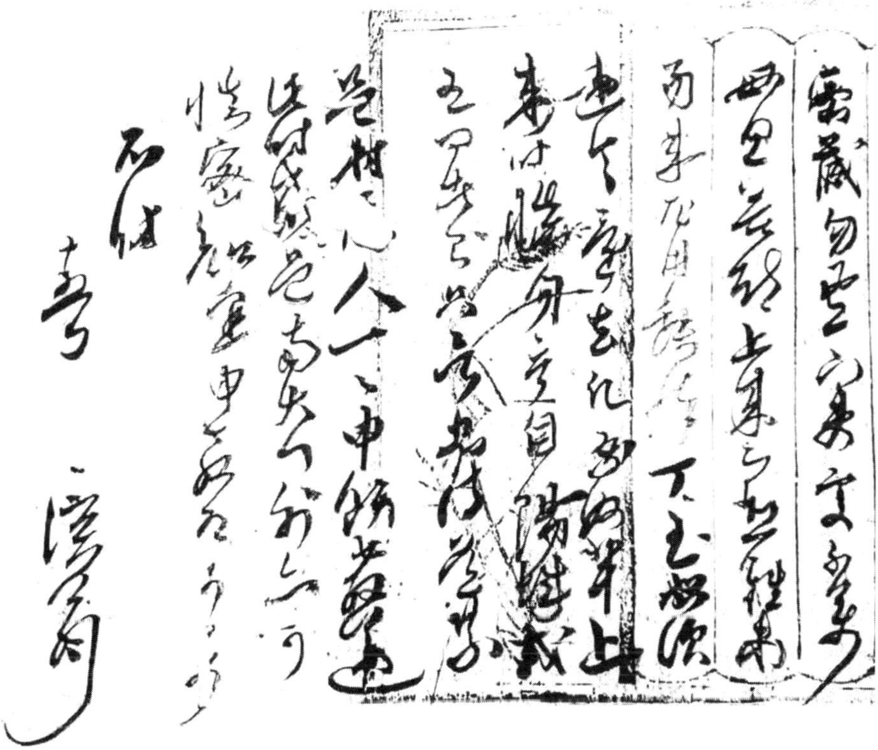

행명재 관련 자료

- 海平尹門의 家乘 및 大系
- 백사공 종손과의 대담
- 반룡산 묘재도
- 백사공파가계도

海平尹門의 家乘 및 大系*

부기 - 白沙公派와 盤龍山

海平尹氏世系表

一. 遠祖-尹莘俊(윤신준)

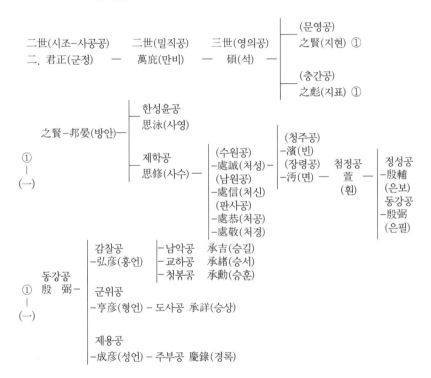

二世(시조-사공공) 二世(밀직공) 三世(영의공)
二. 君正(군정) — 萬庇(만비) — 碩(석) —
- (문영공) 之賢(지현) ①
- (충간공) 之彪(지표) ①

① | (一) 之賢-邦晏(방안)—
- 한성윤공 思泳(사영)
- 제학공 思修(사수) —
  - (수원공) -處誠(처성)-
    - (청주공) -濱(빈)
    - (장령공) -沔(면) — 첨정공 萱(훤) —
      - 정성공 -殷輔(은보)
      - 동강공 -殷弼(은필)
  - (남원공) -處信(처신)
  - (판사공) -處恭(처공)
  - -處敬(처경)

① | (一) 동강공 殷弼-
- 감찰공 -弘彦(홍언)
  - -남악공 承吉(승길)
  - -교하공 承緖(승서)
  - -청봉공 承勳(승훈)
- 군위공 -亨彦(형언) - 도사공 承詳(승상)
- 제용공 -成彦(성언) - 주부공 慶錄(경록)

---

* 2013년 5월 24일 고려대학교에서 열린 "한국모성상의 재발견"(서포 김만중 선생 모친 해평윤씨 선양 세미나)에서 윤용진 당시 백사공 종중회 회장이 발표한 원고를 체제만 가다듬었다.

② 之彪(지표) – 문평公 珍(진) –

- 양주公 彰(창) – 양성公 達成(달성) –
  - 진무부위공 延령 –
    - 繼丁(계정) – 장원公 希林(희림) – 사용公 扑
    - 삼방울산公 末丁(말정)
    - 사방사직公 礼丁(예정)
    - 오방사직公 順丁(순정)
    - 육방처사공 弼丁(필정)
    - 八방사직공 殷丁(은정)
  - 평도公 延命(연명)
  - 창원公 延年(연년)
- 사인公 莘(신)

|
(一)

② 해징公 扑 –

- 聃壽(담수) – 송만公 晛(견)
- 아산公 春壽(춘수)
- 오음公 斗壽(두수) –
  - 치천공 昉(방)
  - 도제공 昕(흔)
  - 장주공 暉(휘)
  - 백사공 喧(훤)
  - 방어사공 旰(한)
- 월정公 根壽(근수)

|
(一)

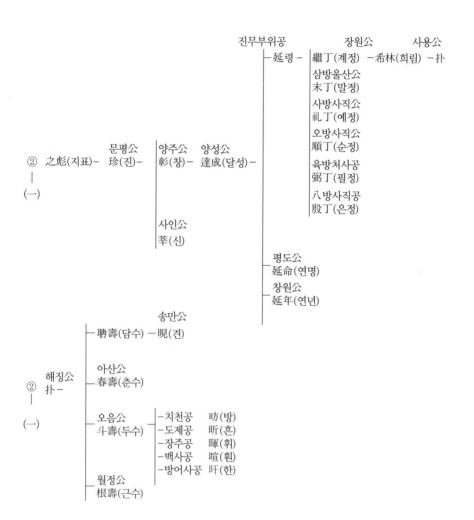

1. 주요 인물

해평은 경상북도 구미시에 위치하는 지명으로 여러 명칭으로 바뀌어 오다 현재는 구미시 해평면이 되었다. 이곳 해평 윤씨 종산에는 세 위 단소가 모셔져 있다.[1)]

1) 第三世祖 英毅公尹 碩

충열왕 말기 약관의 나이에 登科하여 忠宣王과 忠肅王을 보필 무수한 治積을 남기니 중찬(中贊=首相) 좌정승(左政丞=首相) 등 최고 벼슬에 올랐고 海平府院君에 봉작되고 세차례에 걸친 一等功臣 그리고 最高功臣 작위인 충록절의동덕찬화보정공신(忠錄節義同德贊化保定功臣) 벽상삼환중대광십자공신(壁上三韓重大匡十字功臣)의 벼슬 작호(爵號)를 받았을뿐 아니라 元나라로부터 진국상장군고려도원수(鎮國上將軍高麗都元帥)라는 작호를 받기도 했다 뿐만 아니라 연경(北京) 오천리 使臣길을 한번도 어렵고 영광인데 다섯 차례나 하니 당시 고려의 外交通이라 할만하다.

간신배의 책동으로 國號를 廢止하고 元의 行政區域으로 立省하려는 계책을 막음으로서 일등공신에 奉하다, 충숙왕 십년(1323년) 간신 유청신 오잠 등은 국내에서 계책 하였던 일이 뜻대로 이루어지지 않자 燕京

---

1) 始祖 尹君正: 將軍 大將軍判工部事 右僕射 左僕射 尙書 司空 金紫光錄大夫(一品) 三司三公中 하나인 司空에 오름 始祖公은 高麗 高宗朝에서 元宗朝에 이름

二世祖:尹萬庇: 三司左使 右使 上護軍使 副知密直司事 品階 奉翊大夫

1230年代生---1309年 副知密直司事任함(從二品) 國策一等功臣에 封함

第三世祖: 英毅公 尹 碩 密直副使 摠部典書 知密直司事 評理 僉議府左政丞(首相) 海平府院君 僉議府中贊(首相) 忠勤簡義同德贊保定功臣 壁上三韓重大匡十字功臣 最高勳章(鐵券記錄牌) 元으로부터 鎮國上將軍 高麗都元帥를 받음. 諡號 英毅公

으로 달아나 元나라 朝廷에 글을 올려 高麗의 國號를 廢止하고 元나라의 일개 성으로 만들어 줄 것을 요청하니 이는 수천 년에 걸쳐 찬란한 문화와 역사를 말살하려는 천인공노할 행위로 親王派인 公과 이제현(李齊賢) 김이(金怡) 등과 합심하여 원나라 통사(通事) 사인(舍人) 왕관(王觀)을 움직여 반대의 글을 올리는 한편 총궐기하여 반대 운동을 전개함으로써 주춤하게 만들고 다시 公과 김이(金怡) 이능한(李陵幹) 등과 더불어 元나라 황제에 글을 올리니 대략 다음과 같이 하였다.

고려는 비록 삼천리 밖에 안되는 소방(小邦)이지만 사천년에 가까운 유구한 역사와 문화를 갖이고 있는 나라로서 왕씨가 개국이래 사백여년 종묘 사직을 보존하고 있는 나라이다 원 나라와는 일시 적대관개를 갖이고 양국이 대립하고 있었든 시기도 있었지만 세조(쿠빌라이) 이래 화친을 맺고 충열왕 이후 양국은 생구(甥舅)지 관계를 맺어 우호관계를 지속하고 있을뿐 아니라 두나라가 다같이 번성하여 태평을 구가하고있는 이때에 일부 무뢰한들이 공명심에 사로 잡히여 입성(立省)을 꾀하고 있는 것은 천인(天人)이 다 공노할 일이다 이는 역대에 듣도 보도 못한 일이다

일부 패륜 자들의 공명심에 온 백성이 희생될 이유가 어디 있는가? 만약에 고려의 국호를 폐지하고 한 행정구역으로 입성이 된다면 온 고려 백성의 원한을 어찌 막을 것인가 고려의 전 백성이 죽음으로서 항거할 것이다 그리고 천 백세의 조령(祖靈)이 도울 것이다.

그러므로 천하의 누구든지 이를 막지 못할 것이다 바라건대 두나라의 우호관계를 영구히 보존하려면 큰 화(禍)를 불러 구우일모(九牛一毛)격의 소리(小利)를 바라는 경솔한 일은 마땅이 막아야 할 것이다 행성(行城)을 설립하자고 제의한 사람들은 이 나라의 재상 으로 있었든 자로서 참소와 이간질을 일삼다가 왕에게서 죄를 받고는 독심(毒心)을 품고 스스로 두려워서 제 본국을 뒤엎기를 꾀하여 스스로 편안하기를 기도한 자

들이다 이것으로 미루어 보더라도 이 사람들은 배은망덕을 밥먹듯 하는 비인간(非人間)으로서 개와 되지만도 못한 자들이다. 마땅히 이러한 자들은 형벌에 처하여 남의 신하로서 충성하지 않이하는 자를 경계 하여야 할 것이다 너그러히 통촉하소서…….

대략 위와 같은 취지로 반위협 반탄원 식으로 호소하는 한편 원나라 조야(朝野)에 부당함을 환기시키고 반대 운동을 전개하여 마침 충숙왕 12년(1325) 3월에 입성(立省) 문제가 완전히 해결되고 말았다 이때 임금을 비롯한 온 백성이 환호성을 올렸다. 이로서 일등공신에 책록되었다.

만에 하나 이때에 입성 문제가 가결되어 원의 일개성(이때 삼한성 으로 명칭도 예정되어 있었음)으로 편입 되었다면 이후 배달민족은 영원히 이 지구상에서 사라졌을 것이니 생각하면 머리가 송연할 지경이거늘, 오늘날에도 당리(黨利) 당략(黨略)에 눈이 어두워 나라를 망치는 일이 없는지?

이후 충혜왕 옹립에 공헌 고려의 최고 공신인 벽상삼한중대광십자공신(壁上三韓重大匡十字功臣)에 봉작 그리고 중찬(中贊=首相)에 임함. 당시 고려는 자주성이 전혀 없는 상태라 충열 충선 충숙 충혜(忠烈 忠宣 忠肅 忠惠) 4대의 양위중조(讓位重祚)로 인하여 부자간에 불화, 사회의 무질서가 윤리 도덕에까지 큰 영향을 미치어 원의 권력 변화에 따라 국내사정이 움직였다.

忠肅王 逝去後 瀋王黨 再起陰謀 曺頔反亂 粉碎와 忠惠王 復位에 功獻 一等功臣에 奉함 (충숙왕 서거후 심왕당 재기음모 조적반란 분쇄와 충혜왕 복위에 공헌 일등공신에 봉함) 심왕 고(暠)와 원의 백안독거사 정승 조적(曺頔)등이 합세하여 평양에서 천여 병력을 이끌고 개경으로 처들

어오는 것을 공등 왕당파가 싸워 이기고 조적은 전사함으로 반란은 종식되고 그 공으로 철권(최고의 훈장)을 하사받았다. 원에서는 수 십 년에 거쳐 충선 충숙 충혜왕의 부자간의 불화로 일어났던 불미스러운 사태인 양위중조(讓位重祚)와 이에 따른 혼란이 있을 때마다 이를 잘 수습하여 고려의 국기(國基)를 흔들리지 아니하도록 이끌어온 인물은 오직 정승 윤석(尹碩)이며 앞으로도 그러할 것이라는 판단 하에 높이 평가하여 진국상장군 고려도원수(鎭國上將軍 高麗都元帥)라는 작호(爵號)를 내리기로 하고 충정왕 원년에 사신(使臣)을 고려에 보내 교지를 전달하였다 이러한 예는 전무후무 하며 공의 정치적 역량과 공훈이 전부터 널리 알려져 있었기 때문이었다.

큰 나무에 바람 잘날 없다는 말과 같이 선생의 생애도 파란만장 하였다. 이제 그 큰 나무가 쓰러지니 충정왕 4년(1348) 5얼 17일 서거(逝去)하시니 임금을 비롯하여 온 나라가 애석해마지 않았다.

파란 만장한 선생의 생애를 돌이켜보면, 고려가 자주성을 잃고 외세(外勢)에 이끌리어 살아가는 어려운 시기 충열왕부터 충목왕까지 40여년 이라는 긴 세월에 거쳐 국사를 맡아온 노련한 대정치가이시다. 특히나 외교에 탁월하여 머나먼 원나라를 다섯 차례에 거쳐 드나들며 외교활동을 펼치어 공신(일등공신 세 차례, 십자공신 한 차례)에 올라 철권(최고 훈장) 작호를 받았고, 원으로부터 진국상장군고려도원수라는 작호를 받아 만방에 명성을 떨친 인물이시다.

여러 가지 당면 과제로서 수행 하신 일을 간추리면; 고려의 왕권확립, 특권 귀족에 의한 권력과 부력(勸力과 富力) 타파(打破), 하층민의 몰락과 사회적 이중 구조의 타파(打破), 반역도당 타파(打破)와 국가 기강 확립(國基確立), 민족 국가의 확립을 위한 기본 방향 설정, 빈부의 조화와 문화자존(文化自尊)의 주체적 민족의식 앙양 등등이다.

이를 실천하기 위하여 왕권을 둘러싸고 있는 정적들과 싸워 이겼고 사리사욕에 눈이 어두워 국호를 말살하고 원나라의 일개 행정구역으로 입성 하려는 반역 행위를 정치력과 외교력으로 여러 차례 막아 나라를 구하니 원에서도 이를 인정하여 진국 상장군 고려도원수라는 작호를 내리니 고려인으로는 처음 있는 일이다.

문화면에 있어서는 국학(國學=太學)을 두어 학문을 수련케 하고 권위 있는 자는 元에 보내 연구하게 하였다 이와 같이 수행하는 과정에서 수많은 반발과 중상모략으로 투옥되기도 하였으나 사필귀정으로 모든 혐의가 풀리고 하나의 의혹도 남기지 않았다.

공이 남긴 치산치수(治山治水)의 유지(遺趾)는 고향인 해평의 낙동강 변의 덕수(德藪)에 남아있다. 치산치수는 정치의 근본이다 공은 일찍이 고향 낙동강 변에 수해와 한해가 겹치어 어려움을 보고 강 연안에 제방을 쌓고 상류지대 수 십리에 수 만주의 소나무를 심어 일대에 수해와 한해를 막으니 일대에 주민들이 이를 칭송하여 윤공 덕수 또는 정수(政藪=정승의 숲)이라 하였으니, 700년 전에 수리의 방안을 세우신 선각자(先覺者)이다. 마을 사람들은 이를 기리기 위하여 제각을 세우고 호장(戶長)이 년 일회 제사를 올렸다는 기록이 선산지(善山紙=선산군의 기록문서)에 남아있으니 公은 언제나 나라와 배성을 위한 마음으로 살다가 忠穆王 4년(1348) 5월 17일 해평에서 서거하시다.

2) 四世祖 文英公 尹之賢·忠簡公 尹之彪

之賢(文英公) 之彪(忠簡公) 두 분이 계시어 우리 尹門은 크게 두 派로 나눈다. 이후 四世祖 文英公께서는 邦晏-(進賢冠提學兼典儀寺事上護軍)

邦彦(朝鮮朝司憲府大司憲) 두 분 아드님이 계시고 忠簡公께서는 寶(鷹揚大護軍 忠簡公에 앞서 卒하시다) 珍(大匡門下贊成事藝文館大提學을歷任하고 海平君에 封君되다) 이후 육세조 부터는 조선조 에서 출사 하니 너무나 많은 분 이어서 일일이 열거치 못하고 몇 분만 기록하고자 한다.

3) 七世祖 處恭

水原府使 軍器監判事 歷任 端宗癸酉 1453年 10月 10日 領相 皇甫仁과 左相 金宗瑞와 함께 梟首 당하시고 子弟 六兄第도 함께 梟首되다. 이분들과 함께 公主 鷄龍山 東鶴寺에서 招魂祭를 지내고 正祖 辛亥 1791년 寧越 莊陵 配食壇祠 에 朝士位 로 移亨 位牌奉安 338년 만에 伸寃 되시다.

4) 十世祖 殷輔(1468~1544)

成宗 甲寅年 別試 文丙科에 及第. 여러 관직을 거처 千五百十三年 慶尙道 暗行御史를 거처 副提學이 되고 吏曹參判을 거처 明나라 謝恩使를 다녀와서 禮曹 吏曹 兵曹와 左右贊成을 지내고 右議政 左議政을 거처 中宗 丁酉 1537년에 大匡輔國崇祿大夫曹判議政府領議政에 오르시어 팔 년이라는 긴 시간을 領議政 으로 지내시다가 77세를 일기로 졸하시다.

5) 十二世祖 梧陰 尹斗壽(1533~1601) 謚 文靖

宗系辨誣의 功으로 光國功臣 二等으로 책록되고 海原君에 封君되다.

忠勤貞亮效節協策扈聖功臣二等에 追錄 되다. 竭忠盡誠同德贊謨佑運衛聖功臣一等에 追錄 되다.

선생은 趙光祖의 弟子로 軍資監 正을 지낸 尹忭(1493~1549)의 셋째 아들로서 자는 子仰, 諡號 는 文靖 이며 본관은 海平이다. 中宗 28년(1533)에 한성부 敦義門박의 거자리(車子里) 본가에서 출생하였고 先塋은 京畿道 長湍 梧陰里에 있었는데 王氣가 서렸다고 하여 한 때 국장지로 거론되기도 한 명당으로 알려져 있다. 履素齋 李仲虎의 문인이며 聽松 成守琛 退溪 李滉 에게도 나아가 질정을 받았다 당대의 문인 거벽으로 꼽혔던 月汀 尹根壽(1537~1616)가 그의 동생으로 형제가 나란히 공훈과 문장으로 이름이 높아 쌍벽으로 알려졌다.

선생이 14세 되던 해 어머님을 따라서 靈岩 外家에 동생 月汀公과 함께 갔는데 그때에 財産分配가 있었다. 선생은 받은 것을 외가 친척의 貧窮한 이에게 헤쳐 주었고 月汀公은 하나도 건드리지 아니하여 외숙(泰仁郡守를 지낸 분)이 시험 삼아 그 의사를 물으니 선생은 말씀하기를 '재물이란 쓰자는 물건이요, 필요한 사람이 가져야지 아껴두고 저축만 한다면 반드시 憂患이나 災殃이 생길 것입니다' 하였고, 月汀公은 '외숙과 어머님이 계신데 小子(당시 10세)가 어찌 감히 사사로이 쓰겠습니까' 하여서 泰仁공이 기뻐 嘆息하며 말씀 하시기를 형은 반드시 큰 벼슬을 할 것이며 아우는 마땅히 淸白할 것으로 이름이 날 것이다 하였다.

선생이 釋褐 하기 전에 절에 올라 학업을 닦았는데 벽 위에 시를 적기를,

자루는 매 달아 굶주린 쥐를 막고　縣橐防餓鼠
등불은 돌려놓아 달려드는 나방을 보호하리　回燈護撲蛾
***석갈 : 과거를 준비하는 선비(여기서는 선생 소년기)

하였는데 시에 능한 노승이 그것을 보고는 이르기를 상사께서 환란을 예방하려는 지혜가 있고 사물을 살리려는 인심이 있으니 반드시 정승의 자리에 오르리라 하였다.

공이 대가를 모시고 용만 행재소(龍灣行在所)에 있다는 소식을 들은 저 유명한 서산대사(西山大師=자는 玄應 姓은 崔 號는 淸虛 休靜)가 제자 쌍익(双翼)을 보내 공의 안부를 한 일이 있다. 서산대사는 공이 평양감사로 있을 때 많은 도움을 준 관계로 친분이 두터운 사이였다. 그래서 공은 칠언율시 두 편을 답서에 대신하여 이를 보냈는데 그 시(詩)에,

적을 평정하는데 방도가 없는 줄 알았노라　極智無策可平戎
앉아서 도성을 적의 칼날에 받쳤네　坐便京都陷賊鋒
천리되는 산하에 수치가 적지 않고　千里山河羞不歇
만민이 어육이 된 이 참상을 어찌 무어라고 말하리오　萬民魚肉慘何窮

출병할 것 비노라 머리 먼저 희였고　乞師未免頭先白
격문 받고 얼굴 붉어 짐을 부끄러워 하네　奉檄還慙白髮紅
사미(제자승) 보낸 것 응당 뜻 있으리　爲送沙彌應有意
후일에 내 유골 전장에서 찾으려 함일세　他時覓我戰場中
****
맑고 수척한 백살이나 되는몸　淸羸已近百年身
고사풍연에 또한 봄일세　古寺風姻又一春
온 세상이 또한 전쟁터 되었는데　寰海自成戎馬窘

오직 대사만이 한가한 사람이구려　　有惟師猶一閑人

서산대사가 이 시를 받아보고 감격해서 제자 쌍익(雙翼)을 대동하고 공을 찾아와서 죽기까지 나라를 위하여 일할 것을 다짐하고 공의 주선으로 선조임금으로부터 八道十六宗都摠攝이라는 직책을 받아 가지고 73세의 老齡으로 전국에 격문을 돌려 승병(僧 義兵) 수 천 명(육천이라고도 함)을 규합하여 이들의 총수가 되어 가지고 이들을 이끌고 군을 도와 삼경(平壤 漢城 開城)을 수복하는데 큰 공을 세웠다.

임진란중 공의 행적 중 큰일들은 다음 세 가지로 나눌 수 있다.

첫째, 황윤길 김성일이 일본을 다녀와서도 결론짓지 못한 왜의 침략을 명나라에 알리는 일에 공이 혼자 주장하여 명나라에 알린 일.

둘째, 평양에서 함흥으로 가자고들 하는데 공이 나서 의주로 갈 것을 주청하여 시행한 일.

셋째, 의주에서 선조가 明나라로 가려고 노력하는데 공이 필사적으로 이를 저지 하여 나라를 구한 일. (이때 임금이 압록강을 건너면 조선은 없어지고 명나라에 합병되는 것이다) 이 외에도 크고 작은 일이 많다.

3. 기록으로 보는 조선들의 업적

1) 封君錄

世	諱	時代	封君名
三世	碩	高麗 忠肅	海平府院君
四世	之彪	高麗 恭愍	海 平 君
五世	珍	高麗 禑王	海 平 君

八世	延命	朝鮮 世宗	海 平 君
十二世	斗壽	朝鮮 宣祖	海平府院君
十二世	根壽	朝鮮 宣祖	海平府院君
十二世	承吉	朝鮮 光海	海 善 君
十三世	昉	朝鮮 宣祖	海 昌 君(襲封)
十四世	履之	朝鮮 孝宗	海 恩 君
二十四世	澤榮	朝鮮 純宗	海豊府院君

以上 十名

2) 功臣錄

世	諱	時代	生卒年代	功臣名
二世	萬庇	高麗 未詳		己巳一等功臣元宗復位
三世	碩	高麗 忠肅	0000~1348	忠勤節義 同德贊化 保定功臣
四世	之彪	高麗 恭愍	1310~1382	端誠翊衛功臣
十二世	斗壽	朝鮮 宣祖	1533~1601	光國二等功臣(宗系辨誣)
		朝鮮 宣祖		扈聖二等功臣(壬辰亂)
		朝鮮 光海		衛聖功臣一等(壬辰倭亂)
十二世	根壽	朝鮮 宣祖	1537~1616	光國一等功臣(宗系辨誣)
		朝鮮 宣祖		扈聖二等功臣(壬辰倭亂扈聖)
十三世	昕	朝鮮 仁祖	1564~1638	振武三等功臣(李适亂討平)
十三世	克龍	朝鮮 仁祖	0000~1687	振武原從功臣

以上 十回 七名

3) 相臣錄

조선의 相臣은 총 三六六名으로서 그중 武科 출신 일곱명 蔭補 이십명 隱逸 오명 그 외는 文科 출신이다.

世	諱	王祖	官職	科試	諡號	備考
十	殷輔	中宗朝	領議政	別試文丙科	靖成	耆社耒 選入

十二	斗壽	宣祖朝	領議政	式年文乙科	文靖	海原府院君
十二	承勳	宣祖朝	領議政	式年文丙科	文簡	世子師
十三	昉	仁祖朝	領議政	式年文丙科	文翼	海昌君 入耆社
十九	蓍東	正祖朝	右議政	增廣文丙科	文翼	奎章閣提學
二十二	容善	高宗朝	議政	增廣文丙科	文忠	三銓

以上 六名

4) 文衡錄

世	諱	時代	官職	歷 官爵	謚號
四	之賢	高麗恭愍王	大提學	匡靖大夫 進賢冠 大提學	文英
五	珍 高麗	禑王	大提學	大匡門下贊成事藝文官 大提學海平君 文平	
十二	根壽	朝鮮宣祖朝	大提學	左贊成弘文藝文官大提 學海平府院君 文貞 十四 順之 朝鮮孝宗朝 大提學 左贊成弘文館 藝文館大提學 不請으로無함	
十七	淳	朝鮮英祖朝	大提學	吏曹判書弘文館藝文館 大提學 //	

以上 五名

5) 湖堂錄

湖堂에는 月汀 根壽公과 河濱(海崇尉의子)暹 公 두 분이 계시다.

6) 淸白吏錄

淸白吏에는 十八世孫 得載(淳의둘재아들)應休齊公이 계시다

資憲大夫 吏曹判書兼 同知經筵事知春秋館事五衛都摠府都摠管

7) 駙馬錄

八世　　海平尉 延命 尙昭淑翁主(太宗大王第八女) 平悼

十四世　　海嵩尉 新之 尙 貞惠翁主(宣祖大王第二女) 文穆

二十二世　南寧尉宜善 尙 德溫公主(純祖大王第三女) 遺命不聽謚

8) 王妃錄

純貞孝皇后--純宗繼妃　海豊府院君 澤榮의女息

9) 耆社錄　十四名

世	名壽		王朝	職位
四 世	之彪	七十三	恭愍王	端誠翊衛功臣重大匡 門下評理
十 世	殷輔	七十七	中宗	大匡輔國崇祿大夫議政府領議政
十二世	根壽	八十	宣祖	輔國崇祿大夫議政府左贊成
十二世	承吉	七十七	光海	崇祿大夫議政府 左參贊
十三世	昉	七十八	仁祖	大匡輔國 崇祿大夫 議政府 領議政
十三世	昕	七十五	仁祖	資獻大夫 知中樞府事
十三世	暉	七十四	仁祖	資獻大夫 刑曹判書
十四世	順之	七十六	顯宗	資憲大夫議政府 左參贊
十四世	履之	九十	孝宗	崇政大夫 判敦領府事
十七世	汲	七十四	顯宗	崇政大夫 吏曹判書
十區稅	魯東	七十	純祖	資憲大夫 議政府 左參贊
二十世	弘烈	七十四	正祖	資憲大夫工曹判書
二十一	致謙	八十二	憲宗	資憲大夫 議政府 右參贊
二十二	宇善	七十八	高宗	崇祿大夫 吏曹判書

10) 諡 號 二 十 九 名

3世 碩---英毅	4世 之賢 --文英	4世 之彪--忠簡
5世 珍-- 文平	이상 다섯 분은 高麗	
8世 延命--平悼	10世 殷輔--靖成	10世 殷弼--憲簡
12世 斗壽--文靖	12世 根壽--文靖	12世 承吉--肅簡
12世 承勳--文肅	13世 昉----文翼	13世 昕---靖敏
13世 暉----章翼	14世 履之--靖孝	14世 新之--文穆
15世 堦----翼正	16世 世紀--孝獻	17世 汲---文貞
17世 游----翼憲	19世 蓍東--文益	20世 弘烈--景憲
20世 命烈--忠憲	20世 都烈--忠肅	21世 致謙--靖敏
21世 致定--文貞	21世 致容--孝憲	21世 致義--文獻
22世 容善--文忠		

11) 旌閭

孝行으로 여덟곳 殉節로 여섯곳에 旌門이 섰다

12) 文科及第錄

本譜收錄과 國朝榜目의 記錄을 參考함
麗朝의 進士는 文科와 同一 及第者는 百十六名이다

五 世	珍	高麗	文科	贊成事藝文館大提學海平君諡號文平
六 世	思永	高麗	進士科	藝文館大提學黃海道觀察使漢城府尹
六 世	思修	高麗	進士科	藝文官提學 朝鮮 吏曹參判
六 世	彰	高麗	文科	典吏佐郎朝鮮朝鮮楊洲都護府使
八 世	沔	太宗	文丙科	掌令
八 世	기磻	端宗	文丁科	執義司成
十 世	殷輔	成宗	文丙科 領相	耆社 諡號 靖成

十 世	殷弼	燕山	文壯元	東岡	玉堂 吏曹參判 諡號憲簡
十一世	忭	中宗	文丙科	知足菴	軍資監正
十二世	斗壽	明宗	文乙科	梧陰	玉堂領相 諡號 文靖
十二世	根壽	明宗	文丙科	月汀	贊成事 兩館大提學 諡號文貞
十二世	承吉	明宗	文丙科	南岳	玉堂翰林參贊耆社 諡號肅簡
十二世	承勳	宣祖	文丙科	晴峰	玉堂翰林 領相 諡號 文肅
十三世	晛	明宗	文乙科	松巒	玉堂三司 應教
十三世	暭	宣祖	文乙科		司藝校理
十三世	昉	宣祖	文丙科	稚川	玉堂翰林領相 諡號 文翼
十三世	昕	宣祖	文丙科	陶齊	玉堂志士 諡號靖敏
十三世	揮	宣祖	文乙科	長洲	翰林刑判 耆社 諡號章翼
十三世	暄	宣祖	文乙科	白沙	玉堂翰林 平壤監司
十三世	珙	光海	文丙科	海客	修撰
十三世	昈	光海	文丙科	兩司	軍需
十三世	聖任	光海	文丙科	翰林輔德	
十四世	錫之	明宗	文乙科		
十四世	守謙	宣祖	文乙科	兩司	戶判
十四世	履之	光海	文丙科	秋峯	判敦寧 耆社
十四世	順之	光海	文丙科	滓溟齊	玉堂 判書 兩館大提學
十四世	澄之	仁祖	文乙科	棄庵	注書
十四世	昌立	仁祖	文乙科		典籍
十五世	墀	光海	文乙科	河濱	玉堂湖當副提學吏衆
十五世	坧	仁祖	文丙科	醉醒	玉堂 翰林
十五世	塏	仁祖	文丙科		兩司僉知
十五世	堦	顯宗	文乙科	霞谷	戶判 判義禁府
十六世	世紀	肅宗	文丙科	龍浦	兵判
十六世	世喜	肅宗	文丙科	三友堂	兩司錄玉堂
十六世	憲周	肅宗	文乙科		郡守
十六世	世綏	肅宗	文乙科		黃海道觀察使
十六世	聖時	肅宗	文乙科		玉堂 戶曹參議
十七世	游	肅宗	文丙科	晩霞	玉堂吏判

十七世	淳	肅宗	文丙科	白下	兩館大提學吏判判敦寧典文衡
十七世	涉	英祖	文丙科		玉堂三司吏郎水原府使
十七世	汲	英祖	文丙科	近庵	刑判大司憲吏曹判書 諡號文貞
十八世	得和	英祖	文丙科	四休堂	翰林大司憲 知事
十八世	得徵	英祖	文丙科		承 旨
十八世	澤厚	英祖	文乙科		折衝 僉知
十八世	澤休	英祖	文甲科		通禮僉知
十八世	得載	英祖	文乙科	應休齊	玉堂三司吏判
十八世	得敬	英祖	文甲科	玉堂校理兩司吏郎	
十八世	得孟	英祖	文丙科		玉堂大司諫三司承旨
十八世	得英	英祖	文丙科		承文院副正
十八世	得聖	英祖	文甲科	香西	承旨 刑叅
十八世	得勳	英祖	文丙科		承旨義禁府司
十八世	得毅	英祖	文乙科		三司 大司諫
十八世	得孚	英祖	文丙科	信庵	禮參 成均館 大司成
十八世	得相	英祖	文丙科		承文院副正
十八世	得養	英祖	文丙科		玉堂議叅
十八世	得雨	英祖	文甲科		大諫 參判
十九世	龜相	英祖	文乙科	雪洲	成均館典籍
十九世	命相	英祖	文丙科	一齊	承文院副正
十九世	學東	英祖	文丙科		玉堂 大司諫
十九世	冕東	英祖	文丙科		承旨兵曹參判僉知中樞府事
十九世	蓍東	英祖	文丙科	玉堂三司	右相
十九世	翊東	英祖	文丙科		注書 縣令校理
十九世	尙東	英祖	文丙科	中菴	三司 司憲同知
十九世	序東	英祖	文炳科		玉堂 吏參 義禁
十九世	悌東	英祖	文乙科		校理 知製敎
十九世	魯東	正祖	文甲科	蓉西	三司知敦寧義禁
十九世	久東	純祖	文丙科		三司通政輔德

二十世	承烈	英祖	文丙科		玉堂 三司 大司憲
二十世	弘烈	英祖	文乙科	虛舟	玉堂 三司工判義禁耆社
二十世	錫烈	英祖	文丙科		校理 春坊
二十世	正烈	英祖	文丙科		校理
二十世	長烈	英祖	文乙科		玉堂 三司 戶參義禁
二十世	翊烈	英祖	文丙科		三司 兵叅義禁
二十世	益烈	正祖	文甲科	松西	三司禮參義禁
二十世	亨烈	正祖	文丙科		司憲府 持平
二十世	命烈	正祖	文丙科	石圃	三司 吏叅 義禁
二十世	鼎烈	正祖	文丙科		三司 戶叅 義禁
二十世	尙烈	純祖	文丙科		通訓侍講院
二十世	豊烈	純祖	文丙科		三司使兵叅
二十世	秉烈	純祖	文丙科		三司禮參義禁
二十世	棨烈	純祖	文丙科		侍講司書
二十世	升烈	純祖	文丙科		正言
二十一世	致性	英祖	文丙科	迷齊	三司吏叅義禁
二十一世	致永	正祖	文乙科		司諫正言
二十一世	致鼎	純祖	文甲科		校理
二十一世	致謙	純祖	文甲科		亥虛堂 典理右贊義禁耆社 諡號靖敏
二十一世	致後	純祖	文甲科	校理	
二十一世	致義	純祖	文丙科	錦帆	三司三銓判敦寧奉朝賀諡文獻
二十一世	致定	純祖	文丙科	石醉	三司三銓吏判提學諡文貞
二十一世	致賢	憲宗	文丙科	秋齊	三司禮議承旨
二十一世	致英	憲宗	文丙科		承旨 直閣
二十一世	致聖	哲宗	文丙科		吏叅
二十一世	致和	哲宗	文丙科		承旨
二十一世	致誠	哲宗	文丙科		吏叅大司成
二十一世	致聃	高宗	文甲科		丈藕 吏叅議
二十二世	載善	憲宗	文丙科		正言

二十二世	景善	憲宗 文丙科		錦沙 承旨
二十二世	禹錫	憲宗 文丙科		都正
二十二世	定善	憲宗 文丙科		三司 吏衆
二十二世	宇善	哲宗 文乙科		翰林三司吏判耆社
二十二世	宗善	哲宗 文甲科		郡守吏衆
二十二世	弦善	高宗 文丙		承旨吏衆
二十二世	容善	高宗 文丙科	自由齊	三銓議政大臣 諡 文忠
二十三世	晩求	憲宗 文乙科		持平都堂
二十三世	哲求	憲宗 文丙科		校理
二十三世	用求	高宗 文丙科		海觀 判敦寧贊政
二十三世	升求	高宗 文甲科		三司承旨
二十三世	定求	高宗 文丙科		下雲 贊政
二十三世	吉求	高宗 文丙科		惠園 翰林三司 禮參直學
二十三世	忠求	高宗 文丙科		三司觀察使
二十四世	始榮	高宗 文丙科		三司禮議
二十四世	達榮	高宗 文丙科		三司癚事
二十四世	悳榮	高宗 文丙科		三司直閣秘書院丞
二十四世	喬榮	高宗 文丙科		奎章閣提學二十四世
	夏榮	高宗 文丙科		秘書院丞直閣

13) 武科及第錄 八十五名

九世	琚	中宗	訓練院參軍
十一	世霆	宣祖	都巡邊使
十三世	瀟	宣祖	副元帥 兵曹參判
十三世	三樂	宣祖	草溪郡守
十三世	旴	光海	安州牧使兼防禦使
十三世	起仁	光海	部長(振武從勳)
十三世	克龍	光海	折衝將軍(振武原從功臣)
十四世	佑	宣祖	郡守(宣武從勳)
十四世	信	宣祖	僉正

十司世	衍之	光海	折衝將軍
十四世	欽之	仁祖	訓練院僉正
十四世	昌亨	顯宗	忠淸道水軍節度使
十四世	宗榮	玄宗	五衛都摠府 司果
十四世	沆	肅宗	巨濟縣令
十四世	應健	肅宗	訓練院判官
十四世	昌耈	仁祖	水原府使
十五世	應時	光海	判官 堪
十五世	培	仁祖	五衛都摠府司果
十汚世	堪	肅宗	折衝將軍
十五世	達莘	肅宗	僉知中樞府事
十五世	諿	肅宗	僉知中樞府事
十五世	弼周	肅宗	竹山府使
十五世	以元	肅宗	折衝將軍
十五世	瑣	肅宗	僉知中樞府事
十五世	塘	肅宗	折衝將軍
十六世	慶達	顯宗	訓練院奉事
十六世	翰周	肅宗	折衝將軍僉知中樞府事
十六世	景周	肅宗	宣傳官都摠府經歷
十六世	震鐸	肅宗	折衝將軍
十六世	輝相	英祖	
十六世	世平	英祖	萬戶
十七世	楦	肅宗	同知中樞府事
十七世	省三	肅宗	忠武威左部將
十七世	杞	肅宗	僉知中樞府事
十七世	濆	景宗	慶源府使(揚武從勳)
十七世	彬	肅宗	宣傳官
十七世	鍇	英祖	宣傳官
十七世	호	英祖	僉知中樞府事
十七世	汝迪	英祖	訓練院主簿

十七世	在莘	高宗	折衝將軍
十八世	得商	肅宗	利川府使
十八世	得偉	英祖	義禁府都事
十八世	得範	英祖	軍器寺僉正
十八世	得逵	英祖	宣傳官
十八世	得振	正祖	
十九世	僖東	英祖	慶尚道兵馬節度使
十九世	承東	英祖	高嶺鎭僉節制使
十九世	衡東	正祖	茂山府使
十九世	腎東	正租	忠淸道水軍節度使
十九世	炯東	正祖	折衝將軍
十九世	敏東	正祖	兵馬節度使
十九世	鼎東	哲宗	折衝將軍
二十世	衡烈	英祖	折衝將軍
二十世	德烈	英祖	鎭影將
二十世	而烈	正祖	參軍
二十世	澤烈	正祖	五衛將
二十世	膺烈	純祖	折衝將軍
二十世	敬烈	純祖	訓練院主簿
二十世	豊烈	純祖	訓練院主簿
二十世	亮烈	純祖	宣傳官
二十世	秀烈	純祖	府使
二十世	彛烈	憲宗	折衝將軍
二十一世	致章	正祖	僉節制使
二十一世	致宖	正祖	橫城縣監
二十一世	致遠	純祖	除南島參軍
二十一世	致憲	純祖	
二十一世	致權	純祖	部將
二十一世	致哲	憲宗	判官
二十一世	致遠	憲宗	草溪郡守

二十一世	致寬	哲宗	參軍
二十一世	致默	哲宗	五衛將
二十一世	致仁	哲宗	全羅左道水軍虞後
二十一世	致穆	哲宗	折衝將軍水軍節度使
二十二世	禹鉉	純祖	兵馬節度使
二十二世	禹善	憲宗	
二十二世	興善	憲宗	宣略將軍
二十二世	晒善	哲宗	折衝將軍
二十二世	佐善	高宗	折衝將
二十二世	活善	高宗	南海縣監
二十二世	日善	高宗	
二十二世	揆善	高宗	主事
二十三世	明求	高宗	折衝將軍
二十三世	完求	高宗	陸軍副領內藏院卿
二十四世	浩榮	高宗	宣略將軍 訓練院 判官

이후 조선조말 일제시기 해방 후 전란 현재에 이르기 까지 기라성 같은 이물들은 열거하기 어려워 생략하며 큰 인물로는,

독립운동가 尹致昊 선생(독립협회장 독립신문사장)
독립운동가 尹琦燮 선생(신흥무관학교 학감 및 교장 임시정부 의정원 의장 국회의원)
대통령 尹潽善(대한민국 제4대 대통령)
SBS회장 尹世榮(현 SBS 명예회장 현 해평윤씨 문장)

등등을 들 수 있다.

[부기]

白沙公派와 盤龍山[2)]

백사공 윤훤께서는 1573년 6월 1일 오음공의 제 4자로 탄생하시다. (436년 전) 1627년 2월 15일 화를 당하시다(382년 전) 향년 55세 당시 영정 제작 규정은 국가의 공신으로 왕명에 의하여 도화서에서만 제작했습니다. 고로 공께서는 1624년 5월 주청사겸 책봉사로 명나라에 가서 반정의 정당성과 인조대왕의 왕위 승계가 정당함을 설파, 명나라의 승인을 얻어 그 공로로 특가자(가의대부) 되시어 영정제작하는 공신이 되시고 노비와 토전(파주읍 마산리)을 하사 받으시다. 백사공의 영정 제작은 385년 전 도화서에서 이루어짐.

백사공파는 사색당파에서 소론에 속해 있었습니다. 백사공 위로 세 분 형님들은 노론이십니다. 백사공께서 당시 노론의 영수이신 김효원 대감을 찾아뵈오니 천품이 호탕하고 털털한 대감께서 손님 앞에서 대님을 풀고 바지를 접어올려 이를 잡으며 "이놈들이 손님 오신 것도 모르고 제 밥만 챙긴다" 하시니 깔끔한 성품의 공께는 맞지 않아 물러나와서 소론의 영수이신 심의겸(백사공의 장인) 대감을 찾아 뵈오니 빈 방에 홀로 계신데도 의관정제하고 곧은 자세로 정좌하고 계시니 이를 따라 소론이 되시었다고 전해오고 있습니다. 하나 우리 백사공파 노론은 위로 형님들이 노론인고로 하여 혐의 없는 집이라 하여 서로 왕래가

2) 백사공파 종중에서 간행한 소책자로서 신년 하례나 시향과 같은 큰 행사에서 종손으로서 행한 연설로 보임.

이루어졌습니다.

백사공께서는 그릇이 크고 담대하시었다. 화를 당하시던 날 선조님의 옆에는 선생님이신 성우계 선생의 자제와 이종형제가 함께 바둑을 두고 계시었다. 금부도사가 당도하였음을 알리니 옆에 계시던 성공과 이종 모두가 어찌할 바를 모르는데 선생께서는 태연히 두던 바둑을 다 놓으시고 계가만 미룬 채 나아가 화를 맞이하시니 주변에서 큰 인물이 가심을 통곡하다.

인조대왕이 혁명에 의하여 왕위에 오르니 그 주체세력들이 있어 관직을 마음대로 하여야겠는데 혁명에는 전혀 관여치 않은 윤씨 오형제가 차지하고 앉아 있으니 그 세가 대단한지라 기회만 있으면 타도코저 벼르던 차에 공께서 보낸 평양성 포기 과정의 장계가 없었다고 하여 트집을 잡아 화를 입히니 당시 형제분의 직함을 보면, 큰 형님 치천공 방께서는 시임 영의정이시고, 둘째 형님 도제공 흔께서는 한성부윤으로 정묘호란 시 임금을 강화로 모신 호종관이시며, 셋째 형님 장주공 휘께서는 찬획사(체찰사 대행, 형 징병관)이시니 한 집안의 영화가 너무나도 크게 비치었고, 동생 방어사 간공께서도 무과에 급제하여 함경도 경성부사를 거쳐 궁성 수비의 호군에 속해 있었다. 한 가문의 영예가 여기에 이르니 질투와 시기가 공의 화를 가져왔다.

반룡산은 경기도 장단군 진서면(현 판문점과 같은 면임) 경능리와 늘목리, 장도면 상리와 증리(완충지인 대덕산 바로 너머 북한 땅이다) 2개면 4개리의 800여 정보 임야이다. 백사공 서거 후 장례 행렬이 선영지인 장도면 오음리로 향하시었으나, 화를 당한 분이라 하여 장례를 거절 당하여 임시로 가매장하고 일년 후 장단 도라산(현 도라산 공원 부근)으로 모시었다가 사후 3년 째 되는 해에 반룡산으로 모시었으니, 이곳이 백사공파

400년 기지이다.

경내에는 마을이 다섯으로 네 개의 경계 표석이 있으니, 첫째 반룡동 마을은 대체적으로 산의 중심부에 있고, 두 번 째 산직동은 반룡산 주봉의 서북쪽에 위치한 마을로 마을 입구에 '해평윤씨족산'이라는 문구가 자연석인 큰 바위에 각인되어 있고, 속칭 산작물이라 부른다. 세번째 입암동은 주봉의 서쪽에 위치한 마을로 반룡산의 안산인 옥려봉 북쪽에 위치해 있으며, 이곳 옥려봉 산중턱(7부 능선) 큰 바위에 '해평윤씨족산'이라는 표석이 있으며, 속칭 '선바위골' 또는 '선박골'이라 부른다. 네 번 째 마을은 주봉의 남쪽에 위치한 마을로 반룡동을 바라보고 좌측 옥려봉 동쪽 협곡을 낀 봉우리 중턱에 같은 문구의 표식이 바위에 각인되어 있으며, 동명은 서암(글심바위)이라 부르며, 다섯 번 째 덕암은 주봉의 북쪽인데 반룡산 경계의 동북 끝이다. 현 판문점 옆으로 흐르는 임진강 지류의 상류로 덕암천이라 부르고, 개울의 크기는 제법 되는 것으로 들었으며, 개울 옆 큰 너럭바위에 같은 문구의 표식이 되어 있고, 천변에 작은 마을이 형성되어 있다. 조선조 5백년을 통틀어 산의 경계 표시를 우리 백사공파처럼 분명하게 하여 놓은 곳은 없을 것이며, 치산도 내 어려서 본 반룡산의 치산과 남으로 와서 본 명문가의 집안 치산은 비교도 되지 않게 잘 되어 있는 것으로 기억 되며,[3] 다시 한번 우리 선조님의 분명한 행적에 탄복하고 기리는 바입니다.

백사공께서 화를 당하신 후, 다섯 분 아드님의 행적을 보면, 장자 행명재공 순지는 광해 경신 문병과에 급제하여 가화 당시(36세) 교리(인사담당)였으며, 차자 파촌공 원지는 을묘 생원시에 급제하여 가화 당시

3) '송림산'에서 반룡산으로 개칭되었다.

(31세) 사헌부 감찰이었으며, 삼자 기암공 징지는 인조 을축 문을과에 급제(22세) 가화(26세) 이후 출사를 포기하였다. 월정공파로 양자를 가심. 사자 청도군수공 의지는 갑자년 진사 급제하여 가회 시(22세) 청도군수였으며, 오자 파산거사공 천지는 과거에 뜻을 두지 않고 학문에 열중하셨다.

위 다섯 분 중 삼자 기암공께서는 당숙 환공의 후사로 갔으나, 생활은 친가에서 하여, 평안감사 시 호종관으로 아버지를 모시었고, 가화 후에는 여주로 낙향, 평생토록 도성 출입을 않으셨다. 파춘공과 청도공께서도 벼슬을 버리고 누차에 거친 임금의 부름에도 출사치 않고 두문불출 은거하며 여생을 마치시다. 이후, 후손들은 학업에 열중하여 당상관이 이십일 명, 과거합격자는 사십팔명에 이르니, 4백 년의 시간 중 일제와 해방 기간 백년을 제하고 삼백 년 십여 대 사이에 진사과 이상 합격자가 칠십여 분이니, 백사공 후손은 거의 전원 등과의 영예를 가졌다고 하여도 이야기가 되고, 조선조 오백 년을 통틀어 삼대 명문을 말하기를, 연안 이 씨 광산 김 씨 해평 윤 씨라 일컫는데 윤 씨에서는 백사공파를 가리키며, 그 많은 등과자가 있었음에도 백사공파 후손들은 반룡산 이외에 다른 재산이 없으니 얼마나 청빈하게 살았나 증명되는 바입니다.

반룡산 동리는 오지 중 오지로 반룡산 마을에서 다른 마을을 가려면 2키로 정도를 나가야 하는 삼태기 같은 분지 속이며, 처음 이백년은 묘지 관리를 위한 타성이 몇 분 사신 것 같고, 다음 1백년 서울에서 쫓기어 낙향한 인물들이 한 분 한 분 모여 열 대 여섯 가구를 이루고, 주인을 따라 온 타성 10여 가구 해서 모두 30호가 아니 되는 작은 마을이었으나, 명문의 자긍심만은 잃지 않아 거물 친일파 윤덕영이 죽었을 당시, 장지로 반룡산을 지목하여 서울에서 윤덕영의 집사가 당시로서는 전국에 몇 대 밖에 없는 자가용을 타고서 동리에 와서 협상을 벌였으나 거절되어 되돌아간 일이나, 윤문에서 친일파가 여럿 나옴에도 백사공파는 하나도 없으며, 독립운동가로서 대한민국 임시정부 군무상과 의정원 의원, 의정원 의장과 신흥무관학교 교장및 학감을 지낸 윤기섭 선생이 우리 백사공파입니다.

/ 윤용진 (전 백사공파 종손)

백사공 종손과의 대담

* 2013년 서포 모친 윤씨부인을 선양하는 세미나를 고려대학교 평생교육원 강당에서 가졌다. (주최: 사단법인 유도회 후원: 고 남계 윤지노공 협조: 해평윤씨 대종회) 이 자리에서 윤용진 백사공파 종손이 해평윤문의 가승과 대계에 대하여 발표하였고 윤용진 씨가 전한 내용의 현장확인을 위해 그의 일산 자택 부근에서 당시 연세대 교수였던 윤덕진과 대동한 조교 학생들이 만나서 4차례의 대담을 녹취하여 이 대담본을 작성하게 되었다. 대담 중간에 윤보선 전대통령과 윤치영 전 서울시장에 관한 내용이 확증되지 않은 전문에 해당된다고 생각해서 삭제하였음을 밝힌다. (윤덕진 추기)

윤덕진 이렇게 말씀해주시는 것도 필요합니다.

윤어르신 행명재공 말씀이라면은 집안에서 전해내려오는 이야기가 있으니까 해 드릴 수 있는데, 그 윤씨 할머니 이야기는 그 촌에도 안 쓰거든요, 사실은 사촌 (윤신지)이 해숭위가 되어서 공주 남편까지 지냈지만 광산 김씨로 시집가신 그 할머니는 행명재와 해숭위에게는 손녀벌이고 그 할머니에게 인경왕후(숙종의 정비. 서포 김만중의 형 김만기의 따님)는 손녀란 말입니다. 행명재와 해숭위에게는 외손녀, 외증손녀이지 않아요. 그쯤 되니까 이건 뭐 왕래도 없는 집안에다가 동떨어져 버리니까 광산 김씨 얘기는 거의 모르고, 서포 김만중 형제 분의 얘기 조금하고 그런 정도로만 전해지니까 그게 그렇게 도움이 안 될 거예요.

윤덕진 그 인제 조금 아까 얘기하시던 게 그 돌화산에 모셨는데 해숭위가 거기 한 번 방문하셨다는(말씀이십니까?)

윤어르신 아니요, 아니요. 그 인제 우리가 오음리로 모시지 못하게 된 동기도 어떤 게 있느냐 하면은 장조카죠. 송만공. 대구 임진왜란 적에 대구 부윤 밑에 뭡니까? 부윤 밑에 직책이 뭡니까?

윤덕진 서윤이라고 그러나요?

윤어르신 송만공이 대구 서윤인데요. 오음공의 장손이죠.

윤덕진 아 네 알겠습니다.

윤어르신 송만공이 오음공 장손인데 이 양반의 가족이 대구에서 몰살을 당하지 않습니까?

어떻게 몰살을 당하냐면은 송만공은 전장터로 나선거고, 서윤이니까. 선조 전쟁터로 나선거고, 가족들은 길을 나와서 낙동강 변에 왔는데, 어느 초등학교 교과서에 잠깐 나왔던 적도 있어요. 그 일본놈들이 쫓이와시 팔을 집으니까 팔을 잘라버리고 그러니까.

윤덕진 아 그 얘기입니까?

윤어르신 예. 이 송만공 부인에 관한 얘기입니다. 그 송만공의 외손녀, 또 그 송만공 가족, 그 아드님 전부가 몰살을 당한 거예요. 그래서 임진왜란이 끝나고 나서 선조가 인제 거기에나 정문을 세웠습니다. 그때 당시로는 정문이란 게 대단한 거 아닙니까?

윤덕진 그렇죠.

윤어르신 영의정도 지나가다가 말에서 내려야 했고. 그 앞으로 못 가는 거니까. 이 정문이 서있으니까 전쟁에서 패한 장수의 시신을 더구나 화를 당한 시신을 받아들일 수 없다 해 가지고 돌아선 거입니다. (역적 모함으로 참형을 당하신 백사공 시신을 행명재가 모시고 장단군 오음 선영에 갔다 들어가지 못하고 돌아선 내력담) 그 때 이 화를 당하게 된 동기도 뻔하지 않습니까? 적은 2만 여명이나 들어오는데 그 때 평양에 주둔한 군사가 불과 3천이었답니다. 그럼 3천 병사를 가지고 2만 여명 병사의 침략군을 막아낸다는 건 이 말도 안 되는 거죠. 그래 이거를 막지 못했다고 해서 화를 당하는 거는 순전히 정치적이거든요. 당쟁에 의해 화를 당하셨는데, 그 때 이 분의 직책이 뭐냐면 평양감사 겸 팔도부체찰입니다. 체찰이라는 직책이 뭐냐면 지금으로 말하면 경상 부사령관이나 마찬가지예요. 징병권을 가지고 있으니까. 그 때 부관으로서 김응서 장군이 있었는데 김응서 장군이 무슨 얘기를 했느냐면은 화약을 놓고 화약 위에 올라선 거예요. 돌아가시겠다고.

윤덕진 아 그러셨어요?

윤어르신 예. 여기서 내가 폭살해야지. 장수가 이 성을 지키지 못하고 물러난다는 건 말이 안 된다. 이래서 인제 불을 지피라하셔서 그 때 백사공의 셋째 아드님 기암공께서 불을 지필라고 그러는데 김응서 장군이 막은 거예요. 안 된다. 당신의 직책이 평양감사 뿐이 아니지 않느냐. 팔도부체찰이란 건 2명입니다. 평안도에 하나 경상도에 하나. 그래서 왜란이 일어났을 때에는 경상도에 있는 부체찰이 징병을 해서 쓰고 북쪽의 호란이 있을 적에는 평양감사가 제찰을 해서 쓰도록 해서 부체찰이 전국에 2명인데, 당신은 부체찰이라는 직책도 있으니까 이 부체찰 직함을 가지고 임금 고을로 가서 다시 병사들을 모아가지고 지금 벌써 지나간 청나라 기병의 후방에 보급로를 끊어도 전쟁이 되는 거 아니냐 해서 그 얘기를 옳게 생각해서 이 분이 화약에서 내려서신 겁니다.

윤덕진 저 안동 김씨가 강화유수인 선원 김상용이 강화성 남문에서의 자폭을 계기로 6대를 집권하는 건데 우리 윤씨가 그럴 뻔 했군요.

윤어르신 그렇게 되어서 평양을 뺏기니까 그 때 임진강 예성강을 지키던 도원수가 평양도 뺏겼다고 임진강 일대 파주로 후퇴를 해 버렸어요. 조선군이 도저히 당해 낼 수 없었어요. 기병 대 보병이라는 건 근본적으로 싸움이 안 됩니다. 청나라는 기병이고 이쪽은 보병인데 싸우는 게 되는 게 아니니 강화로 피난 간 거 아닙니까. 임금은 강화로 피난 가고 그랬는데 정상을 참작을 해서 어떻게 해서 못 건넜냐 하는 그 원인도 다 후일에 나와야 하는데 상소문도 없이 맘대로 후퇴를 했느냐는 트집을 잡은 겁니다, 사실은 상소문을 보내려고 했는데 기발은 불능이야, 막혀버려서. 보발은 보냈는데 백사공이 소환을 당해서 강화에 와 가지고 저는 상소문을 보냈습니다 하니 무슨 소리냐 니가 보낸 보발이 조정에 왜 도착 안 했느냐고 동인측에서, 서인인 백사공의 트집을 잡은 거 아닙니까?

백사공이 인조하고 어떻게 친하냐 하면은 인조가 반정을 해서 임금이 됐는데 그 때 당시에는 명나라에서 인준이 내려와야 되잖아요. 그런데 만주가 막혀서 명나라에 갈 수 있는 길이 없었어. 명나라에 가서 광해군 퇴위와 새 임금 세운 걸 보고해야 하는데 사신을 보낼 길이 없어. 그 때 백사공이 내가 해로로 나녀오겠나고 나섰습니다. 이 양반이 해로로 명나라에 가서 인조 인준을 받아가지고 오니 인조가 얼마나 반가웠는지 버선발로 나왔다는 거예요. 그토록 인조가 아끼는 신하고 그로 인해서 영정이 제작이 된 겁니다. 영정 제작은 공신이래야지 돈이 있다고 되는 것도 아니고 지위가 높다고 되는 것도 아닙니다. 명나라에 가서 명나라 황제의 첩지를 받아가지고 옴으로써 그 공으로 해서 백사 영정이 제작이 된 거죠. 그리고 진급을 해서 평양감사도 되고 팔도체찰사도 되고 등급이 막 올라간 거예요. 엊그저께까지도 일등공신이라고 했던 신하인데, 상소문을 보냈다고 하는데 받지를 못 했고 상대방 동인 측에서는 난리를 치니 임금이 이러지도 저러지도 못 한 거예요. 그렇게 화를 당하셨으니까 억울한 건 사실 아닙니까.

윤덕진 그렇군요.

윤어르신 정쟁에 의한 희생인데, 그 희생된 시신을 정문까지 서 있는 명문지에다가 화를 당한 시신을 받아들일 수 없다고 주장을 하신 분이 위로 삼형제 분이세요. 오음리가 선영이라고 부친 백사공의 시신을 모시고 갔던 행명재공께서 거기서 돌아서실 때 심정이 어떠하셨겠어요. 뒤에 백사공의 신원이 되면서 사폐지를 받은 게 파주입니다. 마산이요.

윤덕진 마산이요?

윤어르신 예. 춘외 옆에 마산이라는 동네가 있어요. 지금은 거기가 파주리지요. 그렇게해서 공신록에 올려주고 영정도 제작했지만 영정 공포를 못 했어요.

윤덕진 지금 영정은 어디에 계신 건가요?

윤어르신 제가 모시고 있다가 모시고 있기가 너무 불안하더라고요. 왜 그런가 하면은 영정 값이 자꾸 올라. 몇 억이 가요.

윤덕진 원래 영정이 드뭅니다.

윤어르신 예. 더구나 임진난, 병자호란 이전 것은 더 귀해요. 두 늙은이만 있는 집에 둘 수 없어서 광화문 서울역사박물관에다가 기증을 하고 그 부본을 만들어 주어서 제가 모시고 있어요.

윤덕진 아 그렇습니까?

윤어르신 예. 역사박물관에 전시가 되어 있을 거예요.

윤어르신 행명재는 과거를 해서 공직에 있었습니다만 사표를 내고 마산으로 낙향을 한 거죠. 낙향을 해서 살던 집터가 지금도 있습니다. 집터는 지금도 있는데 밭이 되어서 표지도 없죠.

윤덕진 네. 그래도 나중에 거기 한 번 찾아가 보도록 하겠습니다.

윤어르신 네. 행명재공이 주로 시를 거기서 많이 쓴 거예요. 돌화산으로 아버지를 임시로 모시고 산소 자리를 찾아다니기를 3년을 다녀서 반룡산을 찾았답니다.

윤덕진 여기가 반룡산이라는 말씀이지요? 그러니까.

윤어르신 예. 지금 이게 반룡산이지요. 5만분지 1 지도 가지고 올 수 있는데.

윤덕진 룡 용자이겠지요? 더위잡을 반자에다가.

윤어르신 아니요. 아니요. 소반 반자.

윤덕진 소반 반자입니까? 아 그렇습니까?

윤어르신 반룡산이 면적이 한 800정 조금 넘습니다. 큰 산이죠.

윤덕진 그럼 여기는 700미터 쯤 되죠?

윤어르신 네. 실은 5만분지 1 지도를 내가 요만큼 잘라놓았는데, 원래 이만한 거를 얻어다가 요만큼 잘랐는데, 한 쪽 구탱이 요기에 이렇게 휴전선이 있고 요기서 잴 수 있거든요. 정확한 지도니까. 거기서 보면 700미터.

윤덕진 사변 전에 거기를 가 보시거나 그런 적은 없습니까?

윤어르신 해방되고서 46년도에 우리가 월남을 했습니다.

윤덕진 월남요?

윤어르신 예. 그렇죠. 휴전선 38선 이북이에요 38선 기준으로 우리 종산의 일부가 이남으로 가고 그리고 인제 마을은 이북이 되서 우리는 46년에 고향을 떠나면서 그 다음부터 다시는 못 갔죠. 38선 이남이 진서면이고, 우리 반룡산은 장단군 진서면이고. 그리고 반룡산 동네는 장도면입니다. 이 반룡산이 경릉리, 늘목리 그렇게 진서면의 2개 리 하고 또 장도면에 가면은 상리, 중리. 상리, 중리 4개 리에 걸쳐서 800정입니다. 반룡산을 정점으로 여럿으로 갈라지죠. 아버지께서는 해방 전 일정 시대에 진서면 사무소에 근무하셨어요. 해방 되어서 49년도에 서울로 올라오셨다고 그러시더라고요. 늘목리에서 보면 골짜구니가 내려다 보입니다. 그 골짜구니까지는 백사공이 모셔져 있는 산소를 중심으로 해서 우리 선대가 8분의 산소들이 있어요. 그 골짜기를 향해서 한 번 10월 시향에 가셔서 그냥 절만 한 번 하고 왔다하는 말씀을 하시더라구요. 그 이후에는 휴전선이 더 이쪽으로 내려와 버렸으니까 38선보다 더 내려와 버렸으니까 갈 길이 없고요. 지금 휴전선은 반룡산 옆에 벌판이 조금 있고 지금 판문점 옆으로 흐르는 개울이 있고요. 요 뒷산이 대덕산인데, 대덕산은 뭐 아주 유명합니다. 그러는데 그 대덕산도 우리 윤씨네 소유예요. 백사공파 한 후손이 대덕산 돈 주고 사 가지고 있었어요. 그 후손은 지금도 있습니다만은.

윤덕진 한성윤공파 문중 어른들의 얘기가요. 저 괴산에 4대조부터 9대조까지 신위를 모시고 있는데요. 그 산소가 가묘입니다. 실묘가 아닙니다. 그러면 그 분들의 그 실묘도 여기 계시지 않았겠느냐 라고 하셨습니다.

윤어르신 저는 어떻게 보냐 하면요. 1세조 2세조 3세조는 저기 해평에 계시지만은 3세조 4세조 5세조까지 다 오음리에 계세요.

윤덕진 글쎄요.

윤어르신 그게 왜 그러냐 하면. 오음리가 개성에서 통상 30리라고 합니다. 그러니까 그 때에 우리 시조되시는 사공공께서 임금이 개성에 계셨으니까 전부 개성에 계신 거 아닙니까? 이 1,2,3,4,5대 어른들이요.

윤덕진 고려 때이지요.

윤어르신 선영은 전부 오음리에 계시다 그렇게 보고 있어요.

윤덕진 그 말씀이 맞을 수밖에 없습니다.

윤어르신 그 실묘된 이유는 뻔해요. 태종이 임금이 되면서 산을 막았잖습니까? 고려조에 죽은 선조는 고려의 신하니까 성묘하지 말아라. 너희들은 조선의 신하 아니냐.

윤덕진 그런 게 있습니까?

윤어르신 예. 산을 막았습니다. 또 조선조가 성립이 되고나서 우리 집안이 전부 한양으로 왔습니다. 우리 6세조서부터 한양에 계셨으니까. 큰집도 마찬가지예요. 문영공 자손들은 더구나 조선조 초기에는 쟁쟁하지 않아요.

윤덕진 저희가 한성윤공파인데요. 그러니까 한성에 계셨겠죠.

윤어르신 한성 윤공이 한성부 부윤을 하셔서 그리 부르지 않습니까? 우리가 해평 윤씨 나눌 적에 문영공, 충간공 이렇게 나누는데, 또 문영공 자손들은 큰 집이 해평에 상당히 큰 재산이 있었으니까 해평 쪽으로 가셨고, 작은 집 충간공 자손들은 장단 재산으로 관료로 계셨던 거야요. 그 이전에 선대는 어디에 계셨느냐. 다 오음리에 계셨다고 봅니다. 그래서 태종이 그런 명만 내리지 않았다면은 그 산소들이 지금까지도 오음리에 남아도 보존이 될 수 있었는데 그만 그렇게 막아버리니까 오음리에 가도 6세조 산소서부터 나옵니다. 그렇다면 1,2,3대와 4세조, 5세조는 어디로 갔느냐 이겁니다.

윤덕진 아, 6세조부터 계십니까?

윤어르신 그럼요. 6세조부터 오음리에 계십니다.

윤덕진 아 그러시죠.

윤어르신 1,2,(3),4,5세조까지도 거기에 계셨는데, 다 없어진 거예요. 성묘를 못 하니까. 그리고 사실상 서울에서 오음리가 이수로다가 근 200리 길인데, 200리 길을 어떻게 성묘를 다닙니까? 옛날의 집안에 성묘를 못 다니니까 어떻게 했냐면은 윗터들 경내 밑에 초가집 하나 지어놓고 관리하는 머슴들 두고 대토 경작을 시켜던 겁니다. 이조실록에는 임진난이 일어나면서 오음 월정공이 피란 갔다가 한성까지 돌아왔다가 임금을 쫓아 내려간 거로 되어 있어요. 그런데 그 시간이 얼마냐. 딱 하루밖에 차이가 안나. 그러면 임금의 행차가 날라 가지 않는 한 동파리에서 만났는데, 동파리가 어디냐면은 지금 장파리 있죠.

윤덕진 장파리요? 임진강 옆에.

윤어르신 예. 임진강 나루 장파리. 지금도 장파리까지 일반인들이 마음대로 가는 자리입니다. 그 때는 임진강을 건너다니는 나루가 파주는 장파리, 장단은 동파리 두 군데였습니다. 선조가 피란을 동파리 까지 가서 오음공을 만났는데, 어떻게 그 시간이 하루 밖에 아 걸렸냐 하는 겁니다. 그 200리를 하루에 날라갔다는 얘기입니까? 그 말이 안 되는 거예요. 왕조실록이 잘못 된 거예요. 집안에는 어떻게 전해지고 있냐면은 오음 월정공 형제 분이 북쪽으로 귀양을 가셨다가 또 황해도에 옮겨지셨다가 네 고향으로 가라 그래서 오음리에 가서 오음공이 되셨습니다. 가족들이 서울에 계시다 말고 오랜 귀양생활을 하고 오셨으니까 전부 임진난이 발발한 직후에 오음리로 다 내려간 거예요. 피란 겸 해서.

윤덕진 네. 그러니까 바로 만나실 수 있었던 거로군요.

윤어르신 만나셨을 때 무슨 일화가 있느냐면 오음공이 어영대장이 되고 동파리에서 동인들 막 쫓아내고 서인들을 기용했는데, 그 이튿날 좌의정까지 올라가지 않습니까? 그런데 가족들이 쫓아와서 그러면 우리 가족들은 어떻게 히냐. 쫓아서 피란을 가야 되냐 오음리에 있어야 되냐 하고 물어보니까 오음공께서 나는 이미 종사에 매인 몸이니까 가족을 데리고 갈 수 없다. 가족들은 가족들대로 가고 나는 나대로 임금을 따라가겠다. 그래서 거기서 헤어짐으로 해서 오음 월정공의 부인이 전란 중에 다 돌아가십니다. 피란 중에 다 돌아가시고 다시 못 만나죠. 이런 얘기 저런 얘기를 참작해 봤을 때 왕조실록이 잘못된 거예요.

윤덕진 그럼. 그렇겠네요.

윤어르신 자 황해도에서 귀양살이 하는 신하를 선조가 풀어줘서 서울에 그 전날 저녁에 도착을 해서 그 이튿날 새벽에 선조가 궁을 떠나지 않습니까? 어떻게 궁을 떠나있던 신하가 하루 저녁에 거기를 도착할 수가 있겠습니까? 이건 왕조실록이 잘못되고 집안에 구전으로 전해오는 이야기가 맞는다고 볼 수 있습니다.

윤덕진 뭐 실록이 꼭 이런 세부적인 게 다 정확하지는 않습니다. 틀리는 데가 있습니다.

윤어르신 이건 완전히 틀리는 얘기예요. 오음공하고 율곡하고도 가까웠습니다만은 파주에 있던 그 한학자 그 왜 이렇게 또 생각이 안나나.

윤덕진 우계인가요?

윤어르신 응, 우계 성혼하고는 엄청 친하셨어요. 성혼이 파주에 먼저 도착했잖아요. 장단으로 자기 종을 보냈다는 거야요. 비록 죄인이지만은 임금이 여기까지 오셔서 내일 강을 건너고 저녁으로 강을 건널 거니까 동파에 나와 있다가 임금을 맞이하라 하는 얘기를 우계가 종을 시켜서 먼저 기별을 해서 오음리에서 동파까지가 한 10여리 되는데, 10여리 되는 길을 나와서 오음공 월정공 형제분이 임금 건너오는 자리에서 기다렸다는 거예요. 이것이 집안에 전해 내려온 얘깁니다.

윤덕진 그게 제일 맞는 말씀이겠습니다.

윤어르신 예. 이 하루 저녁에 서울 한양에 도착해서 그 이튿날 새벽에 동파리에서 임금을 만났다 이게 이게 말이 안 돼요. 그럼 가족들은 어떻게 내려가. 가족들이 어떻게 그 오음리까지 내려가 있냐고요.

윤덕진 유씨 부인 세미나를 지난번에 한 번 하지 않았습니까? 질의자들에게는 그 선대 이야기가 중요한 겁니다.

윤어르신 선대가 글쎄 오음공이 할아버지 아닙니까. 그러니까 오음 월정공에 대한 이야기를 하면 되겠군요.

윤덕진 우선 옹주가 우리 집안으로 시집오는 그 얘기를 좀 들려주세요.

윤어르신 그 얘기가 어떻게 됐냐 하면은 그 인빈네 아버지가, 아 이거 내 이름도 알았는데, 하여튼지 간에 인빈네 아버지가.

윤덕진 김공양입니까?

윤어르신 예. 김공양이 맞아요. 선조가 해주까지 피란을 갔는데, 그 때는 임금의 신주도 계속 또 묻었다가 도로 캐갔다고 하는 그 혼란기니까 그 임금의 조석인들 엉망이죠. 그럴 적에 해주에 도착을 했는데, 영의정하고 우의정은 세자를 따라 가 버렸어요. 임금 앞에는 좌의정 하나만 남아 있어서 매사를 전부 상의를 하는데, 대신들이 있는 사랑방에 잔칫상이 크게 놓였거든요. 좌의정인 오음공이 이게 무슨 잔짓상이냐 물으니까 김공양이 아버지 제사를 드리고 나서 찬을 올린 겁니다 대답하니 그 놈 잡아들여라 한 겁니다. 김공양은 임금의 가장 총애하는 인빈의 오라비 아닙니까? 지금 때가 어느 때인데, 임금의 조석이 오락가락하는데 신하의 아버지 제사가 뭐 그리 대단하냐 한 겁니다. 볼기를 치려고 그러는데 임금은 안방에 있고 대신들은 사랑방에 있는데 그 사랑방에서 불호령이 나니까 인빈이 우리 오라비가 철이 없어 이런 짓을 했습니다 하고 임금한테 비니까 임금이 다시 들어오라고 해서 내가 가솔을 잘못 거느려서 그러니까 한 번만 용서해주라고 해서 끝났습니다. 그 잔치상은 먹지도 못하고 물려버리고. 인빈이 가만히 생각해보니 친정 재산은 상당히 굵어 모았거든. 오라비가. 저거 유지하고 살려면은 뭔가 백그라운드를 만들어야 하는데, 임금 앞에서도 저 오라비를 죽이겠다는 저 기백이면은 저 집안하고 어떻게 인연을 가지면은 사돈집이 되니까 어떻게 좀 보전을 해 줄 것이다 이렇게 계산을 한 거죠 인빈이. 그래서 자기 딸을 갔다가 오음공 손자한테로 부마를 정하는 겁니다. 그렇게 해서 정해진 국혼입니다. 원래 해평 윤씨에서 세 분이 국혼을 했는데, 저 평도공 지금 SBS 윤세영 회장네 평도공이 국혼하시게 된 건 들은 바가 없고, 그 다음에 해숭위는 선조의 부마가 됐고, 그 다음에 순조의 사위로 있는 남영위라고 있어요. 그 남영위도 부마가 되는 걸 집안에서는 불만을 가졌습니다. 옛날에는 부마가 되어 공주가 시집을 오면 며느리라도 시아버지 시어머니도 공주마마 아침 저녁 문안드려야 되니까요.

윤덕진 아 그렇습니까?

윤어르신 예. 그래 남영위 저 양반이 성질이 괄괄하고 그런 분이었나 본데, 저 양반이 부마가 되서 맨날 부인한테 대고 공주마마 이러려고 하니까 집안이 막 돌아가는 거야요. 그리고 부마는 기생집에도 못 가고, 공주들이 죽으면 재가도 못 합니다. 그래 이 양반이 맨날 불만을 하고 툴툴거리고 그냥 집안에서 그러니까 공주를 따라온 궁녀들이 있잖습니까? 궁녀들이 궁중에 들어가서 부마가 공주 대접도 제대로 안하고 왕가의 권위가 어떻고 하니까 순조가 그럼 귀양이라도 보내라 했습니다. 귀양지에 가려면 준비가 많습니다. 돈도 마련해야 되고, 귀양 가서 살 밑천을 다 마련해 가지고 가는 거지요. 그런데 이 양반이 귀양 명령을 딱 받더니 장터에 가서 지팡이 하나 사고 짚신 두 켤레를 사 가지고 덜렁덜렁 메고 오는 거거든요. 그러고는 공주 어서 나와라 이겁니다. 여필종부인데, 남편이 귀양을 가면 부인이 따라와서 시중을 드는 거지 뭐냐고 말입니다. 옷은 입은 옷 그거면 충분하니 빨리 나와서 짚신을 신으라고 했습니다, 옛날에 공주가 짚신을 알 리가 없잖아요. 그런데 짚신 신겨서 어깨를 끌다시피 해서 동대문까지 가는 겁니다. 동대문을 미처 나서기 전에 궁녀들이 서둘러 궁중에 가서 공주가 부마한테 끌려서 짚신 신고 작대기 짚고 귀양을 같이 가고 있습니다 하고 보고했습니다. 그래 부랴부랴 다시 불러들여서 귀양살이 세 시간을 했다는 거예요.

윤덕진 아이고, 대단한 분이로구만요.

윤어르신 예, 우리 집안에서는 국혼을 기피하는 전통이 있어요. 이걸 그날 받으니까 오음공 에 대하여 부정적으로 말하는 교수들도 있더군요.

윤덕진 아, 글쎄 말입니다.

윤어르신 아, 그건 진짜 우리 집안을 모독하는 얘기예요.

윤덕진 세미나 때 고려대 윤경희 교수가 발끈해가지고 그걸 지적했습니다.

윤어르신 윤경희 교수도 몰랐는데 그 얘기를 나한테 들었잖아요. 해숭위도 부마가 되니까 월정공께서 아 우리 집안에서 장원감이 없어졌다고 하셨다는 겁니다. 장원을 하면 얼마나 좋은데 부마가 되어 가지고 벼슬도 못하고 저게 뭐냐고 월정공이 탄식을 했다는 거예요.

윤덕진 그래도 해숭위는 부마로서 순탄하게 지내신 편이지요?

윤어르신 부마라니까 그냥 지내신 것 같아요, 그런데 별로 두 분이 가까운 것 같지는 않아요. 해숭위 산소가 여기 원당 아닙니까? 그 많던 재산도 다 없어지고 경매붙인 것만 조금 남아있다고 합니다.

윤덕진 여기선 아주 가깝죠?

윤어르신 예. 가까운 데 저는 한 번 갔다 왔는데 찾으라면 못 찾겠어요. 너무 오래 되어서. 제가 거기를 갔다온 것이 80년도 초가 되었을 텐데.

윤덕진 아 그러면 건물이 막 들어서고 그래 가지고요.

윤어르신 아니 건물이 막 들어서도 거기는 그린벨트이니까 변화가 없다는데 원당 도로가 변해버리니까 찾을 수가 없어요.

윤덕진 근데 해숭위도 지금 월정공께서 탄식하신 것처럼 문재가 있으시고 그런데 실제로 시재를 드러낸 것은 행명공이란 말씀이지요.

윤어르신 원래 백사공이 시에 아주 대단한 분입니다. 백사공은 그만 돌아가시기를 그렇게 돌아가셔서 백사공의 얘기가 묻혀서 그렇지 내가 연희동에 살 적에 어떤 분이 고문학을 연구하는 분이 계셨어요. 그 분 말씀이 내가 그 백사공의 후손이라고 그러니까 참 이 분의 시재는 그 때 당시에서는 최고봉이라고 하시더군요. 그 양반이 시를 많이 수집을 해서 놀러오라고 그랬는데 얼마 있다 찾아가니까 그 분이 돌아가시고 이사를 가버리고 그랬더라구요. (제 1일)

윤어르신 그 때 백사공의 많은 시를 가지고 있는 것으로 제게 많이 말씀을 하셨는데 그만 정리를 못 했는데.

윤덕진 지금 백사집이 있으니까요. 지난번에 말씀드린 것처럼 제가 생각할 때는 그렇습니다. 이 할머니가 시를 잘 지으셨던 분입니다. 윤씨 부인께서요. 그런데 여성이기 때문에 자기 시를 드러내지를 못하니까 남아있지 못하는데, 당신 아드님들한테 좋은 시를 쓰는 그런 문사가 되라 자꾸 권면을 하셨단 말씀이죠.

윤어르신 우리가 계유정란에 관련이 되가지고 참수 당한 분도 계시지만, 참수까지는 안 당하시고 진무부의라는 게 지금으로 말하면은 경찰파출소장 직책 쯤 되는 직책이예요.

윤덕진 참수 당하신 어른은 김종서 막하라고 그러셨잖아요?

윤어르신 그 어른은 문영공 증손벌 되시고 군기시 별감이니 지금으로는 수경사 사령관 정도이고 진무부의는 파출소장 쯤 되는 직책입니다. 이 분은 충간공파입니다. 고려조까지는 충간공파가 학문도 더 하고, 벼슬도 문영공 자손들보다 더 높게 했습니다. 고려의 마지막 왕이 그 누구예요? 공양왕인가?

윤덕진 네, 공양왕입니다.

윤어르신 네 공양왕이죠. 공양왕 세자의 스승을 가리켜 '세자사'라고 했는데. 세자사셨던 5세조 어른이 내가 어떻게 고려의 세자사로서 조선조에 가서 또 다시 벼슬을 할 수가 없시 않냐 해서 충간공파는 벼슬을 하지 못했는데 문영공 자손들은 오세조에서 건너오셔서. 이성계 편을 들어서 태종 적에 대제학도 하시지 않습니까? 그렇게 하는데 충간공 쪽에서는 벼슬 안하고 계시다가 한 대를 건너서 오다보니까 차례할 자리가 없고 그래요. 맨 처음에 육세조께서 하신 게 양주도호부사 아닙니까? 양주도호부 자리는 지금 의정부 지나서 고읍리라고 거기가 양주 도호부 자리인데, 도호부사는 청량리에서 있으면서 도성 방어가 양주 도호부사의 직책이거든요. 무관으로 출발을 해서 그 아드님이 안성 옆에 조그만 고을의 현감 지내시고 그 다음에 가서 그 아드님이 무관으로 출사를 해서 진무부의를 하셨는데, 이 진무부의공의 따님이 박대년이 아들한테 출가를 하시지 않았습니까?[1] 박대년은 사육신 박팽년의 동생입니다. 그래서 직접은 닿지 않지만은 방계로다 닿아가지고 화를 당하셔서 돌아가세요. 거기서. 사약을 받으신 건 아니고. 그냥 딸이 종이 되서 나가니까. 그때는 그렇지 않습니까?

윤덕진 뭐 그렇죠.

윤어르신 딸이 종이 되서 나가는 것을 보고 울화병이 터져 가지고 돌아가세요. 박씨 부인이 내려간 게 상주 아닙니까?

윤덕진 아 그렇습니까?

윤어르신 네, 상주.

윤덕진 박팽년?

윤어르신 아, 박팽년.

윤덕진 '박팽년'가로 출가를 하셨다고요?

윤어르신 예, 박팽년의 동생 박대년의 며느님이 되신 겁니다.

윤덕진 아, 네.

윤어르신 그렇게 사돈 쪽으로 연결이 되는 거죠. 그래서 그 후손들이 가

---

1) 왕조실록에 의하면 박팽년의 형 박대년(朴大年)의 아내 윤씨(尹氏)는 해평(海平)의 거족이었다. 또 형수 윤씨는 진무부위(進武副尉) 윤연령(尹延齡)과 고성 박씨(지합천군사를 지낸 박취신(朴就新)의 딸)의 딸로, 윤근수, 윤두수의 증대고모가 된다. (위키백과)

까스로 무관 벼슬을 하시는데, 그러다가 4대 지나서 지족암공께서 출사를 하시는데, 지족암공의 할아버지 되시는 분이 참으로 필재가 대단하십니다.

윤덕진 할아버님이요.

윤어르신 네, 지족암공, 할아버지가 아 내가 휘자를 잊었는데, 필재며 대단하셔 가지고 그 장원서의 장원을 하십니다. 지금으로 말하면 한 육급쯤으로 되는 셈이예요. 많이 올라간 거죠. 8~9급에서 뛰다가 6급까지 올라갔으니까. 이 분의 손자가 지족암공인데 지족암공이 대과 급제를 하고, 집안에 성가를 올릴 수 있는 초석을 마련한 거죠. 선대는 결국 진무부의서부터 4대손에 대해서는 볼 게 없는 거예요. 그냥 8~9급 무관들짜리 가까스로 연명이나 하는 거지요. 고향에서 농사 지어다가 연명이나 하다가 지족암공(?)이 광평대군의 증손녀한테로 장가를 들지 않습니까?

윤덕진 아, 그렇습니까?

윤어르신 광평대군 손들이 지금 송파에다 자리를 잡고 있어서 그곳으로 장가를 드신 거예요. 그 시시한 무관의 자손이 4대 지나서 보통 재주가 있지 않으면은 그 광평대군의 증손녀와 혼인할 수 없었겠죠? 그 장인 어른이 군호를 받으시니까. 자동적으로 왕족으로서 행세하게 된 겁니다.

윤덕진 지족암 종중이라고 성남에 윤금영 회장이 계시는데요.

윤어르신 천호동이겠죠. 성남이 아니라.

윤덕진 네, 근데 몇 차례 만났댔습니다. 이런 내력을 잘 모르시고요, 얘기하시는 걸 보니까 그 일대에 있는 그 재산이 땅 같은 게 좀 있는 모양입니다.

윤어르신 아니예요. 그게 그렇게 된 게 아니고요. 아까 말한 남영위 저 양반이 여태까지 만들어 놓은 재산인데, 그 얘기가 어떻게 됐냐면은 지족암공의 전실인 광평대군의 증손녀가 아들 3분을 낳고 돌아가세요. 가운데 분은 성가 전에 돌아가시고. 제일 큰 아드님은 담수인데 벼슬을 못하고 둘째 아드님이 아산 현감을 해서 아산공이라고 불립니다.

윤덕진 아, 이 분이 아산공이십니까?

윤어르신 네, 그리고 그 다음에 오음공 월정공인데 이 두 분은 후실 현씨 소생입니다.
팔거 현씨인데 지금은 전라도 영암에 이 양반들의 집안이 있습니다. 광평대군 후손들은 담수공에서 사실상 절손이 되었어요. 송만공이 대구에서 참화를 입고 후손이 끊어져서 계자, 양자를 들였으니 절손 된 거고요. 아산공이, 아산공이 그 어머니를 잘 모셨어야 되는데 담수공의 실제 아드님이 송만공이거든요.

윤덕진 아까 말씀하셨죠.

윤어르신 송만공하고 아산공하고 초시를 같이 봐서 50대 가서야 가까스로 합격을 합니다. 아산공은 소년이었는데 할아버지하고 한 날 초시에 합격을 해서 아산 현감을 합니다. 아산 현감도 초시 합격자는. 차례가 안 오는 건데, 이복동생들 벼슬이 점점 올라가니까, 과거를 보지 않아도 음보라고 벼슬을 주기도 하는데, 과거를 일단 봤으니까 아산 현감을 제수한 겁니다. 이 분들의 고향인 오음리 선영에 지족암공하고 계실인 현씨부인이 같이 모셔져 있습니다. 원칙상으로는 산소를 쓸 적에 정실을 먼저 쓰고, 계실은 옆에 따로 쓰게 되어 있는데, 오음리에 가면은 지족암공하고 현씨 할머니만 모셔져 있고 정실인 완산이씨 할머니 묘소는 실전이 됐어요. 완전히 실전이 되서 못 찾고 있다가, 순조 다음에 저 강화도령 철종 적에 해평 윤씨에서 대동보를 합니다.

윤덕진 그게 철종 대로군요.

윤어르신 철종 때 대동보를 하려고 하니까 완산 이씨가 나오는데, 완산 이씨 산소를 잃어버린 거야. 이건 명문가에서 잊을 수 없는 일이지요.(제2일)

윤어르신 장주공파, 오음공의 셋째 아드님 되시는 장주공 돌림 자가 '기' 자죠?

윤덕진 네, '기'자죠. '기'자 어른이 계시죠.

윤어르신 '기'자 분이 계시는데, 이 양반하고 저 남영위하고 두 분이 출자를 해서 이어진 후손들하고 장주공파의 또 한 분 한학자가 계셨는데, 그 분들이 앞장 서 가지고 광평대군 묘역에 있는 실전 되었던 산소를 찾은 겁니다. 그래서 단을 세우고 했는데, 단을 세웠으니 그 위터가 있어야 될 거 아닙니까? 남영위는 부마로서 송파에 큰 재산을 가지고 있는데, 거기서 일부를 떼어서 그 위터를 삼은 거야. 그 위터가 지금까지도 남아있습니다.

윤덕진 지난 번에 들었을 때 수서라고 뭐 그럽니다.

윤어르신 네, 그 수서예요. 이런 사정을 가서 얘기를 하면 남의 집안 얘기 들(는) 듯 해서 이 사람들이 이해를 못 해.

윤덕진 지금 오음공의 할머니를 부각을 시키려면요. 오음공서부터 시작을 해야 되지 않습니까? 그런데 이게 얼마나 자기 집안에 중요한 일입니까? 이게. 근데 이걸 잘 모르십니다.

윤어르신 지금 회장서부터 몽땅 몰라요. 제가 그 분들한테 이렇게 말 합니다. 괜히 앉아서 사람들 모아가지고 뭐 잔이나 한 잔 드리고 절만 꾸벅꾸벅 하는 거 이게 조상을 위한 길이 아니다. 이 조상이 누구고. 이 양반이 어떻게 해서 여기 모셔져 있고. 이런 거를 알아야 될 거 아니야? 뭐 심지어 어떤 짓을 하냐면 4월에 가서 시향을 지냈어요, 작년에, 금년에도 4월에 지냈고요. 그래서 나 그 다음서부터 종중에 안 가요. 4월 시향이 어디 있습니까? 조상을 모시고 싶다고 아무 때나 시향을 지내는 거예요. 윤조영 씨라고 있습니다. 그 양반이 고향이 북쪽해주 쪽인데, 그 아버지가 〈해평 윤씨 인맥〉이라는 걸 쓰신 분의 아드님이 윤조영 씨야. 그 책을 받으셨어요?

윤덕진 네, 가지고 있습니다.

윤어르신 그 책 저자인 윤용구씨 아드님이 윤조영인데 서울대학교 사학과 출신이예요.

윤덕진 예, 그렇습니까?

윤어르신 네, 고등학교 역사 선생님이야. 그래 사실은 윤용구 씨가 책을 신촌서 만드셨는데 사실은 그 아드님의 도움을 엄청 받았어요. 그래 윤조영이가 거의 다 만든 책인데, 이 양반을 그 때는 한 2번 만난 적이 있는데, 지금은 어디 사시는지조차도 몰라. 그 양반을 이렇게 만나면 집안 내력을 많이 알게 된 거예요. 사실상 그 양반이 실록이고 뭐고 전부 찾아서 했으니까. 나는 전부 들은 얘기고, 그 양반은 학술적으로 하신 분이니까.

윤덕진 그런데 이 들은 얘기가, 어느 집안이든지 역사의 객관적으로 기술되는 부분이 있고요, 집안에서 전해오는 가승이 있고 그러는데, 집안 내에서는 이 가승이 더 중요한 것이, 실제로 객관적으로 기술된 거는 아까 오음공이 선조를 동파에서 만나실 때 그런 것처럼 틀릴 수가 있습니다.

윤어르신 네, 그거는 사실과 완전히 틀려요.

윤덕진 그래서 제가 선생님 뵙고 정리하려고 그러는 게 이런 가승 전문의 실제를 우리 집안에 가지고 있기 때문입니다.

윤어르신 임진난 다 겪고 나서 '두'자 '수'자 어른하고, '근'자 '수'자 어른이 저녁 때 한양에 도착합니다. 그 이튿날 새벽 4시에 선조가 피란 나갔는데, 두 분이 백의종군하는 거로 되어 있어요.

윤덕진 백의종군이라고 그래 써 있습니까?

윤어르신 아니요. 무관으로서 따라갔다 그러는데, 그 무관자들은 강을 건너가는 배를 탈 수 없어요. 배가 몇 척 못 건너갔어요. 차례가 안 와. 그러니 동파에서 맞이해야 맞는 겁니다.

윤덕진 그것도 안 맞는 얘기로군요. 그러니까.

윤어르신 아니, 거기에 일화, 아주 재미나는 얘기가 그때 당시에 어의가 누굽니까?

윤덕진 허준.

윤어르신 허준이 어의가 되어가지고 나서 나이가 좀 먹고 당상관에 오르고 나니까 시시한 퇴물 양반집에서 와서 좀 치료를 해달라고 그러면은 안 가. 나 각기병이 들어서 못 간다고. 각기병이라는 게 걸음 못 걷는 게 아닙니까? 그래 각기병이 들어서 못 간다고 그러다가 무악재를 넘는데 보니까 어승, 어승은 그때 도승지니까 어승이 따라 선조를 모시고 넘을 거 아닙니까? 어승이 따가면서 보니까 허준이 늙은이가 도롱이를 뒤집어 쓰고 꾸벅꾸벅 쫓아오거든. 그러니까 누구는 각기병 들어서 왕진도 못 다니던 분이 저기 온다고 그래서 무악재 고개 그 정말 쓸쓸하기 한이 없는 자리에서 전부 한 차례 웃고, 선조가 어디 가서 말을 한 필 구해줘라 그러니까 아무리 급해도 홍제원까지는 가야 역마가 있을 거 아닙니까? 홍제원까지 나가야 역마가 있습니다 그러니까 고생이 되도 홍제원까지는 걸어서 따라오라고 그래서 허준도 말을 한 필을 얻어 탔다는 거예요. 어의도 걸어서 쫓아가는 판국인데, 파직되었다가 돌아온 신하가 뭐 그리 대답합니까? 안 그럽니까?

윤덕진 그렇죠.

윤어르신 임금의 측근이나 거기를 따라다니지 조금만 멀면 다 떨어지는 거야. 볼 거 없어요. 지금 임금이 포로가 됐느냐 안 됐느냐 쫓기는 판에.

윤덕진 윤경희 교수하고 얘기를 하면서요. 그 윤씨 부인의 행적 가운데에 제일 중요한 부분이 뭐냐. 근검, 그 청빈한 거다 그거를 인제 그 옹주가 들어오셔서 그 할머니가 교육을 시킨거다 그렇게 이해를 했는데요.

윤어르신 근데 사실은 그 용주가 와서 이 오음공가가 부자로 살았쥬. 난 1결이 얼만인지 모르지만 선조가 오음공의 큰 아드님이 치천공 아닙니까? 치천공에게, 곧 오음공 앞으로 내린 농지가 총 면적을 합하면은 두 차례인가 세 차례에 걸쳐서 하사를 했는데, 320결입니다. 320결이면은 뭐 아무렇게 따져도 작은 농지 같지는 않아요. 중량구의 우리 문중 땅이 있었습니다.

윤덕진 중량구요?

윤어르신 중량구 종토. 거기가 오음공에게 내려진 자리예요.

윤덕진 아 그렇습니까?

윤어르신 중량구 104번지 그 일대예요. 거기에 산이 있었는데 산이 누구의 산이냐 하면은 치천공의 처갓집 산이었어. 처갓집 산이었는데, 오음공이 생전에 아드님더러 장인한테 그 산 좀 달라고 그래서 그 산에다가 별장을 짓고 이사를 가신 게지요, 이 별장을 짓는 도중에 오음공은 돌아가셨어요. 오음공은 청파동에서 돌아가시고 나중에 와서 치천공이 거기로 가 사셨죠. 그래서 그곳이 6.25 후까지 있있어요.

윤덕진 그렇습니까?

윤어르신 네.

윤덕진 그 이후로 다 없어진 거군요.

윤어르신 그래, 어떻게 됐냐면 지금 오음 종손이 홍일이 아닙니까? 홍일이 아버지가 만진인데, 만진이의 양아버지 산소가 그 산에 있었고. 오음리에 모실 수 없었으니까. 해방 후에 돌아가셔서.

윤덕진 아 그렇습니까?

윤어르신 그리고 양어머니, 어머니는 행방불명이 되었어요. 이 만진이라는 사람이 정말 그렇게 엉터리일 수가 없어. 오음 영정도 관리를 못 하고 내가 알기로는 윤치영 씨가에 가 있는 것 같은데.

윤덕진 네, 그렇게 되어 있는 것 같습니다.

윤어르신 윤치영 씨가에 가 있는 것 같은데, 그 다음에 지금 국군묘지 있지 않습니까?

윤덕진 국립묘지요? 노량진이요?

윤어르신 네.

윤덕진 그렇습니까?

윤어르신 그래요. 오음공이 하사 받았다는 기록이 나와요. 우리 꺼입니다. 이거를 이 관리하는 관리자들이 잘못 해가지고 그냥 헌납한 겁니다.

윤덕진 아이고. 뭐 그렇게 되가지고 대종중이 그냥 빈털털이가 됐군요.

윤어르신 그럼요.

윤덕진 이 세상에 대종중이 이런 집안이 없거든요.

윤어르신 해평 땅이 320정 아닙니까? 그 들판이. 이거를 윤비의 아버지 윤택영이가 문장 제도를 맨 처음으로 만든 분입니다.

윤덕진 아, 그 분이 처음 만드셨습니까?

윤어르신 해평 윤씨의 초대 문장이 윤택영이야.

윤덕진 아, 그렇습니까?

윤어르신 이 양반이 그 절반을 동양척식에다가 잡혀가지고 그 돈 가지고 만주 가서 아편 맞다가 죽은 게 윤택영이 아닙니까? 난 근데 그거를 이해를 해. 그 양반을. 왜 그러냐 그게 사실은 윤비가 좀 똑똑합니까? 우리 고향도 보고 난 한 번 가서 만나 본 일까지 있는데, 상당히 미인입니다. 똑똑하고, 글씨 잘 쓰고, 그림 잘 그리고. 그 양반이 글씨 쓰고, 그림 그리면 방에 좀 해 놓은 거를 보면 그래 뭐 이런 데다가 뭐 입춘 때 같은 때 뭐 주련을 써 가지고, 써 붙여놓은 것을 보면 잘 써요. 글씨를요. 그런 그 똑똑한 딸을 형이 그냥 강제로 고자한테로 시집 보내가지고 그렇게 만든 거 아닙니까? 그까짓 부원군이 무슨 소용이 있어? 그러니까 이 양반은 그렇게 해서 그냥 북쪽에서 아무도 없이 그냥 혼자 돌아가신 거 아닙니까?

윤덕진 그 윤비가 마지막 계시던 데가 장위동이라고 그럽니다. 가 보셨습니까?

윤어르신 아니요.

윤덕진 장위동, 지금 저 드림랜드인가 뭐 거기도 우리 집안 땅이었나요?

윤어르신 윤비는 장위동이 아니라 정릉에 가 계셨죠.

윤덕진 정릉이요?

윤어르신 네, 정릉 잠깐 나가 계셨고. 나중에 돌아가실 땐 서울 시내로 오셔 돌아가(셨어). 박정희 집권한 후로는 다시 궁으로 들어와 가지고. 그래 어떻게 됐느냐면.

윤덕진 아, 네. 낙선재 계셨던 가 뭐 그렇지요?

윤어르신 네, 낙선재에서 돌아가셨어요. 어떻게 됐냐면 왜 정릉으로 쫓겨나갔냐면 영국에는 그런 이런 풍습이 있답니다. 대사로 가면은 집안에 제일 어른한테 제일 처음가서 인사를 하는 거야. 그러니까 영국 대사와 가지고 낙선재에 가서 윤비한테 제일 먼저 찾아봤어. 그러고 이승만이를 찾아간 거야. 그니까 이승만이 지금 내가 제일이지 저이는 뭐냐. 낙선재에서 나가라고 그러라고.

윤덕진 아, 그렇게 된 겁니까?

윤어르신 그래서 정릉에 가서 누구의 집이냐 하면 정릉도 그 있지 않습니까? 그 능지기의 집. 정릉 그 정릉 능이 있지 않습니까? 그 누구야. 강(빈).

윤덕진 강빈.

윤어르신 강빈 능 능지기의 집 거기에 가서 있었어요. 거기에 가서 이사 가서 그랬지 장위동하고는 (관계가 없습니다.)

윤덕진 아, 그러니까 그 장위동 제가 지금 착각을 했는데요, 지금 장위동에 드림랜드 안에 고가, 한국 고가구박물관이라는 게 생겼답니다. 윤비가 사시던 집을 거기에다 옮겨놓았답니다. 그 안에 그림 같은 거 그대로 둔 채로요. 윤경희 교수가 가 봤답니다. 거기도 언제 한 번 가 봐야겠습니다.

윤어르신 박정희가 집권하면서 낙선재로 들어와 계시다 돌아가셨어요. 이 사실 말도 안 되는 거지만, 그래 그 양반이 영국 대사를 먼저 나부터 찾아오라고 뭐 이런 것도 아닌데 이승만이가 억지 부려서 그랬던 거지요. 그래서 그 낙선재를 잠깐 떠나가 계셨던 거고. 막상 돌아가실 때는 낙선재에서 돌아가셨어요.

윤덕진 그럼 해숭위는 어떻게 해서 원당에 계시게 된 겁니까?

윤어르신 아니, 부마가 되어 가지고 돌아가신 다음에 원당으로 산소 자리가 잡힌 거죠.

윤덕진 산소만요.

윤어르신 그렇죠. 집은 서울이고.

윤덕진 지금 혹시 뭐 집 자리라도 있나요?

윤어르신 아니, 서울인데 어떻게 있어요.

윤덕진 아니 그러니까 그 위치라도 알 수 있는지요?.

윤어르신 그거는 모르죠. 우리 백사공이 사시던 집터는 삼청동이라고 그러더라고요.

윤덕진 삼청동이요.

윤어르신 그런데 뭐 삼청동까지를 우리 할아버지는 다녀오셨다고 그러시더라고.

윤덕진 아 그렇습니까?

윤어르신 네, 근데 뭐 난 나도 할아버지 기억이 없으니까 아버지께서 너 할아버지께서 삼청동에 있다 (그러셨습니다.)

윤덕진 윤씨부인이 남편 순절하고 나신 이후에 친정에 와서 두 아드님을 키우셨더라고요.

윤어르신 네, 그럼요.

윤덕진 거기가 서울 어디일 텐데.

윤어르신 그럼요. 모르죠. 원당은 아니에요. 원당은 산소 뿐이예요.

윤덕진 그냥 산소만 계신 겁니까?

윤어르신 그럼. 그렇죠. 산소만. 아니 그때 부마의 산소하면은 그 일대가 뭐 전답이고 산이고 다 이만큼 해서 이건 그냥 다 (갖는 거지.) 오음리도 삼백 한 이십 정되는 걸로 되어 있는 걸로 알고 있어요.

윤덕진 네, 굉장히 크다고 저도 들었습니다.

윤어르신 네, 산이 옛날부터 320정 정도 되고. 반룡산은 뭐 말도 할 필요

없이 크고.

윤덕진 반룡산이 더 큽니까?

윤어르신 크죠. 800정인데.

윤덕진 여기서(탄현) 망원경 같은 거로 보면은 보이지 않을까요? 돌화산이라는 데로 가서 관측도 하고 그러지 않습니까?

윤어르신 아니요. 돌화산이 아니라 대덕산을 가면 돼요.

윤덕진 대덕산에요?

윤어르신 네. 그 대덕산에 가 보면 되는데, 사실 군대에 막혀서 길이 없어서 그렇죠, 대덕산에 올라갈 수만 있다면은 반룡산은 뭐 대덕산 건너인데 뭐.

윤덕진 그런데 이런 경우가 있습니다. 강화도 연경정이라고 정자가 조선 초기 정사가 있어 가지고 군부대에 사전 연락을 하면은 들여보내줍니다. 그래서 돌화산, 저 반룡산을 한 번 멀리서라도 촬영하기 위해서 연락해서 갈 겁니다.

윤어르신 제가 구글(google)에서,

윤덕진 구글이요?

윤어르신 네, 구글을 가지고 반룡산을 찾았어요. 내 조카애가 했는데, 걔한테서 내가 그걸 복사를 해 와라 해서. 근데 구글에는 그냥 보면 등고

선이 안 나와. 내가 5만분지 지도를 주면서 잘 합성을 해서 만들어 와라 그래서 아마 이번에 아버지 제사가 얼마 안 남았는데, 그 조카 녀석이 그런 일을 하니까 인제 해 가지고 올 거예요. 그러면은 반룡산 그걸 보는데, 우리가 살던 반룡산 원 동네는 집이 한 채도 없어요.

윤덕진 네, 그 저 구글 지도상에요?

윤어르신 네, 집이 한 채도 없고. 거기에 산소 하나가 보통 몇 백평이지요. 그런 큰 산소들 하나도 없이 판판하게 다 밭이 되었고, 단 백사공 산소는 그냥 거기 이렇게 산 능선은 있더라고. 구글에서 보니까 산으로 그냥 있는 거와 밭으로 만든 거하고는 차이가 나던데.

윤덕진 비무장지대 아니겠습니까?

윤어르신 아니에요. 비무장지대 바로 북쪽이야.

윤덕진 북쪽이라고요. 아, 네.

윤어르신 반룡산이 주봉이고 서남 간으로 옥류봉이 있는데 이 옥류봉은 재들이 땅굴 파 가지고 하나도 안 남아났을 거라고 그래.

윤덕진 옥류봉이요.

윤어르신 네, 내가 오늘 그 지도를 가지고 나왔어야 되는데, 내 다음에 한 번 그거를 전해드릴게요. 난 다른 집 산소는 모르고 우리 백사공파 중에서도 우리 조상이 13분이 북쪽에 모셔져 있는데, 내가 14대니까 13분이 모셔져 있는데, 내가 11분 산소는 기억을 하고 있어요. 지도상으로 대략 여기다 할 수 있는데 2분 산소는 도저히 기억을 못하고 그래요.

5만분지 1지도를 놓고 구글 지도를 컴퓨터에서 뽑아보니까 동네에 집이 한 채도 없고 반룡동이라는 동네 저쪽으로 반룡산서 한 3마장 거리를 떼어서 거기 가서 몇 집이 있다고. 거기 원주민 반룡산 원주민은 하나도 없는 것 같애.

윤덕진 그렇겠죠. 아무래도 뭐 경계 지역 같은 데니까.

윤어르신 거기 지금 남아있다는 사람도 뭐 인민군 군인 가족이나 뭐 그렇겠죠.

윤덕진 뭐 그렇겠죠.

윤어르신 여기도 뭐 다 그렇잖아요.

윤덕진 네, 그럼 마찬가지겠죠. 그 해숭위는 문집이 있으시잖습니까?

윤어르신 모르겠어요.

윤덕진 아, 있습니다. 제가 지난 번에 우리 집안의 주요 문집을 추적을 해서 정리해 놓았는데요. 해숭위문집은 문집 총간에는 들어있지 않고 국립도서관인가에 있는 걸 확인 해 놓았습니다. 그런데 그 문집을 또 봐야겠지만 해숭위에 관해서 집안에 알려진 그런 얘기가 또 있습니까?

윤어르신 그러니까 저희 집안에서 해숭위에 대해서 더 알지를 못 하는 게 그렇게 되어서 사뭇 원수가 되다시피 되가지고 4색 당파가 갈릴 적에 위로 3형제 후손들은 노론, 우리 백사공파는 소론이 되었습니다. 이후로 더 알지 못하게 되었습니다.

윤덕진 아 그렇게 되었습니까? 그 행명재를 인조가 부르셔 가지고.

윤어르신 부르신 게 아니고요. 미산에 계셨잖아요. 여기 파주 미산에. 그러다가 임금이 난을 당해가지고 남한산성으로 들어가지 않았습니까? 그러니까 행명재가 말씀하시기를 하여튼지간에 신하인데 임금이 피란을 갔다는데 어떻게 안 가 볼 수가 있느냐. 그래서 미산서 거기를 찾아간 겁니다. 그 얘기가 집안에 전해져요. 인조가 내가 너희 부친을 죽게 해서 참으로 미안하다. 참 아끼던 신하였는데 하고는 그 길로 기용을 하지 않습니까? 백사공의 아드님이 4분인데 4분 중에서 유일하게 행명재공만 출사를 해서 조정에서 일을 봤고, 그리고 셋째 아드님 그 때 평양에서 백사공을 모셨던 기암공은 과거 대과에 급제를 한 후에 그 호란이 일어난 거예요. 대과 급제하고 벼슬을 받기 전인데 그렇게 되니까 여러 가지로 인조가 벼슬을 내리면서 오라고 그래도 안 가서 이 양반은 결국 직함만 있어요. 직함만 있고. 둘째 아드님은 여주.

윤덕진 여주요?

윤어르신 네, 백사공의 둘째 아드님은 여주에 가 계시고. 큰 아드님 행명재가 아버지의 땅을받아서 아마 그 재산을 나눴겠죠. 4형제가. 큰 아드님은 파주 미산으로 오시고, 둘째 아드님은 재산을 나눠서 여주로 가신 거야. 여주로 가시고. 이 양반 호가 파천인데, 파천공께서는 사헌부에 근무를 하셨어요. 셋째 아드님은 대과에 급제를 해 가지고서 무슨 벼슬을 받기 전에 호란이 일어나니 벼슬을 받기 전이니까 아버지를 따라 다니는 거지. 아버지를 따라 가서 평양 감영에 가 계시다가 그렇게 화를 당하시고, 넷째 아드님도 대과에 급제를 해서 청도군수를 나가 있었어. 막내 아드님이 청도군수 막 나가자 아버지가 그렇게 화를 당하시니까 임기도 안 채우시고 그냥 돌아오셔서 그냥 파주에서 같이 지냈습니다.

윤덕진 저희가 확인해 놓은 것 중에 기암만록이라는 게 있습니다. 기암의 글입니다. 백사공 아드님이요. 그 분이 쓴 그 이렇게 말하자면 수필 같은 거라고 할까요?

윤어르신 그렇죠. 만록이란 게.

윤덕진 그게 서울대 규장각에 있던가 그렇게 되어 있습니다. 그래서 그 백사공, 기암공, 행명재 같이 이렇게 얘기를 해야 그 전모가 제대로 이야기가 될 것 같습니다. 백사 행명재 왕목 간독집이 저기 고대에 있다고 그랬지 않습니까? 16장인가 그렇게 뿐인가 안 됩니다만은.

윤어르신 근데 이게 일화입니다만은 저희가 삼청동에 사시다가 낙향을 할 적에 낙향을 하신 게 어느 때냐면 내게 증조부예요. 내게 증조부까지 삼청동에 사셨어요. 반룡산에 사신 게 아니고. 그 증조부께서 삼청동에 사시다가 파주에 있는 재산도 다 없애고, 반룡산 워터 찾아서 가는 거지. 그니까 쫄딱 망한 거죠. 해서 임진강을 건너려고 하니까 배는 조그만 한데 책이 너무 많아. 그래서 그때 그 책을 임진강 둑에서 2배분을 팔았다는 거야. 그 배가 얼만한 지도 모르고 책이 몇 권인지 모릅니다만은 그 책이 그렇게 많은 책을 갖다기 그때 우리 증조부소만 해도 책이 좀 귀합니까? 그때 일정 이전이니까. 2배를 팔고서 반룡산으로 들어가서 사시고 이 양반이 휘자를 바꿔요. 그래 그전 초휘를 몰라요. 어두울 회자를 써요. 어두울 회자를 써서 회영이라고 하셨습니다.

윤덕진 행명재 어른하고 작명하시는 게 비슷하시네요.

윤어르신 그렇게 해서 어두울 회자를 써서 고향에 가서 계셨던 거야. 그리고 아주 일찍 돌아가세요. 이 양반이 고향에 가서 약주만 자시고 해서 아주 일찍 돌아가셔서 우리 할아버지가 2살에 돌아가시던가 우리 할아버지는 아버지 기억이 하나도 없어요. 그래 아주 어렵게 어렵게 사시다가 할아버지께서 부지런하시고 재주가 있으셔서 혼자서 독학으로다가 공부를 하시고 그러면서도 가계를 어느 정도 이루어서 일정한 800정이라는 그늘이 있으니까 그렇게 이뤄서 반룡산 집도 제대로 유지하시고 살림도 어느 정도 필랴고 하는데, 일본 놈들이 얼마나 독하냐면 우리 아버지가 문산농업을 다녔어. 우리 할아버지가 장가를 여기 파주로다가 드셔서 파주에 계셨는데, 아버지가 외갓댁에 와서 초등학교를 다니고, 반룡산서 저쪽까지 너무 머니까 여기 가까운데 와서 외가에서 가르치고 외가에서 문산농업이 선유리에서 한 3마장 거리 되니까 문산농업에 들어갔는데 일정시대에 우리 할어버지 4촌되는 윤기섭.

윤덕진 네, 독립운동가이시죠.

윤어르신 독립운동가, 이 양반이 우리 할아버지 4촌이세요. 이 양반이 독립운동을 하니까 일본 놈들이 아버지를 강제 퇴학을 시켜놓는 거예요.

윤덕진 아, 그러셨습니까?

윤어르신 조카니까. 강제 퇴학을 시켜서 1학년 다니시다가 퇴학을 당해서 이 양반이 그때 윤기섭 씨가 어디 있을 적이냐면 신흥무관학교 있을 적에 일본 놈들이 그런 거 하는 걸 보면 참 악랄하게 처리를 철저하게 합니다.

윤덕진 그 미산이라는 데는 지금 가시면은 집터가 어디고 좀 아시죠?

윤어르신 네, 알아요. 아버지, 어머니를 내가 그 동네에 산이 좀 있어가지고 마련을 해서 모셔 놓아서 그래서 거기는 늘 다녀요. 거기를 가면은 기암공 후손이 1분 지금 그 동네에서 노인회장도 하고.

윤덕진 아, 그런 분이 계십니까?

윤어르신 네, 남의 얘기를 이렇게 하면 안 되는데, 그 분이 서손이세요. 기암공의 적자들은 영조 때 아주 몰살 당해버렸어요. 당쟁으로 해서 사화 때 아주 씨도 없이 싹 없어졌어요. 그리고 서손들만 남아서. 영조 때 서손들이 갈 수 있는 게 이 적손네 집밖에 더 있습니까? 적손네 집에 와서 어떻게 대고 빌어야 먹고 살지 먹고 살 길이 없으니까. 그렇게 해서 우리 집에 와서 있다가 행명재공께서 해 놓으신 집으로다가 그 기암공 후손들이 가서 사셔서 그래 그 집터가 쭉 내려온 거지. 그 동안 보수도 하고.

윤덕진 집이 그냥 그 자리에 있는 겁니까?

윤어르신 아니요, 없어졌죠. 6.25 일사 후퇴 때 내려오면서 그 동네는 싹 불나버렸잖아요.

윤덕진 그럼 지금 파주리, 미산이라 하는지요?

윤어르신 이니, 지금은 행정직으로는 파주읍.

윤덕진 파주읍이요?

윤어르신 네, 파주읍 파주리.

윤덕진 파주리?

윤어르신 네, 파주리 2리라고 그러던가?

윤덕진 여기를 한 번 좀 가야 될 것 같습니다.

윤어르신 가서 봐도 보실 게 아무 것도 없어요.

윤덕진 아니요, 그래도요. 거기 촬영을 해 두어야 합니다. 어느 집안이든지 옛날 무슨 건물이 남아있거나 그런 집이 없습니다. 그러니까 어떤 지역이 잡히면 다 그렇게 사진 찍고 합니다.

윤어르신 그렇죠. 일정시대 우리 집안이 망하기 전까지 파주읍사무소에서 통일로까지가 한 2킬로 됐는데, 그 구간에 이렇게 개울을 가운데 두고 양쪽으로 재산이 어떻게 됐냐면은 우리 해평 윤씨며 우리 집안, 또 반남 박씨, 여산 송씨 이 3집안이 관리하고 있던 거예요. 옛날 시골 면이라는 게 몇 집안에서 다 관리하는 거죠.

윤덕진 네, 제가 오늘 많은 말씀 들었고요. 특히 행명재 세미나와 관련된 이런 자료를 만드는 데는 많은 도움이 될 것 같습니다.

윤어르신 그 때 당시 백사공께서 하사지를 얼만큼 받으셨는지 모르겠는데, 미산에 지금 노인회장의 아버지가 영선 씨라고 계셨는데. 6.25 때 전쟁이 나니까 어디서 식량을 얻어다가 먹을 데가 없잖아요. 그래서 아버지께서 피란을 여기로 오셨어요. 그때 동네 노인네 몇 분이서 이런 말씀을 하시잖아요. 그 잊어버리지를 않아. 지금도 저쪽 개울에 지금은 지형이 바뀌었어도 장마가 지면 왔다갔다 그러잖아요?

윤덕진 그렇죠.

윤어르신 저쯤에 "양구댁 거위 막다"라는 말이 있다는 거예요.

윤덕진 양구댁?

윤어르신 거위 막다.

윤덕진 그게 무슨 말입니까?

윤어르신 이게 무슨 말이냐 하면은 거기서 가을이면 거위를 잡잖아요.

윤덕진 아, 네.

윤어르신 거기가 아마 거위가 잘 잡히는 목이었던가 보지. 거기서 거위를 잡으면은 그 일대의 논이 우리 논이니까 우리 논에서 자란 거위니까 우리가 거위를 바쳐라했답니다. 말하자면 봉이 김선달 같은 이야기죠.

윤덕진 그 노인회장은 존함이 어떻게 되십니까?

윤어르신 지금 그 양반이요?

윤덕진 네. 구사 돌림이시셨네요.

윤어르신 네. 성구예요. 이룰 성자 써 가지고. 이 양반도 아주 기막히고 대단한 분이예요. 6.25 때 한국군 졸병이었었어. 그때 집안이 가난해서 꼴 베기, 소 멕이는 꼴 베기가 싫어서 군대를 갔다는 거야. 그래 가지고 후퇴를 하는 바람에 여기 행주나루에서 포로가 되잖아요. 전쟁 나자 고랑포에 있다가 후퇴해서 행주나루까지 가서 행주나루에서 후퇴해가지고 저 만주로 해서 빙 돌아서 인민군으로 편성이 됐잖아요. 그래 포로 교환에도 나오지도 못 하고 있다가 이 양반이 얼마나 열심히 일을 했는지 최일선에 배치가 되려면은 노동당원이 되야잖아. 한국군은 빽 없어서 일선으로 가는데, 인민군은 노동당원이 되야 최일선에 근무를 해. 또 최일선에 근무를 해야 세 끼 밥을 먹을 수 있어. 후방에서는 도로공사나 하고 밥도 제대로 못 먹고. 얼마나 열심히 일을 했던지 최일선 중부전선으로 배치가 된 거야. 포로가 노동당원이 된다는 거는 아주 특별한 경우인데, 이 양반은 그거를 해냈어. 그래가지고 딱 배치되자 저 놈들 감시가 얼마나 센데 며칠 지나서 한국군으로 휴전선 넘어와 버린 거야. 휴전된 지 3년 만에 넘어왔어요. 그래 신문에도 나고 그랬죠. 그래 넘어와서 보니까 새벽에 밤중에 넘어와서 자기도 웅크리고 있다가 새벽에 훤하고 그러니까 초병이 이러고 자더래. 그래서 그걸 깨우니까 깨우고 난 다음에도 근무 중 이상무만 찾고, 잠결에 누군지 모르니까. 나 이래이래 인민군인데 이렇게 넘어온 거라고. 내가 본래는 한국군이라고. 그런 얘기를 해서 그래 인제 자기 신원 얘기를 하니까 그때 여기 사단장인가 연대장인가 백선엽이었대요. 그 백선엽이도 알고 자기 직속상관들을 다 아니까 치자가 다 만나니까 다 아는 거 아니예요. 맞다고 그러니까 바로 인제 나오고 그랬습니다. 그러면서도 그 감시가 참 오래가더라고.

윤덕진 그럼요. 노동당원이었는데요. 이제 파주 문산 미산에 갈 때 여기는 찾을 수 있을 것 같거든요. 이 정도면은.

윤어르신 아니, 뭐. 오늘 바쁘시지 않으면 여기서 가까워요.

윤덕진 아니 괜찮으시겠습니까?

윤어르신 그럼요, 뭘. 여기서 가까우니까 지금 지금 갔다오지요 뭘. 이 다음에 뭘 가요. 미산은 뭐 차 가지고 오셨지요?

윤덕진 아, 차를 안 갖고 왔고만요. 오늘.

윤어르신 아, 차 안 가지고 왔어요? 그럼.

윤덕진 다음 기회에 해요.

윤어르신 아니요, 여기서 저 여기 전철역이거든요. 이거 타면 한 10분이면 파주역 가고, 거기서 버스타면 두 정거장 가면 미산이예요. 그래 지금 가세요. 그냥. 그렇게 해서 가도 괜찮아요.

윤덕진 네, 시간이 되시면. 아니 그럴 줄 알았으면 차를 가지고 올 걸 그랬습니다.

(이 날, 미산면에 가서 노인회장 성구씨를 뵙고 행명재 집터를 확인하였다.)

반룡산 묘재도

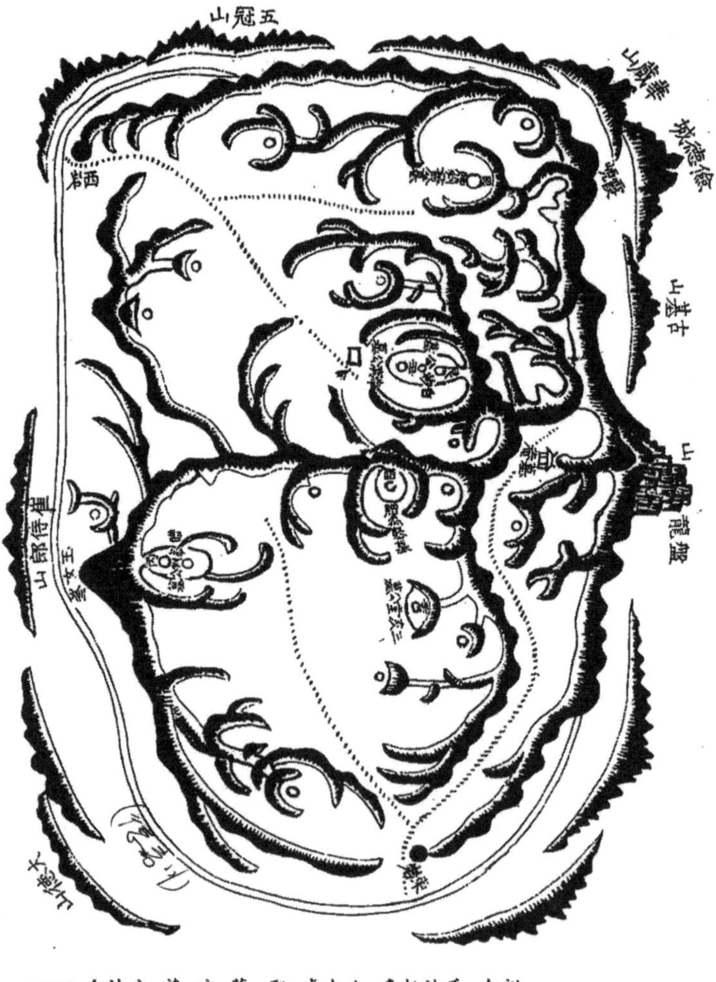

白沙公 諱 喧 以下 盤龍山 墓在圖

◎ 所在：京畿道 長湍郡 松西面 盤龍山

▲13世 白沙公 諱 喧 墓, 配 貞夫人 青松沈氏 合祔

◎白沙公 諱 喧 以下 世葬圖解

白沙公 諱 喧 墓在：長湍郡松西面盤龍山主峯南下西轉艮坐坤向庚破有八面莎臺玄孫大提學淳撰書表 東邑治三十里 南板門橋二十里 西開城邑三十里 北華莊山三十里

滓溟公 諱 順之 墓在：白沙公墓同脉丑坐未向庚破有莎臺從曾孫大提學淳撰書表

贈 參議公 諱 塼 墓在：東越岡新陵酉坐卯向得乙破有曾孫得養書表

贈 贊成公 諱 世喜 墓在：新陵北岡壬坐丙向有大提學李德壽記陰男大提學淳書表

贈 參判公 諱 世鐸 墓在：玉女峯下丙坐壬向癸破有孫男得養書表

贈 判書公 諱 墺 墓在：白沙公墓西北霞峴艮坐坤向有孫男大提學淳撰書表

백사공파가계도

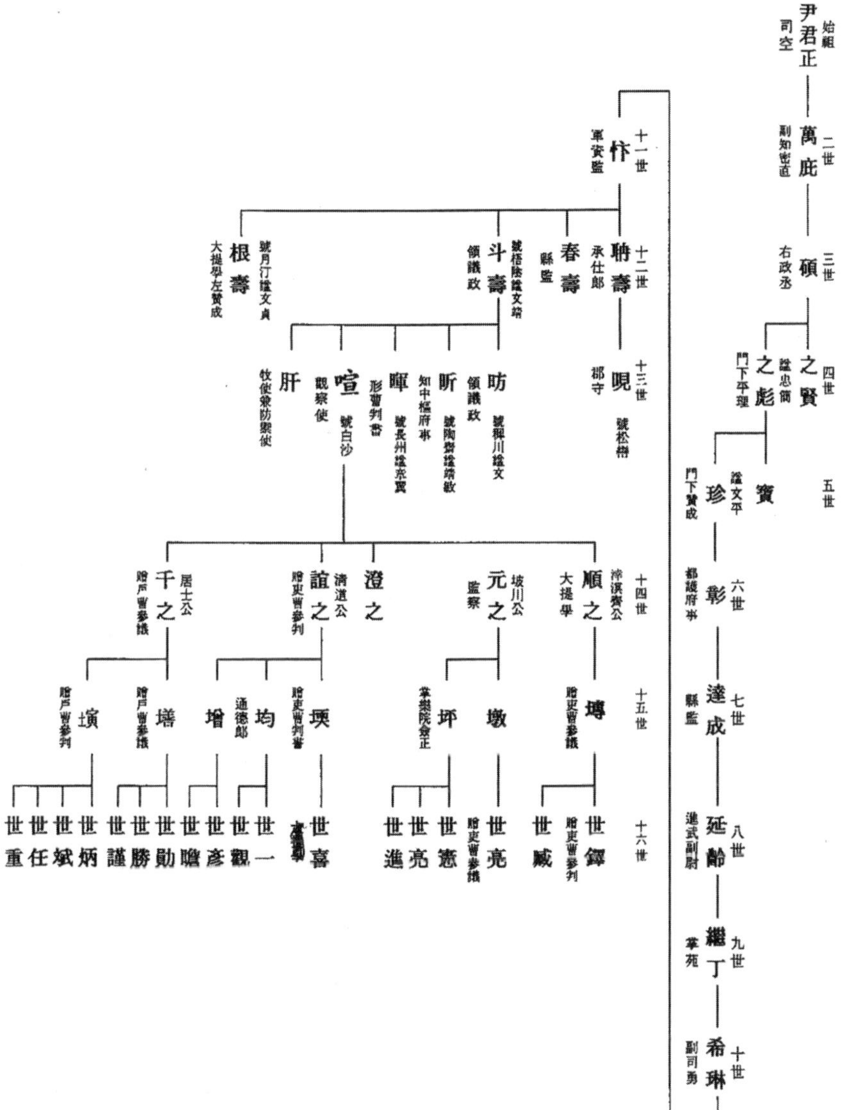

海平尹氏諱暄號白沙公派系譜

행명재시집 목록

[권호와 면수는 간략하게 0(권호): 000(면수)로 표기하였다.]

卷一 目錄 詩

秋懷 七首 1:111
社日過臨津 1:117
酬月窓 1:118
松都雪後獨行 1:119
睡起 1:120
溪上觀魚 1:121
坡莊偶題 1:122
山行 二首 1:123
人日 1:125
寄睟翁朴瀰 1:126
次呈樂全申翊聖 1:127
元日掃先墓 1:128
三月一日偶成 1:129
三月三日有感 二首 1:130
茅齋偶題 四首 1:132
夜行偶吟 1:135
瀟湘八景 四首 1:136
贈別叔弟巨源澄之 1:140
七月五日謾題 1:151
雪夜 1:152
簡扶餘倅 1:154
春日村行 1:155
次季弟正甫誼之惜春韻 1:156
寄題仲弟含章元之江墅 二首 1:157
寄題巨源 四首 1:158
寄正甫 二首 1:160
落花 二首 1:163
奉上鶴谷相公洪瑞鳳 1:165
新成涬溟齋 四首 1:167
謾成三首 1:171
和憶金鑾草詔 1:173
送景輝從事帥府具鳳瑞 1:175
柬樂全台案 1:177
擬古 1:179
送德雨以體察從事巡撫嶺南朴潢 1:180
自遣 1:181
春恨 1:182
贈別德祖赴安陰 二首 1:183
送萊山使君 1:186
秋夜村居 1:187
次嶺南樓韻 1:188
賦得御苑聞新鷽 1:189
秋日寄友人 1:191
謾成 1:192
牧童 1:194
秋夜有感 1:195
酬寄可久金德承 子長趙啓遠 六首 1:196

雨中謾吟	1:202
秋夜錄奉諸友	1:203
戲擬永保亭題詠 二首	1:204
感興	1:206
偶遣	1:207
被酒	1:208
遣興	1:209
十二月初一日	1:210
秋日紀感	1:211
秋村謾成二首	1:212
寄季潤	1:214
秋夜謾題	1:216
戲占	1:217
閣夜	1:218
過牛溪書院	1:219
懷沈源之使君之源	1:220
使君有期不至	1:222
懷表兄沈靑雲命世	1:223
次贈正甫	1:225
復用前韻寄止甫	1:226
旅宿有懷	1:227
歸愚	1:228
移居撥悶 三首	1:229
暮春閒居	1:232
夏日村居錄示舍弟	1:233
睡起偶題	1:234
夏日偶成	1:235
喜雨	1:236
穀日	1:237
風乎堂謾題	1:238
落魄	1:239
正甫弟見和前韻 復以一律答之	1:241
偶占示諸季求和	1:243
復用前韻答諸季	1:245
和諸弟喜雨	1:246
林居信筆 七首	1:247
秋日延眺	1:250
臘後次含章韻	1:251
再疊含章韻	1:252
口占	1:253
宮怨	1:254
偶興	1:255
登後山	1:256
送柳長城	1:257
秋望	1:259
柬鄭學士	1:260
奉贐襄陽使君李叔向更生 二首	1:261
過弘慶寺	1:263
題僧壁	1:264
冬日偶吟	1:265
五疊含章韻	1:266
林居	1:267
擬傷春 三首	1:268
睡罷偶吟	1:274
暮春紀感	1:275
郊居	1:276

夜坐 1:277
醉後戲占 1:278
述懷 1:279
聞仙源相國遭嘖言辭位 金尙容 1:282

卷二 目錄 詩

中原途中 2:021
龍湫 2:022
卽事 2:023
東華寺 2:024
題朴上舍林居 2:029
次朴先達 2:030
次蔡氏亭子韻 2:031
歸莊復用舊韻 二首 2:032
登鳥嶺 2:034
安陰縣館偶題 2:035
題鄭上舍慶餘幽棲 二首 2:036
閒居謾占 2:038
尋東華寺 2:039
題徐孝子林居二首 2:040
七月初一日 2:041
秋日漫吟 2:042
南歸到忠原乘舟 2:043
題汾西令公瀋行錄後 2:044
作水車歌 2:045
伽倻歌記舊遊 2:048
述懷 2:053
觀海市歌 2:061
題吳汝完書竣 2:064
林居漫興 2:066
江行 2:068
贈別關東方伯 二首 2:071
夜坐偶吟 二首 2:073
送別含章南還 2:075
再答東淮寄韻 2:076
秋夜 2:078
送元子建斗杓令公三按湖南 二首 2:079
送李天章明漢令公出按關東 2:082
送李子和出宰韓山 2:084
送別申汝萬翊全瀋行 2:088
鄭監司輓 2:091
次東淮寄示之韻 2:092
江行漫成 2:093
述懷 2:097
漏洩春光有柳條 2:099
送汝思令公瀋行李景憲 2:100
寄湖伯元子建令公 2:102
李判書尙吉輓 2:103
題鳩林林處士埬亭子 2:105
林居 2:106
遣興 2:108
九日復用工部韻 2:109
延曙途中 2:110
松都 2:111
敬次北渚相國韻金瑬 2:112

贈別南原使君 2:113
寄東淮亭舍 2:114
偶成 二首 2:115
懷表弟沈德祖 2:116
寄含章 2:117
初夏口占 2:118
送清河倅 2:120
送元浩浩出宰南平 2:122
偶占 2:123
林居漫筆 2:124
初夏 2:125
重午翌日獨坐漫占 2:126
感懷 2:127
苦炎 2:128
睡起寓言 2:129
臨津 2:130
猪灘 2:131
在瀋城紀感 2:132
出瀋城 2:133
晚泊婆娑城下 2:134
送趙輔德子長赴瀋 2:135
遼陽道中 二首 2:137
瀋館夜坐紀懷 2:139
順安紀行 2:140
聚勝亭夜起即事 2:141
李判書大大人宴席壽詞 2:142
送鄭德基維城赴東萊 二首 2:144

卷三 目錄 詩

鳥嶺次崔生韻已下癸未東槎錄 2:151
鳥嶺道中 2:152
次安東二首 2:153
次副使示韻趙絅 2:155
永川朝陽閣次板上韻 2:157
雞林謾記 2:158
龍堂題主家 2:159
到東萊感懷 2:160
蔚山宣威閣 2:161
題東萊館 2:162
留釜山謾占 2:163
登釜山絕頂望馬島 2:164
題釣鰲軒 2:165
寄呈萊山明府鄭德基令案 2:166
次副使韻 2:168
次副使韻題釣鰲軒三首 2:170
和奉巡相清癯令案 2:172
又寄巡相 2:174
留釜山已經月紀感 2:175
萊山謾占十五首 2:176
次從事申泥仙韻濡 2:182
十五日行船洋中阻大風 2:183
次泛海韻 2:184
次申從事詠倭館韻 2:185
多大浦次從事韻 2:186
舟夜紀懷 2:187
初一日到馬島 二首 2:188

對馬島次從事韻 2:190
初十日紀恨 2:191
舟中謾興 2:192
十八日 發鳴護屋 向藍島 2:193
博多浦 即朴堤上就義處
鄭圃隱駐節地 感舊謾筆 2:194
發藍島 向赤間關 2:196
次泥翁冷泉津忠烈歌韻 2:198
上關舟中 復用副使韻 2:200
題觀音寺一名福善寺 2:201
次鬅翁韻 贈洪長老趙一 2:202
錄贈恕上人求和 2:207
初六日自室津行船 2:209
舟次河口此是海程盡處 2:210
大板城 2:211
十三日 乘綵船 發大板城
向淀浦 二首 2:212
十四日次倭京 二首 2:214
次崗崎 2:216
江尻 2:217
夕抵藤澤 2:218
白露 2:219
旅夜 2:220
夜 2:222
江戶漫筆 二首 2:223
悶 2:226
次龍洲 用杜陵秋興八首韻 2:227
二十三日 發向日光山 午憩 2:233
二十四日 午憩新栗橋 2:234
夕抵宇都宮 2:235
宇都宮夜號 2:236
日光山 三首 2:237
日光寺 2:240
贈大僧正南長老 2:242
宇津宮有感 2:243
聞笛 2:245
次從事箱根湖韻 2:246
初六日還發江戶 2:250
夕次藤澤 2:251
登箱根嶺絕頂 2:252
夕次藤枝 2:253
夕抵濱松 2:254
仲秋次崗崎 漫占錄奉龍洲泥仙
2:255
崗崎仲秋夕口號 2:256
次洪長老仲秋韻 2:257
夕次大垣 二首 2:258
二十日過信長城 2:260
二十二日留倭京 2:261
夕泊平方 2:262
二十七日 曉發平方 向大板城
2:263
遣懷 2:264
重題大板城 2:265
初五日 仍留攝津西本寺 2:266
夜坐復用前韻 二首 2:267
自河口夜行 2:269
夜泊兵庫 2:270

重九留室津 二首 2:271
即事六言 二首 2:273
初十日仍留 2:274
遣懷 2:275
夜泊津和 2:276
十六日曉發津和 2:277
朝到上關 2:279
次泥仙登上關北樓韻 2:280
舟中漫題 2:281
夜泊一岐島 2:282
二十六日 仍留一岐島 2:284
二十七日夜 還泊馬島 2:285
橘 2:286
枇杷 2:287
夕抵鹿川 2:288
二十日夜 2:289
西泊舟中夜占 2:290

卷四 目錄 詩

臘月十三日苦寒謾占 二首 3:021
自嘲 3:023
憑几 3:025
贐別尹天與令公出牧洪陽 二首 3:026
白雲樓 3:029
喜聞淸陰先生得還灣上 二首 3:030
巨源初度日 寄干支體 3:032
紀恨 3:034
過撲石峴紀感 3:035
感懷 二首 3:036
寄叔向 3:038
贐別林載叔令公出宰安東墷 3:040
春恨 3:042
睡起謾吟 3:043
擬和白燕 3:044
赴衛謾筆 3:046
酬大學士 3:048
默坐試筆 3:049
暮春謾占 3:051
謾興 3:052
送關東朴都事 3:054
偶興 3:056
謾筆 3:057
感遇 三首 3:058
秋日端居 二首 3:060
移諫院紀懷 3:062
晩起試筆 3:063
偶題壁間 3:064
諫掖偶題 3:065
禱雨終南 得雨志喜 3:066
奉酬汝萬寄詩 3:067
幽棲 3:069
贐別閔三陟仁甫 3:070
紀感 3:071
春日謾占 3:072
送別金茂長 3:073
林居謾筆 二首 3:075

初秋謾恨	3:076
淸心樓	3:077
白蓮	3:078
舊遊記事	3:079
樹下謾占	3:080
寄北伯李子善令案基祚	3:081
新秋夜雨口占	3:083
淸齋	3:084
睡起謾題	3:085
奉呈淸陰相國	3:086
悼淸陰相國 二首	3:088
高枕	3:091
聞鵲噪	3:093
月夜謾吟	3:094
懷友	3:095
自嘲 二首	3:096
夜聞車馬聲 謾題	3:098
倦夜贈沈德祖	3:099
自嘲	3:100
送杆城守趙翕予令公受益	3:101
寄朴高城	3:102
江行	3:104
靈通寺	3:105
寓居	3:106
夜坐	3:107
歸坡莊信筆	3:108
寄題李節度江舍	3:109
登白雲菴	3:111
秋日西村卽事	3:113
悲秋	3:114
甘露寺	3:115
秋村謾題	3:116
送李御史錫爾赴耽羅	3:117
申承旨君輔輓	3:119
鄭畸翁弘溟輓	3:121
暮歸	3:123
送襄陽李使君	3:124
見朴德雨令公書有感 二首	3:125
次君澤令公韻申濡	3:127
銀臺次申君澤韻	3:129
次金晦而令公示韻	3:130
韓平君李慶全輓	3:131
撥悶	3:133
李參判道章昭漢輓	3:134
李判書天章輓	3:136
次碧波亭韻	3:143
送表弟德輝喪柩	3:145
朔寧郵店謾占	3:146
安城郡舍謾占	3:147
題振威縣舍壁上	3:148
寄林東野	3:149
林東野輓	3:151
奉贐堂兄出按北關履之	3:153
金同知輓	3:155
趙僉知輓	3:156
贈別仲久令公出宰白州朴長遠	3:157
送金友古令公赴雞林尙	3:159

倦夜中偶占 3:161
遣懷 3:162
李羅州室內輓 3:163
客至 3:165
送友赴遼陽 3:166
別席贈申錦城 3:167
可歎 3:169
春日偶占 3:170
蒙敍後偶占 3:171
復官戲題 3:173
戲效庭堅體 3:174
春思 3:176
微雨 3:177
寄巴鄉社人 3:178
朝退紀恨 3:179
對酒 3:181
小閣謾興 3:182
春晝睡興 3:184
暮春 3:185
初夏 3:186
題同庚契帖 3:187

卷五 目錄 詩

出獄向謫所 3:191
夕過坡莊 3:193
旅泊 3:194
撥興 3:195
卜居 3:196
野眺 3:197
戲占 3:198
春愁 3:199
白頭吟 3:200
偶遣 3:201
謾占 3:203
端居 3:205
寒食日遇雨 3:206
春興復疊前韻 3:207
覓句戲占 3:208
倚門 3:209
感舊 3:210
村居 3:211
憶諸弟 3:212
平遠堂 3:214
遣愁 3:215
謾浪 3:216
喜酒熟 3:218
微雨 3:220
卽事 3:221
悶窮愁 3:222
雨晴涉園 3:223
傷春 3:224
謝麻田倅寄問 3:226
謝李鴻山遠訪 3:227
睡起 3:229
恒陰 3:230
見月用前韻 3:231
春望用前韻 3:232

春村索居	3:233
春村臥病 二首	3:235
蒙恩赦卽赴歸程	3:237
甘露寺	3:238
過峽	3:240
歸到坡莊	3:241
九日登統軍亭	3:242
十一月二十一日渡江	3:243
宿狼子山	3:244
到遼東	3:246
閭陽	3:247
松山站	3:248
長城	3:249
永平府	3:251
高麗堡	3:252
漁陽橋	3:253
通州	3:255
初入燕京	3:256
記恨	3:258
玉河橋	3:259
燕京謾吟	3:260
元日	3:261
留燕館感題	3:262
初十日	3:263
上元日	3:264
元月初三日感題 二首	3:265
七家嶺	3:268
沙流河	3:269
夷齊廟	3:270
薊州	3:272
望海亭 二首	3:273
過閭陽	3:275
南沙河堡	3:276
朱愚	3:277
七月初十夜月	3:278
夢鄕莊	3:279
長至	3:280
小閣	3:282
懶性	3:283
題谷口詩卷	3:284
過淸陰相國舊莊	3:286
謾占	3:288
臘後苦寒	3:289
聞巨源解任歸田	3:290
懷季良申最	3:292
立春	3:293
朝起書壁上	3:294
晩途	3:295
紀感	3:296
涉園謾吟	3:298
題草亭	3:299
浦渚趙相國翼輓	3:301
龍山訪朴仲久	3:303
送季良赴北幕	3:305
過長陵 二首	3:307
送人宰成川	3:309
辛丑元日	3:311
愼伯擧天翊輓	3:312

寄李典翰幼安壽仁 3:314
次林塘企齋諸公韻 3:316

▌續集 卷一 目錄 詩

贈僧 4:019
題昌黎過鴻溝詩後 4:021
有感 4:023
寒食 4:024
樂全令公將東遊求贐行之言
　復用前韻 4:025
蜜蜂 4:027
瀟湘八景復選 四首 4:028
贈別德雨出宰 4:032
春日村居 二首 4:034
次含章閑居 4:036
贈金可久 二首 4:037
輓玉城府院君張公 4:039
德雨家偕士致兄弟同話
　謾題李行遠 4:041
春日謾題 4:043
含章致書問饋以江魚此地方悶雨
　而其處甘霔霈然云仍賦二絕
　4:044
和含章 二首 4:045
林居謾記 二首 4:047
寄題南坡亭子 4:049
可久子長致訊並寄近體各
　四首 三首 4:050
送金晦汝謫北路 4:055
謾恨 4:056
感舊 4:058
謾興 4:060
口號 4:061
竄跡 4:063
獨坐謾題 4:064
悼錦溪君 4:066
三月三日 4:068
戲集古句 4:069
題徐孝子林居 4:070
鄭學士雷卿輓詞 三首 4:071
敬次北渚相國韻 4:075
小雨 4:076
舟次馬巖上流 4:077
過狼子山 4:079
攬鏡紀懷 4:080
聞酒熟紀興 4:081
忠州客館偶吟 4:082
四月初十日行舟 4:083
二十九日 行船向鴨灘 4:084
馬島記事錄呈兩詞伯求和 4:085
阿彌陀寺謾筆 4:090
二十七日夜泊韜浦 4:091
次龍洲道中韻 4:093
久客 4:094
江戶謾筆 二首 4:095
秋七月旣望與龍洲泥仙會晤 4:097
懷巨源 4:098

懷正甫 4:099
自恨 4:100
初五日理歸裝戲筆 4:101
午憩赤坂 4:102
十七日朝發鳴古屋 4:103
偶占 4:104
十四日謾占 4:105
蟠松 4:106
二十五日朝又阻風不得行船 4:107
二十六日曉鴨瀲行船 4:108
保社戲筆 4:109
次玄洲韻贈宋上舍 4:111
東淮亭舍次白洲韻 二首 4:112
抱川縣館謾題 4:114
寄可遠 4:115
奉贐申公山君澤令 4:117
遼陽途中 4:119
草堂謾題 4:120
秋日西村卽事 4:121
李存吾輓詞 4:122
寄君澤令公 4:124
過長陵 二首 4:125
寄龍城李使君 4:128
睡起試筆 4:130
哭李叔向 三首 4:131
柬君輔 4:134
諱客 4:135
可歎 4:136
三月十六夜對月謾吟 4:138
罷官後無棲息處不得出城 4:139
擬立春 4:140
謾題 4:141
秋夜謾占 4:142
奉贐閔判書燕行聖徵 4:143
開寧縣舍謾題 4:145
春望已下延安謫居時 4:146
題柱 4:147
謝朴仲久因其親庭遞附書問 4:149
一魔 4:151
草亭 4:152
三日試筆 4:153
旅亭 4:154
村老來勸賞春 4:155
春望用前韻 4:156
春村臥病 4:157
錄奉主倅 4:158
僦屋 4:160
謾筆 4:161
浪遊 4:162
赴燕過坡莊 4:163
望醫巫閭山 4:164
夕抵十三山站 4:166
山海關 4:167
旅夜 4:168
白澗店 4:169
中右所 4:170
連山驛 4:171
十五夜宿十三山 4:172

沙嶺阻風留一日 4:173
春日憶歸 4:174
睡起謾筆 4:175
釋悶 4:176
季夏謾筆 4:178
春日獨坐 4:179
夕日卽事 4:180
解知申志喜 4:181
七夕應製 4:182
臘日謾成 4:184
謾遣 4:186

색인

[권호와 면수는 간략하게 0(권호): 000(면수)로 표기하였다.]

[ㄱ]

1:196 가구와 자장에게 답하여 부치다 가구는 김덕승 공이고 자장은 조계원 공이다 酬寄可久子長 可久金公德承 子長趙公啓遠

4:050 가구와 자장에게 편지를 보내면서 아울러 근체시 모두 네 수를 부치다 可久子長致訊並寄近體各 四首

2:048 가야에서 옛날 유람했던 일을 노래하여 적다 伽倻歌記舊遊

4:115 가원에게 부치다 寄可遠

4:097 가을 칠월 십육일 용주와 이선을 만나다 秋七月旣望與龍洲 泥仙會晤

1:111 가을 회포 일곱 수 秋懷 七首

1:259 가을구경 秋望

1:211 가을날 감회를 적다 秋日紀感

2:042 가을날 되는대로 읊다 秋日漫吟

1:212 가을날 마을에서 되는대로 이루다 秋村謾成

1:250 가을날 멀리 바라보며 秋日延眺

1:191 가을날 벗에게 보내다 秋日寄友人

4:121 가을날 서쪽 마을 광경 秋日西村卽事

3:113 가을날 서쪽 마을의 눈앞 광경 秋日西村卽事

3:116 가을날 시골에서 되는대로 짓다 秋村謾題

3:060 가을날의 일상 두 수 秋日端居 二首

1:195 가을밤 감회 秋夜有感

1:187 가을밤 마을에서 秋夜村居

1:203 가을밤 여러 친구에게 적어 보내다 秋夜錄奉諸友

2:078 가을밤 秋夜

4:142 가을밤에 되는대로 읊조리다 秋夜謾占

1:216 가을밤에 되는대로 짓다 秋夜謾題

3:114 가을에 슬퍼하다 悲秋

3:101 간성 수령 조흡여 영공을 전송하다 수익 送杆城守趙翕子令公 受益

3:065 간액이 되어 우연히 짓다 諫掖偶題
2:202 간옹의 시에 차운하여 홍장로에게 주다 조부사의 한 호이다 次鬜翁韻贈洪長老 趙副使一號
3:062 간원을 떠나며 감회를 적다 移諫院紀懷
3:238 감로사 甘露寺
3:115 감로사에서 甘露寺
3:191 감옥에서 나와 유배지로 향하다 出獄向謫所
3:169 감탄할 노릇 可歎
4:023 감회가 있어 有感
3:296 감회를 적다 紀感
3:071 감회를 적다 紀感
1:279 감회를 적다 述懷
3:104 강가를 가다 江行
2:217 강고에서 江尻
2:216 강기에서 묵다 次崗崎
2:256 강기에서 중추절 저녁에 입으로 읊조리다 崗崎仲秋夕口號
2:269 강어귀로부터 밤에 가다 自河口夜行
2:068 강을 가다 江行
2:223 강호에서 되는대로 쓰다 두 수 江戶漫筆 二首
4:095 강호에서 되는대로 쓰다 두 수 江戶謾筆 二首
4:145 개령현 관사에서 되는대로 적다 開寧縣舍謾題
2:265 거듭 대판성에 대하여 重題大板城
4:080 거울을 보며 감회를 적다 攬鏡紀懷
1:158 거원에게 지어 부치다 네 수 寄題巨源 四首
4:098 거원을 생각하다 懷巨源
3:032 거원의 생일날에 간지체로 부치다 巨源初度日寄干支體
3:290 거원이 해임되어 전원으로 돌아갔다는 말을 듣다 당시 금산에 제수되었으나 부임하지 않았다 聞巨源解任歸田 時除錦山不赴
3:283 게으른 성품 懶性
4:180 겨울날 눈앞의 광경 冬日卽事
1:265 겨울날 우연히 읊다 冬日偶吟
1:175 경휘가 장수 막부 종사관으로 가기에 송별하다 구봉서공이다 送景輝從事帥

府 具公鳳瑞
3:292 계량을 생각하다 신최 공 懷季良 申公最
2:158 계림에서 되는대로 적다 雞林謾記
1:214 계윤에게 부치다 감찰로서 청산 사또로 나가다 寄季潤 以監察出宰靑山
3:272 계주 薊州
3:091 고고하게 지내다 高枕
3:252 고려보 高麗堡
3:279 고향집을 꿈꾸다 夢鄕庄
3:284 곡구 시권에 짓다 題谷口詩卷
3:222 곤궁한 시름을 달래다 問窮愁
4:117 공산 신군택 사또에게 삼가 보내다 奉贐申公山君澤令
2:071 관동 관찰사에게 시를 지어주며 헤어지다 두 수 贈別關東方伯 二首
3:054 관동으로 가는 박도사를 전송하다 送關東朴都事
3:046 관아로 부임하여 되는대로 쓰다 赴衙謾筆
2:201 관음사에 붙임 일명 복선사이다 題觀音寺 一名福善寺
3:173 관직에 복귀하고 재미삼아 짓다 復官戲題
2:105 구림 임처사 연의 정자에 대하여 쓰다 題鳩林林處士 堜 亭子
4:105 구월 십사일 되는대로 읊조리다 十四日謾占
4:107 구월 이십오일 아침에 또 풍랑에 막혀 배가 가지 못하다 二十五日朝又阻風不得行船
4:134 군보에게 편지하며 柬君輔
4:124 군택 영공에게 보내다 寄君澤令公
3:127 군택 영공의 시운에 차운하다 신유 공 次君澤令公韻 申公濡
1:179 궁궐 동산에서 새로운 꾀꼬리 소리를 듣고 짓다 賦得御苑聞新鸎
1:254 궁녀의 원망 宮怨
2:286 귤 橘
4:066 금계군을 애도하다 悼錦溪君
4:147 기둥에 적다 題柱
4:037 김가구에게 지어 주다 贈金可久
3:155 김동지 만시 金同知輓
3:073 김무장을 송별하다 送別金茂長
3:159 김우고 영공이 계림으로 가기에 송별하다 送金友古令公赴雞林

3:130 김회이 영공이 보여준 시운에 차운하다 次金晦而令公示韻
1:163 꽃이 지다 두 수 落花 二首
4:027 꿀벌 蜜蜂

[ㄴ]

4:154 나그네 정자에서 旅亭
2:220 나그네의 밤 旅夜
1:227 나그네의 심회 旅宿有懷
3:080 나무 아래에서 되는대로 읊조리다 樹下謾占
1:177 낙전 대안에게 편지 드리다 수신하고 단지 하루가 지나다 東樂全台案 守申只隔一日
4:025 낙전 영공이 동쪽 유람을 떠나며 전별의 말을 구하기에 다시 예전 시운을 쓰다 樂全令公將東遊求贐行之言復用前韻
2:196 남도를 출발하여 적간관으로 향하다 發藍島向赤間關
3:276 남사하보 南沙河堡
2:113 남원 사또와 헤어지며 시를 지어주다 贈別南原使君
2:043 남쪽으로 돌아가다 충원에 이르러 배를 타다 南歸到忠原乘舟
4:049 남파의 정자에 대해 지어 보내다 寄題南坡亭子
1:251 납일 뒤에 함장의 시운에 차운하다 臘後次含章韻
4:184 납일에 되는대로 이루다 臘日謾成
3:244 낭자산에서 묵다 宿狼子山
4:079 낭자산을 지나며 過狼子山
4:102 낮에 적판에서 쉬다 午憩赤坂
2:166 내산 명부 정덕기 나리에게 부치다 寄呈萊山明府鄭德基令案
1:186 내산 사군을 전송하다 送萊山使君
2:176 내산에서 되는대로 읊조리다 십오 수 萊山謾占 十五首
4:186 넋두리 謾遣
1:218 누각의 밤 閣夜
1:152 눈 내리는 밤 雪夜
2:273 눈앞의 광경 육언 두 수 卽事 六言二首
2:023 눈앞의 광경 卽事
3:221 눈앞의 광경 卽事
3:295 늘그막에 晩途

3:185 늦봄 暮春
1:275 늦봄에 감회를 적다 暮春紀感
4:178 늦여름에 되는대로 쓰다 季夏謾筆
1:232 늦은 봄 한가로이 지내며 暮春閒居
3:051 늦은 봄에 되는대로 읊조리다 暮春謾占

[ㄷ]

2:186 다대포에서 종사관의 시에 차운하다 多大浦次從事韻
1:226 다시 앞의 시운을 사용하여 정보에게 부치다 復用前韻寄正甫
1:245 다시 이전 시운을 써서 여러 아우들에게 화답하다 復用前韻答諸季
1:236 단비 喜雨
2:126 단오 이튿날 홀로 앉아 되는대로 읊조리다 重午翌日獨坐漫占
3:231 달구경·앞의 시운을 쓰다 見月用前韻
3:094 달밤에 되는대로 읊다 月夜謾吟
3:153 당형이 함경도로 안찰하러 나가기에 삼가 전별하다 奉贐堂兄出按北關
2:190 대마도에서 종사관의 시에 차운하다 對馬島次從事韻
2:242 대승정 남장로에게 주다 당시 나이가 130여세였다 贈大僧正南長老 時年一百三十餘歲
2:211 대판성 大板城
4:032 덕우가 사또로 나가기에 시를 지어주며 전별하다 贈別德雨出宰
1:180 덕우가 체찰 종사관으로 영남지방에 순무하러 감을 전송하다 박황 공이다 送德雨以體察從事巡撫嶺南 朴公潢
4:041 덕우의 집에서 사치 형제와 함께 이야기하며 되는대로 짓다 사치는 이행원 공이다 德雨家偕士致兄弟同話謾題 士致李公行遠
1:183 덕조가 안음으로 부임하기에 지어주며 헤어지다 두 수 贈別德祖赴安陰 二首
3:187 동경계첩에 쓰다 題同庚契帖
2:162 동래객관에 붙임 題東萊舘
2:160 동래에 도착하여 느낀 회포 到東萊感懷
3:298 동산을 거닐며 되는대로 읊다 涉園謾吟
3:280 동지 長至
2:024 동화사 東華寺
2:039 동화사를 찾아가다 尋東華寺

2:092 동회가 보내온 시를 보고 차운하다 次東淮寄示之韻
2:076 동회가 부쳐온 시운에 다시 화답하다 낙전은 신공의 다른 하나의 호이다 再答東淮寄韻 樂全申公一號
2:114 동회의 정사로 부치다 寄東淮亭舍
4:112 동회정사에서 백주의 시운에 차운하다 두 수 東淮亭舍次白洲韻 二首
3:057 되는대로 쓰다 謾筆
4:161 되는대로 쓰다 謾筆
3:203 되는대로 읊조리다 謾占
3:288 되는대로 읊조리다 謾占
1:192 되는대로 이루다 謾成
1:171 되는대로 이루다 세 수 謾成 三首
4:141 되는대로 적다 謾題
1:268 두보의 〈상춘〉을 본뜨다 擬傷春
1:140 둘째 아우 거원징지와 헤어지며 시를 지어주다 贈別叔弟巨源 澄之
1:157 둘째아우 함장 원지 의 강가 별장으로 지어 부치다 두 수 寄題仲弟含章 元之 江墅 二首
1:256 뒷산에 올라 登後山
3:197 들판을 바라보다 野眺
3:099 따분한 밤에 심덕조에게 지어주다 倦夜贈沈德祖
2:174 또 순상에게 부치다 又寄巡相
1:132 띳집에서 우연히 짓다 네 수 茅齋偶題 四首

[ㅁ]

4:085 〈마도기사록〉을 두 사백에게 보여주고 화답을 구하다 馬島記事錄呈兩詞伯求和
1:206 마음에 느끼어 일어난 흥취 感興
3:226 마전 원님이 문안편지를 보냈기에 사례하다 謝麻田倅寄問
1:156 막내아우 정보 의지 의 〈석춘〉시에 차운하다 次季弟正甫 誼之 惜春韻
3:084 말끔한 방에서 淸齋
3:273 망해정 두 수 望海亭 二首
3:106 머물러 살다 寓居
2:128 모진 더위 苦炎

2:045 무자위를 만드는 노래 作水車歌
3:209 문에 기대어 倚門
3:070 민삼척 인보를 전별하다 贐別閔三陟仁甫
4:143 민판서의 연행에 받들어 전별하다 성징 奉贐閔判書燕行 聖徵

[ㅂ]

2:184 〈바다를 떠가다〉의 시운에 차운하다 次泛海韻
3:102 박 고성 현감에게 부치다 寄朴高城
2:194 박다포는 박제상이 절의를 지키던 곳이고, 정포은이 사신 가서 머물던 곳으로 옛일에 느낌 있어 되는대로 쓰다 博多浦卽朴堤上就義處鄭圃隱駐節地感舊謾筆
3:125 박덕우 영공의 편지를 보고 감회가 있어 見朴德雨令公書有感
2:029 박상사의 숲속 집 題朴上舍林居
3:035 박석현을 지나며 감회를 적다 過撲石峴紀感
2:030 박선달에게 차운하다 次朴先達
4:149 박중구가 그 부모님께 보내는 편에 내 문안 편지 부친 것을 사례하다 謝朴仲久因其親庭遞附書問
4:106 반송 蟠松
1:135 밤에 가다가 우연히 읊다 夜行偶吟
2:270 밤에 병고에서 머무르다 夜泊兵庫
3:098 밤에 수레와 말소리를 듣고 되는대로 짓다 夜聞車馬聲謾題
1:277 밤에 앉아 夜坐
2:073 밤에 앉아 우연히 읊다 夜坐偶吟
2:267 밤에 앉아 이전의 시운을 다시 쓰다 夜坐復用前韻
3:107 밤에 앉아서 夜坐
2:222 밤에 夜
2:282 밤에 일기도에서 머무르다 夜泊一歧島
2:276 밤에 진화에서 머무르다 夜泊津和
2:281 배 안에서 되는대로 짓다 舟中漫題
2:192 배 안에서 부질없이 흥이 나다 舟中謾興
2:093 배 타고 가면서 되는대로 이루다 江行漫成
2:210 배가 강어귀에서 묵다 이곳은 배의 노정이 다한 곳이다 舟次河口 此是海程盡處

4:077 배가 마암 상류에 이르다 舟次馬巖上流
2:187 배에서 밤에 회포를 적다 舟夜紀懷
4:169 백간점 白澗店
3:200 백두음 白頭吟
2:219 백로 白露
3:029 백운루 白雲樓
3:111 백운암에 오르다 登白雲菴
2:226 번민 悶
3:133 번민을 다스리다 撥悶
4:176 번민을 풀다 釋悶
4:139 벼슬을 그만둔 뒤 지낼 곳이 없는데도 도성을 나가지 못하다 罷官後無棲息處不得出城
3:064 벽 사이에 되는대로 짓다 偶題壁間
3:143 벽파정 시에 차운하다 次碧波亭韻
2:135 보덕 조자장이 심양으로 가기에 전송하다 送趙輔德子長赴瀋
4:109 보사에서 재미삼아 쓰다 保社戲筆
4:076 보슬비 小雨
3:224 봄날 가슴앓이 傷春
4:146 봄날 경치를 바라보며 이하는 연안에 귀양 가서 지낼 때임 春望 已下延安謫居時
4:156 〈봄날 경치를 바라보며〉 앞의 운을 사용하다 春望用前韻
3:184 봄날 낮잠 자는 재미 春晝睡興
4:157 봄날 마을에서 몸져눕다 春村卧病
3:235 봄날 마을에서 앓아눕다 두 수 春村卧病 二首
3:233 봄날 마을에서 혼자 살다 春村索居
1:155 봄날 마을을 가다 春日村行
3:199 봄날 시름 春愁
3:170 봄날 우연히 읊조리다 春日偶占
3:232 봄날 풍경을 바라보다·앞의 시운을 쓰다 春望用前韻
4:179 봄날 홀로 앉아 春日獨坐
3:207 봄날 흥취 다시 앞의 시운을 겹쳐 쓰다 春興復疊前韻
4:174 봄날에 돌아감을 생각하다 春日憶歸
3:072 봄날에 되는대로 읊조리다 春日謾占

4:043 봄날에 되는대로 짓다 春日謾題
3:176 봄날의 사념 春思
4:034 봄날의 시골생활 春日村居
1:182 봄날의 정한 春恨
3:042 봄날의 한 春恨
2:155 부사가 보여준 시에 차운하다 조경 공 次副使示韻 趙公絅
2:168 부사의 시에 차운하다 次副使韻
2:170 부사의 시운에 차운하여 조오헌에 대하여 짓다 세 수 次副使韻題釣鰲軒 三首
2:164 부산 산마루에 올라 마도를 바라보며 登釜山絕頂望馬島
2:175 부산에 머문 지 벌써 한 달이 지나 감회를 적다 留釜山已經月紀感
2:163 부산에 머물며 되는대로 읊조리다 留釜山謾占
3:177 부슬비 微雨
3:220 부슬비 微雨
1:154 부여 사또에게 편지를 보내다 簡扶餘倅
4:060 부질없는 시흥 謾興
4:056 부질없는 원한 謾恨
3:216 부질없이 돌아다니다 謾浪
3:052 부질없이 흥이 나서 謾興
4:055 북로로 귀양 가는 김회여를 송별하다 送金晦汝謫北路
3:305 북막으로 부임하는 계량을 전송하다 送季良赴北幕
2:044 분서 영공의 〈심행록〉 뒤에 쓰다 題汾西令公〈瀋行錄〉後
1:202 비 오는 중에 되는대로 읊조리다 雨中謾吟
3:223 비가 개어 동산을 걷다 雨晴涉園
2:287 비파 枇杷

[ㅅ]

1:222 사군이 약속하고 오지 않다 使君有期不至
4:173 사령에서 바람에 막혀 하루를 머물다가 沙嶺阻風留一日
3:269 사류하 沙流河
3:237 사면의 성은을 입고 곧바로 돌아가는 길에 오르다 蒙恩赦卽赴歸程
1:117 사일에 임진강을 지나다 社日過臨津

3:146 삭녕 역참에서 되는대로 읊조리다 朔寧郵店謾占
4:047 산골생활에 되는대로 적다 두 수 林居謾記 二首
1:247 산림 생활에 붓 가는대로 쓰다 일곱 수 林居信筆 七首
1:267 산림생활 林居
2:106 산림생활 林居
2:066 산림생활의 질펀한 흥취 林居漫興
3:075 산림에 살며 되는대로 쓰다 두 수 林居謾筆 二首
2:124 산림에 살며 되는대로 쓰다 林居漫筆
1:123 산을 가다 山行
4:167 산해관 山海關
3:196 살 곳을 점치다 卜居
4:075 삼가 북저 상국의 시에 차운하다 敬次北渚相國韻
2:112 삼가 북저 상국의 시운에 차운하다 김류 공의 호이다 敬次北渚相國韻 金公瑬號
4:138 삼월 십육일 밤에 달을 대하며 되는대로 읊다 三月十六夜對月謾吟
4:068 삼짇날 三月三日
4:153 삼짇날에 한번 써보다 三日試筆
2:200 상관의 배 안에서 다시 부사의 시운으로 쓰다 上關舟中復用副使韻
2:252 상근령 꼭대기에 오르다 登箱根嶺絕頂
1:167 새로 행명재를 이루다 新成涬齋
2:099 새어나온 봄빛이 버들가지에 있구나 漏洩春光有柳條
3:171 서명을 입은 뒤에 우연히 읊조리다 蒙敍後偶占
2:290 서박의 배 안에서 밤에 읊조리다 西泊舟中夜占
2:207 서상인에게 써주고 화답을 구하다 錄贈恕上人求和
4:070 서효지의 산골생활 題徐孝子林居
2:040 서효자의 산림 생활 두 수 題徐孝子林居 二首
1:282 선원 상국께서 문책 받고 사직했다는 말을 듣다김상용 공의 호이다 聞仙源相國遭嘖言辭位 金公尙容號
3:289 섣달 뒤에 매서운 추위 臘後苦寒
1:210 섣달 초하룻날 十二月初一日
3:309 성천에 태수로 가는 사람을 전송하다 送人宰成川
3:058 세상사에 대한 감회 세 수 感遇 三首
1:136 소상강의 여덟 경치 네 수를 월과로 고르다 瀟湘八景 選四首月課

4:028 소상의 여덟 경치다시 4수를 골라서 월과로 하다 瀟湘八景 復選四首月課
1:194 소치는 아이 牧童
4:135 손님을 회피하다 諱客
3:165 손님이 오다 客至
1:119 송도에 눈 온 뒤 홀로 가다 松都雪後獨行
2:111 송도에서 松都
3:167 송별하는 자리에서 신 금성 태수에게 주다 別席贈申錦城
3:248 송산참 松山站
3:038 숙향에게 부치다 寄叔向
2:172 순상 청구께 받들어 화답하다 和奉巡相清癯令案
2:140 순안 기행 順安紀行
4:081 술 거르는 소리 듣고 홍취를 적다 聞酒熟紀興
1:208 술에 취하다 被酒
3:181 술을 마주하고 對酒
3:218 술이 익음을 기뻐하다 喜酒熟
4:019 스님에게 드리다 贈僧
1:181 스스로 마음을 달래다 自遣
3:100 스스로 비웃다 自嘲
3:023 스스로 비웃다 自嘲
3:096 스스로 비웃다 두 수 自嘲 二首
4:100 스스로 한탄하다 自恨
1:264 승방 벽에 쓰다 題僧壁
3:119 승지 신군보 만시 申承旨君輔輓
4:155 시골노인이 와서 봄 경치 구경을 권하다 村老來勸賞春
1:276 시골생활 郊居
3:211 시골생활 村居
2:032 시골집으로 돌아와 다시 옛날 시운을 사용하다 두 수 歸庄復用舊韻 二首
3:208 시구를 찾으며 재미삼아 읊조리다 覓句戲占
3:093 시끄러운 까치소리를 듣고 聞鵲噪
1:121 시냇가에서 물고기를 구경하다 溪上觀魚
3:215 시름을 달래다 遣愁
4:108 시월 이십육일 새벽에 압서에서 배로 가다 二十六日曉鴨溆行船

2:185 신 종사관이 왜관을 읊은 시에 차운하다 次申從事詠倭舘韻
2:061 신기루를 구경하는 노래 觀海市歌
3:312 신백거 천익 만시 愼伯擧 天翊 輓
2:088 신여만 익전 의 심양 행차를 송별하다 送別申汝萬 翊全 瀋行
3:311 신축년 정월 초하루 辛丑元日
2:132 심성에 있으면서 감회를 적다 在瀋城紀感
2:133 심성을 출발하다 出瀋城
2:139 심양 객관에서 밤에 앉아 감회를 적다 瀋舘夜坐紀懷
1:220 심원지 사군 지원 을 생각하다 懷沈源之使君 之源
4:172 십오일 밤에 십삼산에서 묵다 十五夜宿十三山

[ㅇ]

4:090 아미타사에서 되는대로 쓰다 阿彌陀寺謾筆
2:279 아침에 상관에 도착하다 朝到上關
3:294 아침에 일어나 벽에다 쓰다 朝起書壁上
2:153 안동에 머물며 두 수 次安東 二首
3:025 안석에 기대어 憑几
3:147 안성군 객사에서 되는대로 읊조리다 安城郡舍謾占
2:035 안음현 객관에서 우연히 짓다 安陰縣舘偶題
1:261 양양부사 이숙향 경생 을 전별하다 두 수 奉贐襄陽使君李叔向 更生 二首
3:124 양양으로 가는 이사군을 전송하다 送襄陽李使君
3:277 어리석음 朱愚
1:228 어리석음에 의탁하다 歸愚
3:117 어사 이석이가 탐라로 가기에 전송하다 送李御史錫爾赴耽羅
3:253 어양교 漁陽橋
4:168 여관의 밤 旅夜
3:212 여러 아우들을 떠올리며 憶諸弟
1:246 여러 아우들의 〈단비〉에 화답하다 和諸弟喜雨
1:233 여름날 시골 마을에서 지내며 아우에게 적어서 보여주다 夏日村居錄示舍弟
1:235 여름날 우연히 이루다 夏日偶成
3:067 여만이 보내준 시에 화답하다 奉酬汝萬寄詩
2:100 여사 영공의 심양 행차를 전송하다 이경헌 공 送汝思令公瀋行 李公景憲

3:247 여양 閭陽

3:275 여양을 지나며 過閭陽

3:262 연경 객관에 머물러 감회를 적다 留燕舘感題

4:163 연경에 가며 파주 집 지나다 赴燕過坡庄

3:260 연경에서 되는대로 읊다 燕京謾吟

4:171 연산역 連山驛

2:110 연서로 가는 중에 延曙途中

1:178 영남루에서 차운하다 次嶺南樓韻

1:204 〈영보정 제영〉을 재미삼아 본뜨다 두 수 戲擬永保亭題詠 二首

2:157 영천 조양각에서 편액의 시에 차운하다 永川朝陽閣次板上韻

3:105 영통사 靈通寺

3:251 영평부 永平府

3:079 예전에 유람했던 일을 적다 舊遊記事

1:179 옛 시를 본뜨다 擬古

3:210 옛날 감회 感舊

4:058 옛일에 대한 감회 感舊

3:230 오래 흐림 恒陰

4:094 오랜 나그네살이 久客

2:064 오여완 준 의 글씨에 대하여 題吳汝完書 竣

4:091 오월 이십칠일 밤에 도포에 정박하다 이 땅에서 원숭이가 남 二十七日夜泊韜浦 是地産猿

4:039 옥성부원군 장공 만시 남을 대신하여 짓다 輓玉城府院君張公 代人作

3:259 옥하교 玉河橋

3:145 외사촌 동생 덕휘의 상구를 보내다 送表弟德輝喪柩

2:116 외사촌아우 심덕조를 그리워하다 懷表弟沈德祖

3:246 요동에 이르다 到遼東

4:119 요양 가는 길에 遼陽途中

2:137 요양 가는 길에 세 수 遼陽道中 三首

2:159 용당에서 주인집에 써주다 龍堂題主家

3:303 용산에서 박중구를 방문하다 龍山訪朴仲久

4:128 용성의 이사군에게 부치다 寄龍城李使君

2:227 용주가 두릉의 〈추흥 8수〉의 운으로 쓴 시에 차운하다 조부사의 호이다 次龍

洲用杜陵秋興八首韻 趙副使號
4:093 용주의 〈도중〉에 차운하다 次龍洲道中韻
2:022 용추에서 龍湫
1:219 우계서원을 지나며 過牛溪書院
2:236 우도궁에서 밤에 부르다 宇都宮夜號
1:255 우연한 감흥 偶興
1:207 우연히 마음을 달래다 偶遣
3:201 우연히 시름을 달래다 偶遣
1:243 우연히 읊조려서 여러 아우들에게 보이고 화답을 구하다 偶占示諸季求和
4:104 우연히 읊조리다 偶占
2:115 우연히 이루다 두 수 偶成 二首
2:123 우연히 입으로 읊조리다 偶占
3:056 우연히 흥이 나다 偶興
2:243 우진궁에서 감회 있어 宇津宮有感
2:161 울산 선위각에서 蔚山宣威閣
4:158 원님에게 적어서 바치다 錄奉主倅
2:079 원자건 두표 영공이 세 번째 호남을 안찰하기에 전송하다 두 수 送元子建斗杓令公三按湖南 二首
2:122 원호호가 남평 현령으로 나가기에 전송하다 送元浩浩出宰南平
1:118 월창에게 응대하다 酬月窓
1:257 유 장성현감을 전송하다 送柳長城
3:026 윤천여 영공이 홍양 원님으로 나가기에 전별하다 두 수 贐別尹天與令公出牧洪陽 二首
3:069 은거생활 幽棲
3:129 은대에서 신군택의 시운에 차운하다 銀臺次申君澤韻
4:164 의무려산을 바라며 望醫巫閭山
1:239 의욕을 잃다 落魄
3:163 이 나주 목사 부인 만시 李羅州室內輓
1:229 이사하여 고민을 없애다 세 수 移居撥悶 三首
2:280 이선의 〈상관 북루에 오르다〉 시에 차운하다 次泥仙登上關北樓韻
4:131 이숙향이 죽어 슬피 울다 哭李叔向
2:198 이옹의 〈냉천진 충렬가〉에 차운하다 次泥翁冷泉津忠烈歌韻

2:084 이자화가 한산 사또로 나감을 전송하다 送李子和出宰韓山
3:109 이절도사의 강가 관사로 부치다 寄題李節度江舍
3:270 이제묘 夷齊廟
4:122 이존오 만사 李存吾輓詞
2:082 이천장 명한 영공이 관동으로 안찰 나감을 전송하다 送李天章 明漢 令公出按關東
2:142 이판서 대부인의 연회에서 장수를 축원한 글 李判書大夫人宴席壽詞
2:103 이판서 상길 을 애도하다 李判書 尙吉 輓
3:227 이홍산이 멀리서 방문하였기에 사례하다 謝李鴻山遠訪
1:125 인일 人日
2:240 일광사 日光寺
2:237 일광산 세 수 日光山 三首
3:316 임당과 기재 여러 공의 시운에 차운하다 次林塘企齋諸公韻
3:151 임동야 만시 林東野輓
3:149 임동야에게 부치다 寄林東野
3:040 임재숙 영공이 안동 사또로 나가기에 전별하다 담 贐別林載叔令公出宰安東 墰
2:130 임진강에서 臨津
4:061 입으로 불러 짓다 口號
1:253 입으로 읊조리다 口占
3:293 입춘 立春
4:140 입춘이 되어 擬立春

[ㅈ]

4:175 자고 일어나 되는대로 쓰다 睡起謾筆
1:234 자고 일어나 우연히 짓다 睡起偶題
1:120 자고 일어나다 睡起
3:085 자고 일어나서 되는대로 짓다 睡起謾題
2:129 자고 일어나서 빗대어 말하다 睡起寓言
3:229 자고 일어나서 睡起
4:130 자고 일어나서 써보다 睡起試筆
1:274 자고나서 우연히 읊다 睡罷偶吟

3:043 자다가 일어나서 되는대로 읊다 睡起謾吟
4:063 자취를 숨기다 竄跡
3:282 작은 누각 小閣
3:182 작은 누각에서 부질없이 흥이 나다 小閣謾興
3:194 잠시 머물다 旅泊
3:307 장릉을 지나며 過長陵
4:125 장릉을 지나며 두 수 過長陵 二首
3:249 장성 長城
4:069 재미삼아 옛 시구를 모으다 戲集古句
1:217 재미삼아 읊조리다 戲占
3:198 재미삼아 읊조리다 戲占
3:174 재미삼아 황정견의 시법을 본뜨다 戲效庭堅體
1:126 재옹에게 부치다 분서 박미공의 한 호이다 寄滓翁 汾西朴公瀰一號
2:288 저녁에 녹천에 이르다 夕抵鹿川
2:258 저녁에 대원에서 묵다 두 수 夕次大垣 二首
2:253 저녁에 등지에서 묵다 夕次藤枝
2:218 저녁에 등택에 이르다 夕抵藤澤
2:251 저녁에 등택에서 묵다 夕次藤澤
2:254 저녁에 빈송에 이르다 夕抵濱松
4:166 저녁에 십삼산 역참에 다다르다 夕抵十三山站
2:235 저녁에 우도궁에 이르다 夕抵宇都宮
2:134 저녁에 파사성 아래 배를 대다 晩泊婆娑城下
3:193 저녁에 파주 시골집을 지나며 夕過坡庄
2:262 저녁에 평방에서 미무르다 夕泊平方
3:063 저물녘에 일어나 써보다 晩起試筆
3:123 저물어 돌아가다 暮歸
2:131 저탄에서 猪灘
4:160 전셋집 僦屋
3:314 전한 이유안 수인 에게 부치다 寄李典翰幼安 壽仁
2:091 정감사의 만사 鄭監司輓
2:036 정경여 상사의 은거생활 두 수 題鄭上舍慶餘幽棲 二首
3:121 정기옹 홍명 만시 鄭畸翁 弘 輓

2:144 정덕기 유성 이 동래로 부임하기에 전송하다 두 수 送鄭德基 維城 赴東萊 二首
1:241 정보 아우가 지난번 시운으로 화운했기에 다시 율시로 화답하다 正甫弟見和前韻復以一律答之
4:099 정보를 생각하다 懷正甫
1:160 정보에게 부치다 寄正甫
1:225 정보의 시에 차운하여 주다 次贈正甫
3:264 정월 보름날 上元日
3:265 정월 초사흘에 감회를 적다 元月初三日感題
1:128 정월 초하룻날 선친의 묘소에 제사하고 청소하다 元日掃先墓
3:261 정월 초하룻날 元日
4:162 정처 없이 떠돌다 浪遊
1:260 정학사에게 편지를 보내다 柬鄭學士
2:034 조령에 오르다 登鳥嶺
2:151 조령에서 최생의 시에 차운하다 이하 계미년《동사록》이다 鳥嶺次崔生韻 已下癸未《東槎錄》
2:152 조령을 가는 길에 鳥嶺道中
2:165 조오헌에 대하여 題釣鰲軒
3:049 조용히 앉아서 써보다 默坐試筆
3:179 조정에서 물러나 아쉬운 마음을 적다 朝退紀恨
3:156 조첨지 만시 趙僉知輓
3:066 종남산에서 기우제를 지내고가 내려 기쁨을 적다 禱雨終南得雨志喜
2:182 종사관 신이선의 시운에 차운하다 유 次從事申泥仙韻 濡
2:246 종사의 〈상근호〉 시에 차운하다 次從事箱根湖韻
1:237 좋은 날 穀日
3:157 중구 영공이 백주 사또로 나가기에 시를 지어주고 헤어지다 장원 공 贈別仲久令公出宰白州 朴公長遠
2:271 중구일 실진에서 머물다 두 수 重九留室津 二首
4:170 중우소 中右所
2:021 중원 지나는 길에 中原途中
2:255 중추절에 강기에서 묵으며 되는대로 읊조려서 용주와 이선에게 적어서 주다 仲秋次崗崎漫占錄奉龍洲泥仙
2:127 지난날을 생각하며 느끼는 회포 感懷

3:036 지난날을 생각하며 느끼는 회포 感懷
4:181 지신사에서 해임되어 기쁨을 적다 解知申志喜
3:148 진위현 객사의 벽에 적다 題振威縣舍壁上

[ㅊ]

1:127 차운하여 낙전에게 주다 신익성공의 호이다 次呈樂全 申公翊聖號
3:134 참판 이도장 소한 만시 李叅判道章 昭漢 輓
4:021 창려의 〈과홍구〉시 뒤에 적다 題昌黎過鴻溝詩後
2:031 채씨 정자의 시운에 차운하다 次蔡氏亭子韻
3:256 처음 연경에 들어가다 初入燕京
3:077 청심루 淸心樓
3:086 청음 상국에게 받들어 올리다 奉呈淸陰相國
3:088 청음 상국을 애도하다 두 수 悼淸陰相國 二首
3:286 청음 상국의 옛 집을 지나가며 過淸陰相國舊庄
3:030 청음 선생이 만상으로 돌아왔다는 소식을 듣고 기뻐하다 두 수 喜聞淸陰先生得還灣上 二首
2:120 청하 원님을 전송하다 送淸河倅
3:083 초가을 밤비에 입으로 읊조리다 新秋夜雨口占
3:076 초가을 부질없는 한 初秋謾恨
4:120 초당에서 되는대로 짓다 草堂謾題
2:125 초여름 初夏
3:186 초여름 初夏
2:118 초여름에 입으로 읊조리다 初夏口占
3:263 초열흘날 初十日
3:299 초정에 대해 짓다 題草亭
4:152 초정에서 草亭
4:082 충주객관에서 우연히 읊다 忠州客館偶吟
2:141 취승정에서 밤중에 생긴 일 聚勝亭夜起卽事
1:278 취한 뒤에 재미삼아 읊조리다 醉後戲占
3:095 친구 생각 懷友
3:166 친구가 요양으로 가기에 전송하다 送友赴遼陽
3:268 칠가령 七家嶺

4:182 칠석날 응제시다. 이 해에 윤7월이 있었다. 七夕 應製是歲有閏七月
3:278 칠월 초열흘날 달밤에 七月初十夜月

[ㅌ]

4:136 탄식할 노릇 可歎
3:048 태학사에게 지어주다 酬大學士
3:255 통주 通州

[ㅍ]

1:122 파주 시골집에서 우연히 짓다 坡庄偶題
3:241 파주 시골집으로 돌아오다 歸到坡庄
3:108 파주 시골집으로 돌아와서 손 가는대로 쓰다 歸坡庄信筆
3:178 파향의 마을사람에게 부치다 寄巴鄉社人
3:240 파협을 지나며 過峽
3:136 판서 이천장 만시 李判書天章輓
4:103 팔월 십칠일 아침에 명고옥을 출발하다 十七日朝發鳴古屋
4:101 팔월 오일 돌아갈 짐을 싸고 재미삼아 쓰다 初五日理歸裝戲筆
3:205 평소생활 端居
3:214 평원당 平遠堂
3:301 포저 조상국 익 만시 浦渚趙相國 翼 輓
4:114 포천현 객관에서 되는대로 짓다 抱川縣舘謾題
1:223 표형 심청운 명세 을 생각하다 懷表兄沈青雲 命世
1:238 풍호당에서 되는대로 짓다 風乎堂謾題
3:161 피곤한 밤중에 우연히 읊조리다 倦夜中偶占
2:245 피리소리를 듣다 聞笛

[ㅎ]

4:151 하나의 마귀 一魔
3:078 하얀 연꽃 白蓮
1:165 학곡 상공에게 드리다 홍서봉 공의 호이다 奉上鶴谷相公 洪公瑞鳳號
4:071 학사 정뇌경 만사 鄭學士雷卿輓詞
2:038 한가롭게 지내며 되는대로 읊조리다 閒居謾占

4:024 한식 寒食
3:206 한식날 비를 만나다 寒食日遇雨
3:034 한을 적다 紀恨
3:131 한평군 이경전 공 만시 韓平君 李公慶全 輓
3:081 함경도 관찰사 이자선에게 부치다 기조 寄北伯李子善令案 基祚
2:117 함장에게 부치다 寄含章
4:045 함장에게 화답하다 두 수 和含章 二首
4:036 함장의 〈한거〉에 차운하다 次含章閑居
1:266 함장의 시운을 다섯 번 겹쳐 쓰다 五疊含章韻
1:252 함장의 시운을 다시 쓰다 再疊含章韻
2:075 함장이 남쪽으로 돌아가기에 송별하다 送別含章南還
4:044 함장이 안부 편지를 보내며 강물고기를 보내왔는데 이 지방에는 비가 오지 않아 걱정이거늘 그곳은 단비가 쏟아진다 하여 이에 절구 두 수를 지었다 含章致書問饋以江魚此地方悶雨而其處甘霔霈然云仍賦二絕
4:111 현주의 시운에 차운하여 송상사에게 주다 次玄洲韻贈宋上舍
2:102 호남 방백 원자건 영공에게 부치다 寄湖伯元子建令公
4:064 홀로 앉아 되는대로 짓다 獨坐謾題
1:263 홍경사를 지나며 過弘慶寺
1:173 홍문관에서 조서 쓰던 일 떠올리며 화운하다 和憶金鑾草詔
2:257 홍장로의 〈중추〉에 차운하다 次洪長老仲秋韻
2:053 회포를 서술하다 述懷
2:097 회포를 적다 述懷
2:264 회포를 풀다 遣懷
2:275 회포를 풀다 遣懷
3:162 회포를 풀다 遣懷
3:258 회한을 적다 記恨
3:195 흥분된 마음을 다스리다 撥興
2:108 흥에 겨워 遣興
1:209 흥취를 풀다 遣興
3:044 〈흰 제비〉에 화운하듯 시를 짓다 擬和白燕

[기타]

3:243 11월 21일 강을 건너다 十一月二十一日渡江
3:021 12월 13일 모진 추위에 되는대로 읊조리다 두 수 臘月十三日苦寒謾占 二首
2:233 23일 일광산을 향해 출발하여 낮에 쉬다 二十三日發向日光山午憩
4:084 29일 배를 타고 압탄으로 향하다 二十九日行船向鴨灘
1:130 3월 삼짇날 감회 두 수 三月三日有感 二首
1:129 3월 초하룻날 우연히 짓다 三月一日偶成
2:183 4월 15일 배로 가다가 바다에서 큰 바람을 만나다 十五日行船洋中阻大風
4:083 4월 초열흘날 배로 가다 四月初十日行舟
2:191 5월 10일 가슴속의 한을 적다 初十日紀恨
2:193 5월 18일 명호옥을 출발하여 남도로 향하다 十八日發鳴護屋向藍島
2:188 5월 초하루 대마도에 이르다 初一日到馬島
2:212 6월 13일 채선 타고 대판성을 출발하여 정포로 향하다 十三日乘綵船發大板城向淀浦
2:214 6월 14일 왜경에서 묵다 두 수 十四日次倭京 二首
2:209 6월 6일에 실진에서 배를 타고 가다 初六日自室津行船
2:289 7월 20일 밤 二十日夜
2:234 7월 24일 낮에 신율교에서 쉬다 二十四日午憩新栗橋
1:151 7월 5일 되는대로 짓다 七月五日謾題
2:041 7월 초하룻날 七月初一日
2:260 8월 20일에 신장성을 지나다 二十日過信長城
2:261 8월 22일 왜경에서 머물다 二十二日留倭京
2:263 8월 27일 새벽에 평방에서 출발하여 대판성을 향하다 二十七日曉發平方向大板城
2:250 8월 6일 강호를 떠나 돌아오다 初六日還發江戶
2:274 9월 10일 계속 머물다 初十日仍留
2:277 9월 16일 새벽에 진화를 떠나다 十六日曉發津和
2:284 9월 26일 일기도에서 계속 머물다 二十六日仍留一歧島
2:285 9월 27일 밤에 대마도로 돌아와 머무르다 二十七日夜還泊馬
2:266 9월 5일 섭진의 서본사에 다시 머물다 初五日仍留攝津西本寺
3:242 9일 통군정에 오르다 九日登統軍亭
2:109 9일에 다시 두공부의 시운을 쓰다 九日復用工部韻

저자 **윤순지(尹順之)**
1591(선조 24) 生 ~ 1666(현종 7) 沒
해평윤문 백사 윤훤의 장자.
시집으로만 이루어진 문집 〈행명재시집〉 전 6권에 전생애의 시작이 실려있다.

초역 책임자 **조기영**
강원대학교 한문교육과 졸업
연세대 국문과 문학박사

초역 연구원 **이진영**
고려대학교 교육학과 문학박사
독서당고전교육원 교수

초역 연구원 **강영순**
연변대학교 조선어학부 졸업
서울대학교 철학과 박사과정 수료
고려대학교 교육학과 박사과정 재학

교열 **윤호진**
성균관대학교 문학박사
경상대학교 한문학과 교수

교열 **윤덕진**
연세대학교 문학박사
연세대학교 명예교수
독서당고전교육원 원장

역주 행명재시집 4

2021년 2월 8일 초판 1쇄 펴냄

저 자 尹順之
역 자 독서당고전교육원
발행인 김흥국
발행처 보고사

책임편집 이경민
표지디자인 손정자

등록 1990년 12월 13일 제6-0429호
주소 경기도 파주시 회동길 337-15 보고사
전화 031-955-9797(대표)
02-922-5120~1(편집), 02-922-2246(영업)
팩스 02-922-6990
메일 kanapub3@naver.com / bogosabooks@naver.com
http://www.bogosabooks.co.kr

ISBN 979-11-6587-139-0
979-11-6587-135-2 94810 (세트)

정가 25,000원